얼음이 빛나는 순간

얼음이 빛나는 순간

푸른도서관 60

얼음이 빛나는 순간

초판 1쇄/ 2013년 4월 25일
초판 3쇄/ 2014년 10월 20일

지은이/ 이금이
펴낸이/ 신형건
펴낸곳/ (주)푸른책들
등록/ 제321-2008-00155호
주소/ 서울특별시 서초구 양재천로7길 16 푸르니빌딩 (우)137-891
전화/ 02-581-0334~5 팩스/ 02-582-0648
이메일/ prooni@prooni.com 홈페이지/ www.prooni.com
카페/ cafe.naver.com/prbm 블로그/ blog.naver.com/proonibook

글 ⓒ 이금이 | 그림 ⓒ 이누리, 2013

ISBN 978-89-5798-349-2 03810

＊잘못된 책은 구입한 곳에서 바꾸어 드립니다.
＊이 책 내용의 일부 또는 전부를 재사용하려면 반드시 저작권자와
(주)푸른책들 양측의 서면 동의를 얻어야 합니다.

이 도서의 국립중앙도서관 출판시도서목록(CIP)은 서지정보유통지원시스템 홈페이지(http://seoji.nl.go.kr)와
국가자료공동목록시스템(http://www.nl.go.kr/kolisnet)에서 이용하실 수 있습니다.
(CIP제어번호: CIP2013001308)

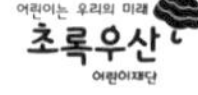
(주)푸른책들은 도서 판매 수익금의 일부를 초록우산 어린이재단에 기부하여
어린이들을 위한 사랑 나눔에 동참합니다.

얼음이 빛나는 순간

이금이 지음

푸른책들

차례

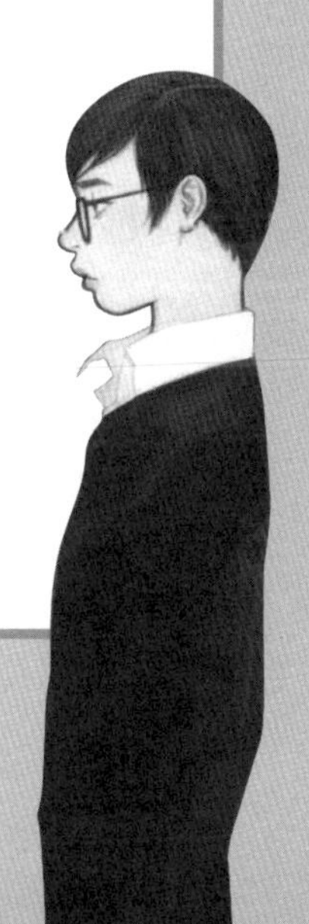

1. 너무 빠른 봄

4월 하순이지만 날씨는 초여름처럼 더웠다. 지오는 등에 멘 기타 때문에 겉옷을 하나 더 입은 느낌이었다. 지하철에서 내린 지오는 서울역으로 이어진 에스컬레이터 앞에서 잠시 망설였다. 하지만 도시의 길은 행인에게 미적거릴 시간을 주지 않았다. 행렬에 끼든지, 그 열에서 빠져나오든지 둘 중 하나를 선택하라고 채근했다. 지오는 뒷사람에게 떠밀려 에스컬레이터를 탔고 역 대합실로 들어섰다.

대합실 안은 세상이 얼마나 바삐 돌아가고 있는지 지오에게 보여 주려는 것처럼 평일인데도 붐볐다. 지오는 전광 안내판에서 자신이 가야 할 플랫폼을 확인했다. 4번이었고 기차는 이미 대기 중이며 출발하기까지는 5분이 남아 있었다.

지오는 서두르는 기색 없이 대합실 안을 두리번거리며 개찰구 쪽으로 걸어갔다. 지방에 있는 기숙 고등학교를 다녔던 2년

반 동안 한 달에 한두 번씩은 거쳤던 곳이었다. 2학년 2학기가 시작되기 전 자퇴하고 다음 해 검정고시를 치른 다음 첫 수능을 보았다. 재수를 거쳐 어쨌거나 서울에 있는 대학에 입학했고, 그것으로 인생의 모든 숙제를 끝낸 듯한 기분으로 1학년을 보냈다. 그리고 2학년이 시작되기 전 휴학을 했다.

마지막으로 기차를 탔던 게 아마 자퇴를 결심하고 집으로 향하던 때였을 것이다. 고등학교를 다니는 동안 지오는 자신이 가야 하는 곳이 떠나는 곳보다 좋았던 적이 한 번도 없었다. 집으로 갈 때는 학교를 벗어나는 게 좋았고, 학교로 갈 때는 집과 멀어지는 게 좋았다. 그 뒤 3년여가 지났는데도 상황은 여전했다. 지오는 그 사실을 어떻게 받아들여야 할지 잠깐 생각하다, 그게 무슨 상관이야 하며 후각을 자극하는 향수의 주인을 찾았다. 방금 자신과 엇갈려 지나간 여자였다.

재빨리 움직인 덕에 지오는 자기 또래 여자가 뒷모습으로만 남기 전에 얼굴과 전신을 훑어볼 수 있었다. 한두 군데 손봤을 것 같은 얼굴은 당장 걸그룹 멤버로 들어가도 될 것 같았고 가슴 볼륨은 적당했다. 레깅스 속의 빈약한 허벅지가 아쉬웠으나 덕분에 다리 전체가 쭉 곧은 느낌이었다. 워커 같은 구두가 에러였지만 스타일은 사귀면서 얼마든지 취향대로 바꿀 수 있으니 상관없다. 문제는 바꿀 수 없는 엉덩이가 긴 옷에 가려 확인되지 않는다는 점이다.

지오는 기차를 타는 대신 여자애한테 작업이나 걸까, 생각했다. 기타까지 멨으니 성공률은 더 높아질 것이다. 지오는 여자애와 노닥거리는 자신을 상상했다. 아니, 그런 자기를 보는 해수를 상상했다는 편이 맞았다. 그동안 해수에게 좋은 남자 친구였다고 자신할 수는 없지만 일방적으로 차일 만큼 잘못한 것도 없었다. 물론 한 여자와 몇 년씩 사귈 생각은 없었다. 해수와도 결국은 헤어지겠지만 지오는 입대 같은 물리적인 이별이나 서로에 대한 애정이 식어서 오는 자연스러운 작별을 생각했었다. 그리고 외양이 어떻든 실질적으로 결별을 주도하는 쪽은 자신일 거라고 여겨 왔다. 그런데 보기 좋게 차인 것이다.

해수를 폭발하게 만든 마지막 오해는 정말 억울했다. 혹시 해수는 아르헨티나에 있는 가족에게 가고 싶은 건 아닐까? 그래서 괜한 트집을 잡는 건 아닐까? 아니면 다른 남자가 생긴 걸지도 모른다. 문득 스쳐 간 생각에 지오는 어느 쪽이 더 나을지 잠깐 저울질하다 그만둬 버렸다.

곧 출발할 예정이니 탑승을 서두르라는 안내 방송은 분명 자신에게 해당되는 것일 텐데 지오는 이 사람 저 사람에게 치이면서도 계단을 내려가는 속도를 높이지 않았다. 마치 그 사이 기차가 출발하기를 바라는 모양새였다. 계단을 다 내려와 플랫폼에 다다랐을 때 뒤에서 누군가가 자기 일행을 재촉하는 소리가 들렸다.

"금방 출발하니까 칸은 나중에 찾고 일단 타."

그는 지오를 걸리적거리는 물건인 양 밀치고 뛰어갔다. 그 일행들이 타자 기차가 스르르 움직였다. 찰나의 마지막 망설임 끝에 지오도 훌쩍 올라탔다. 기차는 지오의 긴 망설임을 비웃기라도 하듯 순식간에 플랫폼을 벗어났다. 기차 연결 통로의 벽에 기대선 지오는 이유 모를 안도감을 느꼈다. 빠르게 지나쳐 가는 바깥 풍경을 바라보며 지오는 자신이 탑승을 망설인 게 아니라 출발하려는 기차에서 내릴까 봐 걱정했음을 깨달았다.

어느 순간에라도 만나기를 포기할 수 있을 만큼 지오는 석주와 소원한 사이었다. 지금 그를 움직이고 있는 동력은 고등학교 동창에 대한 관심, 추억 같은 감상이 아니라 석주가 왜 자신을 부르는지에 대한 의문이었다. 그마저도 해수한테 차이지 않았다면 무시했을 것이다. 휴학한 데다 해수와 헤어져 갑자기 할 일이 없어지자 스팸 취급했던 석주의 메일이 떠올랐다. 지오는 답장도 쓰지 않았던 메일을 다시 열어 보았다. 삭제해 버리지 않은 게 다행이었다. 아직 날짜가 지나지 않은 것도 다행이었다.

잘 지내? 나 장석주야.
1학년 1학기 때 한방 썼던.
4월 25일 오후 2시
경부선 추풍령역에서 기다릴게.
꼭 와 줘. 부탁이야.

다시 읽어 봐도 스팸 취급이 당연할 만큼 어이없었다. 자퇴한 뒤 연락 한 번 나눈 적 없는 사이에 이쪽 사정은 아랑곳없이 날짜와 장소까지 제멋대로 지정해 놓고 오라니. '부탁이야.'라는 말로 마무리하고 있지만 실은 '(네가 오든 안 오든)기다릴게.'로 이미 협박하고 있었다. 물론 안 간다는 답장을 쓸 필요도 없고 메일도 무시해 버리면 그만이었다. 메일은 일방적임으로 해서 상대에게 무시해 버릴 수 있는 자유를 주고 있었다. 그런데 가려고 마음먹자 또 그만큼 불친절한 초대장도 없었다. 다른 건 차치하고 제 연락처도 안 적다니. 전화번호는 약속의 기본 아닌가. 하지만 지오가 어렴풋이 기억하는 석주는 꼼꼼하고 소심한 아이였다. 전화번호를 적지 않은 데는 그럴 만한 사정이 있을 것이다.

지오는 미니홈피나 페이스북 등을 추적해 보다가 궁금하지도 않은 몇몇 애들의 근황을 알게 됐을 뿐 석주의 흔적은 찾아내지 못했다. 이렇게 잠수 타고 있는 아이가 내게 왜? 문득 그때 한방 썼던 모든 아이들에게 단체 메일을 보낸 걸 수도 있다는 생각이 들었다. 지오는 해수와 헤어지는 데 결정적 역할을 한—의도하지 않았을지라도— 오한결에게 슬쩍 장석주의 소식을 묻는 문자를 보냈다. 한결은 석주가 말한 한방 쓸 때의 룸메이트 중 한 명이었다. 코레일 사이트에서 추풍령역을 검색하려는데 답문자가 왔다.

−몰라 무슨 섬에 가서 재수한다는 소리는 들었는데
−대학은 어디 갔대?
−그걸 모르겠네

한결의 문자로 보아 단체 메일은 아닌 듯싶었다. 추풍령역은 무궁화호 기차만 멈춰 서는 작은 역이었다. 지오는 어쩔 수 없이 산골짜기의 스파르타식 기숙 학원이나 절 또는 고시원 같은 데서 3수, 아니 4수를 하고 있는 석주를 떠올렸다. 휴대폰 번호를 적지 않았다는 게 심증을 굳혀 주었다. 지오는 자신에게 메일을 보낸 석주를 이해하기로 했다(실연의 아픔을 맛본 덕에 마음이 넉넉해졌다고나 할까.). 산골 기숙 학원에 처박혀 있으려니 힘들겠지. 누구라도 보고 싶겠지.

그런데 그게 왜 자신인지는 여전히 의문이었다. 같은 방 쓸 때 특별히 사이가 좋았던 것도 아니었다. 그 뒤로도 룸메이트는 여러 번 바뀌었고 지오와 석주는 벌어진 성적만큼이나 멀어진 채로 헤어졌다.

할 일도 없는데 가 주지 뭐. 혹시 알아. 기차에서 괜찮은 여자라도 만나게 될지. 학교 다니는 동안 늘 기대했지만 한 번도 일어나지 않았던 일이다. 하지만 그런 기대라도 있어야 잊어버린 코레일 멤버십 아이디와 비밀번호를 찾을 의욕이 날 것 같았다.

추풍령역까지 가는 기차는 하루에 서너 번밖에 없었다. 지오는 옆자리에 앉을 예쁜 여자를 상상하며 오후 1시 56분에 도착하는 기차를 예매했다. 왕복으로 끊으려고 보니 돌아오는 기차는 3시 30분 언저리로 끝이었다. 두 시에 기다린다는 걸 보면 석주가 차 시간을 제대로 알고 있다는 이야기였다. 고작 한 시간 만나자고 거기까지 부르지는 않았을 테고 어쨌든 제가 불렀으니 무슨 대책을 세워 주겠지. 현재로선 하루라도 집을 떠날 일이 있다는 게 좋았다. 지오는 오래 고민하지 않고 편도로 예매했다. 그리고 '형님이 가실 테니 기둘려라.' 하고 답장을 썼다.

기차가 강물 위를 달리기 시작했을 때 지오는 자기 객실로 갔다. 휴대폰으로 전송 받은 티켓을 보며 좌석을 찾아갔으나 이미 어떤 중년 부부가 앉아 있었다. 아저씨가 지오에게 자기 티켓을 주며 자리를 바꾸자고 했다. 부탁이 아니라 사뭇 명령조인 것은 거슬렸지만 아무 데든 상관없었다. 바꾼 좌석은 출입구와 가까운 자리였다. 창가에 앉아 있던 여자가 돌아다보는 순간 지오 머릿속에 저절로 노래 한 소절이 떠올랐다. '그녀는 예뻤다.' 좋은 일 했다고 이런 복을 주시다니. 신이 오래간만에 제대로 셈을 하는 모양이었다.

여자는 한눈에도 지오보다 연상으로 보였다. 지오는 연상을 사귀어 본 적이 없었다. 하지만 또래 여자애들에게서는 느낄 수 없는 안정되고 우아한 분위기에 호감이 갔다. 지오가 여행에 비로소 흥미를 느끼며 메고 있던 기타를 내리는데 여자가 일어서려는 시늉을 하며 말했다.

"창가 자리시죠?"

중저음 목소리였다. 해수의 앵앵거리는 ―본인은 애교라고 자부하고, 지오도 귀엽다고 여겼던― 말투에 비해 담백하면서도 시크하게 들렸다.

"사, 상관없습니다. 저는 이 자리가 좋아요."

진심이었다. 세상에 예쁜 여자보다 멋진 풍경은 없다. 지오는 여자의 시늉에 비해 과하게 손사래 친 자신이 어리숙하게 비춰질까 봐 걱정하며 기타를 선반 위에 올려놓았다. 위치로 보아 여자 것이 분명한 작은 트렁크 옆이었다. 좀 더 일찍 왔더라면 트렁크를 대신 올려 줬을 텐데. 지오는 여자 가방 옆에 기타를 붙여 놓으며 그게 자신들 모습인 양 설레는 마음으로 자리에 앉았다. 기차를 탄 게, 자리를 바꾼 게, 해수와 헤어진 것까지 모두 이 여자를 만나기 위해서인 것 같았다.

자리에 앉은 지오는 음악을 듣는 대신―이어폰을 꽂는 행위는 대화를 차단한다는 표시일 수도 있으니 금물이다. – 스마트폰을 검색하는 척하며 여자에게 말 걸 타이밍을 찾았다. 그런데 고맙게 여자가 먼저 말을 붙여 왔다.

"자리 바꿔 줘서 고마워요."

그녀는 낱개로 포장된 초콜릿 몇 개를 내밀었다. 그냥 넘어가도 될 일인데 굳이 고마움을 표하는 건 여자도 지오에게 호감이 있다는 증거다.

"아, 아뇨. 잘 먹겠습니다."

지오는 알레르기가 있으면서도 거절하지 않고 초콜릿을 집어 들었다. 손가락 끝에 닿은 여자의 손바닥은 보드랍고 몰캉몰캉했다.

"학생이에요?"

여자가 서글서글한 태도로 물었다. 어쩌지도 않았는데 경계심을 드러내며 새침 떠는 것보다 훨씬 나았다.

"네."

휴학한 것을 굳이 밝히지 않은 지오는 여자에게 리드 당하는 것도 나쁘지 않다고 생각했다.

"몇 학년?"

말이 짧아진 걸 보니 여자 역시 지오가 자기보다 어리다는 걸 확신하는 눈치였다. 지오는 잠시 대답을 망설였다. 연상녀 연하남이 트렌드인지라 자기가 어린 건 상관없지만 스스로를 설명하기 복잡해서였다. 정확하게 말하면 1학년을 마친 휴학생이었고, 학번으로 치면 2학년이었고, 나이로 치면 4학년이었다.

"스물세 살이요. 지금은 휴학 중이에요."

지오는 학년 대신 나이로 대답했다. 스물세 살이면 옆자리의 여자가 자기를 두고 어떤 상상을 해도 죄의식을 느끼지 않을 만한 나이일 것이다. 지오는 여자가 그래 주기를 바랐다. 누나, 저 쉬운 남자니까 막 다뤄 주세요.

"군대 가려고? 아님 갔다 왔나?"

가려고 휴학한 거지만 제 나이대로 대학 가서 1학년 마치고 바로 입대했으면 제대했을 나이다.

"이제 가려고요. 재수했거든요."

그래도 남는 한 살보다 여자가 아직 군대도 안 간 자신을 너무 어리게 볼까 봐 더 걱정이었다. 여자는 역광이 지자 윤곽이 더 뚜렷해진 얼굴로 지오를 바라봤다. 지오는 여자의 빛나는 눈길을 당당하게 받아 내고 싶었지만 그러지 못했다.

"마음이 심란하겠네."

지금은 당신 때문에 더 심란해요. 이런 류의 농담에 또래 여자애들은 선수 같다고 하면서도 좋아했다. '물론 여자를 안 사귀어 본 건 아니지. 근데 너하고 있으면 처음처럼 떨려.'라고 말하면 여자애들은 그걸 또 믿으며 더 좋아라 했다. 믿고 싶은 대로 믿을 수 있으니 여자들은 좋겠다고 지오는 늘 생각했다.

문자가 왔다. 얼핏 보니 오한결이다. 한결같이 눈치 없는 자식. 지오는 무시했다.

"남들도 다 가는 건데요, 뭐."

군대 가는 게 억울하고 또 억울해 도망칠 궁리만 하고 있으면서도 지오는 쿨한 척 대꾸했다.

"그래도 2년을 매이는 건데 얼마나 싫겠어."

사람들은 남의 불행에, 자기 일이 아닌 걸 다행으로 여기며 위로는 해도 그 자체를 이해하려고 들지는 않는다. 특히 군대 문제를 두고, 여자가. 지오는 진심으로 이해하는 듯한 여자에게 더 호감이 갔다. 그동안 해수에게 너무 들볶였다. 지오는 이제 이해심 많은 여자와 편안한 연애를 즐기고 싶었다.

"사실 여자 구경도 못하고 남자들만 우글거리는 군대에 가서 2년씩이나 구를 거 생각하면 끔찍해요. 전 남고 기숙 학교 다녔거든요."

지오는 여자가 자기 말에서 남자를 느끼기를 바랐다. 어린 여자애들이라면 순진한 남자를 좋아하겠지만 연상녀에게는 좀 놀아 본 티를 내는 게 나을 것이다. 지오는 여자가 느끼고 있을지도 모를 자기와의 나이 차에 대한 부담을 덜어 주고 싶었다.

나이가 있는 여자들의 애정 표현은 어떨까? 아무래도 경험이 많을 테니 그동안 사귀었던, 혹은 스쳐 갔던 여자애들보다 대담하고 적극적이지 않을까? 지오 머릿속에 야동 사이트의 팝업창처럼 야한 이미지들이 연달아 떠올랐다. 지오는 여자와 함께 다음 역에서 내리는 상상을 했다. 자기가 먼저 유혹할 자신은 없었지만 여자가 유혹하면 단번에 넘어갈 자신은 충만했다.

"혹시 공포의 남중, 남고, 공대 케이스?"

여자가 웃으며 말했다.

"모르시는 게 없네요. 공대는 아닌데 분위기는 공대나 다름없어요."

잠시 말이 끊겼다. 이제 침묵이 어색할 만큼 관계가 진전됐다.

"기타 치나 봐요."

여자가 선반 위를 슬쩍 바라보며 말했다. 지오로선 반가운 화젯거리였다. 어쩔 수 없이 가져온 게 효과를 발휘하고 있었다.

"그냥 심심풀이로 노래도 만들고 해요."

지오는 당장 보여 줄 수 없는 게 안타까웠다. 기타 치며 노래하는 남자를 싫어하는 여자는 세상에 없었다.

"정말? 노래를 만들 정도면 그냥 심심풀이가 아니네."

"정식으로 배운 게 아니고 혼자 하는 거라 그 이상이라고 말하기 창피해요. 흥얼거리는 정도거든요."

그건 사실이었다. 지오가 처음 기타를 배운 건 캐나다 중학교에서였다. 음악 시간에 악기를 하나씩 배워야 했고 지오는 기타를 택해 밴드부 활동을 했다. 노래를 처음 만든 건 음악이 아니라 문학 시간 과제 때문이었다. 수업 시간에 배운 시에 대한 감상을 자유 형식으로 만들어 제출하는 숙제였다. 영어 실력도 형편없고 달리 할 줄 아는 게 없었던 지오는 시에 멜로디를 입혀 노래로 만들었다. 지오는 처음으로 선생님에게 칭찬 받았을 뿐 아니라 밴드 공연 때 발표도 했다. 보컬이 따로 있었지만 그 노래만큼은 지오가 싱어 송 라이터 자격으로 직접 불렀다. 그때의 설렘과 흥분, 그리고 충만함은 두고두고 지오를 뿌듯하게 했다.

그 뒤로 기타는 영어 실력이 부족한 지오에게 소통의 도구가 돼 주었다. 기타 칠 때면 지오의 자리는 어리바리한 동양 소년에서 캐나다 아이들과 동등한 위치로 바뀌었다. 한국에 돌아올 때 가장 먼저 챙긴 물건도 기타였다. 하지만 아버지는 기타가 지오 가슴에 헛된 바람을 집어넣어 정상적인 삶을 방해하는 물건이라고 여겼다.

여자가 자기도 클래식 기타를 배운 적이 있다고 했다. 지오는 여자의 기분을 띄워 주며 관심을 표현할 기회를 노렸다. 여자의 자랑 섞인 장황한 이야기가 살짝 지루했지만, 무언가를 얻으려면 대가를 치러야 하는 법이라 꾹 참고 추임새까지 넣으며 들었다.

"언제 클래식 기타 치시는 거 보고 싶네요. 멋질 것 같아요. 근데 뭐 하는 분이세요?"

여자의 자랑이 끝났을 때 지오는 드디어 작업에 시동을 걸었다.

"그냥 뭐, 얼마 전까지 작은 가게 했었는데 지금은 쉬고 있어요."

여자도 한가한 상태다. 놀고 있다니 조금 더 만만해졌다.

"지금은 어디 가는 거예요?"

이제 대화의 주도권은 지오가 잡았다.

"동생 만나러."

동생이라면 다음에 만나도 될 것이다. 뭔가 술술 풀리는 것 같았다.

"나이 물어봐도 돼요?"

"몇 살로 보여요?"

여자들은 이상하다. 나이를 물어보면 대답 대신 꼭 몇 살로 보이느냐고 되물었다. 그건 자기 나이를 정확히 맞히라는 게 아니라 실제 나이보다 적게 대답하라는 무언의 압력이었다. 스물한두 살밖에 안 된 애들도 제대로 맞히면 서운해 했다. 지오는 나이를 가늠하기 위해선 어쩔 수 없다는 듯 여자를 대놓고 바라보았다. 단, 지그시. 여자는 시선을 피하지 않고 마주 보았다. 무릇 남녀 간의 역사는 마주 보는 시선에서 시작되는 것이다.

열기 띤 눈길이 얽혀 들기 시작하면 게임 오버다. 여자는 이십 대 후반에서 서른 살 사이로 보였다. 그러니 이십대 중반이라고 하면 기분 나쁘지 않겠지.

근데 윤지오, 서른 살이라도 괜찮아? 일곱 살은 궁합도 안 본다는데 뭘. 지오는 자문자답한 뒤 대답했다.

"스물다섯이나 여섯쯤이요?"

여자가 큰 소리로 웃었다. 지오는 안심하며 확인했다.

"맞죠? 제가 정확하게 맞췄죠?"

약간 어리광을 부리는 것도 가까워지는 데 도움이 될 것이다.

"노코멘트."

여자가 계속 웃으며 입을 장난스레 꾹 다물었다. 그 모습이 귀여웠다. 어린 여자애들은 이 타임에서 볼을 꼬집어 주면 좋아한다. 그런데 처음 보는 연상녀에게 그럴 용기는 나지 않았다.

"에이, 그런 게 어딨어요?"

대신 지오는 자기 팔꿈치로 여자를 툭 건드렸다. 여자의 얼굴이 약간 붉어지는 것 같았다. 때가 왔다.

"애인 있어요?"

팽팽한 긴장감이, 늘어진 고무줄 같았던 혜수와의 관계에선 느낄 수 없었던 설렘으로 다가왔다. 한 여자를 1년 가까이 사귀다니. 차인 게 나쁘지만은 않았다.

"그건 왜?"

여자가 지오의 의중을 꿰뚫듯 바라보았다. 지오는 여자가 새삼스러운 눈길로 자신을 훑어보고 있다고 생각했다. 지오는 속이야 어떻든 여자들이 멀쩡하고 훤칠한 자신의 허우대에 높은 점수를 준다는 걸 알고 있었다. 남자의 키는 여자의 외모와 같은 급으로 쳐 주는 게 연애 시장의 불문율이다. 게다가 푸릇푸릇한 연하남이니 둘의 관계에선 지오의 급이 한 단계 위다. 그런데도 지오는 자만하지 않고 최선을 다했다.

"너무 멋지셔서요."

"그래서 사귀자고?"

여자 얼굴에 숨길 수 없는 환희의 미소가 번졌다. 이게 웬 횡잴까 싶을 거다.

"그러면 영광이죠."

윤지오, 잘하고 있어.

"이 나이에 군대 간 애인 기다리며 고무신 노릇 하라고?"

여자는 지금 밀당 하며 자신에게 넝쿨째 굴러온 싱싱한 연하남을 어떻게 요리해 먹을지 궁리하고 있다.

"봐줬다. 그동안은 딴 남자 만나도 돼."

자신이 생긴 지오는 슬쩍 말을 놓았다. 연하남은 마초와 순정남 이미지를 모두 지니고 있어야 하는 법이다. 지오는 배우지 않았어도 스스로 터득한 연애 기법에, '연애의 기술' 같은 책이라도 써야 하는 게 아닌가 우쭐해졌다. 여자가 지오의 허벅지를 손바닥으로 톡 쳤다. 하, 이건 노골적인 스킨십이다. 지오는 남자를 알 만큼 알 여자가 자신에게 다 넘어왔다고 생각했다. 여자가 말했다.

"떽, 어른 갖고 놀리면 못써. 민망해서 안 알려 주려고 했는데 내가 몇 살인 줄 알아? 그쪽이랑 띠동갑이야. 서른다섯 살이라고. 그래도 사귀고 싶어?"

여자가 웃으며 지오를 바라보았다. 지오는 당황해 동안이라고 너스레를 떨 수도 없었다.

"무궁화호 타서 좋은 게 뭔 줄 알아?"

띠동갑 연하남한테 대시 받은 게 그렇게도 좋은지 실실 웃던 여자가 지오의 무안함을 달래 주려는 듯 화제를 돌렸다.

"뭐, 뭔데요?"

지오는 친구 이모한테 수작 걸다 들킨 것처럼 무안해졌다. 아니, 해수와 사귀는 동안 한없이 무뎌진 감각이 슬퍼졌다.

"KTX보다 천천히 가잖아. 그만큼 내 시간도 천천히 가는 것 같아 좋아."

창밖으로 시선을 돌린 여자가 혼잣말처럼 말했다.

"봄은 너무 빨리 지나가."

나이를 알자 여자의 감성이나 멘트가 올드하게 느껴졌지만 그 말만큼은 공감이 갔다. 군대가 기다리고 있는 지오에게도 봄은 너무 빨리 지나갔다.

"어디에서 내려?"

여자가 물었다.

"추풍령역이요."

"나보다 한참 더 가네. 거기가 집이야?"

"아뇨. 친구 만나려요."

지오는 여자가 혹시라도 함께 내리자고 하면 기꺼이 팽개칠 생각이던 석주를 떠올렸다.

2. 아직 이른 봄

3월 2일, 햇살이나 바람 어디에도 온기는 느껴지지 않았지만 3월이라는 이유만으로 때는 봄날이었다. 멀리서 볼 때는 논밭 한가운데 덩그러니 있는 것 같은 태명 고등학교는 오래된 나무들을 잘 활용한 정원과 신구 건물들이 조화를 이뤄 웬만한 대학 캠퍼스 못지않았다. 적절하게 배치된 각종 운동 시설은 소년들의 넘쳐나는 갖가지 충동을 분출하기에 충분해 보였고, 산뜻한 기숙사는 아들을 두고 가야 하는 학부모들에게 안도감을 주었다.

공부를 방해하는 유해 시설이라고는 없는, 이상과 현실이 완벽한 조화를 이루는 공간에서 아들들은 자립심과 협동심을 기르며 성장할 것이다, 라고 부모들은 믿어 의심치 않았다. 그들은 아들들이 팍팍하고 고단한 입시 기간을 낭만적이고 쾌적한 환경 속에서 보낼 수 있게 된 것을 흐뭇해 했다. 식이 거행되는 동안 학부모들은 올바른 인성이 소년들이 가져야 하는 첫 번째 덕목임을 강조하는 이사장의 교육 철학과 명문대 출신 교사들의 열정에 새삼 신뢰를 느꼈다. 하지만 개중에는 이 가혹한 경쟁 시대에 너무 이상만 강조하는 건 아닌가 하는 일말의 불안을 가진 부모들도 있었다. 속내를 읽기라도 한 듯 학년 부장은 입학식 말미 공지 사항 전달 때, 학생들은 오늘부터 당장 야간 자습을 해야 한다고 말했다.

학생들 사이에서 약간의 불만이 터져 나왔지만 전체로 확산되지는 않았다. 이미 공부에 이골이 난 아이들이 그렇지 않은 아이들보다 훨씬 많았기 때문이다. 덕분에 아들과의 이별에 눈물 훔치던 엄마들은 명문대 합격장과 함께하는 졸업식을 상상하며 웃을 수 있었다. 석주 엄마도 마찬가지였다. 분당에 사는 할머니와 작은엄마가 탄 차가 먼저 떠난 뒤 세 식구만 남게 되자 엄마는 못내 아쉬운 듯 석주를 다시 안았다.

"이제 정말 헤어지네. 공부도 좋지만 건강이 더 중요하니까 너무 무리하지 마."

엄마가 석주의 뺨을 어루만지며 말했다.

"걱정 마, 엄마. 총명탕도 잘 챙겨 먹고 운동도 많이 할게."

석주 얼굴은 입학식에서 비롯된 흥분으로 붉게 상기돼 어느 때보다 건강해 보였다.

"아빠는 아들이 친구들하고 잘 지내고 공동생활도 잘할 거라고 믿는다."

아빠가 석주 등을 토닥였다.

"그럴게요, 아빠. 형한테 전화 오면 안부 전해 주세요."

아빠를 바라보는 석주 얼굴엔 신뢰감과 존경이 가득했다. 아빠 못지않게 자랑스러운 형은 지금 군복무 중이었다. 어제저녁 통화할 때 휴가 나오면 학교로 찾아오겠다고 했다.

"전화 자주 해."

엄마가 말했다. 기숙사에 공중전화가 있었다. 음악을 들을 수 있는 엠피스리 외에 휴대폰과 노트북 등은 모두 금지였다. 그걸 갖고 있다 걸리면 기숙사 퇴실이라고 했다. 연고라고는 없는 낯선 곳에서 기숙사 퇴실은 퇴학이나 다를 바 없었다.

"애 부담 되게 왜 그래. 전화하는 것도 신경 써야 하는 거라고. 그냥 너 하고 싶을 때 해."

"그래, 그렇게 해, 아들. 그리고 필요한 거 있으면 즉시 전화해. 엄마가 보내 줄 테니까."

"알았어, 엄마. 너무 걱정 마. 2주 있다가 갈 건데 뭘."

석주는 형과 자기를 모두 떠나보내고 적적할 엄마가 더 걱정이었다. 석주는 엄마의 삶이 가족에 대한 사랑과 헌신으로 이루어져 있음을 잘 알고 있었다.

"그래. 그때 데리러 올게. 기숙사 방 좀 정리해 주고 갔으면 좋겠는데 왜 출입 금지야."

엄마는 기숙사 건물을 원망스러운 눈길로 일별했다.

"엄마들이 다 당신 같을 테니 그랬겠지. 아들 군대도 보낸 사람이 왜 이래. 이제 우리 석주 믿고 맡기자구."

아들의 배웅을 받으면 발길이 더 안 떨어진다는 엄마 말에 석주는 먼저 돌아서 기숙사 건물 쪽으로 걸음을 옮겼다. 피부에 와 닿는 바람은 차가웠지만 석주 마음속에 부는 바람은 훈풍이었다. 가족과 떨어져 사는 게 불안하고 슬프지만 덕분에 엄마를 기쁘게 할 수 있었다.

태명 고등학교는 전국에서 학생을 모집했다. 영동군 출신 이 사장은 자수성가한 사업가였다. 그는 정원 채우기도 힘든 농촌 지역 학교로 퇴락해가던 모교를 사들여 대대적인 공사 끝에 기숙 학교로 변신시켰다. 명문대 출신 교사들을 임용한 뒤 전국의 상위권 학생들을 모집했다. 최상위권 학생들이 진학하는 특목고나 자사고와 일반 인문계고의 틈새를 노린 것이다.

석주는 중학교를 졸업할 때까지 상위권 그룹에 속하기는 했지만 안정적인 최상위권은 아니었다. 큰아들 석진을 남편이 졸업한 명문대에 보낸 석주 엄마가 막내아들을 위해 계획한 프로젝트는 뱀대가리 작전이었다. 작전은 성공해 석주는 배치고사에서 1등을 했고 입학식에서 학생 대표로 입학 선서까지 했다. 기분 좋은 출발이었다.

석주는 튼튼이를 떠올리며 걸음을 빨리했다. 석주는 기숙사 옆 관리인 숙소 앞에 매여 있는 진돗개를 튼튼이라고 불렀다. 할머니 댁에도 똑같이 생긴 개가 있었다. 튼튼이란 이름은 개에게 병이 났을 때 어린 석주가 빨리 나으라며 붙여 준 애칭이었다. 그런데 개는 어느 날 집을 나가 돌아오지 않았다.

입학 설명회 때 기숙사를 둘러보러 왔던 석주는 진돗개를 보는 순간 튼튼이를 떠올렸고 엄마의 결정을 받아들였다. 그때까지만 해도 석주는 집을 떠나 기숙 학교로 진학하는 게 내키지 않았다. 석주는 할머니 집을 나간 튼튼이가 이곳에 먼저 와 자신을 기다리고 있던 것만 같았다. 튼튼이는 입학 첫날인 태명

고등학교에서 석주와 유일하게 가까운 존재였다. 그런데 그 튼튼이 곁에 다른 아이가 있었다. 석주는 널브러져 꼬리를 흔들고 있는 튼튼이에게 왠지 서운한 기분이 들어 그 앞을 휙 지나쳐 기숙사 안으로 들어갔다.

1층엔 방 외에도 사감실과 휴게실이 있었다. 기숙사 전체가 첫날 특유의 수선스러운 설렘으로 가득했다. 석주는 계단을 겅중겅중 뛰어 2층으로 올라갔다. 이 방 저 방에서 우당탕 쿠당탕거리는 소음과 꽥꽥거리는 변성기 목소리들이 들려왔다.

방의 정원은 네 명이었다. 입학식 하기 전 방 배정을 겸한 학급 명단표를 받았기 때문에 석주는 이미 같은 방을 쓰는 아이들 이름과 출신 지역을 알고 있었다. 석주 방인 205호 역시 활짝 열려 있었다.

"아따 장석주, 멋져부러야. 전교 1등이랑 한방 쓰고 영광이다잉."

석주가 들어서자 짐 정리를 하던 오한결이 반색했다. 사투리에 석주는 하마터면 웃음이 터질 뻔한 것을 간신히 참았다. 까무잡잡하고 통통한 한결은 청소년을 주인공으로 한 영화나 소설에 감초로 등장할 법한 오지랖 넓은 캐릭터였다. 석주는 그애가 앞으로 자신을 성가시게 할 것 같아 적당히 거리를 두자고 마음먹었다.

"배치고산데 뭘. 앞으로 어떻게 될지 모르지."

안경다리를 추어올리며 석주는 속마음과 다르게 말했다. 그는 1등을 놓치지 않을 결심이었다. 그게 이 학교에 온 목적이었다.

"1등, 거기 내 가방에서 3권 좀 꺼내 봐."

침대 2층 칸에 누워 만화책을 보고 있던 양근석이 방바닥의 가방을 가리키며 석주에게 말했다. 영동 아이인 근석도 사투리를 썼다. 한결에 비해 퉁명스러운 말투였다. 석주는 부탁보다는 명령 같은 말투에 반감이 일어 가만히 서 있었다. 그때 한결이 얼른 반쯤 열려 있는 가방에서 만화책을 꺼내 근석에게 건네줬다. 첫날부터 만화책이라니. 석주는 이 지역 아이들의 수준이 의심스러웠다. 도의 지원을 받는 학교는 규정에 의해 도내 학생들을 30퍼센트 뽑아야 했는데 205호에서는 양근석이 유일했다.

그들이 한방을 쓰기까지 개인의 의지는 조금도 작용하지 않았다. 이름순 배정이기 때문이었다. 3년을 통틀어 한 번뿐인, 첫 학기의 이름순 방 배정은 학교가 학생들에게 베푸는 처음이자 마지막 배려이고 인간적 대우였다. 2학기에는 1학기 기말고사 반 성적순으로 방 배치를 했고, 2학년부터는 전체 성적순 배정이었다.

방에는 2층 침대 두 개와 두 칸짜리 사물함이 대칭으로 놓여 있었다. 네 명이 생활하기에는 조금 비좁아 보였지만 4층에 학습실이 있어 방에서는 잠잘 일밖에 없었다. 공동 화장실과 샤워장은 복도 끝에 있었다.

침대와 사물함 배정은 자율이었다. 침대 위 칸은 비행기 창가 자리처럼 보기는 좋아도 사용하기 불편한데 고맙게도 근석과 한결이 선점했다. 석주는 양쪽을 살피다 한결의 아래층을 택했다. 첫 대면에서부터 무례하게 구는 근석의 아래층에서 자고 싶지 않았다.

"윤지오는 왜 안 들어온다냐?"

한결이 정리하고 난 빈 가방을 사물함 위에 올려놓으며 말했다. 석주도 같은 서울 아이인 지오가 궁금했다. 방에 짐을 들여놓을 때는 지오가 없었고 입학식 때는 석주가 학생 대표로서 맨 앞줄에 앉아 있느라 아직 만나지 못했다.

"느그들, 윤지오가 우덜보다 한 살 많은 거 아냐?"

한결이 물었다.

"아니."

석주는 당연히 모르는 일이었다.

"아까 담임 샘하고 얘기하는 거 들었는디 한 살 많대. 유학 다녀왔다던디."

한결이 대단한 것처럼 말했지만 신기할 일도 아니었다. 중학교 때도 반에 그런 애들이 심심찮게 있었다. 석주는 지오가 혹시라도 자기 성적을 위협하는 존재가 될까 봐 걱정됐다.

"그란디 그냥 막 이름 불러도 될까잉?"

한결은 그게 걱정인 모양이었다.

"같은 학년인디 이름 부르지 그럼 형이라고 하냐?"

근석이 끼어들었다. 한결과 근석의 서로 다른 사투리를 듣고 있노라니 태명고가 전국구 모집 학교라는 실감이 났다.

그때 지오가 바지 주머니에 손을 넣은 채 어슬렁거리며 나타났다. 입학 첫날의 긴장감이라고는 조금도 없는 게 이미 이 학교에 1년은 다닌 아이 같았다.

"부모님 배웅허고 오냐?"

한결이 먼저 말을 거는 바람에 석주는 인사할 기회를 놓쳤다. 지오의 시선이 석주를 스친 다음 한결에게로 갔다. 무관심한 눈빛이었다.

"부모님 안 오셨는데."

눈빛과 걸맞은 무심한 말투였지만 석주는 사투리 속에서 서울말을 듣는 것만으로도 반가웠다.

"그라믄 입학식에는 누구랑 왔는가?"

"혼자."

"근데 어디 갔다 이제 와?"

석주가 자기도 모르게 물었다. 입학식에 혼자 온 건 물론 그새 학교에 시간 보낼 만한 곳이 생겼다는 게 신기했다.

"개랑 놀다 와. 내 자리는 여기냐?"

지오가 턱짓으로 빈 침대를 가리키더니 벌렁 드러누웠다. 튼튼이와 놀던 아이가 지오였던 모양이다. 석주는 지오가 성적은 물론 개를 두고도 경쟁해야 할 상대로 여겨졌다. 석주는 지오가 어디로 유학을 갔다 왔는지 영어는 어느 정도 실력인지 궁금했다. 하지만 지오는 석주의 관심을 거부하듯 엠피스리 이어폰을 귀에 꽂았다.

한결이 화장실에 간 뒤 석주는 사물함 정리를 시작했다. 엄마가 워낙 세심하게 싸 놓아 그대로 사물함 안에 옮겨 넣기만 하면 됐다. 빈 트렁크를 구석 틈새에 밀어놓고 나니 바닥에 널브러져 있는 근석의 가방과 아직 뚜껑도 안 연 지오의 캐리어가 신경 쓰였다.

"너희들은 가방 정리 안 해?"

석주가 말했지만 지오와 근석은 음악과 만화책에 빠져 들은 척도 하지 않았다.

"짐 정리 다했응게 2층 공기 좀 맡어 봐야 쓰겄네잉."

방으로 들어오자마자 한결은 신이 나 사다리를 타고 침대 위층으로 올라갔다.

석주는 전교 1등이며 앞으로도 그럴 자신을 위해서는 아무런 배려도 없는 이름순 방 배정에 한숨이 나왔다. 쾌적한 환경에서 숙면을 취해야 학습 능률도 오르는 건데 걱정이 앞섰다.

석주는 방을 나와 4층 학습실로 올라갔다. 마음에 드는 아이라고는 없는 방이 싫기도 했지만 학습실 분위기가 어떤지 미리 봐 두고 싶은 마음이 더 컸다. 첫날이어선지 둘러보러 오는 아이도 없는 학습실엔 스탠드와 칸막이가 부착돼 있는 책상들이 벌집 속의 방처럼 꽉 들어차 있었다. 석주는 그중 아무 책상에나 앉았다. 스탠드를 켜자 낙서와 칼자국이 있는 책상 위가 드러났다. 감옥 탈출 성공, 스카이 합격, 인서울, 정수♡지연 같은 낙서들이 눈에 들어왔다. 아까운 시간에 앉아서 낙서나 하고 있다니. 경쟁이 두렵지 않은 상대들이었다.

석주는 쾌적하고 안락한 자기 방을 떠올렸다. 그런 방을 놔두고 이렇게 열악한 환경으로 공부하러 온 이상 목적을 이뤄야만 한다. 앞으로는 엄마에게 웃는 일만 만들어 주고 싶었다. 큰이모 말에 의하면 석주는 세상에 없었을지도 모를 아이였다. 자기 몸에 혹 덩어리와 새 생명이 동시에 찾아온 걸 알게 됐을 때 엄마는 치료를 거부하고 석주를 택했다고 했다. 치료를 안 하면 뱃속의 아기보다 산모가 먼저 죽을지도 모르는 상황이었다. 가족들은 아직 태어나지 않은 아이보다 이미 일곱 살짜리 아들이

있는 산모의 생명을 원했지만 엄마는 고집을 꺾지 않았다. 석주
는 8개월 때 제왕절개로 태어나 인큐베이터로 들어갔고 엄마는
그제야 수술을 받았다. 그러니 엄마한테 특히 더 잘해야 한다고
큰이모는 석주를 볼 때마다 말했다.

좋은 성적으로 단번에 대학에 붙은 형에 비해 석주는 많이
뒤처졌다. 석주는 그런데도 자신을 사랑하고 믿어 주는 엄마에
게 늘 미안하고 고마웠다.

3. 없는 사람

여자는 평택에서 내렸다. 혼자가 된 지오는 심호흡을 했다. 여자가 내리기까지 최선을 다해 수습했지만 민망함은 사라지지 않았다. 기차가 출발한 뒤 지오는 원래 자기 자리인 창가로 옮겨 앉았다. 옆에 와 앉는 승객은 없었다. 지오는 아까 온 한결의 문자를 확인했다.

—석주 유학 갔다는데

'지금 추풍령으로 유학 간 석주 만나러 간다, 짜샤.'

지오는 쓴웃음을 지으며 'ㅇㅇ' 하고 답장을 보냈다. 여자 앞에서 속절없이 어린애가 됐다가 겨우 제 나이를 찾은 것 같았다.

지오는 한결에게 석주 소재도, 그를 만나러 간다는 것도 말하지 않기로 했다. 동창들 사이에 유학 갔다고 알려져 있는 모양인데 굳이 사실을 밝히고 싶지 않았다. 프라이버시를 지켜 주고 싶을 만큼 석주를 특별하게 생각해서가 아니었다. 우선 아직도 고딩 때처럼 호기심 많은 한결에게 들볶일 일이 귀찮았다. 그리고 그 못지않게 소문의 진원지로서 주목 받는 게 싫었다. 지오는 한결에게 말하는 순간 소문이 퍼질 것을 확신했다. 한결의 입이 가벼워서가 아니라 비밀의 속성이 그런 것이다. 자기 비밀을 지킬 줄 모르는 사람은 남의 비밀도 어떻게 다뤄야 하는지 모르는 법이다. 지오는 태명고 아이들의 기억을 불러일으키는 짓을 하고 싶지 않았다. 그들에게 아예 없었던 아이가 되고 싶었다.

그러니까 장석주는 지금 KTX는 물론 새마을호도 서지 않는 시골구석 어디에선가 4수를 하고 있는 게 분명하다. 4수라니. 하지만 아주 특별한 케이스는 아니다. 지오는 재수 학원에서 5수하는 형을 본 적도 있었다. 그 형, 아니 그의 부모는 일류 대학병 환자였다. 석주는 본인이 환자일지 몰랐다. 지오는 하필 왜 자기인지 알 것 같았다. 석주가 지오를 부른 건 자퇴해 아이들과 연락이 두절됐기 때문이다. 석주가 원하는 사람은 자신의 4수를 소문내지 않을 만한 아이였던 것이다.

할 일도 없는지 한결에게서 바로 또 문자가 왔다.

—석주한테 뭐 있어?

지오는 문자를 무시했다.

한결을 만난 건 지난 2월 말이었다. 휴학계를 내고 행정실을 나오던 길이었다. 기억에 의하면 아버지는 거의 처음으로 지오의 결정을 반겼다. 아버지는 성적에 맞춰 입학한 지오의 학교와 과를 못마땅해 했다.

"나이도 있으니 얼른 군대 다녀와서 확실하게 장래 준비해."

아버지는 지오에 대해 많이 참고 있다고 여기겠지만—실제로 참기도 했겠지만— '나이도 있으니'로 그동안의 공을 깨부수고 말았다. 지오는 아버지가, 자신이 한국과 캐나다를 오가며 까먹은 1년과 재수한 1년 만큼 경쟁에서 뒤처지고 있다고 생각한다는 걸 잘 알았다. 아버지는 지오의 휴학이 곧 입대라고 철석같이 믿었다. 그 믿음과 달리 가능한 한 입대를 미룰 수 있는 만큼 미루고 싶었던 지오는, 현실로 다가온 군대 생각을 하자 휴학을 한 게 잘한 짓인가 싶었다.

갑자기 엉망인 성적표로 남은 지난 1년이 허망하게 여겨졌다. 지오는 대학에 들어오면서 아예 길을 잃어버린 느낌이었다. 어쩌면 대학 합격이 인생 최대의 목표였고 그 이후에 대해서는 생각하지 못했다는 게 맞는지도 모르겠다. 지오가 보기에 부초 같기는 같은 과 신입생들도 마찬가지였다. 하나같이 운이 나쁘거나 실수해서 왔다는 아이들은 학교에 뿌리 내릴 생각 대신 반수나 편입으로 학벌 세탁할 생각들만 하고 있었다. 성공률이 희박한 목표나 꿈은 자기 위안에 불과할 뿐이다. 시작부터 열패감에 잠겨 시작하는 아이들에 비하면 지오는 서울에 있는 대학교에 합격했다는 것만으로도 만족하고 있는 터였다. 하지만 아버지는 지오가 입학하기도 전부터 학점 잘 따서 상위권 학교로 편입하기를 바랐다. 1학년 성적에서 그 가능성이 사라지자 아버지는 다른 목표를 세워 놓고 지오를 닦달했다.

건물 밖으로 나서자 우중충한 마음을 대변하듯 음침한 2월의 바람이 파고들었다. 집으로 가기는 싫었고 해수 집도 마찬가지였다. 아르바이트 간 그녀를 기다리다 함께 저녁을 지어 먹는 일도 이제 시들해지고 있었다. 해수는 아르바이트하는 와중에도 틈틈이 메시지를 보냈고 하루종일 문자를 하다 보면 감시당하는 기분마저 들었다.

재수 때 친구나 불러낼까 하며 교정을 걸어 나오던 지오는 한결과 마주쳤다. 누가 먼저랄 것도 없이 동시에 알아봐서 피할 수도 없었다. 지오가 고등학교 동창을 만난 건 자퇴 후 처음 있는 일이었다. 둘은 친구를 만난 사람들치고는 당황한 기색이 역력한 채 잠시 마주 보았다.

"윤지오, 웬일이야?"

사투리 억양은 남아 있었지만 서울 말씨였다. 한결은 그때보다 살은 빠지고 키는 컸다. 뿐만 아니라 염색과 피어싱도 했다. 패션 안경도 고등학교 때보다는 훨씬 잘 어울렸다.

"학교에 웬일이겠냐. 공부하러 왔지. 짜식 스타일 좋아졌는데?"

지오가 한결을 위아래로 훑어보며 말했다. 피하고 싶었던 처음에 비하면 이상하리만치 반가웠다. 6개월 동안 한방 쓴 게 작은 일은 아닌 모양이었다.

"너도 이 학교 다니냐? 무슨 과야?"

지오가 오가는 사람들을 피해 도로 가장자리로 비켜서며 물었다.

"아니, 나는, 뭐, 친구 만나러."

얼버무리듯이 말하는 한결은 지오를 만난 게 그다지 반갑지 않은 모양이었다. 붙임성 있었던 것 같은데 기억이 잘못된 건가? 아니면 다른 앤가? 지오는 그런 한결을 보자 오히려 편안해졌다. 뜻밖의 조우를 적당히 마무리하고 헤어지면 되겠다 싶었다.

"그래? 그럼 친구 만나고 가라. 언제 함 보자."

휴대폰 번호도 교환하지 않았으니 마지막 말은 의례적인 인사였다. 돌아서는데 한결이 따라붙었다.

"오래간만에 만났는데 그냥 헤어지기 섭하네. 어디 가서 커피라도 마시자."

지오가 싫어하는 일 중 하나가 남자끼리 비싼 돈 내고 커피 마시는 거였다. 커피는 해수와 마시는 것만으로도 충분했다.

"커피는 무슨. 술이나 마시면 모를까."

차라리 취한 채 집이든 해수 집이든 가고 싶었다.

"아직 다섯 시밖에 안 됐는데?"

"다섯 시면 술 먹기 딱 좋은 시간이지. 근데 친구 안 만나냐?"

한결이 혹시 지오도 아는 고등학교 동창을 술자리로 불러낼까 봐 걱정됐다.

"그, 그게 미리 연락하고 온 게 아니거든."

한결이 더듬었다.

"촌놈 티 벗은 줄 알았더니 아니네. 서울 사람들이 얼마나 바쁜데 연락도 없이 오냐."

"그러게."

둘은 학교 앞에 있는 삼겹살 가게로 갔다. 한결의 걱정과 달리 식당은 만원이었다. 지오는 소주 한 병과 삼겹살 2인분을 시켰다. 먼저 술 먹자고 했고 주도적으로 메뉴를 시키고 있으니 계산은 자신이 해야 할 것이다. 지오는 통장 잔고가 얼마인지 떠올려 보았으나 기억나지 않았다. 아무튼 이번 달은 친척들한테 세뱃돈 받은 걸로 썼으니 아버지가 자동이체로 넣어 주는 용돈은 그대로 있을 것이다.

마음 편히 술 마셔도 되겠네, 하다가 해수 생일이 얼마 남지 않았다는 게 생각났다. 200일을 모르고 지나가 헤어질 뻔했던 걸 생각하면 이번엔 정신 차려야 했다. 별로 친하지도 않은 녀석한테 돈 쓰는 게 좀 아까웠지만 당장은 함께 술 마실 상대가 있어서 좋았다.

빼던 것에 비해 고기가 익기도 전에 잔을 부딪치자고 보채던 한결은 소주를 한입에 털어 넣었다. 그리고 거푸 두 잔을 더 마신 뒤 잔을 탁자 위에 소리나게 내려놓았다. 한결의 빠른 속도에 당황하며 두 잔째 소주를 마시던 지오가 멈칫했다.

"아 씨발, 솔직하게 말해야 쓰겠다. 니한티 첨 말하는 건디 비밀 지켜라잉."

취기가 오르자 사투리가 심해졌다. 지오는 이맛살을 찌푸렸다. 그는 누군가 자신에게 비밀을 털어놓는 게 부담스러웠다. 비밀의 무게만큼 상대에 대한 마음을 비워 놓아야 하는 게 싫었다. 하지만 이미 작정한 한결에게 그만두라고 할 수도 없었다. 가벼웠던 걸로 기억되는 한결의 캐릭터가 그나마 다행이었다.

"나, 긍께, 그 학교 다녀. 그런데 학교가 아니고 게임 교육원이야. 오늘 2학년 등록하러 온 거야."

"게임 교육원? 우리 학교에 그런 게 있었냐?"

"있으니께 다니겠지. 게임하고 관련된 거 공부하는 덴데 나는 게임 시나리오 전공이야."

"너 그런 거 좋아했어?"

"게임이나 좋아했지 그런 걸 좋아했겠냐?"

"근데 그게 왜 비밀이야?"

"우리 집에선 내가 대학생인중 안께."

"그게 가능해?"

"우리 식구 중에는 대학 나온 사람이 없어서 잘 몰라."

한결의 식구를 만날 일은 없을 테니 비밀에 대한 부담도 줄었다.

"근데 나중에 어떡하려고 그런 거짓말을 했냐?"

지오는 거짓말을 수습할 일이 남 일인데도 귀찮은 생각이 들었다.

"그라믄 어쩌냐? 서울에 있는 대학 떨어지믄 고흥 내려와서 배를 타든지, 공무원 준비나 하라는디. 배 타는 것도 싫고 공무원은 더 싫어."

편입에 대한 기대를 접은 지오 아버지는 행정 고시를 들이밀었다. 제대로 걷지도 못하는 아이에게 못 걷겠으면 달리라는 거나 다름없다. 지오는 아버지가, 노력하면 자신이 고시를 패스할 수 있다고 정말로 믿는 건지 궁금했다. 변변한 운동화 한 켤레 없이 자기 구간을 1등으로 완주한 계주 선수 같은 아버지는 지오에게 바통을 넘기려 하고 있었다. 강제로 다음 주자가 된 지오는 달리고 싶지도, 왜 달려야 하는지도 알지 못했다. 아버지는 아낌없는 후원을 받으면서도 선두에 서지 못하는 아들을 이해하지 못했다.

"현대 사회에서는 직업이 계급이고 신분이야. 요새는 대기업에 취직하는 것보다 고급 공무원이 더 안정적이고 확실해."

아버지는 자기 경험에 의거해 아들의 미래를 결정지으려 했다. 아버지는 아들이 무얼 원하는지 어떤 걸 좋아하는지 한 번이라도 물은 적이, 아니 궁금해 한 적이 있을까. 어떻게 자기가 아는 길이 정답이라고 확신하는 걸까? 지오는 자신이 할 수 없는 걸 강요하는 아버지가 자수성가한 사람으로서의 유세와 심통을 동시에 떨고 있는 것 같았다.

"너도 깝깝하다."

말은 그렇게 했지만 지오는 자신 또한 정식 대학생이란 것 빼놓고는 한결보다 나을 게 없다고 생각했다.

"재미는 있어?"

지오는 동병상련의 정을 느끼며 물었다.

"그런데 그게 말여, 재미있더라고. 사실 우리 게임 인생이 몇 년이냐? 게임함서 생각하던 것들이 많이 있었거든. 글솜씨가 부족해서 힘들긴 혀도 재밌어. 잘만 하면 대박날 수도 있고. 대학 나온다고 취직 잘되는 세상도 아니잖아."

지금까지와 달리 한결의 눈이 빛났다. 그 모습을 보며 지오는 한결이 자기보다 낫다고 생각했다. 그들은 새로 따른 술을 원샷했다.

"니는 무슨 과여?"

한결이 물었다.

"사회학과."

"사회학과? 너 그러믄 사회가 어떻게 돌아가는지 열라 잘 알겠다."

"1학년은 걍 교양 과목이나 듣는 거지, 씨발 알긴 뭘 아냐?"

"그냐, 씨발, 우리 아버지는 졸업식 때 와서 아들 학사모 쓴 거 볼 생각하면 배 타는 게 신바람이 난다는디. 순철이 형네 아버지처럼 아들 학사모 씌워서 사진 찍어 줘야 하는디. 우리 아버지가 순철이형네한티 젤 부러운 게 그 사진이란다. 그 형네는 큰 배가 세 척이나 있는 부잔데 말여. 근디도 그게 젤 부럽대. 존나 웃김시롱 존나 슬프지 않냐?"

지오는 한결의 이야기를 듣는 동안 그 애 아버지가 냉동차로 회를 실어 와 반 전체가 먹었던 게 기억났다.

"씨발, 까라 그래. 그깟 학사모가 뭐라고."

둘은 마치 비속어가 둘의 우정을 불타오르게 하는 주술인 것처럼 연신 '존나 씨발'거리며 술을 마셨다. 취기가 올랐을 때 한결이 물었다.

"여친 있냐?"

"그럼 있지, 새끼야. 너는?"

"난, 긍께 아직 못 사귀어 봤어. 나이트는 가 봤냐?"

"가 봤지, 그럼. 혹시 너 안 가 본 거야?"

"오늘 가자."

한결이 대답 대신 말했다.

"나 여친 있댔잖아."

해수와 사귄 뒤로는 한 번도 나이트클럽에 가지 않았다. 해수에게 충실하기 위해서라기보다는 안 들킬 자신도 없고 들켰을 때 벌어질 일들이 귀찮아서였다. 해수는 지오에게 헌신하는 만큼 소유욕도 강했다. 아직까지는 견딜 만한 수준이었다. 한결과의 대화를 듣기라도 한 듯 해수한테 문자가 오기 시작했다. 지오는 그 문자를 핑계로 한결과 헤어졌다. 그때 휴대폰 번호를 알려 준 게 실수였다.

가끔씩 안부를 물어오던 한결이 열흘 전쯤 나이트클럽에 가자고 졸라 댔다. 해수가 2주 예정으로 아르헨티나에 사는 가족들을 만나러 간 사이였다. 해수가 오려면 이틀 남았다. 지오는 가짜 대학생 노릇을 해야 하는 한결의 고충이 마음에 남았던 터라 위로하는 차원에서 그의 소원을 들어주기로 했다. 지오는 한결과 저녁 때 만나 술 마시고 피시방에 가서 시간을 보내다 열한 시쯤 나이트클럽으로 갔다.

"너 원나잇 해 봤냐?"

기대에 찬 얼굴로 걸음을 옮겨 놓던 한결이 물었다.

"이 형님이 안 해 본 게 뭐가 있겠냐."

한결의 휘둥그레진 얼굴은 고등학생 때와 조금도 달라진 게 없어 보였다.

"설마 너 아직 딱지도 못 뗀 거야?"

지오가 바라보자 한결이 뒤통수를 긁었다.

"여자 사귀어 보기는 했어?"

"아니."

"이거 완전 고삐리 수준이잖아."

"씨발, 넌 원나잇도 해 보고 여친도 있어서 좋겠다. 내 인생은 왜 이렇다냐? 나도 이번 봄에는 여친하고 벚꽃 구경 좀 해야 쓰겠다."

한결이 지오를 부러운 눈길로 바라보았다. 지오는 자기만 믿으라며 한결의 어깨를 다독여 줬다.

시작은 그러했다. 지오는 교육원에 다니면서 대학 다닌다고 집에다 속인 친구, 여자 친구 한 번 못 사귀어 본 동창 한결을 위해 희생하는 마음으로 나이트클럽에 간 것이지 해수를 배신할 마음은 조금도 없었다. '적어도 양다리는 걸치지 않는다.'가 지오의 연애 법칙 1조 1항이었다. 어린이집 교사들이라는 여자들과 부킹할 때도 마찬가지였다. 지오는 사심 없이 한결을 위해 최선을 다했다. 몸 바쳐 분위기를 띄웠지만 맞은편의 한결은 여자에게 말도 제대로 못 걸고 술만 마셨다. 지오는 자기 옆에 앉은 여자를 상대로 대화를 이어가면서, 탁자 밑으로 정강이를 걸어차며 코치를 했건만 한결은 긴장한 나머지 계속 술을 들이켜다 뻗어 버리고 말았다. 한결 옆에 앉았던 여자는 물론 지오에게 호감을 보이던 여자도 김샜다는 얼굴로 가 버렸다.

옆의 여자가 귀에 대고 말할 때마다 귓불에 와 닿던 입김 때문에 들떴던 지오는 소파에 널브러진 한결을 보자 화가 났다. 인사불성이 된 녀석은 자기 집이 어딘지 말할 상황도 못됐다. 지오는 한결을 떠메고 나와 고민하다 비어 있는 해수 집으로 갔

다. 아버지에게 고주망태가 된 친구까지 보여 주고 싶지 않았
다. 한결이 가짜 대학생이라는 것까지 알면 아버지가 어떤 얼굴
로 자신을 볼지 훤했다. 해수가 없는 집에 친구를 데려가는 게
걸렸지만 한결을 보낸 다음 싹 치워 놓으면 모를 것이다.

해수 집에 도착한 지오는 한결을 방바닥에 눕혔다. 아무리
해수가 모른다고 해도 침대에 재우는 건 아니다 싶었다. 이불을
덮어 주고 지오는 침대에 누워 TV를 보다 새벽에 잠이 들었다.

지오는 잠결에 현관문 열리는 소리를 들었다. 겨우 눈을 뜨
고 보니 한결이 없었다. 녀석이 가는 모양이라고 생각하면서도
지오는 일어나지 않았다. 더는 볼일 없을 것이다. 아무튼 자신
은 동창 오한결에게 최선을 다했다. 지오는 다시 잠 속으로 빠
져들었다. 그때 갑자기 방문이 벌컥 열리며 해수의 모습이 나타
났다. 지오는 꿈인가 싶어 눈을 비볐다. 분명 해수였다.

"어, 해수다. 내일 오는 거 아니었어?"

반가운 마음이 왈칵 밀려왔다. 지오가 두 팔을 벌렸다. 해수
가 성큼성큼 다가오더니 안기는 대신 들고 있던 수건으로 지오
를 후려쳤다.

"내일? 그래서 나 오기 전까지 알차게 놀았냐?"

얼굴을 강타당한 지오는 깜짝 놀라 일어났다.

"왜 이래!"

"나 오는 날짜도 까먹을 만큼 재밌디?"

해수가 분노에 찬 얼굴로 수건이 채찍인 양 지오에게 휘둘렀
다.

"왜 그래? 아르헨티나 가서 무슨 짓을 배워 온 거야?"

지오는 몸을 이리저리 피하면서도 농담을 했다.

"개새끼, 너야말로 내 방에서 무슨 짓을 한 거야?"

해수가 씩씩거렸다. 지오는 방 안을 둘러보았지만 별다른 게 없었다. 지금 이 상황에 친구를 데려와 잤다고 하는 건 해수 화를 더 돋우는 일이다.

"내가 무슨 짓을 했다고 그래. 어젯밤 친구 만나서 술 마셨는데 갑자기 니가 막 보고 싶어지는 거야. 그래서 나도 모르게 일루 왔어."

지오가 너스레를 떨었다.

"넌 인간이 어쩌면 한순간도 진지한 법이 없냐."

해수가 지오 앞에 무엇인가 던졌다. 바라보니 칫솔과 나이트클럽 라이터, 그리고 콘돔 곽이었다. 한결이 남긴 흔적이었다. 아, 새끼. 여자 앞에서 말 한마디 못하는 주제에 꿈만 야무져서는. 지오는 머리카락을 움켜쥐었다. 남의 집에서 재워 줬으면 없었던 것처럼 사라질 일이지…….

"그거 설명할게. 사실은 어제 친구가 술 먹고 뻗었는데 어디사는지 몰라서 할 수 없이 일루 데려왔어. 침대에서 재우는 게 그래서 바닥에서, 이거 봐. 베개, 바닥에 있잖아. 바닥에서 재웠는데 새끼, 칫솔은 언제 꺼내 쓴 거야? 라이터랑은 그 자식건가 봐. 내 거 아니야. 정말이야."

"흥, 작가로 나서도 되겠네. 그럼 경은이가 본 건 뭔데?"

경은이가 봤다고? 뭘 본 거지? 지오는 일단 잡아떼기로 했다.

"뭘 봤다고 그래? 친구랑 술 마셨구만."

“그래. 나이트 가서 마셨잖아. 계집애랑 러브샷까지 해 가면서.”

그랬던 것 같다. 하지만 무슨 짓을 했든 모두 한결을 위해서였다.

“술 취해서 잘 생각도 안 나. 그리고 그랬더라도 그게 다야. 그런 다음 친구가 뻗어 버려서 일루 데려온 거라니까.”

해수 친구인 경은은 평소에 지오를 탐탁지 않아 했다. 진실성 없는 바람둥이 같아 보인다는 이유에서였다. 나이트클럽에서 지오의 모습을 보고 잘됐다 싶어 고자질한 것이다. 여자들이란 남이-친구라도- 잘되는 꼴은 못 보는 족속들이다. 지오는 속으로 경은에게 욕을 했다.

“그새를 못 참고 바람 피워? 꺼져, 이 나쁜 새끼야. 당장 꺼지라고.”

해수가 소리소리 질렀다.

자신을 믿지 못하는 해수에게 화가 난 지오는 벌떡 일어났다. 그러곤 방바닥에 뒹구는 옷을 주워 입고 밖으로 나와 버렸다.

입학한 뒤 처음 맞는 일요일이었다. 그리고 기숙사생들에게는 처음으로 외출이 허용되는 날이기도 했다. 늦잠을 자도 괜찮았지만 기숙사 안은 평소보다 일찍부터 생기 넘치는 활력으로 시끌벅적했다. 그동안 아이들은 새벽에 일어나 단체 체조를 한 뒤 아침 먹고 학교에 가서 오전 공부하고 점심 먹고 오후 공부를 했다. 그리고 저녁에 두어 시간 축구나 농구, 탁구 등 운동을 하고 저녁을 먹은 뒤 다시 야간 자율학습 후 밤 열 시에 기숙사로 돌아오는 생활을 했다. 기숙사 학습실은 자정까지 개방했는데 대부분의 아이들은 그곳에서 공부를 하든 책을 읽든 과제를 하며 시간을 보냈다. 아직은 어느 누구도 다른 아이들보다 일찍 잠자리에 들 용기가 없었다.

기숙사 규칙은 엄격해서 술 담배를 하거나 싸우거나 규정을 어겨서 벌점이 차면 타 지역 학생이라고 해도 기숙사에서 나가야 했다. 기숙사를 담당하는 사감은 (소문에 의하면)유격대원 출신의 삼촌뻘 되는 남자였다. 이제 막 어미 닭 날개 밑에서 나온 햇병아리 같은 1학년들은 사감이 매끈하게 다듬어진 지휘봉을 들고 지나만 가도 알아서 바짝 얼었다.

부모들은 자기 아이들이 전원 속에서 정화되기를 바랐겠지만 그러기엔 자연이 너무 넘쳤다. 도시에서 온 아이들은 첫날 밤, 또는 둘째 날까지 총총한 별이나 맑은 공기에 감탄했지만 곧 시들해졌다. 부모들은 결핍이야말로 최상의 유인책임을 어른이 된 탓에 까맣게 잊었다. 아이들이 필요로 하는 건 힘든 현실을 잊을 만큼 자극적인 문명 세계였다.

24시간 함께 생활하는 아이들은 벌써 읍내 어떤 피시방 시설이 좋거나 이용료가 싼지, 어느 교회에 예쁜 여학생들이 많은지에 대한 정보를 공유했다. 아이들은 입학 첫 주의 긴장되고 어수선한 분위기 속에서도 구미에 맞는 일정을 택해—대부분은 피시방 행이었지만— 아침 식사 뒤 읍내에 나가기로 계획을 짰다. 일주일 만에 처음 교문 밖을 나간다는 사실에 아이들은 흥분했다. 아침이면 시간에 쫓겨 투덕거리는 소리가 나던 샤워장에서도 오늘은 여유로운 웃음소리가 비누거품처럼 방울졌다.

"장석주, 너 시방 준비 안 하고 뭣 허냐?"

문 옆에 걸린 거울 앞에 서서 집에서부터 챙겨 온 도수 없는 안경을 썼다 벗었다 하던 한결이 트레이닝복인 채로 침대에 누워 있는 석주에게 말했다. 205호의 분위기 메이커는 한결이었다. 석주, 근석, 지오는 각각 전교 1등, 토박이라는 배경과 완력, 한 살 많은 나이와 아웃사이더를 자처하는 시니컬한 태도에서 오는 팽팽한 기세로 트라이앵글을 이루고 있었다. 한결이 막대가 돼 이리저리 소리를 울리고 다녔다. 그게 듣기 좋은 화음을 이루는지는 모르겠지만.

"어, 나 안 나갈 건데. 좀 쉬다 책이나 보려고."

"무슨 책을 또 봐야? 대그빡도 하루쯤은 비워 줘야 들어가제. 첫 외출인디 하냥 가서 놀자."

한결이 졸랐다.

"피시방 갈 거 아냐? 난 게임 안 해."

석주는 안 봐도 뻔한 외출에 동참하고 싶지 않았다.

"뭐? 게임을 안 한다고? 니 사람 맞냐? 나는 일주일 안 혔더니 금단 현상이 와서 손이 덜덜 떨리는디. 니가 아직 게임 맛을 못 봐서 그런가 보다잉. 나가 재밌는 게임 가르쳐 줄 텐게 같이 가자."

한결은 끈덕졌다.

"안 간다는데 왜 자꾸 그러냐? 전화 거는 애들 없을 때 엄마랑 실컷 통화하라고 냅 둬."

거울 앞의 한결을 밀어내고 짧은 머리에 왁스를 바르던 지오가 말했다.

지오 말대로였다. 석주는 마음 놓고 엄마와 통화하고 싶었다. 1층 휴게실에 있는 두 대의 공중전화는 항상 붐볐다. 옆과 뒤로 아이들이 다닥다닥 붙어 서 있어 개인적인 이야기도 할 수 없었다. 처음 집 떠나온 아이들은 낯선 생활을 보고하느라, 하소연하느라, 필요한 것들을 이야기하느라 시간이 부족했지만 통화가 길어지면 기다리는 아이들의 눈총이 따가웠다.

석주는 사실 처음 하는 공동생활로 인한 스트레스 때문에 변비와 배탈이 반복되고 있었다. 룸메이트 중에서 마음에 드는 아이는 단 한 명도 없었다. 근석은 (태명고에 어떻게 들어왔나 싶게)무식했고, 지오는 (태명고에 왜 왔나 싶게)제멋대로였고, 한결은 (태명고에 어울리지 않게)만사태평이었다. 석주는 그들이 각자 자기네 중학교에서 상위 10퍼센트 안에는 들던 아이들이란 사실이 믿기지 않았다(지오는 영어 특기자로 왔다는 것 같았다.). 따지고 보면 배치고사에서 1등한 것도 그 아이들 덕분이고, 앞으로도 자기 밑을 깔아 줄 아이들이지만 한방을 쓰기는 괴로웠다.

그 애들은 석주가 어울려 본 적이 없는 부류들이었다. 석주는 영어 유치원을 나와 초등학생 때부터 엄마가 엄선해서 만들어 준 그룹의 아이들과 과외를 받고, 악기나 운동을 배웠다. 중학교 때까지 그랬다. 같이 어울렸던 아이들은 대부분 특목고나 자사고엘 갔다. 사실 그들 중 성적이 가장 낮았던 석주는 전교 1등이 처음이었다. 그는 비록 배치고사라 할지라도 세상을 다 가진 듯한 그 기분을 계속 맛보고 싶었다. 석주는 어서 6개월이 지나 성적순대로 방을 쓰고 싶었다. 1등부터 4등까지 한방을 쓴다면 방에서도 눈총 받지 않고 공부에 관한 이야기를 나눌 수 있을 것이다.

공중전화에 대고는 그런 푸념을 늘어놓기 어려웠다. 그래서 기숙사에 남아 마음 놓고 전화하려던 건데 지오한테 들켰다. 석주는 그의 은근한 조롱이 마마보이라고 대놓고 비웃는 것보다 더 기분 나빴다.

“누가 그런대?”

석주가 발끈해서 쏘아붙였다. 그러면서도 그는 풍부한 경험과 정보를 가지고 자식을 성공으로 이끌어 주는 엄마 말을 따르는 게 왜 조롱 받을 일인지 잘 이해되지 않았다.

“도대체 21세기 맞냐? 노트북도 금지, 휴대폰도 금지. 요즘 세상에 공중전화가 뭐야. 제 발로 들어왔으니 할 말은 없지만 정말…….”

석주는 그 말에서 지오가 자기를 조롱하려던 게 아님을 알고 미안해졌다. 하지만 지오는 석주에게는 전혀 관심 없는 듯 열심히 머리를 만진 뒤 코트 위에 머플러를 감았다. 그것만으로도 스타일이 확 살았다. 석주는 누운 채로 키가 자기보다 10센티미터는 더 큰 듯한 지오의 뒷모습을 힐끔거렸다. 다들 외출하는 마당에 우중충한 기숙사에 혼자 남을 걸 생각하니 갑자기 처량한 기분이 들었다. 마침맞게 한결이 또 한 번 졸라 주었다.

“알았어. 피시방 가서 EPL 경기나 봐야겠다.”

석주는 못이기는 척 일어나 후다닥 옷을 갈아입었다. 교복이나 체육복 바지가 아닌 청바지만 입었는데도 기분이 새로웠다. 아이들이 들떠 하는 이유를 알 것 같았다.

“이펠? 고거이 뭣이다냐?”

한결이 물었다.

“잉글랜드 프리미어 리그. 박지성 뛰는 리그 있잖아. 장석주, 듣는 사람 생각해서 쉬운 말로 해라.”

지오가 사물함 문을 닫으며 말했다.

EPL이나 잉글랜드 프리미어 리그나. 석주는 말없이 지갑을 챙겼다.

"근데 양근석은 어디 갔냐?"

방을 나가면서 지오가 물었다.

"일찍도 찾는다. 아침도 안 먹고 나가 부렀는디. 양근석은 좋겠다, 주말마다 집에 갈 수 있고 말여."

석주는 한결의 말에 백 퍼센트 공감했다. 영동 아이들은 대부분 집에서 통학했다. 기숙사 방이 모자라 성적순으로 자르는데다 기숙사비며 아침 식대, 야식비 등 들어가는 돈이 만만치 않았다.

"근데 갸는 왜 집에서 안 댕기고 기숙사로 왔나 모르겠네."

집이 가장 먼 한결이 고개를 갸웃거렸다.

"척 보면 모르겠냐? 집에서 게임만 해 대고 꼴통 짓 하니까 걔네 부모가 기숙사에 처넣은 거지."

지오가 피식 웃으며 말했다.

"니가 그걸 어떻게 알아?"

석주 말에 지오는 아무런 대꾸도 하지 않았다.

기숙사를 나온 석주는 지오 쪽을 힐끗 보곤 튼튼이에게로 다가갔다. 지오가 놀릴까 봐 이름을 부를 수 없었다. 석주는 펄쩍펄쩍 뛰는 튼튼이에게 매점에서 사 놓은 소시지를 까 주었다. 지오가 모르는 척하며 한결에게 말했다.

"택시 불러야 하는 거 아냐?"

"여기 애들이 그라는디 일요일에는 교문 앞에서 택시들이 기다린대. 요금을 따로따로 받는 기사가 있응께 조심하래."

"씨발, 바가지 씌울 데가 없어서 학생들한테 씌우냐."

지오는 앞장 서 휘적휘적 걸었다. 한결이 석주를 소리쳐 부르며 종종걸음으로 지오를 따라갔다.

교문 앞에는 한결의 말대로 택시들이 정류장인 것처럼 서 있었다. 그들은 맨 앞의 택시를 탔다. 지오가 앞자리에 앉고 석주와 한결이 뒷자리에 탔다. 태명고 출신이라는 기사가 한결의 사투리를 듣고 고향을 물었다.

"쩌 아래 고흥이어라."

"전라남도 고흥? 거기서 워떻기 여기까지 알고 왔어?"

"선생님이 추천해 주셨어라."

"그럼 아버지는 고기 잡는겨?"

"야. 고깃배 두 척이 있어라."

"고깃배가 두 척이면 부자구만 그려."

"작은 밴디요, 뭘."

처음 듣는 내용이었다. 하지만 석주는 한결의 이야기보다 택시비를 어떻게 내야 할지가 더 신경 쓰였다. 미터기를 보니 4천 원 정도 나올 것 같았다. 네 명이면 천 원씩 내면 간단한데 세 명이라 애매했다. 내가 2천 원을 내고 둘한테 나머지를 내라고 할까. 손해 보는 기분이지만 부모님이 늘 말했다. 베풀고 사는 게 좋은 거라고.

"암튼 전국에서 학생들을 뽑아 오고. 옛날에는 똥통 학교였는디 전광룡이가 인수하고 나서는 명문이 됐지."

기사는 태명고 아이들이 모이는 데라며 번화가에 아이들을 내려주고 4천 3백 원 중에서 3백 원을 깎아 주었다. 석주가 지갑을 꺼내는데 지오가 앞에서 4천 원을 다 냈다.

“고맙다잉.”

“고마울 거 없어. 이따 피시방비는 니들이 내.”

한결의 말에 지오가 대꾸했다. 석주는 오는 내내 머리 굴린 게 무안해졌다. 지오는 1년을 더 살아서 그런지 삶에 대한 순발력이나 대응력이 좋은 것 같았다.

일주일 동안 여자라곤 40대 후반인 사서 선생님과 식당의 조리사 아줌마밖에 구경하지 못한 아이들은 첫 휴가 나온 신병들처럼 지나가는 여자들을 좇아 이리저리 눈을 굴렸다. 석주는 입학식 날 엄마, 아빠와 함께 읍내에서 점심을 먹었다. 초라하고 한산하게 여겨졌던 그곳과 지금 눈앞에 보이는 화려한 동네가 같은 곳이라는 게 놀라웠다.

셋은 일단 피시방으로 갔다. 어기저기 태명고 아이들이 보였다. 그들은 팀을 짜거나 각기 게임 삼매경에 빠져 있었다. 석주와 지오, 한결은 나란히 자리 잡았다. 한결과 지오가 함께 농구 게임을 하는 동안 석주는 첼시와 아스날의 경기를 보았다. 아빠와 형이 축구광인 덕에 석주는 어려서부터 EPL 경기를 보며 자랐다. 석주가 대학에 가면 3부자가 함께 영국으로 축구를 보러 가는 게 아빠 꿈이었다. 석주 꿈은 아빠, 그리고 형과 대학 동문이 되는 것이었다.

두 시간이 지난 뒤 석주가 나가자고 하자 지오와 한결은 먹던 사탕을 뺏긴 아이 같은 표정으로 일어섰다.

“피시방 시간은 왜 이렇게 빠른지 모르겠다.”

한결이 툴툴거렸다. 피시방비는 7천 8백 원이 나왔다. 석주가 미리 생각해 놓은 걸 말하려는데 한결이가 먼저 치고 나왔다.

"장석주 내가 4천 원 낼 텐게 너는 3천 8백 원 내."

석주는 또 선수를 뺏긴 기분이 들어 4천 원을 주고 거스름돈은 필요 없다고 했다. 어쨌거나 계산은 끝난 셈이 됐다.

셋은 햄버거를 먹기로 했다. 유기농 재료로 만든다는 식당밥을 먹을 때마다 아이들은 햄버거와 피자, 치킨을 그리워했다. 패스트푸드점을 찾고 있는데 한결이 두 아이 옆구리를 동시에 찔렀다. 석주와 지오가 한결이 눈짓하는 곳을 보니 근석이 있었다. 집에 들렀다 나온 듯 옷을 갈아입은 근석은 여자애와 함께였다. 근석에게 착 달라붙어 팔짱을 낀 채 걷고 있는 여자애는 놀랍게도 한 번 더 돌아볼 만큼 예뻤다.

셋은 놀란 표정을 감추지 못한 채 근석과 여자 친구를 바라보고 서 있었다. 근석도 아이들을 보았다. 근석은 룸메이트들에게 보라는 듯 여자애 어깨에 팔을 두르더니 볼에 입을 맞췄다. 여자애가 주위를 둘러보며 근석의 가슴을 주먹으로 콩콩 때렸다. 장소 때문이지 행동 때문은 아닌 듯한 모습이었다.

"양근석이 능력 있네."

햄버거와 감자튀김과 어니언링, 치킨너겟 등을 쌓아 놓고 앉아 한결이 한숨을 쉬었다. 지오는 말없이 햄버거의 포장지를 벗겨 한입 크게 베어 먹었다. 석주는 배가 아프다며 햄버거를 반만 먹었다.

"우리도 근석이한티 소개팅 시켜 달라고 할까?"

"모의고사가 코앞인데 무슨 소개팅이야?"

한결이 들썩거리자 석주가 퉁바리를 주었다. 고1, 3월에 보는 첫 모의고사 점수가 수능까지 간다는 속설 때문에 부모나 아이들 모두 신경 쓰고 있는 시험이었다.

"모의고사는 앞으로도 계속 있잖어. 느그들 여자 사겨 봤냐? 윤지오, 영화 보니까 외국 애들은 중딩들도 막 뽀뽀하던디 진짜로도 그냐?"

"양근석도 하는 걸 그 애들이 안 하겠냐?"

"그럼 니는? 니도 뽀뽀해 봤냐?"

"뽀뽀가 뭐냐? 유치하게."

"그럼 키스? 해 봤어?"

석주가 붉어진 얼굴로 물었다.

"암튼 니들이 뭘 상상하든 형님은 그 이상을 해 봤다는 거만 알아 둬. 장석주, 너 그거 안 먹을 거면 이리 줘. 내가 먹을게."

석주는 반만 먹고 남긴 햄버거를 지오 앞으로 밀어 주었다.

"니들 내가 기숙사 가면 좋은 거 보여 줄게."

햄버거를 입으로 가져가던 지오가 씩 웃으며 말했다.

"좋은 거? 그게 뭔데?"

"이 아그야, 좋은 게 뭐겠냐? 야동 말하는 거지. 맞지?"

한결이 석주를 바보 취급하는 날도 있었다.

"아아, 야동. 근데 그걸 어디서 봐? 아무것도 없는데."

석주가 그쯤이라면 나도 안다는 얼굴로 말했다. 물론 석주도 본 적이 있다. 우연히 어쩌다 한 번, 의도적으로 서너 번, 아니 더 여러 번. 지오가 주머니에서 엠피스리 플레이어를 들어 보였다. 한결이 낚아채려는 순간 지오가 손을 더 높이 치켜들었다.

"나 일빠."

한결이 재빨리 첫 번째를 선점하곤 약오르지? 하는 표정을 지었지만 석주는 보지 않으리라 다짐했다. 기숙 학교까지 와서 야동이나 보고 있을 수는 없었다.

햄버거 가게를 나온 뒤 그들은 문구점으로 갔다. 석주는 필기구와 연습장을 샀고 지오는 슬리퍼를 샀다.

"태명고 학생들인가 보네. 외출 나왔어?"

계산대의 중년 여자가 물었다. 석주가 그렇다고 대답했다.

"우리 아들도 내년에 중3인디 태명고에 갈 수 있을라나. 기숙사에서도 공부 열심히 하지?"

중년 여자가 비닐백에 석주의 물건들을 담으며 물었다.

"애들마다 달러라. 우리 방에서는 얘만 열심히 해요. 얘가 이래 봬도 전교 1등이어요."

한결이 제가 1등인 양 뻐기며 말했다. 중년 여자가 새삼스러운 눈길로 석주를 바라보았다. 한결의 '이래 봬도'가 살짝 거슬리고 중년 여자의 감탄 어린 눈길이 민망하면서도 석주는 기분이 좋아졌다.

문구점을 나온 소년들은 읍내를 탐사하자는 데 의기투합해서 이 골목, 저 골목을 돌아다녔다. 그러는 동안 그들은 자신들이 영동 읍내에서 어떻게 비춰지는지 알아갔다. 태명 고등학교 학생들은 영동 사람들에게 선망의 대상이었다. 아들 가진 부모들은 자식을 태명에 보내고 싶어 했고 여자아이들은 (서울에서 온)태명고 아이를 사귀고 싶어 했다. 어느 쪽으로나 별 연관이 없는 사람일지라도 태명에 다닌다고 하면 특별하게 여겼다. 전국 고등학교를 대상으로 하는 객관적인 평가나 인지도와 상관없이 전국에서 몰려든 뛰어난 수재들로 받아들여졌다. 그중에서도 석주는 전교 1등으로 입학한 것이다.

어느새 두 시가 됐다. 한 것도 없는데 시간은 잘도 흘러갔다. 귀사 시간인 네 시까지 안전하게 들어가려면 세 시 반에는 택시를 타야 했다.

"피자 먹고 가자."

햄버거 반쪽밖에 먹지 않은 석주가 말했다. 한결과 지오도 찬성했다. 라지 한 판을 사서 석주가 네 조각을 먹고 지오와 한결이 각각 두 조각씩 먹기로 했다. 피시방을 끝으로 계산은 계속 더치페이였다. 그들은 피자 브랜드를 놓고 실랑이를 벌이다 가장 많이 먹을 석주 취향에 맞추었다.

피자 가게에서 셋은 또 근석과 마주쳤다. 바로 옆 테이블이라 이제는 모르는 척하기도 어려운 상황이었다.

"니들은 왜 내 뒤만 졸졸 따라다니냐?"

근석이 피식 웃으며 먼저 아는 척을 했다.

"친구들이야?"

여자애가 물었다. 목소리에 애교가 넘쳤다. 셋은 동시에, 아무리 봐도 근석이한테는 아깝다고 생각했다.

"한방 쓰는 애들. 얘는 내 여친."

근석이 소개하기 낯간지러운지 대충 얼버무렸다.

"소개를 할 거면 정식으로 해. 안녕하세요? 저는 윤지오예요."

지오가 보기 드물게 적극적인 자세로 인사를 했다.

"아, 안녕하세요? 저는 장석주요."

석주는 자기도 모르게 벌떡 일어나 꾸벅 인사까지 했다.

"찌질해 보이지? 근데 전교 1등으로 들어왔다."

"반전이네요. 안녕하세요?"

"안녕하셔요? 지는 한결같은 남자 오한결입니다."

한결이가 마지막으로 인사했다. 어설픈 서울말과 폼으로 쓴 안경 때문에 코믹해 보였다.

"재밌으시다. 반가워요."

"쟤네는 배가 두 척이나 있대."

근석이 부연 설명을 했다. 평소에는 관심 없는 척하더니 알 건 다 알았다.

"저분은? 다른 친구들처럼 말할 거 없어?"

여자애가 지오를 가리켰다. 근석이 지오를 힐끗 바라보더니 말했다.

"한 살 많아."

"어머, 그럼 나랑 같네. 저도 열여덟 살이에요. 그런데 왜 1학년이에요? 꿇었어요?"

"유학 댕겨와서 그래라."

한결이 냉큼 나서 말했다.

"아아. 참, 저는 진성여고 2학년 김성은이에요. 근데 혹시 미팅할 생각들 없어요?"

성은이 다짜고짜 물었다.

"뭐 하는 거여? 관둬."

근석이 제지했지만 성은은 아랑곳하지 않았다.

"왜에. 제 동아리 후배들 소개시켜 줄게요."

“무슨 동아린디요?”

한결이 가장 먼저 호기심을 보였다.

“택견이요. 아, 운동한다고 편견 갖지 마세요. 다 예뻐요.”

“누나, 아니 성은 씨만큼 이뻐요?”

한결이 물었다.

“당연하죠. 미팅 하실래요?”

“우리는 다음 주는 집에 가고 다다음 주에 외출 나올 수 있는
디. 그때도 괜찮어요?”

적극적인 한결 덕분에 미팅 이야기가 진행됐고 근석을 통해
일정을 잡기로 했다.

피자를 먹으며 떠들다 보니 어느새 세 시가 넘었다. 근석의
여자 친구는 명랑하고 센스가 있어 분위기를 즐겁게 만들었다.
여자 한 명이 끼자 시간은 한순간에 콜라처럼 톡 쏘면서도 상큼
해졌고 또 빨리 사라져갔다.

이제 기숙사로 돌아가야 했다. 네 시에서 1분만 넘겨도 벌점
을 받았다. 작년엔 몇 분 늦은 아이가 건물 뒤편 창을 타고 넘다
떨어져 다쳤다고 했다. 근석이 같이 들어가자며 피자 가게 앞에
서 여자 친구와 헤어졌다. 소년들은 친구 여친인데도 그녀가 사
라지자 허전한 기분이 들었다.

택시 정류장은 귀가하려는 태명고 학생들로 붐볐다. 전 학년
이 다 나왔기 때문에 수요가 많았다. 석주 눈에는 읍내 분위기
가 마치 지난겨울 외박 나온 형과 함께 묵었던 군부대 동네 같
아 보였다. 행정병 보직을 받은 형은 석주에게 카투사나 공군으
로 가라고 했다. 형 목소리가 듣고 싶다고 생각하던 석주는 깜

짝 놀라 멈춰 섰다.

"왜? 뭐 잊어뻔졌어야?"

한결이 물었다. 석주는 하마터면 엄마한테 전화하는 걸 잊었어라고 말할 뻔했다. 아무것도 아니야, 하며 다시 걸음을 떼어 놓았지만 가슴에 바윗덩이가 털썩 얹힌 것 같았다. 기숙사를 나오기 전이나 나온 뒤라도 엄마에게 상황을 알렸어야 했다. 그동안 아들 전화를 기다리며 걱정했을 엄마 생각을 하니 너무 미안했다. 무엇보다 전화하지 않은 이유를 어떻게 대야 할지 걱정이었다. 하루를 돌이켜 보니 잊었다고 하기엔 너무 시답잖은 시간을 보낸 것 같았다.

모의고사 성적으로 속죄하리라 석주는 다짐하고 또 다짐했다.

5. 수신 거부

기차가 천안역에 멈춰 섰다. 큰 역이어선지 내리는 사람들이 많았다. 차창 밖을 내다보던 지오의 눈이 한곳에 머물렀다. 이별하는 연인들이었다. 남자가 기차를 탈 사람이고 여자는 배웅 나온 모양이었다. 둘은 마주 잡은 손을 쉽사리 놓지 못했다. 기차가 출발할 즈음에야 여자가 먼저 손을 풀었지만 남자가 다시 잡았다. 그러곤 여자 볼에 입 맞춘 다음 남자는 지오 시야에서 사라졌다. 여자는 곧 울 것 같은 표정으로 출발하는 기차를 향해 손을 흔들었다. 연인을 태운 기차는 그녀 앞을 매정하게 지나쳤다.

잠시 뒤 남자는 지오가 탄 칸의 문을 열고 나타났다. 방금 한 이별의 감흥이 조금도 드러나 있지 않은 얼굴이었다. 다른 사람인가 싶었지만 옷과 가방이 맞았다. 그는 입구에 서서 자기 표와 선반에 표시돼 있는 좌석 번호를 살피더니 성큼성큼 걸어와 지오 옆에 앉았다. 무심한 표정으로 지오를 일별한 뒤 그는 태블릿 피시를 꺼내 업무를 보았다.

지오는 남자가 멋있어 보였다. 연인과 같이 있을 때는 누구보다도 사랑에 충만한 모습으로 있다가, 헤어지고 나서는 곧바로 자기 일을 할 수 있는 사람. 지오는 저기서는 여길 못 잊고 여기서는 저길 바라보는 성격이었다. 해수와도 마찬가지였다. 사실 그동안 지오는 해수를 그렇게 많이 사랑한다고 생각하지 않았다. 요즘 여자애들답지 않게 헌신적이고, 오래된 연인에게 느껴지는 익숙함이 좋았을 뿐이지 더 예쁘고 마음에 드는 여자가 생기면 언제든지 바꿀 수 있다고 여겼다. 그런데 지금 지오는 계속 해수 생각을 하고 있다. 지오는 해수와의 결별을 아파하는 게 아니라 당황하고 있을 뿐이라고 스스로에게 말했다.

해수를 처음 본 건 지난 해 6월 말 호프집에서였다. 공부보다 노는 일에 더 골몰했던 입학 첫 학기 결과는 성적으로 나타났다. 지오는 1학기 내내 학원 친구들과 어울려 재수 때는 하면서도 주눅과 죄책감이 들었던 술, 담배, 여자를 탐하며 신입생 기분을 만끽했다. 같은 과의 반을 차지하는 여학생 중 지오의 출석을 독려하는 존재가 있었다면 달라졌을지도 몰랐다. 아니, 아버지가 지오의 대학과 학과에 조금이라도 기대를 가졌다면 이렇게 흥미를 잃지 않았을 것이다. 열심히 해 봤자 아버지한테 비웃음이나 살 거란 생각이 들면 그게 뭐가 됐든 하기도 전에 싫어졌다.

지오를 돈과 시간 낭비하는 한심한 인간 취급하던 아버지는 1학기가 끝나기도 전에 열심히 공부할 거 아니면 군대부터 다녀오라고 종용했다. 아버지는 이제 20대 초반의 아들에게서 자신이 그동안 부었던 적금을 높은 이자까지 쳐서 받아 낼 요량인 것 같았다. 뿐만 아니라 캐나다에 있는 엄마와 동생 지윤에게 받아야 할 것까지 자신에게 요구하고 있었다. 지오는 억울하고 짜증 났다.

해수는 호프집 아르바이트생이었다. 자기네 테이블을 담당한 해수에게 지오 친구들은 B플러스란 등급을 매겼고 재미삼아 번호 따기 내기를 했다. 지오는 해수로부터 전화번호를 알아냈다. 어딘지 고집스러워 보이는 인상이 자기 스타일은 아니었지만 친구들의 부추김에 지오는 연락을 했다. 대학에 입학한 뒤 부킹이나 소개팅을 통한 짧은 만남은 있었지만 아직 정식 여자친구는 없었다. 지오와 동갑인 해수는 2학년을 마치고 휴학 중이었다. 해수는 아르바이트를 두 개나 했다. 오전에는 커피 전문점에서 일하고 오후에 세 시간 정도 쉰 다음, 저녁 일곱 시부터 밤 열한 시까지 호프집에서 일했다. 해수를 만나려면 비는 시간 아니면 밤 열한 시 이후에나 가능했다.

오후에 만난 첫 데이트에서 그들은 저녁을 먹었다. 지오가 밥값을 내자 해수는 시간이 없어 디저트도 사지 못하는 걸 미안해 했다. 그리고 다음엔 자기가 사겠다고 했다. 지오는 해수의 개념 있는 자세에 호감도가 상승했다. 남자를 봉으로 아는 여자애들은 밥맛이었다. 물론 미모가 특A급이면 모르겠지만. 그런 애들은 남자가 밥 사고 술 사고 선물 사 주는 걸 당연하게 여겼고 남자들도 기꺼이 지갑을 열었다. 지오도 마찬가지였다.

두 번째는 호프집이 끝난 다음에 만났다. 열한 시 반이 돼서야 나온 해수는 심야 영화를 보다가 꾸벅꾸벅 졸았다. 흥미진진한 내용은 아니었지만 졸 만큼 재미없지도 않았다. 그리고 아무리 재미없는 영화라고 해도 그렇지, 지오는 남자 옆에서 조는 해수가 안쓰럽기보다는 어이없었다. 그런 비매너를 보인 주제에 손을 잡자 슬그머니 빼내기까지 했다. 지오는 해수가 그렇게 좋은 것도 아닌데 많은 걸 감수하는 기분이 들자 흥미가 식어버렸다. 더 이상 만나지 말아야겠다고 생각하는데 해수가 먼저 연락을 해 왔다.

지오는 오늘도 아니다 싶으면 분명히 의사를 밝히리라 마음먹고 해수가 끝날 때까지 피시방에서 시간을 죽였다. 먼저 만나자고 한 사람이 알아서 하겠지, 하며 아무 준비 없이 호프집 앞으로 간 지오에게 해수가 자기 집에 함께 가 줄 수 있느냐고 물었다. 정중한 태도에 지오는 그 말이, 그저 집 앞까지 바래다 달라는 것인지 자기를 집 안에 들이겠다는 의미인지 헷갈렸다. 아무튼 혼자 자취하는 여자가 집에 같이 가 달라는데 거절할 이유가 없었다. 자고로 역사는 여자 집 앞에서 시작되는 법이다. 게다가 지하철 막차도 곧 끊어질 터였다.

해수의 집은 지하철역에서 10분 넘게 걸어가야 했다.

"여자 혼자 밤늦게 다니긴 좀 위험한데……."

지오는 자연스레 해수 어깨를 안았다. 해수는 잔뜩 긴장한 표정이었지만 거부하지 않았다. 그러기는커녕 지오는 그녀가 더 밀착해 오는 것을 느꼈다. 해수는 오늘로 호프집을 그만두었다고 했다. 만날 시간 없다고 예의상 투정부린 건데 아르바이트를 그만두다니. 지오는 살짝 부담스러워졌다.

해수의 집은 빌라들이 여러 동 늘어서 있는 곳이었다. 빌라 입구에서도 해수는 지오에게 돌아가라고 하지 않았다. 집이 있는 3층까지 올라가는 동안에도 해수는 아무 말이 없었다. 잔뜩 긴장한 모습 자체가 지오의 상상력을 자극했다. 그녀는 보통 여자들이 이런 경우 하는 차만 마시고 가라는 둥, 이상한 짓 하면 안 된다는 등의 의례적인 말도 하지 않았다.

해수가 허둥거리며 번호 키의 번호를 누르는 동안 지오는 문에 덕지덕지 붙어 있는 광고 전단지를 떼어 내며 자신만이 이 세상에서 안심할 수 있는 남자인 것처럼 말했다.

"이런 거 붙어 있으면 빈집으로 보여. 위험하니까 그때그때 떼."

언젠가 보다 만 영화가 떠올라서였다. 어떤 남자가 대문에 광고 전단지를 붙여 놓은 다음 떼지 않는 빈집에 머물며 그 대가로 빨래도 하고 청소도 하며 살아가는 내용이었다. 빈집인 줄 알았던 한 집에 여자가 있었고 그 여자는 폭력적인 남편과 함께 살았다. 남자는 여자에게 폭력을 휘두르는 남편을 골프공으로 때려눕힌 뒤 그녀와 함께 도망친다. 그 뒤 여자는 남자와 함께 빈집을 찾아다니며 산다. 지오는 그쯤에서 채널을 돌려 버렸다. 폭력을 휘두르는 남편도 나쁜 놈이지만 처음 보는 남자를 따라가는 여자도 이상해 보여 계속 볼 마음이 나질 않았다. 어쨌거나 여자가 남자를 따라간 건 남편보다 그 남자가 더 믿음이 가서일 것이다. 해수와도 진도가 나가려면 믿음직한 남자라는 느낌을 줘야 한다. 지오는 자기 행동이 해수에게 신뢰감을 주었을 거라 생각했다.

자기 집이면서도 두 번이나 실패하고 나서야 문을 연 해수는 잔뜩 긴장한 채 들어섰다. 남의 집인 것처럼 구는 해수 태도에 지오도 덩달아 조심스러워졌다. 현관 센서등이 켜지고 집 안 모습이 어렴풋이 드러났다. 방 하나와 주방 겸 거실인 구조로 보였다. 해수는 선뜻 안으로 들어서지 못한 채 쭈뼛거렸다.

"왜 그래? 여기 너네 집인 거 맞아?"

지오는 해수 태도에 자기도 모르게 낮은 소리로 물었다. 등이 꺼지고 집 안은 캄캄해졌다. 그때 푸르스름한 불빛이 물 위를 떠다니듯 둥실둥실 다가왔다. 지오는 흠칫 놀랐다.

"네오!"

갑자기 해수가 소리치며 불을 켰다. 고양이였다, 그것도 검은. 지오는 개는 좋아하지만 고양이는 질색이었다. 고양이가 그림자처럼 다가와 소유를 주장하듯 해수 품에 안겼다.

"네오, 심심했지. 언니 이제부터 저녁 때 집에 있을 거야."

뭐야, 고양이 때문에 호프집을 관둔다는 거였어? 지오는 애인보다 동물을 더 사랑하는 여자에게는 흥미가 없었다. 그냥 갈까, 하는 순간 해수가 말했다.

"네오, 이쪽은 윤지오야. 그리고 우리 냥이는 네오."

해수 소개에 지오는 고양이에게 악수라도 청할 뻔했다.

"귀엽네."

지오는 할 말이 없어 그렇게 말했다. 고양이는 곧 해수 품에서 빠져나가 도도한 자태로 사라졌다.

"네오는 할머니야."

고양이가 보이지 않자 해수는 작은 소리로 말했다. 고양이를 의인화해서 대하는 여자라니. 아무래도 여기서 끝내고 돌아가는 게 좋을 것 같았다.

"어머, 내 정신 좀 봐. 이리 들어와."

막 작별 인사를 하려던 지오는 해수 말에 새로운 기대를 하며 거실로 들어섰다. 해수가 싱크대에서 분주하게 무얼 하는 동안 지오는 2인용 식탁에 앉아 집 안을 둘러보았다. 좁아서 앉은 상태로도 다 볼 수 있었다. 열려 있는 문틈으로 침대 끝이 보였다. 그 옆의 고양이 집도. 해수와 가까워지려면 고양이하고 친하게 지내면서도 경쟁해야 했다.

벽에 걸린 가족사진이 눈에 들어왔다. 아버지와 엄마, 그리고 언니인지 동생인지 모를 여자가 함께한 사진이었다. 그런데 배경이 이국적이었다. 해수가 주스와 맵시 있게 썬 키위가 담긴 접시를 식탁 위에 놓았다.

"가족사진이야?"

지오가 키위를 찍어 입에 넣으며 물었다. 해수가 사진을 힐끗 바라보며 고개를 끄덕였다.

"어디서 찍은 거야? 우리나라 같지 않은데."

"아르헨티나에 있는 우리 집이야."

"아르헨티나? 너네 집 거기야?"

"응, 아빠가 전부터 부에노스아이레스에서 태권도 사범으로 일하셨어. 계속 떨어져 살다가 작년 가을에 엄마랑 언니도 갔어."

"너는 왜 안 갔어? 학교 땜에?"

"그것도 그렇고……."

갑자기 해수가 몸을 지오 쪽으로 기울이더니 귓속말을 했다.

지오는 그녀의 숨결이 온몸을 자극해 정신이 없었다.

"네오 때문에. 나이가 많아서 언제 세상 떠날지 모르거든. 그런데 거기는 절대 못 데려간다고 해서 내가 남았어."

다시 떨어져 앉은 해수의 표정은 담담했다. 이미 상상 속에서 고양이가 죽는 것에 대한 많은 훈련을 한 듯했다. 과하기는 했지만 지오는 해수 마음을 알 것 같았다. 한국으로 돌아올 때 지오도 개와 헤어진 경험이 있었다.

"나 이상해 보이지?"

해수가 지오 눈치를 살폈다. 지오는 잠자코 의자를 해수 옆으로 끌고 갔다. 그리고 해수 어깨를 안았다.

"아니. 안 이상해. 나도 전에 캐나다에서 개 키웠었거든."

대부분의 여자애들은 지오가 캐나다에서 살다 왔다고 하면 급격히 상승한 호기심과 호감을 보여 왔다. 해수는 자기네 가족도 외국에 살아서인지, 아니면 네오를 키워서인지 개에게 더 관심을 보였다. 하지만 지오는 더 이상 해 줄 이야기가 없었다. 개는 지오가 귀국한 뒤 이사 가면서 이웃에 줬다고 했다.

"네오는 언제부터 키웠어?"

해수와 더 가까워지려면 어쨌든 네오를 좋아해야 했다. 아니 좋아하는 척이라도 해야 했다. 추측대로 해수는 신 나서 이야기했다. 시간은 자정을 훨씬 넘기고 있었다. 이제는 전철도 끊겼다. 아버지 생각은 하지 않기로 했다.

"5학년 때부터니까 10년 됐지."

해수는 네오가 길고양이일 때부터 돌봐 주었다고 했다. 그러던 어느 날 네오가 다쳤고 해수는 고양이를 그대로 둘 수 없어

집으로 데려왔다. 식구들 반대가 심했지만 해수는 고집을 부려 네오가 다 나을 때까지 보살펴 주는 것을 허락 받았다. 네오가 다 나은 뒤 해수는 고양이를 위험한 거리로 도저히 다시 내보낼 수 없었다.

"나한테는 가족이나 마찬가지였어. 식구들 올 때까지 빈집에 혼자 있는 게 정말 싫었는데 네오 온 다음부터는 안 무섭고 좋더라."

해수는 가족과의 불화와 이별을 감당하며 네오를 지켜 왔다. 네오 때문에 전 남자 친구와도 헤어졌다고 했다. 지오는 그 남자 마음도 충분히 이해됐다.

"그래도 고양이 때문에 가족하고 떨어져 산다는 게 말이 돼?"

"나한테는 네오도 가족이야. 가족이 얼마 못 산다는데 어떻게 버려 두고 가? 마지막을 지켜 줘야지. 오늘 아침 좀 이상한 걸 보고 나갔는데 집에 오려니까 무서운 생각이 들어서 도저히 혼자 못 오겠는 거야."

지오는 해수가 자신을 부른 이유에 대해 실망했다. 하지만 누군가에게 의지하고 싶어 하는 해수의 모습이 지오 마음을 건드렸다. 그는 작업이나 수작이 아니라 진심으로 말했다.

"앞으로 무슨 일 있으면 언제든지 연락해. 같이 있어 줄게."

지오는 해수의 어깨를 안은 채 그녀의 정수리에 입술을 댔다. 한 인간의 외로움을 이해하는 순수한 마음에서 우러나온 행동이었다. 그런데 해수가 갑자기 지오 목을 끌어안았다. 숨이 막힐 정도로 강한 힘이었다.

해수는 호프집을 그만둔 대신 커피 전문점 일을 오후 여섯 시까지로 늘렸다. 학비 외엔 재정 지원을 받지 못하는 해수는 집세를 포함한 생활비를 벌어야 했다. 지오는 학교가 끝나면 거의 날마다 해수 집에서 함께 저녁을 해 먹고 놀다가 차가 끊길 즈음에야 집으로 돌아갔다. 시간이 흐르며 열정은 조금씩 사그라졌지만 익숙해지는 것도 괜찮았다. 여자에게 온 신경이 뻗쳐 있고 여자를 찾아 헤매던 때보다 편하고 좋았다. 데이트 비용 때문에 고민하지 않아도 되는 것도 좋은 점 중 하나였다.

지오는 용돈을 모아 기타를 샀다. 세 번째 기타였다. 자퇴한 뒤 고모한테 생일 선물로 받은 두 번째 기타는 첫 번째 기타처럼 아버지에 의해 박살 났다. 지오는 아버지가 모르는 해수 방에서 마음껏 기타 치고 노래를 만들었다. 그 모습을 좋아해 주는 해수가 있어 더 신 나게 할 수 있었다. 아버지는 2학기 성적표를 받기 전까지, 술 냄새를 풍기지 않고 늦게 들어오는 아들이 정신 차리고 열심히 공부한다고 믿는 것 같았다. 지오는 아버지를 속여 넘기는 일에 쾌감을 느꼈다.

지오는 어쩔 수 없이 네오와도 친해지고 익숙해졌다. 처음엔 질투하고 경계하던 네오도 서서히 포기하고 지오에게 해수 옆자리를 내줬다. 어쩌면 자신의 마지막을 지킬 사람이 해수가 아니라 지오임을 알아차렸는지도 몰랐다.

네오가 죽기 전날 밤, 눈보라가 창문을 때렸다. 뉴스에서 폭설 주의보가 내렸음을 알렸다. 지오는 눈보라를 뚫고 집으로 갈 일이 귀찮았다. 친구 집에서 자고 가겠다고 하자 빙판에 차가 구르는 뉴스를 봐서인지 아버지도 그러라고 했다. 밤마다 헤어지는 것을 힘들어 하던 해수는 말할 것도 없었다.

“이렇게 밤에도 같이 있으니까 좋다. 우리 아예 결혼할까?”

해수가 지오 팔을 벤 채 말했다. 지오는 아까부터 팔이 저리고 있던 차라 흔쾌히 동조할 수 없었다. 남자에게 결혼이란 이렇게 계속 저린 채로 여자에게 팔베개를 해 주는 일일지도 몰랐다. 그러다 보면 사랑이 고통으로 변하고, 헤어지고 싶을 게 뻔했다. 하지만 사랑에 흠뻑 취한 연인한테 그런 이야기를 미리 해 줄 필요는 없었다.

“뭐 먹고 살려고.”

지오는 결혼이 싫어서가 아니라 책임감 때문이라는 뉘앙스를 풍기려 애쓰며 말했다.

“내가 벌면 되지. 넌 열심히 공부해. 성적 팍팍 올리면 너네 아버지가 기특해서 생활비 대줄 줄 알아? 근데 엄마는 언제 돌아오셔? 동생도 대학생이면 이제 혼자 있어도 되잖아.”

해수가 해맑은 표정으로 지오를 바라보았다.

엄마와 지윤은 여름 방학 때 한국에 들어왔었다. 지오는 해수에게 그 사실을 알리지 않았다.

“군대도 안 갔다 온 놈하고 결혼이 하고 싶냐, 너는?”

지오는 엄마에 대한 대답 대신 장난스레 해수의 코를 쥐고 흔들었다.

“그깟 2년, 위문편지 쓰면서 기다리면 되지. 요새 군대는 군대도 아니래. 날마다 전화해도 되고, 내 친구들이 그러는데 2년 금방 간대. 요새는 여자가 고무신 거꾸로 신는 게 아니라 남자가 군대 갔다 와서 군화 거꾸로 신는 경우가 많대. 너도 그럴 소지가 충분해. 그러니까 유부남으로 만들어 놓고 군대 보내야 된다고. 우리 결혼하자, 응?”

법률이나 제도로 사람 마음을 붙잡아 놓을 수 있다고 생각하는 것도 그렇고, 제 일 아니라고 군대를 별것 아닌 양 여기는 해수가 마음에 들지 않아 지오는 내뱉듯 말하고 말았다.

“난 결혼 안 해.”

그 말은 하지 말았어야 했다.

“너랑 안 한다는 게 아니라 결혼이라는 제도 자체가 싫다고. 지금 이게 결혼한 거나 뭐가 달라? 이대로도 충분히 좋잖아.”

지오가 달래다 못해 나중에는 당장 여기서 결혼식을 올리자며 싹싹 빌었지만 해수는 돌아누운 채 울다 잠이 들었다.

잠을 제대로 못자서인지 해수가 아침에 일어나 움직이는 걸 알면서도 지오는 눈이 떠지지 않았다. 잠에서 깼을 때는 열한 시가 넘어 있었다. 이미 첫 수업은 늦었다. 깐깐한 교수의 과목이라 지각해서 남들 앞에서 혼나는 것보다는 차라리 빠지고 점수 깎이는 게 나았다.

침대에서 뒹굴거리던 지오는 구석에 있는 네오의 집을 바라보았다. 아무런 기척이 없었다. 조심스럽게 들여다보니 네오가 축 늘어진 채 누워 있었다. 죽은 줄 알고 깜짝 놀랐지만 배가 가쁘게 오르락내리락했다. 하지만 눈동자는 이미 풀려 있었다. 그런 경험은 처음이었지만 지오는 네오가 마지막을 향해 가고 있음을 알 수 있었다.

“네오, 네오. 눈 떠 봐.”

지오는 소리치다 옷을 꿰어 입으며 해수에게 전화를 걸었다. 한참을 울려도 안 받아 끊으니 문자가 왔다.

-왜 그래 지금 바쁜 시간인데

-네오가 이상해

문자를 보내자마자 전화가 왔다. 해수는 벌써 울고 있었다.

"막 숨 몰아쉬고 눈동자도 이상해. 어떻게 해? 다니던 동물 병원 어디야?"

지오도 가슴이 뛰었다.

"아니야. 힘들게 하지 말고 그냥 네오 옆에 있어 줘. 지금 갈게."

지오는 동물이라 할지라도 죽는 모습을 곁에서 지켜본다는 것이 겁났다. 지오는 두려움을 이기기 위해 기타를 쳤다. 네오는 지오의 기타 선율 속에서 눈을 감았다. 폭설 때문에 늦게 와 네오의 마지막을 보지 못한 해수는 진짜 가족이 세상을 떠난 듯 지오 품에 안겨 오열했다. 지오한테 빠져 잘해 주지 못했다고 가슴을 치며 울었다. 그 모습을 지켜보며 지오는 자신도 모르게 해수와 네오 자리에 자신과 아버지를 넣어 보고 있었다. 지오는 자신의 역할을 완수한 해수와 네오가 부럽기까지 했다.

해수는 이미 반려동물 장례식장을 알아봐 두었다. 지오는 해수와 함께 김포에 있는 그곳을 찾아가 네오를 화장했다. 그리고 눈 속을 푹푹 빠져가며 강변에 네오의 분골을 뿌렸다. 지오는 해수와 네오가 사람으로 이루어진 어떤 집보다도 더 진정한 가족이었음을 인정했다. 해수와 네오는 서로를 필요로 할 때 곁을 지켜 준 사이였다. 지오는 네오를 살아 있을 때보다 죽은 뒤 훨씬 좋아하게 됐다.

네오가 죽은 것을 안 가족들은 해수에게 아르헨티나로 오라고 성화였다. 그녀 가족은 의류업을 시작해서 일손이 부족한 형편이었다. 해수는 가족에게 가는 대신 모든 사랑을 지오에게 쏟았다. 그녀는 거의 아내인 양 지오를 거두고 챙기기를 좋아했다. 지오는 해수가 익숙해진 만큼 시들해졌다. 지오가 밤마다 집에 가는 건, 외박했을 때 쏟아지는 아버지의 잔소리가 싫어서이기도 했지만 해수의 집착이 부담스러운 이유도 있었다.

그래서 해수에게 쫓겨났을 때도 지오는 걱정하지 않았다. 이미 그들은 다투고 결별했다 화해하고 서로에게 더 열정적이 되는 과정을 여러 번 되풀이했다. 이번에도 해수는 결국 지오 노래 속에서 잠들 것이다.

사흘이 지나도록 해수에게서는 아무런 연락이 없었다. 처음 싸웠을 때는 무조건 지오가 빌고 들어갔지만 차츰 바뀌어 요즈음엔 해수가 먼저 화해를 청하는 빈도수가 높아졌다. 지오는 그게 당연하다고 여겼다. 자신이 잘못한 적은 딱히 없었다. 지오는 언제나 같았다. 해수를 속박하지 않는 만큼 자신의 자유도 누리고자 했다. 그건 미래에 대해서도 마찬가지였다. 그런 지오를 두고 화냈다, 삐쳤다, 바가지를 긁었다 하며 싸움을 거는 건 늘 해수 쪽이었다.

처음 지오는 이대로 헤어져도 그만이라고, 차라리 다행이라고 생각했다. 나흘이 지나자 지오는 해수가 궁금해지기 시작했다. 오해라 할지라도 빌미를 제공한 사람은 자신이었으므로, 또 모든 정황이 오해할 만했으므로 지오는 나흘째 되는 날 해수에게 전화했다. 하지만 해수는 전화도 문자도 받지 않았다. 신호음이 울리다 음성 메시지로 넘어가는 거나 문자 확인도 안 하는 걸 보면 수신 거부를 해 놓은 모양이었다. 지오는 해수의 1순위 존재에서 한순간에 수신 거부 대상자가 된 게 기분 나쁘다 못해 황당했다. 하지만 시간이 지나자 그게 자신에 대한 사랑의 깊이로 여겨졌다. 믿고 사랑한 만큼 배신감도 큰 거라고. 어떤 여자라도 자기 남자 친구가 나이트클럽에서 딴 여자와 러브샷 하는 걸 이해하지는 못할 것이다.

지오는 어제 저녁 무렵 스파게티 재료를 사 들고 해수 집으로 갔다. 미리 요리를 해 놓고 기다릴 계획이었다. 지오는 대체로 게으른 편이었지만 가끔씩 마음이 내키면 청소나 요리를 해수보다 더 깔끔하고 맛깔나게 해 냈다. 좋아하는 스파게티로 해수를 감동시킨 뒤 다음 날의 여행을 핑계로 어물쩍 화해하고 싶었다. 해수도 실은 지오가 좀 더 적극적으로 사과해 오기를 기다리고 있을 것이다. 그런데 집의 비밀번호가 맞지 않았다. 이상해서 한 번 더 눌러 보았지만 문은 열리지 않았다. 해수가 바꾼 게 분명했다. 혼자인데도 무안했다. 그때 해수가 나타났다.

"옷 가지러 왔어. 낼 여행 가는데 얇은 점퍼 여기 둔 것 같아서."

지오는 쪽팔린 걸 감춘 채 말했다. 해수는 지오 손에 들린 마켓 봉지를 힐끗 바라보곤 아무 말 없이 비밀번호를 눌렀다. 다행히 지오를 세워 놓은 채 문을 닫지는 않았다. 지오는 얼른 안으로 들어갔다. 지난 10여 개월 동안 집보다 더 지오를 편안하게 해 주던 공간이었다. 해수와 사귀기 시작한 뒤로 그녀가 아르헨티나에 갔을 때를 제외하곤 이렇게 여러 날 만에 온 건 처음이었다. 이곳에서 있었던 모든 일들에 대한 그리움이 면도 거품처럼 피어올랐다.

지오는 시장 봐 온 것을 식탁 위에 올려놓은 다음 방으로 들어가 옷을 찾는 척했다. 지오는 그 옷이 자기 집에 있다는 걸 이미 알고 있었다. 그는 해수가 들어와 말려 주기를 기다렸다. 그럼 무릎 꿇고 빌 각오도 돼 있었다. 진심으로 사랑을 맹세할 준비도 돼 있었다.

드디어 해수가 들어왔다. 그런데 지오를 말리는 대신 옷장과 서랍에서 지오의 옷과 속옷들을 꺼내 놓기 시작했다. 그런 다음 어디서 커다란 쇼핑백을 가져오더니 그것들을 쓸어 담아 지오 앞에 놓았다. 지오가 예상했던 것과는 전혀 다른 양상이 전개되고 있었다.

"얘기 좀 해."

지오가 초조한 마음을 감추며 말했다.

"해 봐."

지오는 침대에 걸터앉았다. 해수가 일어서더니 가슴 위에서 팔짱을 끼곤 지오를 바라보았다.

"그래. 그 일은 오해할 만했어. 지난번에도 말한 것처럼 친구가 하도 졸라 대서 나이트 갔어. 근데 그냥 술 마시고 놀다가 친구 데리고 여기 와서 잔 게 전부야. 진짜야. 경은 씨가 본 건 잘 기억 안 나지만 그냥 술 취해서 장난한 거에 불과해."

해수가 지오를 내려다보았다. 그러곤 비웃듯이 말했다.

"그걸 지금 변명이라고 하는 거야?"

“변명이 아니라 해명이야.”

침대에서 내려가 해수 다리를 끌어안고 용서를 빌까, 하는 생각도 들었지만 그것까진 자존심이 허락하지 않았다.

“너는 뭐가 그렇게 당당하니? 내가 널 더 좋아하는 것 같아서? 그래서 그렇게 당당한 거야? 나 이제 너 안 좋아하니까 잘난 척하지 마.”

해수가 비웃듯 말했다.

“무슨 소릴 하는 거야? 그럼 내가 좋아하지도 않는데 맨날 너 보러 여기 왔단 말이야?”

지오가 버럭 소리 질렀다. 하지만 해수는 눈도 깜짝하지 않았다.

“그만큼만 좋아한 거겠지. 나랑 자고 여기 와서 노닥거려도 찔리지 않을 만큼만. 넌 나랑 미래 같은 거 꿈꾸지도 않잖아.”

지오는 속으로 찔끔했으면서도 큰소리쳤다.

“이제 스물세 살에 결혼 생각하는 놈이 어딨냐? 그리고 니 친구들한테 물어봐. 니 나이에 결혼하겠다는 애 있나. 그건 니가 좀 이상한 거야.”

남의 인생은 물론 자기 인생까지도 구속하려 드는 해수가 답답했다.

“지금 결혼하자는 건 나도 농담이야. 그런데 넌 나중에도 할 생각 없잖아. 넌 책임감이라곤 없는 인간이야. 너는 엔조이가 되는지 모르지만 난 그게 안 돼. 더 구질구질하고 치사해지기 전에 끝내자. 그러니까 내가 좋게 보내 줄 때 가 버려.”

해수 눈빛에서 깊은 상처가 느껴졌다. 얼렁뚱땅 덮기에는 이미 늦었다는 느낌이 들었다. 지오는 그런 눈빛을 하고 있는 해수의 마음을 거짓말로 사거나 달래고 싶지 않았다.

"이 옷들 니가 사 준 거니까 니가 버리든지 맘대로 해."

지오는 그 말을 남기고 해수 집을 나왔다. 기타를 두고 나온 것은 마지막 보루였다. 문이 열렸다. 기대에 차서 돌아보니 해수 대신 기타가 나와 있었다. 지오는 재수 때 친구를 만나 새벽까지 술을 마시곤 녀석의 집에서 자고 기차역으로 온 것이다. 기타를 가지고 온 것도 그래서였다.

지오는 메신저를 열었다. 해수에게 여행 가고 있다고 말하고 그동안 생각 많이 하겠다, 돌아와 다시 대화하자는 내용의 문자를 보내기 위해서였다. 그런데 해수의 프로필 사진이 바뀌어 있었다. 싸운 날 바로 깍지 낀 두 사람의 손 사진을 내리고 빈 채로 있더니 카푸치노가 담긴 컵을 근접 촬영한 사진이 'puedo hacerlo!'라는 글귀와 함께 올라 있었다. 무슨 뜻인지 검색해 보니 스페인 어로 '나는 할 수 있다.'라는 뜻이었다. 지오에겐 '너와 헤어지고 아르헨티나로 가겠다.'라고 말하는 걸로 보였다.

만나는 동안 좋아 죽겠다며 결혼하자던 건 뭐였는지, 아내라도 되는 것처럼 굴었던 건 또 뭐였는지, 이렇게 단번에 마음이 바뀔 수 있는 건지, 배신감은 지오가 느꼈다. 가만히 생각해 보니 네오 뒤처리에 이용당하고 팽당한 느낌이었다. 지오는 기차 안에서 셀카를 찍어 올리기로 마음먹었다. '너와 헤어졌어도 이렇게 잘 지내고 있다.'와 '너와 헤어졌기에 이렇게 여행 떠난다.'의 의미가 공존하는 사진이었다. 옆자리의 남자가 잠든 것을 다행으로 여기며 셀카를 찍으려는데 문자가 왔다. 한결이었다.

-어디냐? 나이트 콜?
-닥쳐

울컥 화가 치민 지오가 썼다.

-내가 쏠게 알바비 입금됐어

지오는 답장하지 않았다. 갈 수도 없을 뿐더러 한결과 나이트클럽을 또 가는 일은 없을 것이다. 한결은 부킹을 성공시켜 봐 봤자 뭘 시작해 보기도 전에 초치고 박살 낼 놈이었다. 지오는 셀카 찍는 것을 포기했다. 사진을 해수가 보면 한결도 볼 것이다. 한결에게 관심거리를 만들어 주고 싶지 않았다.
남자의 휴대폰이 울렸다. 아까 헤어진 연인인지 자상한 말투로 지금 자신이 어느 역을 지나고 있는지, 창밖 풍경이 어떤지 설명했다. 그 여자가 남자의 무심한 얼굴을 보았다면 어떤 마음일까? 여자들은 진실한 사람보다 거짓이라도 원하는 걸 해 주는 사람을 더 좋아하는 모양이다. 단 거짓인 걸 모르게 해야 한다. 그게 어렵다. 지오는 한숨을 내쉬었다.

6. 봄바람

날이 풀리자 소년들은 틈만 나면 공을 들고 운동장으로 몰려 나갔다. 농구도 인기였지만 특히 축구는 세계적인 팀 이름을 딴 그룹들로 구성된 태명리그의 열기가 대단했다. 공 좀 찬다 하는 아이들은 어느 팀이든 선수로 가담해 있었고 직접 뛰지 않는 아이들도 응원하는 팀 하나씩은 있어 관전에 열을 올리거나 경기 내용을 일상의 주요 화제로 삼았다.

그밖에도 학교에는 많은 동아리가 있었는데 교내에서 모든 걸 해결해야 하는 기숙 학교의 특성상 활동이 활발한 편이었다. 석주는 엄마와 상의해 영자 신문읽기 동아리에 가입했다. 자기 소개서나 생활 기록부를 위해서는 동아리 활동이 꼭 필요했다. 한결은 마술, 근석은 힙합 동아리, 지오는 영화 감상부였다(가 장 하는 일 없는 동아리였다.).

근석의 여자 친구가 주선하겠다던 미팅은 불발로 끝났다. 석주는 미팅보다 모의고사가 더 중요했고 지오 또한 내켜 하지 않았다. 선심을 베풀려던 근석은 서울 애들이 미적지근한 반응을 보이자 씨발, 그만둬, 하며 판을 엎었다. 한결이 저만이라도 소개팅을 시켜 달라고 했지만 이뤄지지 않았다.

205호 아이들은 급속히 유대감을 잃어 갔다. 굉장한 의미일 것 같던 룸메이트라는 결속감은 숙면을 방해하는 코골이, 잠꼬대, 또는 발 냄새 앞에서 속절없이 허물어졌다. 따지고 보면 24시간 중 방에 머무르는 시간이 가장 짧았다. 방에 들어올 때는 모두가 일터에서 휘둘리다 지쳐서 돌아온 가장처럼 피곤해 남에 대한 배려나 관심 따위는 남아 있지 않았다. 그들이 기숙사 방에서 필요한 것은 잠뿐이었다. 지난해까지만 해도 밤에 몰래 치킨이나 족발 같은 야식을 시켜 먹으며 우정과 낭만을 쌓는 일이 종종 있었다지만 기숙사의 청결과 위생을 이유로 올해부터는 전면 금지였다. 대신 아이들은 야간 자율학습 시간에 어머니회에서 준비한 떡이나 과일, 음료 등을 배달 받아, 일과 중 하나인 것처럼 각자의 책상에서 먹었다.

교실에 가면 노는 물이 다른 그들은 더 데면데면해졌다. 석주가 어울리는 아이들은 성적이 우수하거나 성적 향상에 열망이 있는 부류였다. 방에서는 마마보이였지만 교실에서는 학교를 빛낼 전도유망한 수재였다. 방에서보다 더 무색무취한 지오는 존재감이 없었다. 영어조차도 발음 좋고 스피킹이 된다는 것뿐이지 시험 성적은 석주보다 처졌다. 아이들은 키 크고 한 살 더 많은 유학파 지오가 교실에서 어떤 식으로든 영향력을 행사할 거라고 생각했지만 그는 만사를 귀찮아 하는 듯했다. 타 지역 아이들은 거의 모범생과여서 미미하게나마 어둠의 세계를 담당하는 무리는 주로 토박이 아이들이었다. 근석은 방에서보다 더 노골적으로 그 역할을 했지만 지오에게는 알력을 만들고 긴장감을 조성할 건더기를 찾을 수 없었다.

기숙사 방에서나 교실에서나 다를 바 없는 아이는 제 이름대로 한결같은 한결뿐이었다. 그는 교실에서도 분위기 메이커였고, 상황이 바뀔 때마다―영어와 수학은 수준별로 교실을 이동해서 수업을 했다.― 새로운 친구들을 만들며 학교생활을 즐겼다. 학교가 원하는 학생은 석주 같은 아이였을 테지만 학교에 가장 잘 맞는 아이는 한결이었다. 그런 아들이 너무 자랑스러운 나머지 한결의 아빠는 체육 대회 때 냉동차에 각종 회를 싣고 와서 선생님들과 반 아이들에게 한턱 쏘았다. 전에도 후에도 없었던, 전설로 남을 만한 거한 회식이었다.

4월 마지막 주는 집에 가는 주였다. 석주는 입학한 뒤 처음으로 귀가가 기다려지지 않았다. 전날 본 모의고사 때문이었다. 석주는 3월 모의고사에서 전교 12등을 했다. 5등까지 모두 수도권에서 온 아이들이 휩쓴 걸 보면 석주만 뱀대가리 작전을 짠 게 아니었다. 모의고사 점수는 내신에 들어가지 않았지만 전국 등수를 알 수 있어 더 신경 쓰였다. 영동에서는 선망 받는 태명고였지만 전국을 놓고 보면 미미한 위상이어서 내신이 좋지 않으면 여기까지 온 보람이 없었다.

석주는 집에 가고 싶지 않았다. 엄마에게 혼날까 봐서는 아니었다. 엄마는 이해심이 많았고 관대했다. 보통 엄마 같았으면 석주를 꼴찌로라도 특목고나 자사고에 보내 놓고 성적을 올리라고 들볶았을 것이다. 하지만 엄마가 요구하는 건 최선이었지 최고가 아니었다. 최선도 석주가 후회하지 않기를 바라서였다. 그래서 엄마 보기가 더 미안하고 공부와 연관되지 않는 일로 보내는 시간들은 불안했다.

석주는 이번 주에는 집에 가지 않겠다고 결정했다. 그는 혼자 있을 곳으로 기숙사를 택했다. 엄마에게는 이미 지난밤, 영동에 사는 친구네 집에서 같이 공부하기로 했다는 핑계를 대 놓았다. 엄마가 같은 반 아이냐고 물었다. 엄마에게 학급 명단이 있는 것을 아는 석주는 수학 1반 아이라고 했다. 엄마는 서운해하면서도 아들의 원만한 교우 관계에 기뻐하며 허락했다. 그리고 폐 끼치는 데 대한 인사를 해야 한다며 그 애네 전화번호를 물었다.

"지금 번호 모르니까 내일 걔네 집에 가서 전화할게."

석주는 자신이 거짓말을 술술 하고 있다는 사실이 놀라웠다. 엄마는 석주가 거짓말을 하리라고 생각하지 않았으므로 이야기는 쉽게 끝났다. 엄마의 믿음을 이런 식으로 이용하고 배신하는 게 미안하지만 지금 석주에게 필요한 건 혼자 있을 시간이었다. 2주 내내 학교에서 혼자 있는 시간이 단 한순간도 없었다. 집에 가도 전처럼 혼자만의 시간을 보낼 수가 없었다. 엄마는 물론 아빠까지 모든 일을 미룬 채 그동안 떨어져 있었던 아들과 함께 하려고 했다. 석주는 귀가가 집이라는 또 다른 사회로의 이동 같은 느낌이 들었다.

토요일 오전 일과를 마치고 나자 가장 먼저 근석이 기숙사를 빠져나갔다. 다음으로 한결이 비슷한 지역에 사는 3반 아이와 같이 가기로 했다면서 작별을 고했다. 방엔 석주와 지오 둘만 남았다. 석주는 늘쩡거리는 지오가 거슬렸다. 두 시엔 기숙사 문을 폐쇄하고 사감도 집에 갔다.

석주는 매점에서 미리 컵라면과 빵과 우유를 사다 사물함에 감춰 놓았다. 텅 빈 기숙사에 혼자 있을 걸 생각하면 무섭기도 했지만 밖에서 문을 잠글 테니 세상 어디보다 안전할 것이다. 밤엔 커튼을 치고 랜턴을 사용해 불빛이 새나가는 걸 막을 생각이었다. 한 차례씩 순찰 도는 경비 회사 사람에게만 들키지 않으면 문제없을 것이다. 두 시가 다가올수록 심장이 점점 높이 뛰었다.

밖에서는 집에 간다는 기쁨이 만들어 낸 광적인 소음들이 건물을 뒤흔들고 있었다. 얼핏 그 무리에 속하지 않은 데서 오는 소외감과 외로움이 스치고 지나갔다. 언제나 주류의 삶을 살아온 석주로서는 처음 경험하는 감정이었다. 그냥 그 틈에 섞여 누구보다 기뻐하며 집으로 가고 싶었다. 그 감정이 강할수록 하루만이라도 모든 관심과 시선과 스스로 느끼는 강박감으로부터 벗어나고 싶다는 생각도 더 강렬해졌다.

소음이 점점 잦아들었다. 그때까지도 지오는 나가지 않았다. 석주는 지오뿐 아니라 누구에게도 오점으로 남을 자신의 일탈을 들키고 싶지 않았다. 1시 50분, 맨 마지막으로 나가려던 계획이 틀어진 채 석주는 위장용 배낭을 둘러멨다. 화장실에 가서 두 시까지 숨어 있다 문이 잠긴 뒤 움직일 생각이었다. 아이들이 찜질방에서 안 쫓겨나고 밤새우는 방법에 대해 떠들던 걸 들고 생각해 낸 것이다. 막 나가려는데 방문이 벌컥 열리며 사감이 모습을 드러냈다. 방마다 아이들이 모두 나갔는지 확인하는 모양이었다.

"어? 너희들 여태 안 나가고 뭐 해?"

석주는 당황했다. 사감이 일일이 방을 점검할 거라고는 생각하지 못했다.

"지금 가려구요."

지오가 점퍼를 걸치곤 석주를 지나쳐 나갔다.

"짐은 없어?"

사감이 지오를 의심스러운 눈길로 살피며 물었다.

"없어요."

지오가 대답하곤 계단 쪽으로 갔다.

"오늘은 어머니 안 오셨어?"

사감이 지오를 대할 때보다 부드러운 목소리로 석주에게 물었다. 그동안 늘 차로 데리러 왔던 엄마는 올 때마다 사감에게 줄 선물을 챙겼었다.

"네. 일이 있으셔서요."

석주는 사감에게 인사하고 지오를 따랐다. 2층 화장실로 가기는 늦었고 얼른 1층 화장실에 숨을 생각이었다. 그런데 바로 사감이 뒤따라오는 바람에 석주는 기숙사를 나올 수밖에 없었다.

석주는 지오와 따로 갈 계기를 찾지 못해 어쩔 수 없이 적막해진 교정을 나란히 걸어갔다. 아무 말 없이 걷는 석주는 속이 복잡했다. 곧 문이 폐쇄될 테니 기숙사로 되돌아가기는 글렀고 교실에서 지내기도 불가능했다. 나름대로는 치밀하게 세운 계획이 허무하게 무너지자 석주는 막막해졌다.

여전히 따로 갈 명분을 찾지 못해 석주는 지오와 함께 교문 앞에서 택시에 올랐다. 지오가 앞에 탔다. 나란히 앉아 가지 않아도 되는 게 다행이었다.

"역으로 갈 거지?"

기사가 지오를 보며 물었다. 지오가 석주에게 확인도 하지 않고 그렇다고 했다. 시외버스는 차편이 드물어 외지 아이들은 거의 기차를 이용했다.

둘은 역에 도착할 때까지 아무 말도 하지 않았다. 석주는 어떻게 해야 할지 머릿속이 복잡해졌다. 역까지의 택시비는 공인된 4천 원으로 미터기도 작동시키지 않았다. 석주는 잔돈이 있는 게 다행이라고 여기며 기사에게 2천 원을 주었다.

역 앞에서 내린 석주는 일단 지오와 헤어지는 게 급선무인지라 부러 늑장을 부렸다. 그런데 지오는 더했다. 대합실로 들어가 표를 사거나 예매해 놓은 표를 출력하는 게 순서였지만 석주와 시합이라도 하듯 미적거리고 있었다. 석주는 힐끔거리다 지오와 눈이 마주쳤다. 자칫하다간 억지로 서울행 기차를 타게 될 것 같았다. 서울까지 가서 집에 안 들어가기는 더 어려웠다. 사실 엄마 몰래 갈 곳도 없었다.

"너 혹시 어디로 쨀라 그러는 거냐?"

세 번째로 눈이 마주쳤을 때 지오가 툭 던지듯 물었다. 석주는 찔끔했다. 아무에게도 알리고 싶지 않았지만 기차를 타지 않으려면 시인하는 수밖에 없었다. 석주는 문득 자기 계획을 알아차린 걸 보면 지오도 같은 생각인지 모른다는 생각이 들었다.

"너도?"

석주는 물음으로 대답을 대신했다.

"뭐 할 건지 계획은 있냐?"

지오 역시 질문으로 시인했다.

"원래는 기숙사에 남아 있으려고 했는데 너 땜에 틀어졌어."

지오가 일찍 나가만 줬어도 사감에게 들키지 않고 화장실이나 샤워장에 숨었을 것이다.

"뭐가 나 땜에야? 사감한테 걸려서 나온 거잖아. 암튼 잘 지내고 낼 보자."

지오가 돌아섰다. 그러곤 할 일이 확실한 것처럼 성큼성큼 걸어갔다. 피시방에서 죽치고 있을 게 뻔했다. 석주는 애초부터 둘이 함께 일탈을 모의했다 혼자 남은 것처럼 허전해졌다.

지오한테 같이 가자고 할 걸 그랬나. 하지만 피시방에서 밤새는 것도 싫었고 읍내에서 돌아다니다 영동 아이들과 부닥뜨리는 것도 싫었다. 일단 영동을 벗어나야 했다. 하지만 아는 데가 하나도 없었다. 그때 지오가 다시 석주 쪽으로 다가왔다. 석주는 여전히 그 자리에 있는 게 창피해 가방 뒤지는 시늉을 했다. 옆으로 온 지오가 석주를 툭 쳤다.

"어? 아직 안 갔어?"

석주는 그제야 지오를 본 척했다.

"너 자전거 탈 줄 아냐?"

"자전거 못 타는 사람도 있어?"

"운동장 같은 데서 타는 거 말고 도로에서도 탈 수 있냐고."

"당연하지."

석주는 아빠, 형과 함께 양평까지 자전거를 타고 간 적도 있었다.

"그럼 따라와."

지오가 앞장서 간 곳은 역사 옆에 설치된 자전거 보관대였다.

"자물쇠 안 걸린 걸로 골라 봐."

지오 말에 석주는 어리둥절한 얼굴로 주위를 둘러보았다. 어디에도 자전거를 마음대로 타도 된다는 고지는 없었다.

"이거 주인 있는 거잖아."

"주인 없는 것도 있겠지. 주인이 있어도 오늘내일은 이용하지 않는 것도 있을 테고."

"훔치자는 거야?"

석주 눈이 휘둥그레졌다.

"빌리자는 거지. 내일 저녁 때까지."

"빌린다고 치자. 그런데 그 안에 주인이 탈 거면 어떻게 해?"

"그럼 그 사람도 다른 자전거를 빌리겠지. 설마 오늘내일 여기 있는 자전거를 다 타겠냐."

석주는 주인 허락 없이 자전거를 탄다는 생각만으로도 절도범이 된 기분이었다. 지오는 마치 자기 것인 양 태평스런 얼굴로 자물쇠가 걸려 있지 않은 자전거를 찾아냈다. 석주는 침을 꿀꺽 삼키며 주위를 살펴보았지만 택시를 대기해 놓고 자기네끼리 떠드는 기사들만 있을 뿐이었다. 그들은 택시를 타려는 사람 외에는 관심을 보이지 않았다.

"CCTV 같은 게 있을지도 몰라."

석주는 혼자 남겨진다는 두려움에 황급히 말했다.

"그런 거 없어. 싫으면 여기서 찢어지고. 난 이 자전거 타고 갈 거니까."

지오가 은색과 검정색이 섞인 자전거를 끌어냈다. 낡아서 주인이 버렸을 것 같은 자전거였다.

"나, 나도 갈게. 대신 그 자전거 나 줘."

석주가 소리를 낮춰 말했다. 자물쇠가 걸리지 않은 자전거를 직접 찾아낼 용기가 나지 않았고 무엇보다 낡은 게 마음에 들었다. 지오가 피식 웃으며 자전거를 석주에게 넘겼다. 그러곤 다른 자전거 한 대를 끌어내 올라타고 앞장서 달려갔다. 석주도 얼른 자전거에 타 그 뒤를 따랐다. 어찌나 빠르게 페달을 밟았는지 숨이 가빠오기 시작했다. 덕분에 떨리는 게 사라졌다. 읍내 중심가와는 반대 방향으로 한참을 달리다 한적해진 길가에서 지오가 자전거를 세웠다. 석주도 멈춰 섰다. 둘은 가쁜 숨을 몰아쉬었다. 생각보다 기분이 괜찮았다.

"이제 어디로 갈 거야?"

석주가 물었다. 로드 무비의 주인공이라도 된 것 같았다.

"그야 모르지. 그냥 경치 좋고 자전거 타기 편한 데로 돌아다니다 여관이나 찜질방에서 자자. 너 돈 얼마 있어?"

둘은 각자의 지갑을 확인했다.

"나는 만 천 원 있다."

지오가 말했다.

"나는 2만 6천 원. 아, 이럴 줄 알았으면 먹을 거 가져오는 건데."

석주는 사물함에 숨겨 놓은 빵과 컵라면이 생각나 아까웠다.

"오늘 밤에 먹으려고 사 놨냐? 집에 갈 건데 빵 사다 짱박을 때부터 이상하다 했다."

지오가 웃으며 말했다.

"봤어?"

석주가 민망한 듯 웃음을 흘렸다.

"너 머리 좋은 거 맞아? 어떻게 기숙사에 혼자 남을 생각을 하냐? 귀신 나타나면 어쩌려고."

"귀신이 어딨어?"

"너 모르는구나. 기숙사가 공동묘지 자린 거. 한밤중에 복도 나가면 귀신들이 둥둥 떠다닌대."

"그런 건 다 뻥이야."

석주가 코웃음을 쳤다. 그는 초자연적 현상은 인간의 공포심에서 비롯되는 거라고 생각했다.

"가자."

석주를 놀리려다 실패한 지오가 다시 자전거에 올랐다. 그들은 또 달리기 시작했다. 도로 주변엔 논밭과 과수원, 작은 마을과 공장들이 있었다. 그들은 급할 것도 목적지도 없었으므로 달리다 경치가 좋거나 쉴 만한 장소가 보이면 주저 없이 자전거에서 내렸다. 석주는 자신이 이런 시간을 보내고 있다는 게 너무 신기했다. 자전거를 빌린 것만-주인 몰래- 아니면 엄마에게 자랑하고 싶을 정도였다. 그들은 중간에 가게에서 군것질을 했다. 해가 기울자 날씨가 선선해졌다. 석주는 자신의 발로 페달을 굴러 달려온 거리와 시간에 대해 뭔지 모를 뿌듯함을 느꼈다.

그들은 읍내보다는 허름한 가게와 식당과 노래방과 여관들이 있는 면 소재지 두 개를 지나쳤다. 서녘 하늘로 노을이 번지기는 했지만 여관을 찾기에는 이른 시간이었다. 중간에 군것질을 해서인지 배도 그다지 고프지 않았다. 지오가 잘 시간까지 피시방에서 시간을 보내는 방법도 있다고 했다. 하지만 석주는 바람과 햇살을 느끼며 자전거를 타고 있어서인지 컴컴하고 담배 냄새 나는 피시방에서 시간을 보내고 싶지 않았다. 내일 저녁까지 지내려면 돈을 아껴야 한다며 지오도 동의했다. 그리고 그는 캄캄해지기 전에 여관이 있는 번화가가 나올 거라고 자신했다. 저녁도 그곳에 가서 먹자고 했다. 석주는 지오가 든든한 형 같아 군소리 없이 그의 말을 따랐다.

"유학 갔다 왔다면서 어떻게 이렇게 잘 알아?"

석주가 궁금해서 물었다.

"갔다 와서 가출한 적 있었거든. 그때 개고생하면서 깨우친 거다."

석주는 뜻밖의 말에 뒷이야기를 기대했지만, 지오는 벌떡 일어서더니 자전거에 올라타 페달을 밟았다. 놀랄 만큼 맹렬한 속도였다. 석주는 지오가 그대로 사라질 것 같아 허둥지둥 뒤를 쫓아갔다.

지오의 미더운 형 노릇은 그때까지만이었다. 숙박업소가 기다리고 있을 번화가에 다다르지 못한 채 어둠을 맞았기 때문이다. 자전거 타기에 안전한 작은 도로로 접어든 게 화근이었다.

의심하는 석주에게 지오는 길은 길끼리 모두 연결돼 있으니 가다가 필요하면 다시 큰길로 갈 수 있다고 큰소리쳤다. 큰 도로보다 작은 길들이 여행하는 기분은 더 났다. 노을이 세상을 황금빛으로 물들인 시골길을 달릴 때는 석주 자신이 문학 작품 속의 방랑자가 된 듯 뿌듯해졌다. 해 지기 전까지만 그랬다는 말이다.

산골의 어둠은 서서히가 아니라 덮치듯 순식간에 왔다. 금세 사방이 캄캄해지면서 아무것도 보이지 않았다. 게다가 석주 자전거는 헤드라이트 전구도 고장 나 있었다. 군데군데 가로등이 있긴 했지만 그들이 가야 할 방향을 알기에는 역부족이었다. 어느 쪽으로 가야 지오가 말했던 번화가가 나올지 감도 잡히지 않았다. 차만 가끔씩 지나쳐 갈 뿐 길을 물어볼 수 있는 사람도 보이지 않았다. 지오는 차들이 많이 가는 방향으로 가면 번화가가 나올 거라는 논리를 폈다. 그때까지만 해도 지오에 대한 신뢰감이 무너지지 않았을 때라 석주는 그 말을 따랐다.

하지만 가도 가도 모여 있는 불빛은 나오지 않았다. 오히려 그것들로부터 멀어지는 것만 같았다. 석주는 목마르고 배도 고팠다. 자전거를 오래간만에 타서 그런지 허리, 엉덩이, 다리 등 안 아픈 데가 없었다. 지오 뒤를 따라 달리던 석주의 자전거가 길옆 도랑으로 처박혔다. 풀들이 수북해 길로 착각한 것이었다. 지오가 자전거에서 뛰어내려 쫓아왔다. 옷만 젖었을 뿐 다친 데는 없었지만 석주는 울컥 짜증이 솟구쳤다.

"이 길로 가는 거 맞아? 시내로 나가는 게 아니라 더 시골로 가는 거 같잖아."

자전거를 일으켜 세워 준 지오에게 석주가 볼멘소리로 말했다. 어두워서 지오의 표정은 보이지 않았다. 지오는 말없이 자기 자전거를 끌며 걷기 시작했다. 석주도 따라 걸으며 시계를 보니 아홉 시밖에 되지 않았다. 아직 교실에 있을 시간이다. 시계가 없었다면 한밤중인 줄 알 뻔했다. 지오가 갑자기 멈춰 섰다.

"지나가는 차 있으면 세워서 길 좀 물어봐야겠다. 아, 저기 차 온다."

지오가 손을 흔들었지만 차는 속력도 줄이지 않고 지나쳐 갔다.

"거참 야박하네."

지오가 멋쩍은 목소리로 말했다.

"이 밤중에 우리가 누군 줄 알고 차를 세우냐?"

석주가 불만스러운 어조로 말했다.

"누군 누구야? 자랑스러운 태명고생이지. 등판에 야광으로 써 붙이고 올 걸 그랬나."

아직도 지오 목소리는 태평스러웠다. 그 뒤 여러 번의 시도가 모두 실패로 끝나자 석주는 걷잡을 수 없이 몰려오는 허기와 피곤에 금방이라도 주저앉을 것 같았다.

"여자가 아니라 안 세워 주는 건가? 장석주, 니가 계집애처럼 생겼으니까 바지 좀 올려라."

지오가 실없는 농담을 했다. 이 상황에 헛소리나 하고 있다니.

"길도 모르면서 이게 뭐야? 배도 고프고 허리랑 다리도 아파

죽겠어.”

석주는 참지 못하고 버럭 소리 질렀다.

“한 끼쯤 굶는다고 죽냐? 사내자식이 찡찡거리긴. 여관 못 찾으면 여기 아무 데서나 자도 안 얼어 죽어.”

지오가 핀잔을 주었다.

“잘 알지도 못하면서 또 여관 나올 거라고 큰소리는 왜 쳤어.”

“씨발, 그럼 여관 나왔을 때 거기서 잤으면 됐잖아. 그런데 니가 피시방에 안 간대서 이렇게 된 거잖아.”

지오도 화가 나는지 언성을 높였다.

“그건 너도 동의했잖아.”

“아, 시끄러. 지금 그딴 거 따져 봐야 소용없으니까 잔말 말고 기다려 봐. 무슨 수가 생기겠지.”

“이런 산골짝에서 무슨 수가 생겨? 목말라 죽겠단 말야.”

“뭘 해도 기숙사 방에 숨어 있는 것보다는 나으니까 그만 징징거려. 차 온다.”

그건 맞는 말이었다. 석주는 입을 다물었다. 자전거를 타고 돌아다니다 보니 기숙사에 갇혀 밤을 보낸다는 게 끔찍한 일이란 생각이 들었다. 지오가 거의 도로 가운데까지 나가서 무인도에 표류한 사람처럼 양팔을 휘저었다. 달려오던 트럭이 끼익하고 급정거를 했다. 운전석의 아저씨가 고개를 내밀고 소리쳤다.

“위험하게 무슨 짓이가!”

정말 놀란 듯 화난 목소리였다.

“죄송합니다. 길 물어보려는데 차들이 세워 주질 않아서요.”

지오가 차 옆으로 가서 고개를 숙이며 약간 주눅 든 목소리로 말했다. 석주도 얼른 곁에 가서 섰다.

"어델 찾는데?"

아저씨가 누그러든 목소리로 물었다.

"여관이나 찜질방 있는 동네요."

"피시방도 돼요."

지오 대답에 석주가 덧붙였다.

"학생들 집 나왔나?"

"아뇨. 자전거 여행 왔다가 길을 잃었어요."

석주가 얼른 대답했다. 혹시 경찰에 신고라도 하면 큰일이었다. 어쩌면 자전거 절도범으로 이미 수배가 내려져 있을지도 몰랐다. 아저씨는 잠시 조용했다. 헤드라이트 빛에 드러난 석주와 지오를 살피는 것 같았다.

"밤에 자전거로 다니는 기 위험한데."

"조심해서 갈 테니까 좀 알려 주세요."

지오가 말했다. 석주는 위험하다는 말에 불안해졌다. 전구도 없는 자전거로는 여관까지 가기도 전에 사고를 당할 것 같았다. 사고보다도 학교나 엄마에게 알려질 게 더 무서웠다.

아저씨는 길을 가르쳐 주는 대신 잠시 생각하더니 말했다.

"학생들 우리 집 가서 안 잘라나? 여서 가차븐데."

지옥에서 듣는 구원의 복음 같았다. 석주와 지오는 서로의 의사를 물어볼 새도 없이 합창하듯 '네!' 하고 대답했다. 그곳이 어디든 지친 몸을 뉘이면 천국일 것 같았다. 무엇보다 자전거를 타지 않아도 된다는 게 반가웠다. 석주와 지오는 불끈 솟는 힘을 모아 자전거를 짐칸에 실었다. 지나가던 차의 불빛에 트럭 짐칸 몸체에 새겨진 '은월 농원'이란 글씨가 드러났다. 운전석에서 내린 아저씨가 짐칸으로 오르더니 밧줄로 자전거들을 고정시켰다.

"타라."

지오가 가운데 자리에 앉고 석주가 뒤이어 탔다. 아저씨가 출발하기 전에 누군가에게 전화를 걸어 밥이 있냐고 물었다. 있다고 하는지 손님 두 사람을 데리고 가니 저녁 준비를 하라고 했다. 석주는 문득 아저씨가 혹시 식당을 하는 사람인가 싶었다. 모르는 사람을 너무 쉽게 재워 주겠다고 하는 게 수상했다. 아무 생각 없이 덥석 차에 올라탄 자신도 조심성이 너무 없었다고 자책했다. 밥 먹여 주고 하룻밤 재워 준 다음 바가지를 왕창 씌우려는 걸지도 몰랐다. 더 이상 자전거를 탈 기운도 없으면서 석주의 걱정은 꼬리를 물고 이어졌다. 전화기 속 여자가 갑작스러운 주문에 황당해 하는 것 같았다.

"사정이 그리 됐다. 그냥 있는 거 차리면 돼. 여 다리께다."

식당은 아닌 모양이었다. 하지만 아직 마음을 놓을 때는 아니었다.

"집이 어딘데 여까지 온 기가?"

아저씨가 차를 출발시킨 뒤 물었다.

"집은 서울이고 저희는 태명고에 다녀요."

석주는 호의가 의심스러운 사람한테 인적 사항을 말하는 지오가 못마땅하면서도 아저씨가 보일 학교에 대한 반응은 기대됐다.

"태명고? 혹시 영동에 있는 학교 말하는 기가?"

'영동에 있는'이라고 하는 걸 보니 군 경계를 넘어온 모양이었다.

"네. 아저씨도 아시죠?"

지오는 태평이었다.

"영동 사는 친구한테 들은 기억이 난다. 기숙 학교라 카든데?"

그뿐 그 뒤에 따라붙는 찬사들이 없는 게 석주는 아쉬웠다.

"네. 기숙 학교 맞아요. 이번 주는 집에 가는 준데 저희들은 자전거 여행 온 거예요."

"집에다는 허락 받았어요."

석주가 얼른 덧붙였다.

"요새 학생들이 자전거 여행을 다 하고 신기하네. 참 여가 갱상돈 건 알고 있제?"

"갱산돈이요?"

지오가 되물었다.

"야, 경상도."

석주가 옆구리를 치며 정정해 주었다. 군 경계가 아니라 도 경계를 벗어난 것이다.

"고개 너머는 충북이고 이짝은 갱북이다."

어쩐지 아저씨 말씨가 영동과 달랐다.

그동안 영동에 대한 귀속감이나 연고 의식이 없었으면서도 막상 경상북도라고 하자 타지라는 생각이 들면서 더 불안해졌다. 석주는 손잡이를 잡은 채 지오와 주고받는 아저씨 말에 주

의를 기울였다. 다행히 남한테 바가지나 씌우려는 얍삽한 사람
은 아닌 것 같았다. 석주는 자동차 불빛이 휙휙 스치고 지나가
는 창밖의 어둠을 바라보았다. 트럭을 만나지 않았다면 아직 어
둠 속을 헤매고 있었을 것이다. 무엇이 기다릴지 몰라도 우선은
행운이었다.

“둘이 억시로 친한가 보네. 요샛말로 절친이라 카나?”

“절친도 알고 아저씨, 신세대시네요.”

지오가 너스레를 떨었지만 석주는 낯이 뜨거워졌다. 절친이
라니. 지오와 마주 보고 있지 않아서 다행이었다.

“쩌 불빛 보이제? 우리 집이다.”

아저씨가 어둠 속에 빛나는 불빛을 가리켰다.

7. 그들만의 리그

전화가 왔다. 아버지였다. 지오는 망설였다. 어젯밤 집에 안 들어갔으니 아버지는 당연히 오늘 여행에 대해 알지 못했다. 설령 아침에 보았더라도 이야기하지 않았을 게 뻔하지만. 뭐라고 하지. 외박에 대한 변명까지 궁리하는 사이 전화가 끊겼다. 전화를 걸더라도 할 말을 정리해 놓은 뒤에 하는 게 나았다. 버벅거리면 태도까지 비난 받아야 했다. 4수하는 고등학교 친구를 만나러 간다고 하면 아버지 표정이 어떻게 변할지 상상하기도 싫었다.

아버지는 친구조차도 전략적으로 사귀어야 한다고 생각하는 사람이다. 그게 성공의 비결이라고 굳게 믿고 있었다. 빈한한 가문에서 홀로 성공한 아버지가 온갖 열등감을 극복하고 난 뒤에도 남은 결핍은 그들만의 리그를 지닌 자들의 생래적인 여유였다. 아버지는 당사자들의 능력보다―그건 이미 자신도 소유

했으므로– 그들이 공유하고 있는, 자신은 죽어도 발을 디딜 수 없는 리그를 더 부러워했다. 아버지가 무리해서 지오와 지윤을 조기 유학 보낸 것도 그래서였다. 이란성 쌍둥이인 지오와 지윤이 열세 살 때였다. 지윤은 캐나다의 명문 대학에 입학해서 잘난 사람들과 동문이 됐으니 성공한 셈이다. 아버지에게는 오랜 이별 탓에 딸과의 사이가 데면데면해지는 건 문제가 아니었다. 딸이 명문대라는 '리그'에 입성했다는 게 중요했다.

지오는 가끔씩 생각했다. 돌아오지 않고 캐나다에서 대학엘 다니고 있다면 지금보다 자랑스러운 아들이 됐을까? 물론 그곳에 있었다고 해도 지윤처럼 좋은 대학엔 가지 못했을 것이다. 그럼 더 노골적인 비교를 당하겠지. 아버지에게 현재의 지오는 루저였다. 아버지의 인식을 바꿔 줄 방법은 단 하나, 행정 고시에 합격하는 것이다. 지오에게는 우주 비행사로 뽑혀 명왕성에 다녀오는 것만큼이나 힘든 일로 여겨졌다. 부자 사이에도 지구와 명왕성 사이만큼이나 거리가 생겼다. 이제 부자는 함께 밥 먹는 일도 거의 없었다.

다시 진동이 울리기 시작했다. 지오는 잠든 옆 사람을 힐끗 본 뒤 전화를 받았다.

"지원 됐냐?"

전화가 연결되자마자 아버지는 거두절미하고 물었다. 다행히 외박을 추궁하지는 않았다. 어쩌면 외박한 사실을 모르고 있는지도 몰랐다. 아버지는 지오가 휴학하자 한시라도 빠른 입대를 채근했다. 5월까지만 가도 전역한 뒤 바로 복학할 수 있었다.

"아, 아뇨. 아직."

정상적인 신청 기한은 모두 넘겼으므로 5월에 입대하려면 현재로선 병무청 사이트에 수시로 들어가 결원이 생겼을 때 지원하는 방법밖에 없었다. 지오는 아버지에게 대답하기 위해 가끔씩 불안한 마음으로 들어갔다가 '결원 없음'에 안도의 숨을 내쉬곤 했다.

"5월 중엔 이미 틀린 것 같고 하루라도 빠른 날로 신청해. 오늘 중으로 해 놔."

"그게 지금 어디를 가고 있는 중이라서……."

"어딜 가는데?"

"친구, 고등학교……."

아버지는 지오 말이 다 끝나기도 전에 전화를 끊어 버렸다. 기분이 확 나빠지면서 흡연 욕구가 솟구쳤다. 아버지는 흡연자를 범법자 취급하는 세상이라며 금연을 명령했지만—담배를 못 끊는 것도 의지박약이라고 여겼다.— 아버지 때문에 끊을 수가 없었다. 지오는 아버지를 대할 때의 자신이 가장 자기답지 않은 것 같았고, 주눅 들어 절절매는 모습이 보는 사람 없어도 굴욕적으로 느껴졌다. 어느 날 입대 지원을 클릭한다면 아버지를 더 이상 견딜 수 없어서일 것이다.

아버지는 지오가 군대에 가면 저절로 헛되이 낭비한 시간들을 후회하며 장래에 대한 고민을 하고 준비할 거라 여기는 듯했다. 군대에 다녀온 사람이건 군대와 상관없는 여자건, 어른들의 군대에 대한 의식은 3만 년 전 지층에서 캐낸 화석처럼 굳어 있었다. 대한민국 남자라면 가야 하는 곳이고 다녀오면 철이 들테니 잔말 말고 갈 것.

하지만 지오 생각에는 군대가 남자들의 철을 늦게 들게 하는 원흉이었다. 군대에서 보내는 2년을 생산적인 시간이라고 생각하는 남자애들은 없었다. 대학 입시라는 형기를 이제 겨우 마쳤는데 다시 더한 감옥에서 썩을 거라고 생각하니까 미칠 것처럼 억울해져 놀 수밖에 없는 것이다. 군대라는 게 없어지면 남자애들도 여학생들처럼 1학년 때부터 열심히 학점 관리하고 스펙을 쌓으려 들 것이다.

군대를 생각하면 마음이 한없이 박해져 군대 갈 걱정 없는 여자애들까지 얄미워졌다. 올림픽 같은 대회에서 메달 딴 남자 선수들이 병역 혜택 받는 것을 두고 해수는 여자 선수들한테도 그에 상응하는 보상을 해 줘야 한다고 핏대를 올렸다. 그때 지오는 해수를 한 대 칠 뻔했다. 복학생들 이야기를 들을 때마다 지오는 군대가 무섭고 싫어 캐나다로 도망치고 싶어졌다. 엄마에게 가 어떻게든 버티다 보면 군대에 안 가도 되는 수가 생기지 않을까?

그때 방송에서 열차 카페에 대한 안내를 했다. 흡연 욕구를 잊으려면 무엇인가 먹어야 했다. 지오는 무심코 객실을 나갔다 다시 돌아가 선반에서 기타를 내렸다. 고등학교 때 기차에서 걸어 놓았던 점퍼를 잃어버린 기억이 나서였다. 지오는 기타를 들고 카페로 가며 휴대폰 전원을 꺼 버렸다. 더 이상 아버지 전화로 기분 상하고 싶지 않았고, 한결이 성가시게 구는 것도 짜증 났고, 해수의 ―혹시라도 그녀가 전화를 한다면― 궁금증을 불러일으키고 싶었다. 막 헤어진 연인 사이에서는 많이 사랑하는 사람보다 많이 궁금한 사람이 지는 법이다. 어제도 찾아가는 게 아니었다. 그랬으면 오늘쯤 해수로부터 연락이 왔을지도 모른다.

지오는 카페로 가서 이온 음료를 하나 샀다. 그리고 유리창과 맞닿은 좁고 긴 테이블 앞에 앉아 음료수를 마셨다. 이온 음료가 들어가자 담배 생각이 조금 가라앉는 것 같았다. 폭 넓은 유리창을 마주하고 앉아 있으니 스쳐 지나가는 산과 들이 영화 속 풍경 같았다.

지오가 담배를 처음 배운 건 캐나다에서 돌아와서였다. 아버지에게 걸려 끊었다가 입시 학원 다닐 때 다시 피우기 시작했다. 고졸 검정고시를 통과해야 수능 볼 자격이 생기기에 자퇴한 해에는 검정고시 준비를 하며 단과학원엘 다녔다. 태명고 동기들이 예비 3학년일 때 지오는 입시 종합학원에 등록했다. 동갑이거나 더 나이 많은 아이들과 어울리며 지오는 마음이 편안해졌고 마음 한구석에 아주 작게나마 자리하고 있던 자퇴에 대한 불안과 후회가 사라졌다. 스무 살이 돼서도 고등학교 교실에 앉아 있는 자신의 모습은 상상만으로도 싫었다.

학원에서 지오는, 성적을 올리겠다는 의욕보다는 대학 레벨의 확정을 1년 유예하는 데 더 큰 의미를 둔 아이들과 어울렸다. 그들은 자기 신분을 재수생이 아닌 '죄수생'으로 칭하면서도 공부보다는 여자나 게임에 더 열의를 보였다. 학원의 성적순 반 배정은 학교보다 노골적이어서 지오는 단단한 각오로 재도전하는 상위권 아이들과는 어울릴 기회조차 없었다. 물론 그 사실에 불만이 있던 건 아니었다.

학원에서는 등, 하원 결과를 학부모 휴대폰으로 공지했고, 각종 시험 성적을 꼬박꼬박 알렸으며 그에 따른 학생 면담도 자주 하는 등 관리가 철저했다. 아무리 그래도 사교육 기관인 학원은 공교육 기관인 학교에 비해 훨씬 '덜' 폐쇄적이고 권위적이고 폭력적이었다. 지오는 학원이 아주 만족스러웠다. 학원에서 지오는 담배를 다시 피웠고 술과 여자를 알게 됐다. 고등학생 때 한 살 어린 룸메이트들 앞에서 허세를 떨곤 했지만 지오의 실제 경험은 초라했다.

지오는 같은 학원에 다니는 주현과 사귀기 시작했다. 그는 스킨십을 하지 못해 안달 난 사람처럼—그러기도 했지만— 보챘고 빠른 시일 내에 주현과 키스를 했다. 그녀 역시 보통 여자애들은 내숭 떨며 감추는 스킨십에 대한 환상을 숨기지 않았다. 하지만 지오는 주현과의 키스에서, 그의 뇌리 속에 아로새겨진 첫 키스와 같은 강렬함은 느낄 수 없었다. 아무리 해도 그때보다 미진하고 싱거웠다. 지오는 그 느낌을 되찾기 위해 분투했다. 노력은 결국 첫 키스의 느낌을 지우기 위한 행위와도 같아 지오는 횟수가 늘어날수록 현재에 만족하게 됐다.

지오의 열정은 주현의 욕망 대신 수능에 대한 불안감을 일깨우는 역할을 했다. 주현은 재수생 처지에 이러면 안 될 것 같다며 눈물로 절교를 선언하고 학원까지 옮겨 버렸다.

지오로서는 이제 겨우 열락의 세계로 향한 입구를 찾았을 뿐인데 문이 닫혀 버린 꼴이 됐다. 그는 여자에 대한 욕망을 멈출 수 없었다. 눈길 닿는 곳, 발길 다다르는 곳, 생각이 멈추는 곳에는 여자가 있었다. 몇 년째 혼자인 아버지는 어떤 식으로 욕망을 해결할까, 나이가 들어서 이젠 성욕이 없어진 건가? 아버지뿐만 아니라 다른 사람들에게도 그런 것만 궁금했다. 격의 없는 부자 사이였다면 아버지에게 그런 고민을 털어놓았을 테지만, 현실적으로 지오가 그런 주제로 대화를 나눌 수 있는 대상은 학원 친구나 한두 살 위인 형들이었다. 그들은 하나같이 과장임이 분명한 무용담을 늘어놓은 뒤 자기도 재수생이면서 덧붙여 말했다.

"여자 꼬실려면 일단 대학에 가야 돼. 재수생은 어딜 가도 취급 못 받는다니까."

두 번째로 사귄 연주인가 하는 애는 수녀가 될 생각인지 손 잡는 것조차도 수능 뒤로 미뤘다. 그럴 거면 남자는 왜 만나느냐는 볼멘소리에 건전한 만남을 통해 학습 욕구를 어쩌고 해서 지오가 차 버렸다.

갖은 노력에도 불구하고 지오의 첫 경험은 수능이 끝난 뒤에야 이루어졌다. 학원 친구들과 몰려간 나이트클럽에서 만난 여자하고 술에 잔뜩 취해서였다. 이름도 나이도 잘 모르는 여자하고의 경험은 남자들이 갖고 있는 동정 콤플렉스를 해소시켰을지 모르지만 쾌감은 찰나였고 허망함은 오래갔다.

수능이 끝난 뒤 주현이 다시 연락을 해 왔을 때 지오는 이미 치러 버린 첫 경험이 아쉽기도 했고 자랑스럽기도 했다. 지오와 주현은 다시 만났고 불씨가 남아 있는 모닥불은 살리기 쉽다는 걸 증명하듯 활활 타올랐다. 지오는 주현을 통해 좋아하는 여자와 나누는 사랑이 훨씬 더 좋다는 것을 깨달았다. 하지만 그들의 열정은 입시 결과 앞에서 고개를 숙였다. 주현은 대학에 붙었지만, 지오는 원서 냈던 곳 모두 떨어졌다. 아버지는 늦은 밤, 혼자서 술을 마시다 지오를 보면 못마땅한 기색으로 혀를 차곤 했다.

대학에 떨어져 가장 괴로운 사람은 지오 자신이었다. 사흘째 만취해 들어간 날 아버지는 지오의 기타를 부숴 버렸다. 지오는 지난해 내내 고민했던 실용 음악과에 대한 이야기를 꺼내 보지도 않고 포기해 버렸다. 그 과에 가려면 재수 학원보다 실용 음악 학원이 더 급했지만 아버지를 설득할 자신이 없었다. 지오는 그나마 순정한 채 남겨진 좋아하는 세계가 아버지에 의해 훼손되는 걸 원치 않았다. 그렇게 되는 건 기타만으로도 충분했다. 지오는 의지와 열망 박약인 채 재수생이 됐다.

대학생과 재수생으로 신분이 나뉘게 되자 주현은 지오의 공부를 방해하는 것 같아 죄책감이 든다면서 또 다시 일방적으로 절교를 선언했다. 키스만 했던 처음과 달리 열패감과 분노와 질투가 뒤섞인 감정이 해일처럼 몰려왔다. 주현의 페이스북에는 곧 새 남자 친구가 등장했다. 지오는 주현이 자기와 한 짓을 그놈하고도 할 거라 생각하면 열불이 나 잠이 오지 않을 지경이었다. 지오가 마음을 다잡은 건 아버지의 채근 때문이 아니라 주현에 대한 분노 때문이었다.

지오는 그의 생애 중 가장 열심히 공부한 끝에 서울에 있는 대학에 붙었다. 하지만 아버지는 조금도 성에 차지 않아 했다. 아버지가 인정할 수 있는 마지노선은 중상위권 대학의 행정학과나 경영학과였다.

"오빠, 요새는 인서울 대학은 다 서울대라는 말도 몰라요? 거기도 못 가는 애들이 얼마나 많은데."

지오의 합격을 축하해 주러 온 작은고모가 말했다. 고모는 자기 오빠에게 깊은 애정과 연민을 지니고 있었다. 아버지의 형제는 큰고모와 큰아버지, 아버지와 작은고모 이렇게 4남매였다. 큰고모와 큰아버지는 아버지가 오래전에 떠나온 고향에서 농부의 아내와 농부로 근근이 살았고, 지오네 근처에 사는 작은고모는 독신이었다. 작은고모가 약혼자와 사별한 뒤 결혼을 포기했다는 걸 알게 됐을 때 지오는 이상한 기분이 들었다. 한 사람의 평생을 묶어 둘 수 있는 사랑은 어떤 것인지 궁금했다.

고모는 3년 전, 스무 살에 들어가서 25년 동안 다닌 우체국을 그만두었다. 알뜰한 재산 관리 덕분에 고모는 혼자 살기에 넉넉한 아파트 한 채와 월세 받는 점포, 여유를 즐길 수 있는 현금을 보유하게 됐다. 고모는 평생의 꿈이었던 공부를 위해 사이버 대학을 거쳐 지금은 대학원에서 심리 상담학을 전공하고 있었다. 공부가 재미있어 박사 과정까지 할 계획이라고 했다.

남자 둘이 생활하지만 일주일에 두 번씩 오는 가사 도우미 덕에 집은 늘 깨끗했고 갈아입을 옷과 반찬도 넉넉했다. 처음엔 전기밥솥에 밥을 해 먹다가 둘 다 밖에서 해결하고 오는 날이 많아지자 아빠는 즉석밥과 국을 잔뜩 사다 놓았다. 고모는 가끔씩 부자를 찌개나 고기 굽는 불판이 놓인 식탁으로 불러 모으곤 했다. 그날도 마찬가지였다. 덕분에 지오는 대학에 합격했으면서도 아버지 앞에 죄인처럼 앉아 있어야 했다.

"고작 그런 데 가라고 캐나다 내보낸 줄 알아? 지들한테 들어간 게 얼만데. 그 돈이면 건물을 사고도 남았어."

아빠는 거의 울분에 찬 목소리로 말했다. 지오는 식탁을 박차고 일어서고 싶은 것을 간신히 참았다. 자리를 만든 고모를 봐서이기도 했지만 아빠가 잃은 게 돈뿐만 아닌 것을 알아서였다.

"오빠, 나는 지오가 고맙기만 하네. 우리나라 입시가 좀 힘들어? 캐나다에 있었으면 이만큼 고생 안 하고도 대학 갔겠지."

고모가 지오 마음을 알겠다는 듯 등을 쓸어 주며 말했다. 그뿐인데 이상하게 참을 만해졌다.

"그러게 누가 오랬냐구."

반겨 주는 사람도 없었는데 왜 왔을까? 다시 그 상황이 된다면 어떤 결정을 내리게 될까? 지오는 대답할 수 없었다.

"오빠, 지오 와서 좋잖아. 그런데 왜 그런 식으로 말해? 중년 남자들이 왜 여자들보다 외로운 줄 알아요? 자기 마음 표현하는 방법을 못 배워서 그래."

평범한 노처녀였던 고모에게서 이젠 전문가 같은 느낌이 났다.

"박사 딴다고 해서 그 나이에 강단에 설 수 있는 것도 아닌데 왜 골 빠지게 공부를 해. 지금이라도 애 안 딸린 남자 찾아서 결혼해. 수절한다고 누가 상 줄 줄 알아?"

아버지가 화제를 돌렸다.

"오빠도 참. 애 딸린 남자도 없는 판에 애 안 딸린 남자는 또 뭐야? 그리고 나 수절하는 거 아니야. 좋아하는 사람을 못 만나서 그런 거지. 좋아하는 사람 있으면 애가 열 딸렸어도 결혼할 거니까 걱정 말아요."

아무튼 아버지는 지치지도 않고 지오를 못마땅해 했다.

창가에 멍하니 앉아 머릿속에 떠오르는 기억들을 남의 것인 양 보고 있던 지오는 카페에 사람들이 많아지자 자리에서 일어섰다. 기차는 막 조치원역을 출발했다.

8. 꽃가루 수분

도로에서 갈라진 사잇길로 들어선 트럭은 구불구불한 오르막길로 올라갔다. 가로등도 사라진 길은 어둠에 묻혔다. 얼핏얼핏 드러나는 풍경들로 보아선 집이 있을 것 같지 않았다. 짐칸에 실은 자전거들이 부딪치는 소리가 불안할 즈음 드디어 차가 멈춰 섰다. 차 불빛에 기역자 형태의 집과 텃밭과 겅중거리며 달려오는 큰 개의 모습이 드러났다. 목둘레 털이 갈기처럼 늘어진 개였다.

"어, 레시다!"

석주가 소리쳤다. 레시는 콜리 종으로 애니메이션에 나오는 개였다. 석주는 개가 이사 간 주인을 찾아오는 내용의 애니메이션 〈돌아온 레시〉를 초등학생 때 무척 좋아했다. 레시처럼 튼튼이가 이사 간 할머니 집을 찾아오는 상상을 하기도 했다. 콜리 종 개를 실제로 보다니. 석주는 오는 내내 불안하고 찜찜했던 마음이 일시에 사라졌다.

"레시를 아나? 책에 나오는 개라 카든데."

아저씨가 말하며 시동을 껐다.

"네. 애니메이션도 있어요. 개 이름이 뭐예요?"

석주가 물었다.

"우리 개도 레시다."

헤드라이트 불이 꺼지고 조용해지자 레시의 컹컹거리는 소리가 들려왔다. 먼저 내려 개에게로 다가가던 석주는 주춤 멈춰섰다. 열린 현관문 사이에 여자가 서 있었다. 집 안에서 나오는 불빛에 날렵한 실루엣만 보였다. 부인이 아니라 딸 같았다. 그것만으로도 석주는 설레었다.

"형조 아재하고 또 누고? 진짜 있는 거만 차렸다, 아빠."

석주의 추측이 맞았다. 아저씨 딸의 목소리에는 종소리처럼 맑은 울림이 있었다. 석주는 파김치처럼 절어 있을 자기 꼴이 떠올랐다. 도랑에 빠지기까지 했으니 지오보다 더 꾀죄죄할 것이다.

"형조 아이고 길에서 만난 학생들이다. 느그들은 시장할 낀데 우리 설이 따라가 밥부터 무라."

아저씨가 추녀 아래의 빨랫줄에서 수건을 내리며 말했다. 서리? 설이? 설희? 확실하지 않은 이름이 석주 마음속에 들어앉았다.

"레시, 니는 아빠 왔으니까 이제 들어가 쉬어. 안으로 들어오이소."

그녀가 석주와 지오에게 말하고 돌아섰다. 한결이나 근석의 사투리는 촌스럽게 여겨졌고 아저씨 사투리는 투박하고 무뚝뚝하게 들렸는데 그녀의 사투리는 사근사근하고 애교스러웠다.

레시는 말 잘 듣는 아이처럼 꼬리를 설렁설렁 흔들며 집을 찾아갔다. 낯선 석주와 지오에게 별다른 경계심을 보이지 않는 걸 보니 주인들을 닮은 모양이었다. 석주는 지오와 함께 집 안으로 들어갔다. 막 주방으로 사라지는 그녀는 칠부 바지에 티셔츠 차림이었다. 전체적으로 몸에 달라붙는 옷이어서 날씬한 몸매가 그대로 드러났다. 석주의 가슴이 두근거리기 시작했다.

그리 넓지 않은 집 안의 모습은 소박하다 못해 낡고 썰렁해 보였다. 신을 벗으며 석주는 도랑에 빠지고 땀에 전 몸과 발에서 냄새라도 나면 어쩌나 걱정이 됐다. 지오 신발을 슬쩍 내려다보니 석주 운동화보다 배는 더러웠다. 지오도 신경 쓰이는지 마루에 걸터앉아 양말을 벗었다. 석주도 따라했다. 등 뒤에서 그녀의 목소리가 들려왔다.

"식사부터 하고 씻으세요."

그녀도 석주와 지오를 의식하는 듯 말씨가 달라졌다. 하지만 사투리 억양은 그대로 남아 있었다. 더 귀엽다고 생각하며 그녀 쪽을 돌아다본 순간, 석주는 짧은 시간이나마 거품처럼 부풀어 오르던 환상이 박살 나는 것을 느꼈다. 생각보다 더 어려 보이는 그녀는 디즈니 애니메이션 주인공인 뮬란을 닮았다. 그런 얼굴은 개성 있거나, (어떤 사람들에게는)매력 있을지 모르지만 결코 예쁘지는 않았다. 얼굴부터 봤으면 그 정도로 실망하진 않았을 텐데 종소리 같은 목소리와 날렵한 몸매가 너무 큰 기대를 품게 했다. 내일이 지나면 다시는 볼일 없을 사인데도 석주는 아쉬운 마음이 들었다. 대신 그녀, 아니 소녀를 대하기는 좀 더 편해졌다.

석주와 지오는 주방으로 들어갔다. 아저씨 부인이 있을 줄 알았는데 소녀뿐이었다. 이미 반찬과 밥이 놓여 있는 나무 식탁에 앉자 소녀가 물부터 한 컵씩 따라 주었다.

"물은 쪼매만 마시고 식사부터 하세요."

석주와 지오는 말 잘 듣던 레시처럼 컵을 들어 목을 축인 뒤 내려놓았다.

"잘 먹겠습니다."

둘은 동시에 말하며 숟갈을 들었다. 정체 모를 나물 두 가지와 된장국, 김치, 콩자반, 멸치 볶음이 전부였지만 굶주리고 헤매다 온 석주와 지오에겐 진수성찬이었다.

"반찬이 없어서……. 얼른 계란 후라이 해 줄게요."

소녀가 말하며 프라이팬에 달걀을 깨 넣었다. 기름 튀는 소리와 함께 달걀 냄새가 퍼졌다. 잠시 뒤 소녀는 달걀 프라이가 수북하게 담긴 접시를 가운데 놓아 주었다.

석주는 달걀 프라이가 이토록 맛있는 반찬인 줄 처음 알았다. 잡곡이 많이 섞인 밥과 함께 달걀 프라이는 입에 들어가는 순간 사라져 버렸다.

한동안 둘은 정신없이 밥을 입속에 퍼 넣었다. 그릇은 순식간에 비었고 석주는 지오를 따라 밥공기를 소녀에게 내밀었다. 소녀는 밥그릇과 반찬 접시를 다시 채워 주었다. 그리곤 한옆에 있던 간이의자를 끌어다 놓고 앉아 호기심 가득한 얼굴로 석주와 지오를 번갈아 보았다. 소녀가 가까이서 바라보자 석주는 쑥스러워졌다.

"진짜 맛있네요. 우리 밥 많이 먹죠?"

지오가 콩자반을 듬뿍 떠먹으며 말했다. 석주는 지오처럼 자연스레 굴 자신이 없었다.

"반찬 없어도 맛있게 먹으니까 좋네요. 고등학생이라예?"

"네. 그쪽은요?"

지오가 물었다.

"지는 중3이에요. 이름은 은설이고요. 한은설."

설이나 설희인 줄 알았더니 은설이었다. 이름만 예쁘다고 석주는 생각했다.

"은설, 이름도 예쁘다."

소녀의 나이를 안 지오가 슬며시 말을 놓았다. 은설이 소리 내 웃었다. 그 웃음소리는 바람에 송이째 하늘거리는 등꽃이나 아카시아 꽃송이를 연상시켰다. 석주는 은설에게 관심 있는 게 아니면서도 그녀를 웃게 만든 사람이 자기가 아니라 지오라는 게 아쉬웠다.

"얼굴도 이쁘다는 말로 들리네예. 기분 좋다! 그런데 이 밤에 우리 아빠 우찌 만났어요?"

은설이 턱을 받친 채 물었다. 지오가 대답을 넘기려는 듯 석주를 건너다보았다. 정말 이 밤에 아저씨를 어떻게 만나 이렇게 은설이 차려 준 밥을 먹고 있는지 석주도 신기했다. 석주가 대답하지 않자 지오가 말했다.

"자전거 바퀴 닿는 대로 여행하다 길을 잃었거든."

"와, 낭만적이네예!"

"헤매다 운 좋게 아저씨를 만나서 먹여도 주고 재워도 주신다고 해서 따라왔지."

헤매는 동안 허기지고 불안하고 온몸이 아파 투덜거리다 지오와 목소리를 높였던 게 생각났다. 그 시간들이 지오 입을 통하니 그럴싸해 보였다.

"우리 아빠 만났으니 운 좋은 건 맞네예. 그럼 서울서부터, 서울 맞지요? 자전거 타고 여기까지 온 기라예?"

은설이 눈을 동그랗게 떴다.

"아니. 집은 서울인데 학교는 영동에 있는 태명 고등학교 다녀."

지오는 아까 아저씨한테 한 이야기를 다시 했다. 석주는 아저씨는 몰라도 학생인 은설은 태명고의 위상에 대해 알 거라고 생각했다.

"어쩌다 서울서 영동까지 왔어요? 공부를 진짜 못했나 보네요."

은설이 혀까지 찼다. 석주는 자기도 모르게 풋 하고 웃었다.

"어어, 여기 범생이가 어이없어 웃잖아. 은설이가 여학생이라 태명고에 대해서 모르는 모양인데 전국의 수재들만 받는 명문고야."

지오가 허풍을 떨었다. 적어도 자기 자신에 대해서는 말이다.

"정말요? 그러면 오빠들도 공부 잘해요?"

"쟤, 1등으로 학교 들어왔어."

지오가 턱짓으로 석주를 가리켰다. 그는 슬그머니 석주에게 묻어가려는 것 같았다. 중간고사 성적순으로 방을 나눈다면 지오는 결코 석주와 룸메이트가 될 수 없는 처지였다. 은설이 길고 가느다래 언뜻 신비로워 보이기도 하는 눈으로 석주를 살폈다. 석주는 깊숙이 와 닿는 것 같은 시선을 마주 보지 못했다.

"그 말 듣고 보니까 뭔가 모범생 아우라가 풍기네예."

은설이 고개를 끄덕이며 말했다. 석주는 비로소 어깨가 쫙 펴졌다. 그 기분에 석주는 드디어 은설에게 말을 건넸다.

"개 이름이 레시예요? 누가 지은 거예요?"

석주는 은설이 지었음을 뻔히 알면서 물었다. 지오는 책도 애니메이션도 모르는 눈치였다.

"우리 엄마가요, 어렸을 때 동화책 보고 나중에 꼭 콜리 종 개를 키운다꼬 맘 묵었대요. 결혼한 담에 아빠가 그 말 듣고 새끼를 구해온 기라예. 지금 레시는 아들 레시예요."

"레시 주니어네."

지오가 웃으며 말했다.

"그런데 어머니는 어디 가셨나 봐요."

석주는 엄마 이야기가 나온 김에 아까부터 궁금했던 걸 물었다. 그는 지오처럼 말이 놓아지지 않았다. 지오는 두 살 많으니까 자연스럽게 반말이 나오는 모양이었다.

"예. 저 우에 계세요."

은설이 손가락으로 천장을 가리켰다. 그곳을 올려다보던 석주가 말했다.

"단층인 줄 알았는데 2층이에요?"

은설이 또 웃었다. 꽃송이의 꽃잎이 하르르 흩날리는 것 같았다.

“오빠, 공부 잘하는 거 맞아요? 2층이 아니라 하늘나라 말한 기라예.”

흩날리던 웃음소리가 일시에 멈추었다.

“어, 미, 미안.”

석주는 당황스러워 어쩔 줄 몰랐다.

“괜찮아요. 돌아가신 지 오래돼가 아무렇지도 않아예.”

석주는 자신이 무안할까 봐 배려해 주는 듯한 은설이 고마웠다. 석주와 지오가 두 공기째 밥을 다 먹어갈 때쯤 아저씨가 젖은 머리로 들어왔다. 환한 데서 보니 아저씨는 생각했던 것보다 훨씬 나이 들어 보였다. 어두운 데다 모자를 쓰고 있어서 머리가 센 것을 못 본 탓이었다.

일어서려는 석주와 지오를 제지하고 아저씨는 싱크대에서 거무스름한 액체가 담긴 유리병을 꺼내왔다. 그러고는 문 쪽의 석주 옆에 앉았다.

“아빠, 술 마실라고?”

“한 잔만 할 기다. 니들은 아직 마시면 안 되제?”

“안 되긴요. 한 잔 주세요.”

지오가 냉큼 말했다. 석주는 난감해졌다. 술이 싫어서라기보다는 혹시 마시다 은설이 앞에서 캑캑거리는 모습을 보일까 봐서였다. 형 면회 갔을 때 술은 어른들 앞에서 배우는 거라며 아빠가 소주를 한 잔 준 적이 있었다. 호기롭게 한 모금 마셨던 석주는 쓰고 뜨거운 맛에 기침하다 눈물까지 흘렸다. 가족 앞에서야 상관없지만 은설이한테 그런 모습을 보이고 싶지 않았다. 지금도 한참 어른인 양 자연스러운 지오와 너무 비교되는 중이었다.

석주는 밥 먹는 척하며 곁눈질로 지오가 술잔 받는 것을 보았다. 거무스름한 액체가 유리잔에 담기자 붉은 보랏빛이 됐다.

"지난 갈기 담근 산머루술이다. 니는?"

아저씨가 석주에게 물었다. 석주는 은설의 눈치를 힐긋 보고는 말했다.

"저는 괜찮아요."

은설에게 어설픈 꼴을 보이느니 아예 안 마시는 게 나을 것 같았다.

"그캐라. 억지로 마실 건 없다. 은설아, 그럼 니들은 주스 마시라. 이래 만난 것도 인연인데 건배해야 안컸나?"

"주스 가져올게."

은설이 모양새만은 머루주와 같은 주스를 담은 유리컵 두 개를 가져왔다.

"산머루가 뭐예요?"

지오가 물었다.

"산머루도 몰라요? 야생 포도 종류라예. 아빠, 이 오빠들 지들 말로 공부 잘한다 카는데 거짓말 같다."

은설이 장난 어린 표정으로 말했다.

"나는 공부 안 잘한다."

지오가 어색하게 사투리 흉내를 냈다. 은설이 웃었다.

"그럼 이 술은 포도주 사촌인 셈이네요. 색이 참 이쁘네."

지오가 잔을 들여다보았다. 포도주 사촌, 은설이 재밌다며 또 웃었다. 이제 보니 은설은 웃음이 너무 헤픈 것 같다. 하지만 석주도 은설을 웃게 해 주고 싶었다.

머루 주스는 포도 주스보다 덜 달고 시큼한 맛이 좀 더 강했다. 석주가 눈을 찡그리며 진저리를 치자 은설이 웃었다. 석주는 자신이 은설을 웃게 했다는 게 좋았다.

"정식으로 인사드려야지. 저는 윤지오입니다."

지오가 엉덩이를 반쯤 들며 인사했다.

"저는 장석주구요. 저녁이랑, 재워 주시는 거랑, 정말 감사합니다."

석주는 벌떡 일어나서 고개를 꾸벅 숙였다.

"됐다, 고마 앉아라."

아저씨가 손사래 쳤다.

"정말 감사합니다. 아저씨 아니었으면 애한테 지금 무슨 욕을 먹고 있을지 끔찍해요. 제가 부추겨서 온 거거든요."

석주는 지오가 기숙사에 몰래 숨어 있으려던 자기 계획과 남의 자전거를 훔쳐 타고 온 것까지 말할까 봐 걱정됐다. 자신의 계획은 한심하고 지질했고, 자전거를 훔쳐 탄 건 명백한 범죄였다. 아저씨가 빙그레 웃었다.

"차 막아서는데 기겁했다 아이가. 우짰거나 요새 같은 시상에 이래 믿고 따라와가 내가 더 고맙제."

석주는 먹여 주고 재워 주면서 오히려 고맙다고 말하는 아저씨를 신기한 눈으로 바라보았다.

"정말 요새 같은 세상에 어떻게 저희를 이렇게 집에까지 데려올 생각을 하셨어요? 저희가 뭐 반듯해 보이긴 하지만요."

지오가 웃으며 말했다. 석주는 학교에서보다 훨씬 밝고 말을 많이 하는 지오도 신기했다. 이런 아이가 학교에서는 왜 투명인 간처럼 구는지 이상했다.

"컴컴한데 반듯한지 구부러졌는지 우찌 아노? 그저, 집에 간 다면 몰라도 여관이나 찜질방 찾는다 카고 밤길도 위험코 해서 내가 델꼬 있다 보내는 기 안전할 거 같아서 그런 기다."

아저씨가 덤덤한 얼굴로 말했다.

"저희가 정말 운이 좋네요. 아저씨 같은 분을 만나구요. 장석 주, 내 말이 맞지? 내가 무슨 수가 생길 거라고 했잖아."

지오가 석주에게 큰소리쳤다. 행운이라는 사실은 석주도 동 감하는 바여서 웃으며 고개를 끄덕였다.

"너무 신세를 많이 지는데 저희도 뭔가 해 드려야죠. 내일 과 수원에 저희가 할 일 없을까요?"

지오가 말했다. 석주도 그러는 게 좋을 것 같았다.

"얼라들이 일을 할 줄 알까?"

아저씨가 웃으며 지오와 석주를 살피듯 바라보았다.

"아빠, 꽃가루 수분, 이 오빠들 시키라."

은설이 반색하며 말했다. 그러고는 석주와 지오에게 부연 설 명을 했다.

"붓에 꽃가루 묻혀서 꽃 수술에 칠해 주면 되는 기라예. 안 어려워요."

"아, 나비나 벌 역할을 대신하는 거네요."

석주가 말했다.

"맞다. 그래 어렵지는 않은데 함 해 볼라나?"

"네."

석주와 지오는 동시에 대답했다.

"그라믄 내도 낼 학교까지 태워다 주꾸마."

석주와 지오는 마주 보고 활짝 웃었다. 내일 또 다시 자전거를 탈 일이 벌써부터 끔찍하던 차였다. 하지만 이내 석주 얼굴에서 웃음기가 사라졌다. 학교가 아니라 영동역부터 가서 자전거를 돌려 놓아야 했다. 그러다 보면 훔쳐 타고 온 걸 아저씨한테 들킬지도 몰랐다. 아저씨가 알게 하고 싶지 않았다. 아니, 은설에게 알리고 싶지 않았다. 갑자기 좌불안석하는 석주를 본 지오가 눈치채고 걱정 말라는 신호를 보내왔다. 지오가 알아서 해 줄 것 같았다. 그제야 석주는 마음 놓고 좋아할 수 있었다.

아저씨와 지오가 죽이 맞아 술을 마시는 동안 석주는 주로 은설과 이야기를 나누었다. 학교와 과수원 이야기 등 특별한 내용은 아니었지만 석주는 일상적인 공간에서 여자애와 대화를 나누고 있다는 것 자체에 흥분됐다. 시간이 지날수록 석주는 은설이 점점 더 예뻐 보였다. 술을 마신 것도 아닌데 이상했다. 술자리가 끝났을 때 석주는 그녀를 두고 일어서기가 못내 아쉬웠다. 하지만 내일을 위해서 그만 잠자리에 들어야 했다.

마당에 있는 세면장은 꽤 넓어서 석주와 지오는 같이 씻기로 했다. 기숙사 샤워장도 공동이라 늘 서로의 벌거벗은 몸을 보는 터였다.

"은설이, 귀엽지 않냐?"

석주가 몸에 비누칠하며 소리를 낮춰 말했다. 귀엽다라고밖에 하지 못하는 자신의 표현력이 안타까웠다.

"너 저런 스타일 좋아하냐? 얼굴도 그저 그렇고 아직 밋밋하잖아. 난 글래머 아니면 상대 안 해. 이 정도는 돼야지.”

지오가 두 손을 올려 여자 가슴 모양을 만들어 보였다. 세상에 없을 것 같은 크기였다. 석주는 애초에 외모를 두고 말한 것도 아니었고, 고마운 아저씨의 딸을 놓고 그런 이야기를 하는 것도 미안했지만 멈춰지지 않았다. 은설에 대한 마음을 어떤 식으로든 펼쳐 놓고 싶었다.

“그런 여자가 어딨냐?”

“그때 내가 보여 준 야동에 있었잖아.”

이야기가 이상한 방향으로 흐르고 있었다.

“그거 진짤까?”

“이런 붕, 딱 보면 모르냐? 수술한 거잖아.”

“딱 보고 어떻게 아는데?”

“수술하면 누워도 모양이 그대로 있어.”

“너 진짜 봤어?”

“니가 뭘 상상해도 이 형님은 그 이상이라고 했지?”

석주는 지오가 부럽고 대단해 보였다.

“그럼 너는 수술해서라도 큰 게 좋아?”

“질문하고는. 여잘 뭐 가슴만 보고 사귀냐? 이제 그만 씻기나 해.”

지오가 찬물이 쏟아지는 샤워기를 석주 쪽에 대고 뿌렸다.

다음 날 석주는 눈부시게 환한 햇살에 깜짝 놀라 일어났다. 코를 고는 지오 때문에 잠을 설쳤다. 솔직하게 말하자면 지오가 아니라 은설 때문이었다. 석주는 은설과 한 지붕 아래 있다는 사실이, 내일도 볼 수 있다는 사실이 설레어 쉽게 잠을 이룰 수 없었다.

한낮은 된 줄 알았더니 아직 여덟 시 반밖에 안 됐다. 그래도 지오는 이미 일어나 이불을 개켜 놓고 나간 상태였다. 허둥지둥 마루로 나가니 주방에서 달그락거리는 소리와 함께 음식 냄새가 풍겨 왔다. 은설이 있는 것이다. 석주는 지난밤 꿈 생각이 나 얼굴이 붉어졌다. 주방으로 들어가 아침 인사를 하고 싶었지만 쑥스러웠다.

마당을 향해 활짝 열린 미닫이문 사이로 소매와 바지 길이가 껑충하게 짧은 작업복을 입고 레시와 장난치고 있는 지오가 보였다. 빨랫줄에는 어젯밤 벗어 놓은 석주와 지오의 겉옷들이 널려 있었다. 아저씨가 세탁기를 돌릴 거라며 채근하는데 땀과 먼지에 절은 옷을 끝까지 거절할 수가 없었다.

석주는 역시 아저씨 옷을 입은 제 차림새를 내려다보았다. 짧지는 않으니 지오보다는 나아 보일 것이다. 아저씨 키가 크지 않아 다행이었다. 크거나 작거나 맞지 않는 옷이 볼품없어 보이는 건 매한가지지만 아저씨보다 작다는 걸 계속 옷으로 보여 주는 건 창피한 노릇이었다.

네 사람은 오래전부터 함께 살았던 사람들처럼 오순도순 아침을 먹었다. 어수선한 학교 식당에서 밥 먹는 일이 아직도 스트레스인 석주는 집의 식탁인 것처럼 편안해졌다. 석주는 은설과 훨씬 가까워진 것 같았다. 비록 지난밤 두어 시간 보고 아침에 보는 거지만 한 지붕 아래서 잠을 잤다는 게 큰 의미로 여겨졌다. 지오는 은설이 만든 콩나물 북어국이 맛있다며 두 그릇이나 먹었다.

"술꾼 아빠랑 사니까 해장국 실력만 는다 아이가."

은설이 종알거렸다. 석주는 술도 마시지 않았는데 밥맛이 없었다. 아니, 배고프지 않았다. 아니, 가만히 있어도 배가 불렀다.

아침을 먹은 뒤 아저씨가 집 뒤의 과수원 창고 앞에서 꽃가루와 석송자라는 것을 혼합기에 넣고 섞었다.

"석송자는 뭔데 같이 섞는 거예요?"

석주가 기계 앞에 쭈그리고 앉아 물었다. 은설이나 아저씨한테 잘 보이고 싶은 것도 있었지만 진짜 호기심이 생겼다.

"석송의 포자 가룬 기라. 색이 붉어가 수분을 시켰는지 안 시켰는지 표시가 나거든."

사과 과수원은 집 뒤의 산자락에서부터 완만하게 경사진 산중턱까지 이어져 있었다. 은설은 점심 준비를 하고 석주와 지오만 아저씨를 따라 꽃가루가 든 통을 크로스백처럼 메고 과수원 끝까지 올라갔다. 수분은 위에서부터 해 내려가기로 했다.

생각보다 키가 작은 사과나무들이 흰 꽃들을 단 채 줄 맞춰서 있었다. 석주는 과일 중에서 사과를 가장 좋아했다. 하지만 정작 사과나무를 이렇게 가까이서 보는 건 처음이었다. 사과밭 가운데 들어와 있으니 학교 근처에 있는 과수원들을 지나치며 보던 것과는 느낌이 사뭇 달랐다.

사과밭 가장 높은 곳에 이르자 산으로 둘러싸인 분지의 풍경이 한눈에 보였다. 납작해 보이는 은설의 집 주변 골짜기에도 드문드문 과수원들이 있었고 더 낮은 평야 쪽으로는 반짝이며 흐르는 내와 푸르거나 꽃을 피운 들판과 작은 단위의 마을, 아파트들과 제법 높은 건물들이 있는 큰 마을과 그 사이로 이어진 도로의 모습들이 보였다. 무엇보다 그 모든 것을 품에 안듯 첩첩이 둘러싼 산들이 당당하고 위엄 있어 보였다. 소백산맥과 노령산맥 줄기들이라고 했다.

"밤에 불빛 보이던 데가 저긴가 보네!"

탄성을 지르던 지오가 말했다.

"밤에? 언제?"

석주는 본 기억이 나지 않았다.

"어, 밤에 화장실 갔다가 봤어."

지오가 대수롭지 않게 말했다.

"경치 좋제? 사과 익을 때도 좋지만 꽃 필 때가 젤 좋다."

아저씨는 쉰한 살로 석주 아빠와 동갑이었다. 그런데도 아빠보다 머리가 희어선지, 허름한 작업복 때문인지 훨씬 더 나이 들어 보였다. 아저씨에게선 아빠의 다정함과는 또 다른 푸근함과 너그러움이 느껴졌다. 석주는 아저씨가 오래전부터 알고 지낸 사이처럼 편안했다.

초여름 느낌이 나는 햇살과 바람이 대기를 싱그럽게 만들었다. 석주는 쿵쿵대며 공기를 가슴 깊이 들이마셨다. 역시 자연 속에 있는데도 학교에서는 느끼지 못했던 신선함이었다.

"이 나무들은 얼마나 됐어요?"

석주가 물었다.

"이짝하고 저짝하고는 품종도 수령도 다른데 여 부사들은 우리 설이하고 한동개비다. 잘들 생겼제?"

아저씨가 옆에 있는 나무를 어루만지며 말했다. 은설과 함께

커 온 나무들이다. 석주도 나무를 쓰다듬었다. 까끌까끌하면서도 따뜻한 결이 손바닥에 느껴졌다.

"생각보다 나무들 키가 작네요."

지오가 사과밭을 둘러보며 말했다.

"일하기 수월하고로 수형을 이래 관리하는 기다. 사다리 사용하믄 그만큼 일이 더디다 카이. 우리 밭은 갱사지라 사다리 사용이 불편키도 하고."

지지대로 받친 경사지의 사과나무들은 마치 스키를 타기 위해 스틱을 잡고 서 있는 것처럼 보였다.

아저씨가 석주와 지오에게 수분 시범을 보였다. 긴 막대 끝에 달린 솜털 뭉치에 꽃가루를 묻혀서 꽃의 수술 부분에 살살 발라 주는 거였다. 크게 어려운 일은 아니었다. 셋이 한 고랑씩 나눠서 일을 시작했다. 신세진 것에 대한 보답이니 잘해야 한다고 다짐하며 석주는 시험 공부할 때처럼 열중했다. 처음엔 조금 서툴렀지만 손에 익자 속도가 났다.

계속 나무들 틈에 있다 보니 석주는 사과나무 한 그루 한 그루가 제각각의 영역을 지닌 채 자기 몫을 다하려고 애쓰는 인격체로 여겨졌다. 신기하게도 그들 역시 사과 열매를 맺기 위해 스스로 노력하고 있다는 게 느껴졌다. 자신이 나무들의 노력에 일조하고 있다고 생각하자 일 자체가 즐거워지기 시작했고 더 집중하게 됐다.

그래도 석주의 신경이 가장 많이 가 있는 쪽은 은설이었다. 그 덕분에 은설이 무엇인가 잔뜩 들고 밭둑길로 모습을 드러냈을 때 얼른 달려갈 수 있었다. 점심 장소는 텃밭과 사과밭 경계의 끝자락에 있는 원두막이었다.

"뭐가 이렇게 많아?"

석주가 손잡이 달린 바구니를 받아 들며 말했다.

"삼겹살 꾸워 먹을라고. 아빠가 오빠들 준다고 새벽에 나가 사 왔거든."

석주는 은설과 반말하는 사이가 된 게 좋았다. 석주는 은설과 함께 집과 원두막 사이를 두 번 더 오가며 점심 준비를 했다. 그때마다 레시가 앞장섰다. 석주는 자기보다 한 살 어린 은설이 엄마 대신 안주인 노릇을 하는 게 대단해 보이면서도 안쓰러웠다.

"집안일 니가 다 해?"

석주가 반찬 바구니를 들고 걸으며 물었다. 그는 기어이 은설이 든 얼음 물병까지 빼앗아 들었다.

"내도 학교 다니고, 학원 다니고, 아아들하고 노느라 바쁜데 어떻게 다 해. 평소에는 아빠가 할 때도 많고, 일꾼 얻을 때는 동네 할머니가 와서 해 준다. 반찬도 많이 해 주고. 집안일은 토욜이나 일욜 같을 때만 해."

그러면 다행이었다.

"친구들하곤 뭐 하면서 놀아?"

석주는 은설에 대해 좀 더 많이 알고 싶었다.

"남들하고 같지 뭐. 노래방도 가고, 쇼핑도 하고, 영화도 보고. 오빠는 취미가 뭐꼬?"

석주는 은설의 질문에 취미를 생각해 보았지만 떠오르는 게 없었다. 바이올린도 켤 줄 알고, 피아노도 칠 줄 알고, 수영도,

승마도 했지만 엄마가 시켜서 한 것이지 그 시간 외에도 하고
싶을 만큼 좋은 것은 없었다.

"뭐 별로 없는데."

석주는 바구니를 원두막 바닥에 내려놓았다.

"취미 없는 사람이 어딨노? 설마 공부가 취미가?"

은설이 놀란 얼굴을 했다.

"그런가. 너는 뭐야?"

석주는 자신있게 말할 만한 취미가 없는 게 부끄러웠다.

"내는 좋아하는 거는 많다. 잘하는 기 없어서 문제지. 오카
리나랑 리코더도 쪼매 불고, 달리기도 좋아해. 아아들하고 수다
떠는 거, 노래 부르는 거, 춤추는 거, 영화 보는 거, 다 좋아해.
그래가 공부할 시간이 없어."

물어보지 않았으면 서운해 했을 만큼 많은 취미를 줄줄이 말
하다 은설은 울상을 지었다. 석주는 그 모습이 너무 귀여워 웃
음이 나왔다.

"그래도 괜찮아. 초등학교 쌤은 뭐든지 잘해야 한다니까."

은설이 씩씩하게 자신을 위로했다.

"초등학교 교사가 꿈이야?"

은설이 고개를 끄덕였다.

"우리 엄마도 초등학교 쌤이었대. 아빠가 그카는데 엄마 돌
아가셨을 때 학생들이 모두 와서 울었대. 내만 언니 오빠들 와
서 좋다고 웃으면서 뛰어다녔다 카더라."

은설은 원두막 구석에 세워져 있던 상을 번쩍 들어다 펼쳤
다. 나중에 보니 그 상은 꽤 무거웠다.

"내도 언니 오빠들이 엄청 많이 와서 나랑 놀아 줬던 거는 생각나. 그기 엄마 장례식이라는데 내 기억에는 잔칫날 같은 거야. 참 못된 딸이제?"

휴대용 가스버너 위의 불판에 고기를 올려놓던 석주는 애잔한 마음이 들어 은설을 바라보았다. 반찬들을 꺼내 상 위에 올려놓던 은설이 더운지 머리를 틀어 올렸다. 그 순간, 석주는 가슴속의 줄 하나가 둥 하고 튕겨진 채 요란한 파장을 일으키는 것을 느꼈다. 어깨 위로 드리웠던 머리를 걷어 올리자 선명하게 드러난 은설의 복숭아 같은 뺨과 긴 목, 그리고 민소매 밖으로 미끈하게 드러난 팔에서 눈을 뗄 수가 없었다.

"내만 못됐나? 얼라 놔 두고 일찍 죽은 엄마도 못됐지, 오빠, 뭐 하노? 불이 씨다!"

은설이 소리쳐서 보니 불판 가장자리로 타고 올라온 가스불이 삼겹살에 옮겨 붙기 직전이었다. 석주는 빨개진 얼굴로 얼른 버너의 불을 껐다. 남은 열로도 삼겹살은 지글지글 구워졌다.

환호성을 지르며 뛰어내려온 지오가 원두막 바닥을 짚고 몸을 불판 쪽으로 들이민 채 코를 킁킁거렸다. 그 역할은 자기 것이라는 듯 레시가 벌떡 일어나 컹컹거렸다. 원두막 옆으로는 산에서 내려오는 계곡물이 흘렀다. 바닥까지 훤히 들여다보이는 맑은 물이었다. 아직 짙어지지 않아, 빛을 받으면 연록 빛 형광색으로 빛나는 나뭇잎과 덩굴들이 계곡물 주변에 드리워져 있었다. 뒤이어 내려온 아저씨가 성큼성큼 계곡물가로 내려가 세수를 했다. 상 차리는 걸 끝낸 석주도 지오와 함께 비탈을 밟고 내려가 차고 맑은 물에 씻었다. 더위가 한순간에 사라졌다. 석

주는 밥이고 뭐고 그대로 주저앉아 '은설과' 물장난 치며 놀고
싶었다.

드디어 식사가 시작됐고 석주와 지오는 정신없이 고기를 먹
어 댔다. 학교 식당도 늘 고기가 나왔지만 주로 볶음이나 국 종
류였다. 불판에서 노릇노릇하게 갓 구워 낸 삼겹살은 입에 들어
가는 순간 아이스크림처럼 녹았다. 텃밭에서 따온 상추와 쑥갓
이 있었지만 싸 먹을 새도 없었다. 아저씨와 은설은 석주와 지
오의 왕성한 먹성에 흐뭇해 했다.

점심을 먹고 난 뒤 좀 쉬기로 했다. 은설은 힘들지도 않은지
땡볕에서 빨갛게 익은 얼굴로 뛰어다니며 들꽃들을 꺾었다. 잠
깐 따라다니던 레시는 그늘로 돌아왔다.

"저 꽃은 무슨 꽃이에요?"

지오가 밭둑에 덤불을 이룬 흰 꽃 더미를 가리켰다.

"튀긴 좁쌀 같다 캐서 조팝나무라 칸다. 이쁘제?"

석주는 은설이 꽃보다 더 예뻐 보였다. 은설이 작은 솜망치
같은 민들레 홀씨를 불어 날릴 때 석주는 자기도 모르게 양 볼
에 힘껏 바람을 넣었다.

아저씨가 잠시 눈을 붙이겠다며 한옆에 누웠다. 지오는 기둥
에 비스듬한 자세로 기대앉은 채 기타 치는 시늉을 했다. 그는
무릎 위에 기타가 놓인 양 허공에서 코드를 잡고 줄을 튕겼다.
기타 잘 치는 형을 둔 석주가 보기에 능숙한 손놀림이 시늉만은
아닌 것 같았다. 빈손으로 저러는 걸 보면 기타 치는 걸 좋아하
는 모양인데 왜 동아리에 가입을 안 했는지 이상했다. 지오에겐
자전거 여행이 아니었으면 몰랐을 면모가 많았다. 어쨌거나 기

타 선율은 석주 마음속에서도 울려 퍼졌다. 은설이 움직이는 대로 음표가 그려졌다.

은설은 절벽을 내딛는 산양처럼 여기저기 가볍게 뛰어다녔다. 석주에겐 은설이 점차 꽃뿐만 아니라 마치 새나 나비, 바람에 산들거리는 나무 같은 풍경의 일부로 보였다. 살아 있는 생명, 그 덩어리 같았다. 힘들고 지쳤을 때 은설을 보면 저절로 힘이 솟을 것 같았다. 그런 은설이 만들어 온 꽃다발을 지오에게 주었을 때 석주는 가슴이 무너지는 것 같았다.

"오글거리게 꽃은. 이런 건 쟤한테나 줘."

지오의 퉁명스러운 말에 은설은 무안한 기색도 없이 그 꽃을 석주에게 내밀었다. 석주는 속도 없이 헤벌쭉한 얼굴로 꽃을 받았다. 석주는 은설이 지오에게 먼저 준 게 그저 가까이 있어서일 뿐이라고 애써 생각했다. 그러고는 꽃에 코를 박은 채 자신에게는 한없이 특별하게 여겨지는 향기를 한참 동안 맡았다.

차가 달리기 시작하자 손을 흔드는 은설이 사이드미러 속에서 멀어졌다. 석주는 은설과 함께 뒤로 물러나는 과수원에서의 일들이 꿈만 같았다. 그리고 곧 모든 것이 아스라이 사라져 갔다. 석주는 은월 농원에 무엇인가 빼놓고 가는 기분이었다. 이유도 없이, 능선 위로 번지는 노을처럼 슬픔이 밀려왔다.

9. 낙오

지오가 아빠에게 자퇴 허락을 받을 수 있었던 건 성적 덕분이었다.

"애들에 비해서 상대적으로 공부한 시간이 짧다구요. 학교에선 죽었다 깨나도 초딩 때부터 공부한 애들 못 쫓아가요. 검정고시 치고 입시 학원 다녀서 정시로 가는 게 그나마 방법이에요."

아들이 그토록 강력하게 자기 의지를 펼치는 걸 처음 본 아빠는 지오가 제 앞날에 대한 생각을 하는 게 마음에 들었는지 순순히 자퇴를 허락해 주었다. 자퇴에 대한 인식이 예전과 많이 달라진 점도 도움이 됐다. 아빠는 지오의 자퇴를 낙오가 아니라 성공의 지름길로 가기 위한 자발적 일탈로 받아들였다.

하지만 지오의 자퇴가 공론화되는 걸 원치 않았던 학교는 부적응자의 낙오로 간주하려 애썼다. 그러면서도 그 일이 혹시라도 내재돼 있을지 모르는 아이들이나 학부모들의 학교에 대한 불만에 불을 붙이는 도화선이 될까 전전긍긍했다. 담임은 전례를 열거하며 지오 성적이 학교 다닐 때보다 더 안 좋아질 것을 확신했다. 학교를 떠난 벌로 정말 그렇게 되기를 바라는지도 몰랐다. 어쨌거나 지오는 학교에서 알아서 비밀 유지를 해 준 덕분에 떠나는 당일까지 자퇴에 대해 반 아이들의 관심을 받지 않아도 되는 게 다행일 뿐이었다.

소리 없이 떠나는 건 학교보다 지오가 더 바라는 바였다. 진짜 자퇴 이유를 지오 자신만은 알고 있었다. 학교를 생각하면 굴욕감과 패배감도 함께 떠오를 것이다. 지오는 누구의 기억에도 남지 않고 아예 없었던 존재처럼 사라지고 싶었다. 하지만 함께 생활했던 반 아이들이나 룸메이트들에게는 그보다 강렬한 퇴장이 없었다. 기숙사로 짐을 챙기러 가며 지오는 아이들에게 자퇴 소식과 함께 작별 인사를 했다. 교실 분위기가 출렁, 흔들리는 게 느껴졌다. 하지만 오래가지 않을 것이다. 지오는 제 자리가 그리 크지 않았음을 잘 알았다.

복도로 나온 지오는 수준별 이동 수업을 위해 쏟아져 나온 아이들 틈에서 석주를 보았다. 눈이 마주치면 아는 척하려고 했으나 석주는 바닥만 보고 그냥 지나쳤다. 굳이 붙잡아 자신의 자퇴를 알리고 싶지는 않았다. 알린다 해도 석주는 그걸 나한테 왜? 하는 눈빛으로 쳐다볼 것 같았다. 지오는 문득 그 애가 요새도 전화통에 매달려 엄마와 통화할까 궁금해졌다. 마마보이라고 놀리면서도 실은 그렇게 엄마와 통화할 수 있는 석주가 부러웠다. 공중전화로 국제 전화를 하기는 힘든 일이어서 지오는 엄마의 목소리를 아주 가끔씩밖에 듣지 못했다.

사물함을 비운 지오는 아이들이 모두 학교에 가 있어 텅 빈 기숙사 방을 빠져나왔다. 양쪽으로 방이 들어찬 기숙사 복도는 낮인데도 어두웠다. 지오는 뛰다시피 복도와 계단을 내려와 사감실 앞에 섰다. 사감이 게임중이었던 게 분명해 보이는 휴대폰을 엎어 놓으며 나왔다.

"자퇴까지 했으니 열심히 해. 인생 좆되는 거 한순간이다." 그 표본이 바로 자신임을 사감은 표정으로 말하고 있었다. 태명고 졸업생으로 일진이라는 소문이 있는 사감은 1학년 기숙사의 유격대원 출신 사감보다 기숙사생들에게 더 실질적인 영향력을 가지고 있었다. 지오에게 적대적이던 학교와 달리, 이제 자기 통제 아래서 벗어나서인지 사감은 맘씨 좋은 선배로 돌아갔다. 지오는 사감이 선배처럼 굴자 그 일을 말해도 될 것 같은 유혹을 느꼈다.

"왜 무슨 할 말 있어?"

공감 능력이라고는 없는 사감의 평소 태도가 떠올랐다.

"아니에요. 열심히 해야죠. 안녕히 계십시오."

지오는 돌아섰다. 떠나는 마당에 상관할 바 아니었다. 다른 아이들에게는 큰일이 아닐지도 몰랐다. 큰일이라 할지라도 사감의 묵인 아래 벌어지는 일이기도 했다.

주차장으로 나온 지오는 고모 차 트렁크에 짐을 실었다. 그리고 옆에 타자 고모가 말했다.

"짐이 생각보다 안 많네."

"웬만한 건 다 버리고 오는 거예요."

자퇴 서류 작성에 보호자 입회가 필요치 않았으면 바쁜 아빠 대신 고모를 부르는 일도 없었을 것이다. 학부모 노릇은 엄마들이 하는 거라고 생각하고 있던 아빠는 선생님 만나는 걸 아주 힘들어 했다.

학교를 빠져나온 차가 들길을 달리기 시작했다. 사방이 포도밭인 이 고장은 포도 축제가 한창이었다. 세상일이 큰 영향을 미치지 못했던 학교와 기숙사에서 보낸 2년 반의 시간이 차와 함께 뒤로 물러나고 있었다. 시원함과 아쉬움과 불안함이 부피를 달리하며 마음을 어지럽혔다.

고속도로를 타려면 영동 IC로 진입하라는 네비게이션 안내가 들려왔다.

"혼자 공부하기 쉽지 않을 텐데, 괜찮겠어?"

"해 봐야죠, 뭐."

"참, 생일 얼마 안 남았지? 갖고 싶은 거 있음 말해. 자퇴 기념으로 고모가 사 줄게."

앞으로 생일이 되면 무슨 생각을 하게 될까? 지오는 가만히 한숨을 쉬었다.

"생각해 볼게요."

"꼭 말해 줘야 해. 참, 엄마하고 연락은 자주 하니?"

고모가 물었다.

"네, 뭐, 가끔."

지오는 얼버무렸다. 고모에게 엄마의 재혼 사실을 알릴 수 없어서였다. 아직은 아빠에게도 비밀이었다. 언젠가는 알게 되겠지만 자신의 입으로 전하고 싶지는 않았다.

"이제 자유로우니까 연락 자주 해. 엄마나 너나 얼마나 서로
보고 싶겠니."

고모가 엄마에 대한 이해가 가득 담긴 목소리로 말했다.

과연 그럴까? 새 가정을 꾸린 엄마가 아들 생각을 할까? 지
오는 냉소 지었다. 고모는 침묵이 편치 않은지, 아니면 할 이야
기가 없는지 음악을 켰다. 지오 취향은 아니었지만 대화할 거리
를 만드느라 애쓰느니 차라리 그게 나았다.

엄마의 재혼을 안 것은 보름 전 외출 때였다. 여름 방학인데
도 학생들은 일주일의 휴가를 마친 뒤 학교로 돌아와 생활하고
있었다. 지오는 피시방에서 엄마의 메일을 읽었다. '사랑하는
아들 잘 지내지.'로 시작되는 메일을 반가운 마음으로 읽던 지
오 표정이 점점 굳어졌다. 엄마는 자신이 결혼했음을 알리고 있
었다. 앤디를 기억할지 모르겠다, 하며 엄마는 사진을 첨부했
다. 지오는 망설이다 사진을 열었다. 눈 쌓인 산을 배경으로 엄
마와 앤디가 함께 찍은 사진과 집인 듯한 곳에서 엄마, 앤디 그
리고 지윤, 혼혈로 보이는 여자애가 함께 찍은 사진이었다. 앤
디는 엄마가 일했던 식당 매니저였다.

지오는 앤드류 경수 톰슨이라는 이름을 가진 한국 입양아 출
신 아저씨를 똑똑히 기억했다. 겉모습은 분명히 한국 사람인데
말과 행동은 완전히 캐나다 사람이었다. 지오와 지윤을 보면 서
툰 한국어로 말했는데 그 때문에 바보 같으면서도 착해 보였다.
지오가 한국으로 돌아올 때 공항까지 태워다 준 사람도 앤디였
다. 엄마는 지오를 붙잡고 우느라 운전을 할 수 없었다. 하지만
지오는 그 아저씨 때문에 엄마와의 이별을 슬퍼하지도 못했다.

여전히 순해 빠진 미소를 띤 아저씨 옆에서 활짝 웃고 있는 엄마를 보자 지오는 아빠가 원망스러워졌다. 캐나다에 가지 않았으면 일어나지 않았을 일이었다. 엄마들이 나서는 대부분의 집들과 달리 지오와 지윤의 조기 유학을 결정한 사람은 아빠였다. 아이들이 캐나다에서 공부하려면 부모가 같이 가거나 보호해 줄 가디언이 있어야 했다. 가디언 비용도 만만치 않은 데다 지오가 지윤과 단둘이 가기를 겁내자 아빠는 엄마더러 아이들이 적응할 때까지 같이 가 있으라고 했다. 그런데 엄마가 부모 중 한 명이 유학하면 동반한 자녀들 학비가 무료라는 정보를 알아왔다. 아빠는 그게 더 경제적이라고 판단했다.

식품영양학을 전공한 엄마는 보기 드물게 적극적이 돼 토론토에 있는 요리 학교에 원서를 넣었다. 영어 코스를 밟은 뒤 공부하는 조건으로 합격했고 덕분에 지오와 지윤은 공립 학교에 무료로 다닐 수 있었다. 엄마가 졸업하자 아빠는 엄마의 귀국을 종용했다. 하지만 엄마는 귀국하는 대신 아르바이트하던 식당에 정식으로 취직했다. 아빠가 계속 귀국을 강요하자 엄마는 이혼을 요구했다. 지오가 한국으로 돌아온 건 그때였다. 사실 지오는 캐나다 생활에 잘 적응하지 못했다. 모든 면에서 지윤보다 뒤처지는 것도 자존심 상했다. 그리고 부모가 이혼하면 아들인 자신은 아빠와 살아야 할 것 같았다. 혼자 사는 아빠가 불쌍했고 떨어져 사는 동안 아빠에 대한 두려움보다 그리움이 커진 탓도 있었다.

엄마는 메일에, 자기가 재혼했어도 지오가 아들인 사실은 변함 없다고 썼다. 그리고 지윤처럼 지오도 앤디를 좋아하길 바란다고 했다. 앤디도 지윤과 지오를 축복으로 여기고 있다나. 앤디는 조만간 지오가 자기 딸인 소피아와 함께 볼 날을 기다리고 있다고 했다. 엄마는 한국말을 영어식으로 표현하고 있었다. 지오는 그것도 기분 나빴다. 아빠에 대한 원망은 엄마에 대한 배신감으로 바뀌었다.

지오는 자신이 한국으로 돌아오기로 결심한 진짜 이유를 끝까지 떠올리고 싶지 않았지만 엄마와 앤디의 사진이 눈앞에 있는 한 어쩔 수 없었다. 지오는 진즉부터 엄마와 앤디 사이를 의심하고 있었다. 앤디 차를 타고 집에 온 엄마에게 화를 낸 적도 있었다. 그래서 아빠가 엄마에게 돌아오라고 했을 때 반갑기까지 했다. 하지만 엄마는 거부했고 불안한 마음으로 엄마를 지켜보는 게 싫었던 지오가 캐나다를 떠났다. 그런데 엄마는 앤디 때문에 떨어져 살고 있는 아들에게 버젓이 그와의 결혼 소식을 알리고 있는 것이다. 사진 속에서 속없이 웃고 있는 지윤마저 꼴 보기 싫어졌다. 쌍둥이들끼리는 통하는 게 있다는데 이란성이라서 그런지 지윤과는 맞는 게 하나도 없었다.

사진 속의 그들이 실제인 양 노려보던 지오는 깜짝 놀라 주위를 둘러보았다. 그제야 주변의 시선을 의식한 것이다. 하지만 바로 옆자리의 녀석까지 게임에 빠져 있어서 남의 메일을 보기는커녕 지오가 기절해도 모를 것 같았다. 지오는 안도의 숨을 내쉬며 얼른 사진을 지웠다. 지오는 아이들에게 부모가 이혼한 사실을 지금까지 밝히지 않았다. 남의 가정사에 관심 갖는 아이도 없었고, 부모들이 학교를 찾는 일이 잦은 기숙 학교 특성상 엄마의 부재가 드러날 때면 캐나다에서 공부하는 동생 핑계를 대면 됐다.

피시방을 나온 지오는 세상 천지에 의지할 곳 없는 기분이 돼 영동 읍내를 쏘다녔다. 곳곳에 붙은 포스터와 플래카드가 포도와 와인 축제를 알리고 있었다. 한낮의 태양이 세상을 태울 듯 이글거렸지만 지오의 속은 북극이 들어앉은 듯 추웠다. 엄마 말대로 재혼했다고 해서 엄마가 아닌 것도 아니고, 어차피 못 만나는 건 마찬가지인데도 엄마가 아예 사라진 것 같았다. 피시방에서 컵라면으로 점심을 때울 계획이다 그냥 나왔지만 배고픈 것도 느껴지지 않았다. 대신 다른 허기가 밀려왔다. 무엇으로 채워야 하는 허기인지 모르는 채 지오는 땀을 흘리며 터덜터덜 걸었다.

지오는 길 건너편 식당 앞에 선 차에서 석주네 가족이 내리는 것을 보았다. 부모는 이미 본 적이 있었고 처음 보는 짧은 머리 남자는 형 같았다. 군대 갔다고 했었는데 사복 차림인 걸 보면 제대한 모양이었다. 석주 어깨를 감싸 안은 형 손에 케이크 상자가 들려 있었다. 지오는 형이 있는 석주가 부러웠다. 네 식구는 식당으로 들어갔다. 그들 주위로 화목한 기운이 넘실거렸다.

지오는 멍하니 그 모습을 지켜보았다. 이제 지오네 가족이 저렇게 모이는 일은 영원히 없을 것이다. 엄마의 재혼을 알기 전만 해도 지오는 떨어져 살더라도 아빠, 엄마, 지윤, 그리고 자신이 한 가족이라고 생각했다. 이젠 아빠와 자신, 그리고 엄마와 지윤으로 가족이 나뉜 것 같았다. 그리고 아빠와 자기 사이에도 언제든지 쪼개질 수 있는 선이 이미 그어져 있음을 지오는 알고 있었다.

지오는 충동적으로 눈앞에 보이는 피시방으로 들어갔다. 그리고 키보드를 두들겨 부술 듯한 기세로 엄마에게 답장을 했다. 결혼을 축하한다고. 아들 따윈 잊어버리고 행복하게 살라고. 나도 엄마를 없다고 생각하겠다고. 우리가 다시 보는 일은 영원히 없을 거라고. 캐나다를 떠나올 때도 엄마를 다시는 보지 않겠다고 결심했었다. 그때는 속으로만 생각했는데 이번에는 분명하게 메일로 남겼다.

그날 밤 지오는 저녁 먹고 들어와 내내 이어폰으로 귀를 틀어막고 침대 위에 누워 있었다. 더위가 누그러진 시간에 운동이나 공부를 하러 나간 룸메이트들은 돌아오지 않고 있었다. 지오는 아이들이 농구하자는 걸 마다했다. 시비라도 붙으면 못 참을 것 같았다. 처음엔 시원한 것 같던 답장 내용이 두고두고 마음에 걸렸다.

"3층에서 생일빵 한대."

복도에서 누군가 소리쳤다. 3층이라는 말을 듣는 순간 낮에 본 석주네 가족과 케이크 상자가 머릿속을 스치고 지나갔다. 지오는 벌떡 일어났다. 생일빵은 1학년 때는 없던 일인데 2학년 기숙사로 옮겨오면서 슬그머니 생겼다. 표면상으로는 생일인 아이를 사내 녀석들답게 몇 대 쥐어 패며 축하하는 놀이였지만 언제부턴가 때리는 주체가 일진들로 바뀌면서 폭력의 강도가 세졌다. 타깃은 평소에 재수 없게 굴어 그 애들 눈 밖에 났거나 만만해 보이는 아이들이었다. 강도가 세지면서 맞은 아이들 중 몇몇이 사감이나 부모에게 고한 적이 있었지만 남자애들끼리의

조금 과격한 놀이로 판명 났고 그 아이는 졸지에 고자질쟁이가
됐다. 그 다음부터는 알리는 아이가 없었다. 맞는 당사자만 빼
놓고는, 반복되는 일상에서 일어나는 재미난 구경거리일 뿐이
었다.

하지만 지오는 그렇게 생각할 수 없었다. 아무리 놀이라 하
더라도 당하는 사람이 무섭고 싫으면 폭력인 것이다. 지오는 가
해자나 피해자는 물론 방관자가 되는 것도 싫었다. 두어 번 생
일빵 현장을 목격한 뒤로 지오는 부러 그 자리를 피했다. 그런
데 생일빵 주인공이 석주일지 모른다는 생각이 들자, 잔인한 쾌
감이 지오를 부추겼다. 자신은 이제 영원히 맛볼 수 없는, 화목
하고 행복한 시간을 보낸 석주에게 누군가 대신 복수를 해 주는
것 같았다.

방을 나간 지오는 아이들이 현장을 놓치지 않기 위해 후다닥
거리며 뛰어가는 복도를 천천히 걸어갔다. 그 무리에 휩쓸리지
않는 것으로 지오는 그동안 생일빵 자체를 혐오스러워 하며 가
해자나 방관자를 경멸했던 자신을 정당화했다. 상위권 아이들
방이 있는 3층은 지오 성적으로는 끝까지 올라가지 못할 곳이
었다. 3층 방들은 시설도 더 좋다는 소문이 있었다.

험한 꼴이라고는 모르고 온실 속 화초처럼 살아왔을 녀석.
아마 그렇게 맞는 것도 처음일지 모른다. 어떤 모습으로 생일빵
을 당할지 궁금했다. 엄마를 찾으며 징징거리지는 않을까. 녀석
의 그런 꼴을 본다면 아이들과 함께 낄낄거리며 구경할 수 있을
것 같았다.

벌써 생일빵은 시작됐다. 3층 방들은 거의 문이 닫혀 있었고

구경꾼도 대개는 아래층 아이들이었다. 한 놈이 로우킥을 날렸다. 또 한 놈이 팔뚝을 주먹으로 쳤다. 다른 한 놈이 배를 가격했다. 석주는 배를 움켜쥔 채 낄낄낄, 웃는 소리를 냈다. 저보다 공부 못하는 놈들한테 맞는 게 자존심 상해 억지로 웃고 있지만 속으로는 무서워 벌벌 떨고 있을 것이다. 울고 있을지도 모른다. 때리는 아이들 역시, 장난이라는 증표를 내걸듯 웃고 있었다. 구경하는 아이들도 마찬가지였다. 머잖아 자신들도 당할 일이니 남 일일 때 즐기자는 마음으로 웃었다. 모두 웃고 있으니 설령 CCTV에 찍힌다 해도 조금 과한 장난에 불과해 보일 것이다.

구경꾼이던 지오 얼굴에서 서서히 웃음기가 사라졌다. 때리는 놈 중 한 명이 양근석이었다. 석주에게 발길질을 하고 돌아서던 근석이 지오를 발견했다. 그의 얼굴에 독기가 번졌다. 그는 모두가 볼 수 있게, 하지만 지오만이 그 의미를 알 수 있게 주먹을 쥐어 보였다. 지오는 석주를 향한 발길질과 주먹세례가 고스란히 자신에게 쏟아지는 듯한 기분을 맛보았다.

10. 우연과 필연

3월 첫째 주 일요일, 교정엔 영원히 봄이 오지 않을 것처럼 맵찬 바람이 가득했다. 트레이닝 바지와 터틀넥 니트 위에 덕다운 파카를 뒤집어쓰듯 입고 교문 쪽으로 걸어가는 석주의 눈에는 그곳에서 보낸 2년에 대한 아무런 감회도 담겨 있지 않았다. 예비 3학년들은 이미 3학년으로서 겨우내 학교에 있었다. 집에서 보낸 기간은 신정과 설 연휴 합쳐 일주일도 되지 않았다. 그래서인지 신입생의 활기로 수선스러운 3월이 됐어도 석주는 새 학기라는 실감이 나지 않았다. 태어날 때부터 고3으로 살아온 기분이었다.

석주는 혼자 택시를 탔다. 몇 천 원 아끼기 위해 아이들과 어울려야 하는 번잡함을 피하고 싶었다. 한시가 급한 문제집과 립밤만 사서 곧바로 돌아올 예정이었다. 엄마가 인터넷 서점에 주문해 준 문제집이 어쩐 일인지 도착하지 않았다. 이제 빨라도 월요일에나 올 텐데 석주는 주말 동안 문제집을 풀어야 했다. 그리고 입술이 계속 터서 뜯어 내다 보면 피가 나 집중하는 데 방해가 되기 때문에 립밤도 문제집만큼 급했다.

석주는 택시에서 내리자마자 곧바로 서점으로 갔다. 3년째에 접어들자 이제 영동 읍내는 집이 있는 잠실보다 더 익숙해졌다. 서점에서 문제집과 필기구, 포스트잇 등을 산 뒤 곧바로 길 건너 약국으로 갔다. 외출 나온 태명고생들이 거리를 휘젓고 다녔지만 석주는 주위를 둘러보지 않았다. 밖에서 뿐만 아니라 석주는 언제부턴가 학교에서도 기숙사에서도 가까운 앞만 보고 다녔다. 그 밖의 것을 바라볼 시간이나 마음의 여유가 없었다. 내신 성적은 전교 5등에서 10등 사이를 오갔다. 모의고사 전국 등수를 보면 올라가야 할 길이 까마득했다. 수리와 외국어 영역은 꾸준히 1등급이 나왔으나 컨디션에 따라 언어 영역과 과탐 영역이 2등급과 3등급을 오갔다.

"아직 늦지 않았어. 힘내자, 아들!"

엄마는 석주를 위해 외박 때면 과외 교사들을 대기시켜 놓곤 했다.

수능 때까지 이제 9개월만 견디면 된다. 2년이 지난 것처럼 9개월도 흘러갈 것이다. 석주는 립밤을 산 뒤 곧장 택시 정류장으로 갔다. 정차해 있던 택시를 막 타려는데 누군가 등을 두드렸다. 돌아다보니 낯선 여자애가 서 있었다. 사람을 잘못 본 모양이었다. 석주가 말없이 몸을 돌리는데 여자애가 말했다.

"오빠, 석주 오빠 맞지?"

종소리처럼 맑은 울림이 담긴 목소리. 은설이었다. 석주는 휙 돌아서서 여자애를 다시 보았다.

"어, 너, 은설, 한은설이구나. 니가 어떻게 여길……."

석주는 처음 말 배우는 아이처럼 버벅거렸다. 전혀 예상치 못한 장소에서 본 놀라움도 있었지만 그보다는 은설의 얼굴이 기억과 너무 다른 데서 온 당황스러움이 더 컸다.

"이제야 석주 오빠 같네. 내도 여기서 학교 다녀. 지금 집에 갔다 오는 길이다."

은설이 웃으며 말했다. 택시를 타려는 사람이 석주더러 비키라고 했다. 석주는 은설과 함께 뒤로 물러났다.

"영동에서? 어떻게?"

석주는 은설의 목소리를 내고 있는 아이가 기억 속 은설이라는 게 여전히 믿기지 않았다.

"계속 이래 서서 이야기할 거야? 추운데."

은설은 석주보다 얇은 겉옷을 입고 있었다.

"아, 그래. 어디로 갈까? 난 잘 모르는데……."

영동 읍내가 익숙해졌다고 해도 석주가 아는 데라곤 시끌시끌한 햄버거나 피자 가게들뿐이었다.

"저기 갈까?"

은설이 대각선으로 보이는 건물 2층에 있는 아이스크림 카페를 가리켰다. 새로 생긴 모양이었다. 석주와 은설은 그곳을 향해 걸었다. 석주는 복잡한 감정에 휘둘려 아무 말도 할 수 없었다. 일차적으로는 자신의 지저분하게 튼 입술과 무릎 나온 트레이닝 바지가 신경 쓰였고, 처음 가 보는 아이스크림 카페라는 데서 은설에게 어리바리한 모습을 보일까 봐 걱정됐다. 그리고

144

대상이 불분명한 실망, 짜증, 억울함 같은 감정들이 낙차 큰 그래프를 그렸다.

석주는 옆에서 걷고 있는 은설을 훔쳐보았다. 신비로워 보이던 눈매는 그저 가늘게 찢어졌을 뿐이고 얼굴 한가운데서 조화롭던 코는 낮아 보였고 만지고 싶은 충동을 느끼게 하던 통통한 볼은 사탕을 문 것 같았다. 꿈속에서 수십 번, 아니 수백 번 키스했던 입술조차도 너무 평범해 보였다.

과수원에 머물렀던 시간은 스무 시간도 안 됐지만 은설은 그 뒤로 석주의 꿈을 지배했다. 꿈속의 은설은 바위 절벽을 뛰어오르는 산양처럼, 들판을 달리는 치타처럼 탄력 있는 몸매와 꽃송이가 송알송알 쏟아져 내리는 듯한 웃음소리로 석주를 유혹하곤 했다. 꿈속의 은설은 성숙하고 아름다운 여인이었지 읍내에 널리고 널린 듯한 평범한 여자애가 아니었다. 석주는 은설 몰래 여러 감정이 내포된 한숨을 내쉬었다. 그리고 은설이 꿈과 같지 않아서 다행이라고, 만일 그랬다면 수능을 망칠 게 분명하다고 자신을 위로했다.

카페 안은 환하고 따뜻했다. 석주는 지갑을 꺼내든 채 은설에게 주문을 맡겼다. 은설은 아이스크림을, 석주는 음료수를 시키고 자리로 갔다. 석주와 은설은 각자 코트를 벗었다. 은설은 허벅지까지 내려오는 펑퍼짐한 윗도리를 입고 있었다. 날렵한 실루엣으로 석주를 긴장시키고 설레게 했던 매력은 찾을 수 없었다.

어디 들어가자고 제안했던 은설도 막상 마주 앉자 서먹서먹한 듯 한동안 아이스크림만 떠먹었다. 온갖 욕망이 실현되는 꿈에서 깨어나면 석주는 은설이 더 애타게 그리워지거나 죄책감으로 인한 자괴감에 시달리곤 했다. 석주는 대학에 당당하게 합격해 은설을 찾아가는 상상으로 그리움이나 죄책감을 달래곤 했다. 실제로 그런 꿈을 꾸기도 했다. 석주를 맞으러 달려 나오던 여인은 결코 앞에 앉아 있는 여자애가 아니었다.

석주는 은설이라고 생각하며 꾸었던 꿈들에 대해 죄책감을 갖지 않아도 됐다. 석주는 친척 여동생과 아이스크림 먹으러 온 오빠처럼 편안하고 심드렁한 기분이 됐다. 튼 입술과 무릎 나온 트레이닝 바지도 더 이상 신경 쓰이지 않았다. 하지만 석주는 그런 속내가 드러나지 않도록 애썼다. 어쨌거나 은설과 그 애 아빠에게 큰 신세를 진 적이 있다. 그 일을 생각해서라도 은설이 서운하지 않게 잘해 주고 싶었다. 그가 받은 가정교육에 의하면 그런 게 사람에 대한 예의였다.

"2학년이면 이관지 문관지 정했겠네."

석주는 그 나이끼리 만나면 누구라도 얘기할 법한 화제를 꺼냈다. 한 해 선배로서, (성에 차지는 않지만)우등생으로서 조언해 줄 일이 있을 것 같았다.

"문과. 오빠는?"

"나는 이과."

"그래? 오빠도 문과일 것 같았는데. 대학 가서 뭐 전공할 건데?"

"아직. 성적 나와 봐야 알지, 뭐. 넌 정했어?"

학교가 우선적인 목표였지 학과는 아직 생각할 여유가 없었다. 장남인 형은 아빠 회사를 물려받기 위해 공부하고 있었다.

석주는 자신에게 그런 부담이 주어지지 않은 걸 다행으로 여겼다.

"나는 교대."

"아, 그래. 니 꿈이 초등학교 교사라고 했지?"

"오빠, 그걸 기억하나?"

은설의 얼굴이 환해졌다. 석주는 과수원의 은설을 모두 기억했다. 그런데 앞에 있는 모습은 절대 아니었다.

"공부는 잘돼?"

석주는 기억 속 은설과 눈 앞의 은설 사이에 있는 괴리에 당혹감을 넘어 짜증까지 나려고 했다.

"잘 안 돼. 오빠도 교대 빡신 거 알제?"

"그렇다며. 열심히 하면 되지 뭐."

석주는 건성으로 말했다.

"우등생 말이니 믿어도 되겠제? 그런데 오빠 많이 변했다."

석주를 빤히 바라보던 은설이 말했다.

"어떻게 변했는데?"

"잘 모르겠지만 암튼 그때하고 달라. 그캐서 첨 봤을 때 말을 못 걸었다."

'이제야 석주 오빠 같네.' 은설이 했던 말이 떠올랐다. 버벅거리는 모습을 보고 한 말이었다. 과수원에서의 석주는 그랬을 것이다. 순진해서 바보 같은. 석주는 말 붙이기 어려워진 자신의 변화가 마음에 들었다.

"그랬어? 참, 근데 어떻게 영동으로 진학을 한 거야? 너 다니는 학교도 기숙 학교야?"

“아니. 형조 아재, 아빠 친구 집에서 다닌다. 어차피 은월에서 고등학교 갈라 카믄 시내 나가서 자취해야 되거든. 아는 사람 하나 없는데 사는 거보다는 형조 아재 집이 나을 거 같아서 온 기다.”

산인가 고갠가 하나로 도의 경계가 갈린다고 했던 기억이 났다. 아저씨 친구가 영동에 살아 태명고를 안다고 했던 것도. 지오와 함께 달리던 들길, 앞에 무엇이 있는지 알 수 없어 두려웠던 밤길, 그 길에서 만난 트럭, 사과 꽃이 눈부시던 과수원, 레시, 원두막에서의 점심, 그리고 은설……. 모든 것이 뒤섞인 채 떠올랐다. 그 시간들에 대한 그리움도 함께 피어올랐다.

“아저씨는 안녕하시지? 레시는?”

“다 잘 있다. 그때 오빠 억시로 귀여웠는데.”

은설이 석주에게서 그때의 모습을 찾으려는 듯 살피는 얼굴로 바라보았다.

“내가?”

석주는 꺼칠한 얼굴을 손바닥으로 쓸었다.

“내는 그때 오빠들 왔을 때 막 설레고 신 나고 그랬다. 맨날 아빠 같은 아저씨들만 보다가 머스마들이 한집에서 자는데 우찌 아무렇지도 않겠나. 내사 막 소설이나 드라마 속에 있는 거 같아가 그날 밤 하나도 못 잤는 기라. 지금도 오빠들 처음.”

말하다 말고 은설이 소리 내 웃었다. 그 웃음소리를 듣자 석주 마음이 찌르르 아파 왔다. 앞에 앉은 은설에게 아무런 감흥도 일지 않는데 왜 아픈 건지 알 수 없었다.

“오빠들 그때 거지 꼴이었다 아이가. 허겁지겁 밥 먹던 거,

또 아빠랑 같이 술 마시면서 이야기하던 거, 밤에……, 다음 날 꽃가루 수분하던 거, 원두막에서 삼겹살 꾸워 먹던 거, 다 생생하게 생각난다."

자신이 떠올렸던 걸 은설이 그대로 되뇌자 석주는 부담스러워졌다. 빚진 것 같아서 대충 대접하고 헤어져서는 안 될 것 같은, 은설이 빚 갚기를 강요하는 듯한 느낌이 들었다. 그 생각을 하자 귀엽고 애교스러워 귓속으로 녹아드는 것 같았던 은설의 사투리마저도 투박하고 촌스럽게 들렸다. 이렇게 만나길 잘했다. 안 그랬으면 정말 대학 합격장 들고 은설을 찾아갈 뻔했다.

"영동으로 왔으면 연락하지 왜 여태 안 했어. 아 참, 내가 휴대폰이 없구나."

솔직히 의례적인 인사였다. 알았다고 해도 마음 써 줄 여력이 없었을 것이다. 그리고 여전히 개인적으로 연락할 휴대폰이 없다는 사실에 석주는 안심했다.

"휴대폰 없어도 마음먹으면 어떻게든 연락했겠지. 우리 반에 오빠나 동생, 남친이 태명고 다니는 아아들 많거든. 근데 내는 그러고 싶지 않았어. 우연히 만나기를 바랐는 기라."

은설이 빛이 만들어 놓은 탁자 위의 무늬를 손바닥에 올려놓으며 말했다.

"우연히?"

석주는 은설이 무슨 말을 하는지 아리송했다.

"응, 우연히. 우연이 반복되면 필연이라는 말 있잖아. 내는 오빠들이 재작년 우리 집에 온 기 첫 번째 우연이라고 생각했다."

석주는 막 넘긴 키위주스 덩어리가 가슴에 덜컥 얹히는 느낌이었다. 은설은 지금 자신과 만난 걸 필연이라고 말하고 있었다. 오늘을 위해 영동에 왔으면서도 1년을 기다린 것이다. 주말이면 석주와 마주치기를 빌며 거리를 서성거렸을 것이다. 은설이 지금 자신에게 고백하는 거라고 석주는 생각했다. 그런데 기쁘기보다는 난감한 기분이 들었다. 수능 준비로 전력투구해야할 시간에 감정을 소모하고 싶지 않았다. 하지만 한때나마 설렜던 상대한테 고백을 받는 것도 나쁘지 않았다. 거절할 핑곗거리는 열 가지도 넘었다. 그것들 중 한 가지를 골라잡는 건 은설의 고백을 좀 더 즐긴 다음 해도 늦지 않았다. 은설로 인해-그녀의 잘못이 아니라 할지라도- 느낀 실망과 배신에 대한 보상 심리가 발동했다.

"그럼 오늘 두 번째 만났으니 우린 필연인 거네."

석주는 좀 더 여유가 생긴 표정으로 말했다. 은설은 석주를 살피듯 바라보며 잠시 망설이다 입을 열었다. 석주는 무슨 말일까 기대돼 자기도 모르게 등받이에서 몸을 떼었다.

"아까 오빠 택시에서 내리는 거 보고 첨엔 긴가민가했어. 그캐서 계속 뒤를 밟았다. 서점이랑 약국이랑."

고백보다 더 야릇하게 마음을 자극하는 말이었다. 그런데 그렇게 기다리던 두 번째 우연을 덥석 반기지 않고 뒤따라 다닌 건 뭐지? 어쩐지 스토커 냄새가 풍겨 석주는 한 발 뒤로 물러섰다.

"뭐야, 빨리 아는 척하지 않고. 나 코 후비거나, 침 뱉거나 그런 건 아니지?"

석주는 자신의 유머에 만족했다.

"그랬으면 인간적이었게. 변한 것 같아서 말도 못 걸었다니까."

은설이 살짝 눈 흘기는 시늉을 했다. 예상과는 다른 이야기였지만 그건 고백의 전주곡이다. 은설도 과수원에서 석주가 자기에게 관심 가졌던 걸 눈치챘을 것이다. 석주는 은설이 굳이 영동에 있는 학교로 진학한 것이 자기 때문이라고 생각했다. 은설이 말했던 '아는 사람'도 아빠 친구가 아닌 석주를 말하는 게 분명했다. 그런 석주가 변했을까 봐 겁나 말도 못 붙였던 거다. 그 정도면 됐다.

"휴, 내가 요새 그렇다. 고3이잖아. 성적이 안 올라 죽겠어."

석주는 과장해서 한숨을 쉬며 머릿속으로는 어떻게 이 자리를 마무리할까 궁리했다. 자신은 1년 뒤에 이곳을 떠날 사람이다. 그리고 아주 다른 삶을 살게 될 것이다. 은설이 교대를 간다 해도 마찬가지였다. 석주는 불분명한 태도로 은설에게 미련을 갖게 해서는 안 된다고 생각했다. 가혹하더라도 한 번 아프고 마는 게 낫다. 이 일을 계기로 공부에 매진해서 성적을 향상시킨다면 은설에게도 나쁜 일만은 아니다. 석주는 은설이 본격적인 이야기를 해 오기를 기다렸다. 주말에 할당해 놓은 학습량이 떠올랐지만 이 일도 그것만큼 중요했다.

"지오 오빠는 잘 지내나?"

은설이 불쑥 물었다. 자꾸 이야기를 돌린다. 여자애가 먼저 고백하기가 쉬운 일은 아니겠지.

"지오? 나도 잘 몰라."

사실이었다. 엄마를 속인 채 자전거를 훔쳐 타고 떠났던 자전거 여행이 석주 인생에서는 가장 큰 일탈이고 사건이었다. 여행에서 돌아온 석주는 지오에게 비밀을 공유한 사람끼리의 친밀감을 느꼈다. 석주는 지오와 특별한 사이가 되고 싶으면서도 그 일이 알려질까 봐 조심스러웠다. 하지만 그런 걱정은 하지 않아도 되는 거였다. 어쩌다 지오와 마주치더라도 자신을 보는 눈빛이 얼마나 무심한지, 석주는 그런 녀석의 꼬드김에 넘어가 자전거를 훔쳐 타고 돌아다녔다는 게 자존심 상할 지경이었다. 그들은 아무 일 없었던 것처럼 각자의 일상으로 돌아갔다.

1학년 2학기 때 다른 방을 쓰면서 갈라졌고 2학년이 되면서는 문과와 이과로 나뉘어 학교에서도 부딪힐 일이 없었다. 기숙사에서도 성적만큼 층수가 나뉘었다. 그리고 석주는 지오가 자퇴했다는 걸 뒤에 알았다. 그 사실을 처음 알았을 때 석주는 어딘가 한 대 맞은 기분이었다. 석주도 내신 때문에 자퇴를 생각해 본 적이 있었지만 학교를 나가 더 잘할 자신이 없어 포기했다. 그런데 지오는 성적도 나쁜 주제에 뭘 믿고 학교를 그만둔 건지 이해되지 않았다. 어쩌다 지오가 떠오르면 두 가지 감정이 동등한 부피와 질량으로 느껴졌다. 학교를 박차고 나갔다는 사실에 대한 동경, 그리고 학교를 박차고 나간 사람에 대한 멸시.

"와? 싸웠나?"

은설이 눈을 크게 뜨며 몸을 앞으로 내밀었다. 은설이 지오 이야기에 관심을 보이자 멸시가 동경을 쫓아내 버렸다.

"걔, 작년에 자퇴했는데 그 뒤로 소식 들은 게 없어. 뭐 전에도 안 친했어, 원래. 사실 그때 자전거 여행 간 것도 우연이었고. 한 번으로 끝났으니 필연은 아니지.”

석주가 딴에는 재치 있다고 생각하면서 말했으나 은설은 아무런 반응이 없었다.

“둘이 다르기는 해도 잘 어울린다 생각했는데…….”

은설이 중얼거렸다. 석주는 좋아하지도 않으면서 은설의 고백을 기다리고 있는 자기 꼴도 우스웠고 시간도 아까워졌다. 이렇게 쓸데없는 이야기로 시간을 죽이고 있느니 30분 더 공부하면 마누라가 바뀐다, 라는 급훈을 실천하고 싶었다.

“우리가 뭐 사귀는 사이냐, 잘 어울리게. 나 이제 들어가 봐야 하는데.”

석주는 예의상 미안한 표정을 지으며 말했다.

“아, 그래. 내가 시간 많이 뺏었는갑다. 가자.”

은설이 벗어 놓았던 코트를 집어 들고 일어섰다. 이제껏의 행동이나 말들에 비해 놀랄 만큼 재빠른 동작이었다. 내가 먼저 간다고 해서 자존심 상했나? 석주는 은설의 얼굴을 살폈지만 표정만 봐서는 기분을 알 수 없었다.

둘은 밖으로 나갔다. 여전히 훈기라곤 없는 바람이 목덜미를 파고들었다.

“어디로 갈 거야? 바래다줄게.”

먼저 자리를 끝냈지만 밖으로 나오자 왠지 아쉬워진 석주가 말했다.

“아이다. 그럼 잘 가.”

작별을 고하는 은설은 석주를 보고 있지 않았다.

“그래, 그럼 공부 열심히 하고.”

전화번호를 물어볼까? 갈등이 일었다. 하지만 또 다시 만날 것도 아닌데 일시적인 감정에 휘둘리고 싶지 않았다. 은설에게 부질없는 기대를 품게 하고 싶지도 않았다. 돌아서려던 은설이 잠시 머뭇거리자 기대는 석주가 품고 그녀를 바라보았다.

"오빠……."

"응, 뭐? 말해."

"아이다. 공부 열심히 해서 원하는 대학 꼭 가그라."

은설이 돌아섰다. 석주는 우두커니 서서 남겨진 사람에 대한 관심이라고는 조금도 없어 보이는 은설의 뒷모습을 바라보았다. 멀어지는 은설을 보는 석주의 표정이 서서히 일그러졌다. 석주는 은설이 우연을 필연으로 만들고 싶은 상대가 자신이 아니라 지오임을 알아차렸다. 저절로 깨달아진 사실이었다. 아니, 눈치가 좀 더 빨랐다면 벌써 알아차렸을 일이었다. 그런 줄도 모르고 우쭐했던 감정들이 수치스러움으로 바뀌어 파도처럼 석주를 덮쳤다. 석주는 스무 살이 됐을 지오를 떠올렸다. 어떤 삶을 살고 있을지는 모르지만 지금의 석주보다는 자유로울 터였다. 맹렬한 질투심이 온몸을 태울 것처럼 불타올랐다. 이제껏 경험해 보지 못한 강렬한 감정이었다.

"한은설."

석주가 고함치듯 불렀다. 하지만 은설은 듣지 못했다. 석주는 은설에게 뛰어갔다.

"야, 한은설!"

석주가 은설의 어깨를 잡았다. 흠칫 놀라 돌아다보는 은설은, 울고 있었다. 은설은 당황하며 눈물을 훔쳤지만 이유는 말하지 않았다. 아무렇게나 해석해도 좋다는, 석주가 알고 있는 게 맞다는 시인처럼 여겨졌다. 석주는 질투가 분노로 바뀌는 것을 느꼈다. 분노가 앞에 있는 은설을 꿈속의 은설과 같아 보이게 만들었다. 석주는 은설을 외면한 채 퉁명스레 말했다.

"전화번호 말해."

혹시라도 내가 지오 소식 따위나 알려 줄 거라고 기대하진 마. 석주는 뒷말을 꾹꾹 눌러 삼켰다.

"아 참, 전화번호도 안 알려 줬네."

은설이 허둥거리며 가방에서 적을 것을 찾았다.

"그냥 불러."

석주는 은설이 부르는 숫자를 머릿속에 새겼다. 영어 숙어보다, 수학 공식보다 확실하고 빠르게 각인되었다.

11. 날카로운 첫 키스

2학년 6월 마지막 일요일, 지오는 몇몇 아이들과 어울려 외출을 나갔다. 언제나처럼 그들이 갈 곳이라고는 피시방뿐이었다. 지속적으로 하지 못해서인지 게임에 대한 열망은 1학년 때보다 많이 줄었다. 2학년이 되자 아이들은 뼈를 발라내는 심정으로 게임 캐릭터를 삭제했다가 못 견디고 다음 외출 때 레벨 1부터 다시 시작하곤 했다. 지오 역시 기말고사가 얼마 남지 않아서인지 게임을 하고 있어도 마음이 편치 않았다. 자퇴는 생각하지도 않을 때여서 어떻게 하든 성적을 올리고 싶었다. 그리고 엄마의 재혼도 모를 때여서 지오는 성적이 오르면 엄마, 아빠 사이를 되돌리는 데 도움이 될 거라고 여겼다.

지오는 점심으로 컵라면을 먹은 뒤 피시방을 나섰다. 게임하며 시간을 죽이느니 일찍 들어가 농구나 한판 하는 게 나을 것 같았다. 땀 흘린 다음 샤워하고 개운한 기분으로 공부를 할 생각이었다.

지오는 버스 정류장으로 갔다. 네 사람이면 버스비나 같아서 택시를 이용했지만 혼자일 때는 학교와 1킬로미터쯤 떨어진 큰 길에서 정차하는 버스를 탔다. 걸을 만한 거리였지만 배차 간격이 뜸한 게 흠이었다. 지오는 앞 차가 한참 전에 지나갔기를 바라며 정류장에 서 있었다. 피시방에서 다운 받아온 새 노래를 듣는데 누가 턱밑으로 얼굴을 디밀었다.

"근석이 룸메 맞죠?"

지오는 이어폰을 뺐다. 작년에 보았던 근석이 여자 친구였다. 그 뒤로도 외출 나왔다가 근석과 함께 있는 걸 몇 번 본 적이 있었다. 볼 때마다 여자가 근석에게 아깝다는 생각은 여전했다. 지오는 자기도 모르게 주위를 두리번거렸다.

"근석이 없어요. 집에 행사가 있어서 가족들이랑 어디 갔거든요."

"어, 예. 안녕하세요?"

지오는 왠지 모를 안도감과 반가움이 느껴져 뒤늦게 인사했다. 하지만 여자애와 단둘이 있는 게 어색했다.

"그때 미팅 왜 안 했어요? 예쁜 애들로 뽑아 놨었는데."

근석 여친이 살짝 눈을 흘기며 말했다.

"아, 그게, 뭐."

스스럼없이 대하는 여자에 비해 지오는 여전히 뺄쭘하고 쑥스러워 말이 제대로 나오지 않았다. 그때 미팅을 왜 안 했는지 이제는 생각도 나지 않았다.

"여친 있어요?"

여자애도 버스를 탈 건지 가지 않고 계속 옆에서 말을 걸었다. 지오도 어차피 버스를 기다리는 중인 데다 친구 여친이라 할지라도 사내놈들과 이야기하는 것보다는 기분 좋았다.

"내 주제에 무슨. 없어요."

"주제라니요. 생각보다 겸손하시다. 소개팅 시켜 줄까요? 혼자니까 젤 괜찮은 애로 소개시켜 줄게요."

근석 여친이 생글생글 웃으며 말했다. 그녀의 붙임성 있는 태도는 지오가 친구 여친에게 느끼는 어색함을 날려 주었다. 지오는 귀가 솔깃했다. 같은 방을 쓰는 아이 하나는 신자도 아니면서 외출하는 일요일이면 이 교회 저 교회를 순례했다. 성당으로 갈 때도 있었다. 여자를 만나거나 보기 위해서였다. 여자 친구가 생기면 이 따분한 동네에서도 살맛이 날 것 같았다.

"좋죠. 언제 소개시켜 줄래요?"

여유를 회복한 지오는 팔짱을 끼며 정류장 벽에 비스듬히 기대섰다.

"다음 주, 아니 아예 오늘 하는 건 어때요? 일 있어서 일찍 들어가는 거예요?"

이제 보니 여자애는 말할 때 상대편에게 고개를 들이미는 버릇이 있었다. 턱밑에서 알짱거리는 모습이 귀여웠다.

"아뇨. 게임하는 것도 재미없어서 그냥 들어가려던 중이에요."

지오는 버스가 천천히 왔으면 좋겠다고 생각했다.

"잘됐다. 그럼 잠깐만 기다려 보세요."

근석 여친은 어디론가 문자를 보냈다. 지오는 곧 기말고사라는 것도 잊은 채 그녀를 바라보았다. 햇살에 비친 근석 여친의 뺨이 보드랍다 못해 투명해 보였다. 무슨 말인가 하려던 그녀와 눈이 마주친 순간 지오는 황급히 시선을 돌렸다.

"아, 왔다."

근석 여친이 휴대폰을 들여다 볼 때 지오는 다시 그녀를 훔쳐보았다. 지오는 그녀가 자신의 시선을 눈치채고 있음을 느꼈다.

"마침 지금 이 근처에 있대요. 아이스크림 가게 새로 생긴 데 있는데 거기서 봐도 괜찮아요?"

지오는 갑작스레 이뤄진 일에 약간 당황하며 지갑 속을 계산해 보았다. 마침 학교에 낼 돈이 있어 찾은 2만 원이 있었다. 아이스크림이 얼마씩 하는지 몰라도 모자라지는 않을 것 같았다. 모자란다 해도 이제 와서 돈 없어서 못 한다고 할 수도 없었다. 지오는 뒷일은 나중에 생각하기로 했다.

"네, 좋아요."

근석 여친은 다시 문자를 보내곤 지오에게 가자고 했다. 둘은 나란히 걸었다. 지오는 예쁜 여자애랑 함께 걷고 있다는 것 자체에 기분이 좋아졌다.

"참, 내 이름 기억하나?"

또 여자애가 고개를 지오 턱밑에 들이대며 반말 투로 물었다. 마치 안아달라는 몸짓 같았다. 근석이 그녀 뺨에 입 맞추던 게 생각났다. 순간 지오는 근석에게 불같은 질투를 느꼈다. 얼굴이 뜨끈해지는 것 같았다. 근석 여친은 붉어진 표정을 대답이라고 여겼는지 말했다.

“한 번 들었는데 생각 안 나는 게 당연하죠, 뭐. 김성은이에요. 나는 그쪽 이름 기억하는데. 지호. 근데 성은 몰라요.”

성은이 키득키득 웃었다. 그 웃음소리가 지오 마음에 간지럼을 태웠다. 성은이 슬쩍슬쩍 말을 놓는 것도 왠지 좋았다. 지오도 실실 웃음이 나왔다.

“기억력 좋네. 혹시 몰라서 말하는 건데 지호가 아니라 지오. 윤지오.”

지오도 말꼬리를 얼버무렸다.

“아아, 지오.”

지호로 알고 있었는지 성은은 입술을 동그랗게 내밀며 ‘지오’ 하고 다시 발음했다. 지오는 동갑인 성은과 말을 트고 싶었지만 근석 여자 친구라 하는 수 없었다.

지오와 성은은 카페에 도착했다. 소개팅을 할 여자애는 아직 보이지 않았다. 근석도 없이 성은과 단둘이 실내에 있게 되자 지오는 다시 어색해졌다.

“근석이랑은 언제부터 사귀었어요?”

화젯거리가 없어 물었지만 정말 궁금한 일이었다.

“중학교 때부터요. 같은 중학교 다녔거든.”

근석의 이야기를 하는 성은의 표정은 어쩐지 시무룩해 보였다.

“오래됐구나. 근석이가 매력이 있나 보네요.”

그 말을 하는 지오는 속이 쓰렸다.

“처음엔 억지로 사귄 거예요. 근석이가 일진인 건 알죠?”

그런 소리를 이렇게 해맑은 얼굴로 하다니. 지오는 뭐라고 대꾸해야 좋을지 몰라 가만히 있었다. 지오에게는 그 말이 근석을 좋아하지는 않는다는 소리로 들렸다.

"내가 이래 봬도 중학교 때 우리 학교 얼짱이었거든요."

그럴 만한 미모였다. 그런 성은이 아는 동생 중에 제일 괜찮다는 소개팅녀가 기대됐다. 성은과 마주 앉아 있자 여자 친구를 사귀고 싶다는 생각이 강해졌다.

"중2짜리가 선배 무서운 줄도 모르고 자꾸 들이대는 거예요. 처음엔 개무시 했지. 그런데 졸업한 뒤에도 계속 따라다니는 거야. 영동 바닥에 내가 지 여친이라고 소문 다 내놓고."

용감한 자가 미인을 얻는다더니. 하지만 지오는 근석을 칭찬하거나 부러워하고 싶지 않았다.

"근석이가 단순무식 해도 순진, 어, 왔다!"

성은이 말하다 말고 문께를 향해 손을 흔들었다. 성은의 후배를 보는 순간 지오는 실망한 기색을 감추느라 애를 먹어야 했다. 평균쯤 되는 얼굴과 평균 이하의 몸매를 가진 후배가 성은 옆자리로 와 앉았다. 지오는 엉거주춤 인사했다. 성은이 정식으로 소개했다.

"얘는 동아리 후배, 구혜진이에요. 이쪽은 근석이 친구 윤지오."

둘이 나란히 앉으니 한 명은 더 빛나고 한 명은 더 비교가 됐다. 성은과 혜진은 아이스크림을, 지오는 스무디를 시켰다. 1만 5천 5백 원이 나왔다. 돈이 모자라지 않아 다행이라는 생각보다 그 돈마저 아깝다는 생각이 더 컸다. 달콤해야 할 딸기 스무디가 쓰기만 했다.

"후배 중에 젤 괜찮은 애니까 잘해 보세요."

먼저 자리를 뜨며 성은이 말했다. 지오는 자신이 ‘제일 괜찮은’의 의미를 잘못 해석했음을 알아차렸다. 지오는 ‘제일 예쁜’으로 받아들였던 것이다. 혜진과 둘이 된 뒤 지오는 하나마나한 이야기를 나누며 예의에 어긋나지 않을 만큼의 시간을 보낸 뒤 헤어졌다. 버스 타고 기숙사로 가는데 시간과 돈이 아까워 배가 아플 지경이었다. 지오는 버스에서 내려 녹음이 무성한 나무들이 늘어선 길을 터덜터덜 걸어 기숙사로 돌아왔다.

그날 저녁 성은은 기숙사로 전화를 했다. 전화가 왔다는 방송에, 캐나다는 새벽일 텐데 누군지 의아해하며 받았더니 전화기 속에서 어떤 남자가 지오인지 물었다. 그렇다고 하자 성은을 바꿔 주었다. 성은이 기숙사로까지 전화한 건 뜻밖이었다. 지오는 본능적으로 근석이 있나 주변을 살폈다. 그런 지오 모습이 보이기라도 하는지 성은이 말했다.

“혹시 난처할까 봐 남자애 시켜서 바꿔 달라고 했어요.”

그리고 성은은 혜진이 어땠는지 물었다.

“그냥…….”

지오는 사감의 눈길도 있고 소개해 준 사람한테 대놓고 마음에 안 든다고 말하기도 뭐해서 우물거렸다.

“마음에 안 들었나 보구나. 정말 괜찮은 앤데. 그럼 마음보다 얼굴 보는 스타일이에요?”

턱밑으로 들이밀던 성은의 얼굴이 떠올랐다. ‘지오.’라고 할 때 키스를 바라듯 동그랗게 내밀던 입술도 생각났다. 성은 같은 스타일이었다면 볼 것도 없이 오케이였다. 남친이 모르는 놈이었으면 앞뒤 재지 않고 대시했을 것이다.

“아무래도 뭐…….”

“그렇구나. 이제 스타일 알았으니까 다른 애 소개시켜 줄게요. 미용실 같은 데 가면 미스코리아 나가라고 하는 애 있거든. 키도 크고 몸매도 엄청 좋아. 얼굴은 미스코리아 나가라고 할 정도니까 어느 정돈지 알겠죠?”

성은이 다시 재잘거렸다. 사내 녀석들의 왁왁거리는 괴성을 뒤로 하고 듣는 성은의 목소리는 꿀물처럼 달콤했다.

“좋아요.”

대답하는 지오 앞에 떠오르는 사람은 예비 미스코리아가 아니라 성은이었다.

“다음 주 토요일 어때요? 외박 주니까 소개팅 하고 집에 가면 되잖아.”

근석 때문에 잘 아는 거겠지만 지오는 성은이 자기 일정을 다 알고 있을 만큼 가까운 사이가 된 기분이었다. 지오는 다시 그 아이스크림 카페로 약속을 정했다. 그날을 기다리는 일주일 동안 지오는 성은을 떠올리며 설레었다. 그 사이에도 성은은 소개팅을 핑계 삼아 두 번이나 더 전화했다. 만났을 때 해도 충분한 이야기들이었다. 지오는 성은도 자기에게 관심이 있음을 느꼈다. 그녀와 통화하고 나면 지오는 휘파람을 불고 싶거나 노래가 흥얼거려졌다.

토요일, 카페에는 성은 혼자 나와 있었다. 미스코리아가 갑자기 일이 생겨 약속이 취소됐다는 것이었다. 그런데 하나도 서운하지 않았다. 다만 성은과도 헤어져야 한다는 사실이 애석했다.

"좀 전에 일방적으로 취소해서 연락할 방법이 없었어요. 죄송해요. 대신 밥 살게. 참, 집에 가야 하나?"

집엔 늦게 가도 상관없었다. 공식적으로 근석 여친인 성은과 단둘이 저녁을 먹어도 되는지가 더 문제였다. 지오는 시답지 않은 이야기를 하며 보내더라도 그녀와 좀 더 있고 싶었다. 그동안 통화를 해서인지 지난 주보다 훨씬 더 친밀감이 느껴졌다.

"근석이 안 만나나?"

지오는 대답 대신 물었다. 상처를 건드릴 때 느껴지는 쾌감 섞인 고통이 느껴졌다.

"근석이 지금 과외 받고 있는데."

과외 받는 근석이라니, 어울리지 않았다.

"근석이가 과외를 다 해요?"

"걔네 형이 엄청 무섭거든요. 삼사관학굔가? 거기 다니는데 휴가 나오면 근석이 엄청 잡아. 지난번에 뚜드려 맞아서 팔이 부러진 적도 있었어요."

학교에는 언제나 부러지고 다쳐 기브스나 목발을 하고 다니는 애들이 있어서 친한 사이 아니면 관심도 갖지 않았다. 지오는 근석이 또 한 번 제 형한테 맞고 어딘가 부러져 석 달쯤 입원했으면 좋겠다고 생각했다. 이왕이면 돌아다니지 못하게 다리가 좋겠다.

"근석이는 기숙사 생활하는 거 엄청 싫어하는데 걔네 형이 비용 대 주면서 억지로 있게 하는 거예요. 걔네 엄마, 아빠는 근석이한테 오냐오냐하는 편이거든."

성은은 이번에도 계속 중간중간 말을 놓았다. 그럴 때마다 지오는 성은과의 거리가 성큼성큼 줄어드는 것 같았다.

한 무더기의 아이들이 카페 안으로 들어섰다. 성은이 불안한 기색으로 주위를 신경 쓰다 자리를 옮기자고 했다. 지오는 성은과 자기가 자리를 옮겨가며 만날 사이는 아님을 알고 있었다. 하지만 공개적인 장소에서 버젓이 만날 사이는 더더욱 아니었다.

"소개팅 깨진 대신 밥 사는 거죠?"

지오는 성은보다 자신에게 말했다. 일말의 꺼림칙한 마음을 떨쳐 버리려면 반드시, 이유가 분명한 밥을 먹어야만 했다. 어중간한 시간이었지만 점심을 설친 터라 먹을 수 있을 것 같았다. 지오는 근석이 집에 붙잡혀 있다고 생각하자 조금은 편해진 마음으로 성은을 따라갔다. 성은은 골목에 있는 가게로 갔다. 커피와 맥주 같은 음료와 돈가스나 볶음밥, 오므라이스 같은 식사도 함께 파는 곳인데 칸막이가 쳐져 있었다.

"혹시나 누가 보면 오해할까 봐서요."

성은이 말했다. 지오도 그건 마찬가지였다. 오해 받아 좋을 일은 없었다.

외지에서 온 태명고 아이들은 대부분 온순한 모범생들이었다. 남자아이들끼리 생활하는 만큼 큰 소리는 수시로 났지만 치고받는 싸움은 거의 없는 편이었다. 이 고장 토박이들로 이루어진 일진은 분명히 존재했지만 일반 인문계나 전문계 학교에서처럼 세력을 떨치지 못했다. 일진의 수도 적었거니와 분위기상 조금만 문제를 일으켜도 도드라져 보였기 때문에 섣불리 움직이지 않았다. 일진들은 표면적으로 아이들과 그냥저냥 어우러져 지내는 걸로 보였다. 하지만 지오는 2학년 반 편성이 되자마자 힘의 논리에 의해 한순간에 서열이 만들어지는 것을 느꼈다. 1학년 때보다 더 공고했다. 지오는 아웃사이더를 자처하며 그 서열에서 벗어났다. 일진들은 그런 지오를 눈꼴시어 했지만 트집거리도 없으니 어쩌지 못했다. 지오가 서열에 끼지 않으려고 엄청난 노력을 기울이고 있다는 것은 아무도 알지 못했다.

"이해해요."

근석이 일진이라서가 아니라 누구라도 친구 여친을 따로 만나는 게 당당할 일은 아닐 것이다. 그런데도 지오는 그냥 헤어져야겠다는 생각은 들지 않았다. 위험을 감수하고라도 성은과 있는 게 집에 가는 것보다 나았다. 어쩌면 남의 여친이라서 더 매력적으로 보이는지도 몰랐다.

지오는 돈가스를 시키고 성은은 오므라이스를 시켰다. 칸막이가 쳐진 곳에 여자랑만 있는 건 처음이었다. 음식이 나오기를 기다리는데 심장이 퍽퍽 뛰는 게 느껴졌다. 지오는 성은과 단둘이 있는 게 좋은 만큼 불안했다.

"고3이라 힘들겠어요."

지오가 비정상적인 심장 박동을 달래느라 말했다.

"태명고만큼 힘들라구요."

지오도 성은도 이제 근석 이야기는 피하고 있었다. 각자의 가슴에서 나온 야릇한 감정이 공기 중에 맴돌며 분위기를 달구었다. 그들은 더 이상 아무 말도 하지 않았지만 달콤하고 뜨거운 공기에 의해 서로가 더 가까워지고 있음을 느꼈다. 처음엔 빨리 나오기를 기다렸지만 곧 그 시간이 더 미뤄지기를 바랐던 음식이 테이블 위에 놓였다. 돈가스와 오므라이스라니. 그들이 느끼고 있는 감정과는 너무도 거리가 먼 현실적인 요리였다. 돈 가스를 자르고 밥을 떠먹는 일상적인 행위가 주체할 수 없이 피어오르는 감정을 모독할 것 같았다.

지오는 포크와 나이프에는 손도 대지 않은 채 성은을 바라보았다. 어두컴컴한 조명 아래 있으니 성은은 천상의 여인처럼 신비롭기까지 했다. 이런 여자를 근석이 같은 자식이 차지하고 있는 건 비극이었다. 성은은 오므라이스를 포크로 쿡쿡 찌르고 달걀부침 위의 케첩을 펴 바르다, 그게 음식이란 걸 깨달은 듯 한 입 먹고 나더니 포기한 채 턱을 괴곤 지오를 바라보았다. 무슨 생각을 하고 있는지 들릴 듯한 눈빛이었다. 이제 지오는 자신의 감정에 이름을 붙여야 했다. 아니 이미 알고 있는 걸 인정해야 했다. 지오는 1학년 첫 외출 때 성은을 처음 본 순간부터 그녀를 좋아했던 것이다.

그때 성은의 휴대폰이 울렸다. 힐끗 본 그녀는 전화를 받지 않았다. 지오는 직감적으로 근석임을 알아차렸다. 휴대폰은 끈질기게 울렸다. 성은이 한숨을 쉬더니 전화를 받았다.

"과외 하는 중 아니야? 어, 그랬구나. 응, 나, 친구랑."

성은이 지오를 힐끗 쳐다보았다. 지오는 아픈 마음으로 성은을 바라보았다. 방금 인정한 감정을 따르자면 성은에게서 휴대폰을 빼앗아 던져 버려야 했다. 그리고 뮤직비디오 주인공처럼 성은의 손을 잡고 둘만의 세상으로 뛰쳐나가야 했다. 그의 뇌는 생각만 했을 뿐 몸에게 움직이라는 명령을 내리지는 않았다.

"알았어. 갈게."

전화를 끊은 성은이 갑자기 흑 하고 울음을 터뜨리며 손바닥에 얼굴을 묻었다. 지오는 당황했다. 그러면서도 성은이 근석 때문이 아니라 자기 때문에 괴로워하고 있다는 생각에 뿌듯해졌다.

"난 근석이 못 버려. 나한테 까이면 다리에서 떨어져 죽을 거랬어."

성은이 얼굴을 가린 채 말했다. 다리라면 읍내 가장자리로 흐르는 냇물 위에 여러 개가 놓여 있었다. 떨어진다고 해서 죽을 만큼 높은 다리는 없었다. 지오는 그런 말을 믿는 성은의 순진함과 단순함이 어이없었다. 하지만 그녀는 여전히 사랑스러운 예쁜 눈과 코와 입과 슬쩍 보기만 해도 심장을 뛰게 만드는 봉긋한 가슴을 지니고 있었다. 그것들이 사라지지 않는 한 성은이 바보라고 해도 싫지 않을 것 같았다.

"여자랑 헤어졌다고 죽는 남자가 어딨어?"

지오는 백지처럼 순수한 그녀가 안타까워 자기도 모르게 소리쳤다.

"그쪽은 그래요?"

성은이 갑자기 손을 떼어 내며 젖은 눈을 동그랗게 뜨고 지오를 바라보았다. 지오는 시험인 줄 알았으면 맞혔을 답을 틀린 것처럼 억울해졌다.

"그, 그게 사람은 누구나 그렇다구요."

지오는 자기가 아니라 이 동네 다리가, 사람이 떨어져도 죽을 만큼 높진 않다고 말할 타이밍을 놓친 채 마치 변명하듯 말했다.

"아니요. 근석이는 그럴 수 있어!"

성은이 벌떡 일어났다. 지오는 체념했다. 한편으로 근석이처럼 돌대가리라면 아무리 낮은 다리에서 뛰어내려도 머리가 깨져 죽을지 모른다는 생각이 들었다.

그때 그냥 나갈 줄 알았던 성은이 갑자기 지오 얼굴을 잡더니 키스했다. 달걀 맛과 케첩 맛이 약간 나긴 했지만 온몸이 빨려 들어갈 것처럼 강렬하고 아찔한 입맞춤이었다. 지오는 이대로 죽어도 좋다는 황홀함과 이대로 죽을지도 모른다는 두려움을 동시에 느끼며 꼼짝도 하지 못했다. 그녀는 한 번 더 그를 혼미한 상태로 만들어 놓곤 밖으로 뛰쳐나갔다.

한참 뒤에야 간신히 정신을 차린 지오는 자신에게 일어났던 일이 꿈은 아닐까 의심하며, 아직도 생생한 느낌이 남아 있는 자신의 입술을 어루만졌다.

12. 스무 살

고3의 귀가는 한 달에 한 번이었다. 외출은 일요일 오전만 가능했다. 석주가 속해 있는 상위 그룹에서 그걸 불만으로 여기는 아이는 없었다. 집에 가서 과외를 받던 아이들은 방과 후 수업 시간에 특별 초빙해 온-학생들의 자부담으로- 유명 학원 강사들의 특강에 만족해 했다. 이번 학년 학부모들의 관심과 지원은 유별났고 극성스러웠다. 명문대 합격률로 위상이 결정되는 학교로서는 나쁠 게 없었다. 상위권 대학교 합격률과 학교 인지도는 계속 상승하고 있었다.

3학년 기숙사는 한방에 다섯 명씩 생활했다. 1, 2학년 기숙사에 비해 넓은 방에 개인별 책상이 놓여 있었다. 맞은편 벽으로 사물함이 있었고 밤에는 자기 책상과 사물함 사이에 이불을 펴고 잠을 잤다. 그 방에서 아이들은 알아서 잠을 줄여가며 경쟁했다.

은설과 헤어져 택시 정류장으로 가며 석주는 자신의 마지막 행동을 후회했다. 전화번호를 종이에 받았다면 택시를 타기 전 구겨서 휴지통에 버렸을 것이다. 하지만 기억 속에 저장한 11개의 숫자는 기숙사로 돌아와 공부할 때도 밥 먹을 때도 잠잘 때도 뇌리를 떠나지 않았다. 번호를 잊기 위해 순서를 뒤섞어 놓아도 어느 틈에 제자리를 찾아선 신경을 건드렸다.

은설은 다시 꿈속의 은설이 됐다. 만날 수 없어 늘 그립고 안타까웠던 그녀가 가까운 곳에 있는 것이다. 석주는 자신이 실망했던 은설의 얼굴을 떠올리려 애썼지만 그리움만 커졌다. 지금이라도 달려 나가면 꿈속에서처럼 은설과 안고 키스할 수 있을 것 같았다. 은설이 마음에 담고 있었던 상대가 자신이 아님을 알면서도, 어쩌면 그래서 석주는 그녀를 더 원했다.

석주는 버티고 버티다 은설에게 전화했다. 엄청나게 오랜 시간 버틴 것 같았지만 이틀밖에 되지 않았다. 전화하고 싶은 마음과 실랑이를 벌이는 일이 더 힘들었다. 은설은 석주 전화를 선선히 받아 주었다. 석주는 그 의미가 무엇인지 알았다. 지오에게 거절당한 꽃다발을 석주에게 줬던 것과 같은 것이었다. 지오가 아니면 누구라도 상관없는 것이다.

석주는 시골 계집애 따위가 자기를 좋아하지 않는다는 사실에 울컥 화가 솟구쳐 다시는 전화하지 말아야지, 은설이 애가 타 연락해 오더라도 보기 좋게 씹어 줘야지 하고 골백번 다짐했다. 교실에선 그럴 수 있을 것 같다가도 책상이 성적순대로 나란히 놓인 기숙사 방으로 들어오면 석주는 숨이 콱 막혀 산소를 찾듯 공중전화 쪽으로 가게 됐다.

관계에 변화가 생긴 것도, 길게 통화하는 것도 아니었지만 은설의 목소리를 듣고 나면 하루 내 가득 차 과부하가 걸렸던 머릿속이 가뿐해지는 느낌을 받았다. 석주는 언젠가부터 부담스러워진 엄마보다 은설과 더 많이 이야기했다.

은설을 만나기는 쉽지 않았다. 석주가 외출할 수 있는 일요일 오전은 은설이 대부분 은월에 있을 시간이었다. 은설은 태어나면서 지금까지 살아온 은월의 과수원을 지긋지긋해 하면서도 사랑했다. 자기가 없으면 밥도 잘 안 먹는 아빠를 부담스러워 하면서도 사랑했다. 영동에서의 목소리와 은월에서의 목소리가 달랐다. 은월에서 은설은 석주에게 레시가 짖는 소리와 부엉이가 우는 소리를 들려 주었고 사과나무에 어떻게 물기가 도는지, 새순 돋는 모습은 어떤지, 계곡을 타고 내려온 시냇물 소리가 어떤지 알려 주었다. 과수원에 간 적이 있었으므로 충분히 상상할 수 있었다. 아이들이 외출 나갔거나 방에 틀어박혀 공부하느라 적막한 기숙사에서 석주는 마음껏 긴 통화를 했다. 덕분에 석주는 은설과 함께 과수원을 거닐며 흙냄새를 맡고 따사로운 햇살을 받고 상큼한 바람에 몸을 맡길 수 있었다.

은설과 통화하면서도 석주는 그녀가 보고 싶었고, 전화를 끊고 나면 더 그리워졌다. 하지만 석주는 은설을 직접 만나려고 애쓰지 않았다. 마지막 자존심이기도 했고 상상 속의 은설과 실제의 은설이 다름을 경험한 때문이기도 했다. 그녀를 다시 만난 건 한 달이 지나서였다. 통화 중에 은설이, 아빠가 친척 결혼식에 가 주말에 집에 가지 않아도 된다고 했을 때 석주는 자기도 모르게 만나자고 소리쳤다.

아이스크림 카페에서 은설을 기다리는 동안 석주는 심정이 복잡해졌다. 은설을 보고 다시 실망할까 봐 걱정됐다. 내보내기에 은설은 이미 석주 마음 깊숙이 자리를 차지하고 있었다.

"많이 기다렸나?"

은설이 찬 냄새를 풍기며 앞에 와 앉았다. 석주는 은설을 보는 순간 조금만 더 예뻤으면 얼마나 좋을까, 아쉬운 마음이 들었다. 하지만 걱정한 것만큼 실망스럽지는 않았다. 영동에서 우연히 만난 뒤 한 달이 지났을 뿐인데 그동안 날마다 통화를 해서인지 계속 만나온 느낌이었다. 단지 한 달이 아니라 지난 2년여의 시간이 섞여 들었기 때문인지 몰랐다. 친밀감은 석주가 은설의 얼굴에서 느끼는 아쉬움을 2순위로 밀어놓았다.

은설은 석주를 보자마자 얼마 전 치른 모의고사 이야기를 하며 왜 틀렸는지 이해할 수 없는 문제에 대해 투덜거렸다. 석주는 가방에서 연습장과 필통을 꺼내 들었다.

"이리와 봐. 오빠가 알려 줄게."

석주는 열의를 다해 설명하다 문득 은설이 너무 가까이에 있음을 깨닫고 가슴이 뛰어 말을 멈추곤 했다. 하지만 자기를 친척 오빠라도 되는 양 무심하게 대하는 은설을 보면 머쓱해져 다시 설명에 몰두했다.

"오빠, 우찌 그리 설명을 알아듣기 쉽게 잘하노? 우리 쌤보다 낫다."

은설의 칭찬이 석주에겐 엄마가 떨어지지 않게 보내 주는 총명탕보다 더한 보약 같았다.

그 뒤로 석주와 은설은 좀 더 자주 만났다. 은설이 공부를 이유로 집에 가는 횟수를 줄였기 때문이다. 핑계가 아님을 증명하 듯 은설은 만날 때마다 석주에게 문제집을 들이밀곤 했다. 그 덕분에 석주는 고3이 여자나 만나고 있다는 일말의 자괴감과 불안함을 떨쳐 버릴 수 있었다. 석주는 어느덧 은설이 없는 영동을 상상할 수 없었다. 그들의 만남은 수능 때까지 계속됐다.

수능 결과는 그동안 석주가 받은 성적 중 최악이었다. 지원한 수시는 모두 불합격이었다. 석주는 수능을 망친 이유가 은설 때문이라고 생각했다. 은설에게 시간과 정신을 뺏기지 않았으면 3등급짜리가 나오는 일은 없었을 것이다. 석주는 일시적인 감정에 휘둘려 3년, 아니 12년의 노력을 허사로 만들어 버린 자신을 용납할 수 없었다. 엄마는 뱀대가리보다 용꼬리가 나을 뻔했다며 자신의 전략이 잘못됐음을 자책했다. 석주는 아들을 야단치는 대신 스스로에게 책임을 돌리는 엄마를 볼 낯이 없었다.

해가 바뀌고 석주는 스무 살이 됐다. 성적에 맞춰 원서를 넣었던 두 군데 대학에서 합격 통지가 왔지만 조금도 기쁘지 않았다. 석주는 이렇게 우울한 기분으로 스무 살을 맞이하리라곤 상상도 하지 못했다. 석주는 4년 내내 열패감에 시달리며 대학에 다니기보다는 재수를 결심했다. 엄마와 아빠도 적극 찬성이었다. 엄마가 기숙 학원을 추천했고 석주도 동의했다. 일반 입시 학원을 다니다 보면 은설에게 또 전화하고 만나러 가게 될 것 같았다. 엄마가 기숙 학원 리스트를 석주 앞에 내밀었다. 석주는 섬에 있는 학원을 선택했다. 오르다 떨어진 나무에 대한 갈망이 큰 만큼 절박했다.

석주는 은설에게 기숙 학원에서 재수하기로 했음을 알렸다.

"그럼 이제 못 만나겠네."

은설이 덤덤한 목소리로 말했다. 석주는 아니라는 말을 하지 않았다. 저 때문에 시험을 망쳤는데도 은설은 그 사실을 인지하지 못하고 있었다. 사귀기라도 했으면 덜 억울할 것 같았다. 지오 같은 놈이나 생각하고 있는 애한테 빠져 시험을 망친 자신이 너무 한심했다.

은설이 놀랍게도 이별 여행을 제안했다. 동해에 있는 정동진에 가고 싶다고 했다.

"밤새 기차 타고 가서 해 뜨는 거 보고 아침 먹은 다음에 오빠는 서울로, 나는 은월로 돌아오는 거야. 어때? 멋지제?"

은설이 인터넷에서 찾아본 내용들을 조잘거렸다. 밤새 같이라니. 뜻밖의 횡재였다. 은설이 자신을 아는 오빠로 여겨 편하게 제안했음을 알면서도 석주는 온갖 망상을 펼쳤다. 망상 중 어느 한 가지라도 해 봐야 은설 때문에 손해 본 시간들에 대한 보상이 될 것 같았다. 못된 생각인 줄 알면서도 석주는 제어할 수 없었다. 아무튼 석주는 떨리는 마음으로 그날을 기다렸다.

운 좋게도 석주 졸업식과 은설네 학교 졸업식이 같은 날이었다. 은설과의 여행이 아니었다면 석주는 승자들의 축제인 졸업식 따위엔 참석하지 않았을 것이다. 엄마는 아들 졸업식에 빠질 수 없다며 부득부득 함께 나섰다. 하긴 지금까지 의미를 지닌 석주의 행사에 엄마가 빠진 적은 단 한 번도 없었다. 석주는 미리, 친구들과 영동에서 뒤풀이 할 거라고 말해 두었다.

우울하기만 할 것 같았던 졸업식은 결과와 상관없이 길고 긴 터널을 빠져나왔다는 후련함으로 들썩였다. 졸업식이 끝난 뒤 그들은 이제는 영원히 입을 일 없는 교복을 찢고 밀가루와 달걀 세례로 지긋지긋한 10대에 결별을 고했다. 아이들은 교복 속에 가둬 두었던 감정들을 폭발시켰다. 그리고 어떤 20대가 기다리고 있는지 몰라도 10대보다는 나으리라 믿었다.

준비해 간 사복으로 갈아입은 석주는 엄마와 헤어졌다.

"기분 내는 건 좋은데 너무 과하게 하지는 마. 낼 보자, 아들."

엄마가 애정과 근심이 담긴 얼굴로 말하곤 차에 올랐다. 혼자 돌아가는 엄마를 보자 미안해졌다. 석주는 손을 흔들며 이게 마지막이라고, 앞으로는 엄마를 속일 일 없을 거라고 다짐했다. 하지만 차가 멀어지기도 전에 조금 전의 다짐이 민망할 만큼 석주는 은설을 1초라도 빨리 보고픈 마음에 안달하고 있었다. 비록 기차에서지만 은설과 하룻밤을 같이 보내는 것이다. 바다에 가 본 적이 한 번도 없다는 은설은 석주만큼이나 흥분한 기색이었다. 석주는 은설이 그저 바다에 가는 것만 좋아하는 것 같아 서운했다.

둘은 기차 시간을 기다리며 읍내를 돌아다녔다. 은설이 석주 팔짱을 꼈다. 처음 있는 일이었다. 마지막이라는 게 은설을 편하게 하는 모양이었다. 스킨십만 놓고 보면 지난 1년 동안보다 그날 한나절 만에 더 많이 가까워졌다. 석주는 북소리처럼 울려 퍼지는 자기 심장 소리를 들었다. 거리에는 졸업식을 마친 아이들이 뒤섞인 채 몰려다니고 있었다. 거리에서 그들은 서로의 친구들을 만났지만 석주는 개의치 않았다. 영동에 다시 올 일은 없을 테니까.

석주와 은설은 밤 아홉 시쯤 기차를 탔다. 정동진으로 가는 기차는 제천역에 있었다. 영동역에서는 곧바로 가는 차가 없어 조치원역에서 갈아타야 했다. 기차 타는 시간만 여섯 시간 남짓 걸리는 거리였지만 석주는 조금도 지루하지 않았다.

제천역에서 새벽 한 시에 출발한 기차는 한산했다. 은설이 앞장서 뛰어가 자리를 찾았다. 그러곤 의자에 앉으며 만세 부른 손을 흔들었다.

"와, 진짜 바다 보러 간다."

자리로 가며 석주는 기차 안을 둘러보았다. 석주와 은설이 탄 칸에는 친구들끼리거나 연인끼리인 승객들이 띄엄띄엄 앉아 있었다. 붙어 앉아 외투 하나를 함께 덮고 있는 연인을 보자 석주는 다시 가슴이 뛰었다. 석주도 은설과 그렇게 하고 싶었다. 그러자고 하면 은설은 어떤 반응을 보일까? 싫다고 하거나 뿌리치면 분위기를 망치고 만다. 석주는 그 민망한 분위기를 견딜 수 있을 것 같지 않았다.

"바다도 못 가 보고 그동안 뭐 했냐?"

석주는 아무 생각 없는 사람처럼 은설 옆에 털썩 앉으며 말했다.

"아빠랑 둘이 살면 그래. 어렸을 때 아빠랑만 어디 가는 게 디게 싫었거든. 다른 아들은 다 엄마, 아빠랑 오는데 내만. 진짜 이상하제? 엄마랑만 가는 건 괜찮은데 아빠랑만 가는 건 와 그레 이상하노 말이다."

은설이 석주를 바라보며 말했다. 석주는 한 번도 생각해 보지 않은 일이었다. 엄마가 필요한 자리엔 언제나 엄마가 있었고 아빠가 있어야 할 자리엔 아빠가 있었다. 넘쳐서 문제였지 모자라거나 빈 적은 단 한 번도 없었다. 여러 번 가 봤던 바다 역시 가족 여행을 통해서였다. 석주는 무슨 말을 해야 할지 몰라 잠자코 있었다.

"아빠만 오는 거보다는 차라리 아무도 안 오는 게 나았다. 그래서 어디 가자는 소리도 안 했는 기라. 어린아가 쫌 안됐다, 그제?"

은설이 석주를 보며 웃었다. 석주는 대답 대신 손을 뻗어 은설의 머리를 흩뜨렸다. 그런 기억을 갖고 있는 은설이 안됐기도 했고 문득 은설을 보는 게 마지막이란 사실이 허전하게 여겨졌다. 음흉한 생각에서가 아니라 위로하는 마음으로 은설을 안아 주고 싶었다.

"지오 오빠는 잘 지내고 있을까?"

은설이 불쑥 말했다. 은설의 어깨에 팔을 올릴까 말까 망설이고 있던 석주는 그 말이 날카로운 돌처럼 심장에 콱 박히는 기분이었다. 영동에서 처음 만났을 때도 은설은 자기가 필연으로 만들고 싶은 사람이 지오임을 말하지 않았고, 그 뒤에는 지오 자체를 화제에 올리지 않았었다. 그런데 이별 여행이라는 명목이 붙긴 했지만 처음이기도 한 둘만의 여행에서 지오 안부를 궁금해 하다니. 석주는 속이 쓰리고 은설이 괘씸했다.

"그 자식이 그렇게 궁금해?"

석주가 퉁명스레 말했다.

"오빠는 안 궁금하나? 오빠들 우리 집에 왔던 날 밤, 잠이 안 와서 원두막에 갔었는 기라. 근데 지오 오빠가 나타나데. 이런 저런 이야기했는데 내만큼이나 오빠도 속이 시리구나, 느껴졌어. 그때 오빠가 만든 노래도 불러 줬는데 지금도 가끔씩 생각난다."

처음 듣는 소리였다. 석주는 자기 마음속에서 소용돌이치는 것이 질투라고 생각하지 않았다. 은설의 말에 동의할 수 없을 뿐이었다. 녀석의 환경은 조기 유학을 다녀왔을 만큼 유복했다. 아빠는 대기업에 다닌다고 했던 것 같고, 엄마와 여동생은 캐나다에 있는데 녀석만 한국으로 돌아온 것이다. 주위에서 흔히 보아 온 조기 유학에 실패한 케이스로 생각 없고 철없는 녀석이다. 그런 녀석 장난에 은설이 넘어간 것이다. 그날 녀석은 분명히 술에 취해 코를 골며 잠들었었다. 그랬던 자식이 어느 틈에 나가 은설에게 노래를 불러 줬다는 건지. 만든 노래라고 뺑친 걸 보면 꼬시려고 작정한 거다. 은설이 귀엽다는 석주를 비웃기까지 한 놈이 어떻게 그럴 수가 있는지, 화가 부글부글 끓어올랐다. 그러고도 감쪽같이 시치미를 뗐던 녀석이 앞에 있다면 주먹을 날리고 싶었다. 친구에 대한 배신감 때문이지 질투는 절대 아니었다. 그런데도 석주는 은설까지 미워졌다. 그는 은설과 조금 떨어져 앉아 건너편 자리의 창을 바라보았다. 실내 모습이 비칠 뿐 바깥 풍경은 보이지 않았다.

지오 생각에 빠졌는지 한동안 잠자코 있던 은설이 불쑥 말했다.

"고등학생 되면 오빠가 낼 여자로 봐 줄 기라고 생각했다."

옆 사람이 어떤 기분인지도 모르는 눈치 없는 계집애.

"내가 장담하는데 넌 지오 스타일 아니야."

석주가 불퉁스레 말했다. 그 말에 은설이 장난스런 표정으로 물었다.

“오빠 스타일은 어떤 여자고? 청순글래머? 아님, 차도녀?”

석주는 은설이 지오 이야기를 할 때면 진지하면서 자기에게는 장난처럼 구는 게 더 화났다.

“암튼 넌 지오 스타일 아니라니까.”

석주는 버럭 소리 지르고 싶은 걸 간신히 참고 말했다. 그날 지오가 세면장에서 했던 말들을 까발려 은설이 그놈에게 품고 있는 환상을 깨부수고 싶은 마음이 굴뚝같았다. 하지만 너무 졸렬해 보일까 봐 할 수 없었다.

“나 영동으로 올 때 사실은 아빠가 많이 반대했다. 학교가 아무리 멀어도 아빠가 등하교 시켜준다 캤거든. 대학 가면 어차피 집 떠날 낀데 고등학교는 집에서 다니라고. 그런데도 고집 피워서 영동으로 온 건데 괜히 왔어.”

은설은 지오를 만나지 못한 것만 후회했지 석주와 만난 1년은 아무 의미가 없다는 듯 굴었다.

“그럼 1학년 때 바로 연락하지 그랬냐. 지오 자퇴하기 전에.”

석주는 심통 어린 목소리로 말했다. 이런 소리나 듣자고 여행을 떠난 건 아니었다. 지오가 좋아서 영동에 온 은설을 시간 뺏겨가며 만나 주고, 맛있는 거 사 주고―자잘한 선물도 많이 사 줬다.― 공부 가르쳐 주고, 그러느라 대학도 떨어지고. 지금도 그토록 가고 싶었던 바다엘 데려가 주는 사람은 지오가 아니라 석주였다.

눈치도 개념도 예의도 없는 계집애랑은 이제 정말 끝이다. 여행이 끝나는 순간 다시는 은설 따위 생각할 일 없을 것이다. 할 수만 있다면 지금 당장 은설을 팽개쳐 두고 기차에서 내리고 싶었다. 석주는 어금니를 물었다.

"내가 말했잖아. 우연을 필연으로 만들고 싶었다고."

"그런 게 어딨냐?"

"그니까. 내가 너무 자만한 기다."

은설이 쓸쓸한 미소를 지었다. 은설이 지오와 주말마다 영동 읍내를 싸돌아다니는 걸 상상하니 가슴에서 불길이 확 치솟는 것 같았다.

"그렇게 좋으면 내가 지금이라도 찾아 줘?"

석주는 자기도 모르게 언성을 높였다. 은설이 석주를 빤히 바라보았다. 눈에서 웃음기가 사라졌다.

"그러지 마. 지금 우리 이별 여행 하는 거잖아. 이제 다시는 못 만날 긴데 그러지 마라. 오빠 아녔으면 객지에서 나 더 힘들었을 거야."

지오 때문에 힘들었음을 이제는 감추지도 않는 은설 때문에 석주의 심장은 누군가 마구 주무르고 헤집는 것 같았다.

"고마워. 이렇게 바다도 함께 보러 와 주고. 안 잊을 기다."

은설의 눈가에 얼핏 물기가 어리는 것 같았다. 은설은 고개를 돌려 창밖을 바라보았다. 어두운 창에 석주와 은설의 그림자가 겹쳐졌다. 석주는 은설에게 고백하고 싶은 충동이 일었다. 다음 수능이 끝난 뒤 다시 만나자고 하고 싶었다. 하지만 여전히 지오를 잊지 못하고 있는 은설에게 그러기에는 자존심이 허락지 않았다.

은설이 여행 생각에 들떠 제대로 못 잤더니 졸리다며 하품을 했다.

“자. 도착하면 깨울게.”

은설은 패딩 점퍼를 벗어 이불처럼 덮어쓰고서도 한동안 깨어 있는 것 같더니 얼마 뒤 잠들었다. 은설의 머리가 이리저리 굴렀고 점퍼가 흘러내렸다. 석주는 옷을 끌어올려 잘 덮어 주고 은설의 머리를 자기 어깨에 눕혀 주었다. 은설의 머리에서 땀 냄새 섞인 샴푸 냄새가 났다. 석주는 은설을 바라보았다. 기차 안의 어두운 불빛에 음영이 진 은설의 얼굴은 아기처럼 천진해 보였다, 나이든 여인처럼 성숙해 보였다가 했다. 좀 전의 밉던 마음은 어디론가 사라지고 석주는 그녀에게 키스하고 싶었다. 여행을 떠나기 전에는 솔직히 억지로라도 뭐든지 할 생각이 었는데 실제 닥치니 용기가 나지 않았다.

정동진역에 도착한 시간은 새벽 4시 40분이었다. 해가 뜨려면 아직 두 시간도 더 있어야 했다. 대합실엔 같은 기차에서 내린 사람들이 예상보다 더한 추위에 웅숭그리며 서 있었다. 가로등 불빛에 바다가 보였다. 파도치는 소리도 들려왔다.

“오빠, 우리 나가 보자.”

대합실 문을 통해 밖을 내다보는 은설의 얼굴에 고대했던 순간을 앞둔 설렘이 고스란히 드러났다.

“아직 캄캄한데.”

석주는 추위를 무릅쓸 만큼 바다가 새롭지 않았다.

“그래도 나가 볼 기다.”

은설이 대합실 문을 열자 바람이 얼굴로 달려들었다. 석주는 은설과 함께 대합실을 나가 모래사장으로 내려갔다. 바람이 휘몰아쳤다. 신발에 느껴지는 모래 감촉이 써늘했다.

"바다다!"

은설의 외침은 바람에 막혀 목구멍으로 되넘어갔다. 한 걸음 나가면 반 걸음 뒤로 밀리면서도 은설은 바다를 향해 달려갔다. 석주도 모래에 빠져가며 은설을 뒤따랐다.

하얀 이빨을 드러내며 으르렁거리는 파도는 바다가 잉태한 맹수 같았다. 맹수를 품은 바닷바람은 영동에서 불던 바람과는 차원이 달랐다. 산골짝에서 불어오는 영동의 바람도 찼지만 바닷바람처럼 몸을 뒤흔들지는 않았다. 야심차게 바다와 마주 섰던 은설은 바람에 휘청거렸다. 석주는 얼른 은설을 부축했다. 은설은 연신 소리 지르고 발을 구르며 바람과 추위에 맞섰다. 석주는 뺨에 와 닿는 차갑다 못해 따가운 바람에 은설에게 겉옷을 벗어 주는 만용 따위는 부릴 엄두도 내지 못했다. 대신 은설의 손을 끌어다 자기 주머니에 넣는 용기까지는 냈다.

이것까지만 하자, 석주는 생각했다. 온기를 나누는 일이니까, 이건 인공호흡 같은 거다. 은설은 뿌리치지 않았다. 꽁꽁 언 은설의 손가락이 석주 손안에서 꼼지락거렸다. 석주는 갑자기 모든 감각이 그곳으로만 향했다. 그러자 바람도 느껴지지 않았고 파도 소리도 들리지 않았다. 상상 속에서는 온갖 짓을 다 했으면서 겨우 손 잡은 걸로 이렇게 세상이 바뀔 줄 석주는 미처 생각하지 못했다. 그것만으로도 석주는 세상을 다 가진 것 같았다.

"해 뜨려면 얼마나 남았어?"

은설은 손 잡은 것 따위 장갑 낀 거나 마찬가지라는 듯 무심한 얼굴로 소리 질렀다. 은설의 반응에 다시 바람이 불고 파도

소리가 들려왔다.

"아직 오 분도 안 지났어. 해 뜨기 전에 얼어 죽겠다. 우리 그때까지 어디 들어가 있자."

달려들어 할퀴는 듯한 바닷바람이 석주에게 그런 말할 용기도 줬다.

"저런데?"

은설이 불 밝힌 숙박업소들을 가리키며 말했다. 석주는 맹세컨대 다른 의도가 있는 것도 아니면서 얼굴이 화끈거렸다.

"그래, 가자! 여서 얼어 죽으면 안 된다. 아빠한테 얘기 안 하고 왔거든."

은설이 앞장서 가장 가까운 모텔로 뛰어가기 시작했다. 솔직히 은설이 동의하리라고 생각하지 않았던 석주는 뒤따라가면서 미성년자라고 안 받아 주면 어쩌나 걱정이 됐다. 스무 살이지만 만 나이로는 아직 법적 성년이 아니었다. 걱정과 달리 자다 깬 주인은 아무 질문 없이 돈 받고 열쇠를 내 주었다.

"열한 시 퇴실이에요."

"해 뜰 때 나갈 거예요."

석주는 주인에게라기보다는 자신에게 말했다. 주인은 석주 말이 채 끝나기도 전에 창구 문을 닫았다.

방은 2층 복도 끝에 있었다. 바다 쪽으로 향한 곳이었다.

"방에서 바다 보였으면 좋겠다."

석주가 문을 따는 동안 은설이 폴짝폴짝 뛰며 말했다. 석주는 혹시라도 투숙객들이 내다볼까 봐 걱정됐다.

방으로 들어서자 커다란 침대만 눈에 들어왔다. 석주는 안

보려고 해도 눈 밖으로 벗어나지 않는 침대 때문에 당황스러웠
다. 침대가 연상시키는 것들 때문이라고 하는 편이 맞을 것이다.

"넌 저기서 좀 쉬어. 기차 타고 오느라 힘들었잖아. 나는 여
기 앉아 있을게."

바닷바람을 쐰 목소리가 갈라져 나왔다. 석주는 침대라는 단
어조차 입에 올릴 수 없었다. 침대가 마치 트램펄린인 양 장난
스레 뛰어오른 은설이 머릿장에 기대앉았다. 석주는 여전히 눈
을 어디에 둘지 모르는 채 굳은 듯 서 있었다. 이제 보일러를 돌
리는지 아직 찬기 도는 바닥에 앉고 싶지도 않았다.

"오빠, 바닥 차분데 오빠도 여 와서 앉아. 같이 음악 듣자."

은설이 놀이 기구인 것처럼 옆자리를 팡팡 치며 말했다. 석
주는 아무렇지도 않아 보이는 은설의 태도가 자신을 신뢰하기
때문인지 아니면 무시해서인지 판단하기 어려웠다. 어느 쪽이
든 은설은 아무렇지 않아 하는데 자신만 어색하게 구는 것도 우
스웠다. 석주는 어정쩡한 자세로 은설 옆에 앉았다. 기차에서도
내내 나란히 앉아 왔지만 모텔 방은 느낌이 달랐다. 외투가 비
둔하고 갑갑했지만 석주는 겉옷은커녕 목도리를 풀 엄두도 내
지 못했다. 은설이 이불을 펴서 둘의 발을 덮었다. 석주는 몸에
석고를 들이부운 것처럼 꼼짝할 수 없었다. 그동안 은설을 상대
로 꾸었던 꿈들이 어지럽게 머릿속을 휘저었다. 그래서 더 손가
락 하나 움직일 수 없었다. 석주는 은설이 답답하겠다며 목도리
와 외투를 벗으라고 한 뒤에야 움직였다.

"오빠, 이 음악 들어 봐."

은설이 이어폰 한 쪽을 석주에게 건네주었다. 둘은 한동안

말없이 음악을 들었다. 음악이 소음처럼 머릿속을 어지럽혔다. 석주의 몸은 난로처럼 뜨거워지고 있었다. 석주는 찬바람 속으로 뛰쳐나가고 싶은 것을 참으며 눈을 감았다.

"오빠, 자나?"

은설이 물었지만 석주는 대답하지 않았다. 들키고 싶지 않은 욕망으로 들끓는 몸에서 어떤 목소리가 나올지 몰랐다. 은설이 움직이는 바람에 석주 귀에서 이어폰이 빠졌다. 석주는 가만히 있었다. 털 끝 하나도 움직이기가 겁났다. 은설의 숨결이 가까워졌다. 은설은 겨우내 깎지 않아 덥수룩한 석주의 머리카락을 귀 뒤로 넘긴 다음 어어폰을 꽂아 주었다. 달콤한 숨결과 보드라운 손길이 석주 가까이 있었다. 석주는 눈을 감은 채 은설의 손목을 움켜잡았다. 그리고 여전히 눈을 감은 채 은설의 손가락 사이로 자기 손가락을 넣어 깍지를 꼈다. 여기까지만이야. 석주는 자신에게 일렀다. 은설은 석주가 하는 대로 가만히 있었다. 시선을 느낀 석주는 천천히 눈을 떴다. 은설이 석주를 빤히 바라보고 있었다. 두려움과 설렘이 뒤섞인 그녀의 눈은 그의 것과 닮아 있었다. 석주를 막는 것은 없었다. 석주는 은설의 얼굴로 가까이 다가갔다. 은설이 눈을 감았다. 석주 생애의 첫 키스였다. 길고 긴 키스였지만 석주는 갈망이 풀리지 않았다. 오히려 은설을 향한 열망이 더욱 뜨겁게 불타올랐다. 석주는 허둥대는 몸짓으로 은설을 안았다. 터질 것 같은 석주 심장이, 이제 스무 살이라고 말하고 있었다.

13. 편력

열차 카페에서 돌아와 보니 남자는 보이지 않았고 일행으로 보이는 중년 여자 두 명이 자리를 차지하고 있었다. 지오가 그 앞에 서자 화려한 꽃무늬 블라우스 때문에 얼굴이 더 까매 보이는 아주머니가 뒷자리를 가리키며 말했다.

"학생, 우리 일행이라서 그러는데 자리 좀 바꿔 주면 안될까?"

창가 자리엔 양복 입은 아저씨가 코를 골며 자고 있었다. 마음에 들지 않았지만 이미 자리를 차지하고 있는 사람에게 비키라고 할 수도 없었다. 지오는 말없이 기타를 선반에 올려놓고 아저씨 옆에 앉았다. 대낮부터 술을 마셨는지 숨을 내쉴 때마다 술 냄새가 났다. 지오는 아주머니가 고맙다며 건네주는 삶은 달걀을 사양하지 못하고 받아 들었다. 아주머니는 목이 멘다며 요쿠르트에 빨대까지 꽂아서 준 다음 지오를 지켜보았다.

달걀을 다 먹고서야 아주머니의 시선에서 자유로워진 지오는 등받이에 몸을 기대고 눈을 감았다. 하지만 앞자리에서 들려오는 목청 높은 수다에 잠들 수 없었다. 대신 상념들이 피어올랐다. 마치 과거를 향해 달리는 기차를 탄 듯 거꾸로 거슬러 올라간 지오의 기억은 1학년 어느 봄밤에서 멈추었다.

그날 밤도 지오는 악몽을 꾸었다. 내용도 잘 생각나지 않는 꿈이지만 목덜미는 땀으로 축축했고 심장은 높이 뛰었다. 옆에서 고른 숨소리가 들려왔다. 평소처럼 여러 개가 아니라 한 명의 숨소리였다. 그 숨소리에 가슴이 진정되면서 자신이 누워 있는 곳이 어디인지 생각났다. 기숙사가 아니라 마음씨 좋은 아저씨의 과수원 방이었다. 평온한 숨소리 주인은 석주였다.

가슴은 가라앉았지만 바로 잠이 오질 않았다. 지오는 옆을 바라보았다. 창으로 비쳐 든 달빛에 석주의 잠든 얼굴이 어슴푸레 보였다. 꿈속에서조차 녀석은 환하고 따뜻한 빛에 둘러싸여 있는 듯 평화로운 모습이었다. 지오는 천장을 바라보았다. 오후의 일들이 떠올랐다.

티격태격하기도 했지만 지오와 석주는 서로를 의지하며 이곳까지 왔다. 눈부신 햇살과 싱그러운 바람이 함께한 시간이 그저 해프닝으로 여겨지지는 않았다. 함께 다니는 동안 지오는 속이 빤히 들여다보이는 짓만 하는 석주가 의젓한 척하는 친척 동생처럼 우스우면서도 귀여웠다. 자전거 여행이 인생 최고의 일탈일 것 같은 석주 옆에 있는 동안 지오는 자신도 조금은 순수해지는 기분이었다. 석주에 비하면 자신의 삶은 어둡고 거칠고

너덜거리는 것 같았다.

그대로 잠들었다간 또 악몽을 꿀 것 같아 지오는 자리에서 일어났다. 화장실에 가서 터질 것 같은 오줌보를 비우고 나면 석주의 고른 숨소리를 동행 삼아 숙면을 취할 수 있을 것이다. 밖으로 나간 지오는 레시가 짖을까 봐 걱정했지만 조용했다. 깊이 잠든 모양이었다. 아니면 영리한 개라니까 벌써 지오 냄새를 기억해 두었는지도 모른다.

지오는 세면장 옆에 있는 화장실로 가 소변을 보았다. 밖으로 나오니 달빛과 함께 이슬에 젖은 흙냄새가 대기를 가득 메우고 있었다. 퀴퀴한 것 같으면서도 무언가 활발하게 움직이고 있는 것 같은 냄새였다. 지오는 심호흡을 했다. 싱그럽고 건강한 대기의 기운이 몸속 가득 들어와 악몽을 꾸게 하는 나쁜 기운들을 물리쳐 주기를 바랐다. 오래간만에 든 어린애다운 생각은 지오를 한결 기분 좋게 해 주었다.

그때 밤새 소리가 들려왔다. 구슬프고 청승맞은 소리였다. 그 소리가 아직은 오염되지 않은 지오의 깊은 어딘가를 건드렸다. 상처로 가득한 곳이기도 했다. 밤새 소리가 들려오는 한은 방으로 들어가도 편히 잠들지 못할 것 같았다. 석주 곁이라 더 춥고 외롭게 느껴질 것이다.

우두커니 서서 새소리가 들려오는 산 쪽을 바라보던 지오는 시선을 집중했다. 제 집에서 자는 줄 알았던 레시가 달빛에 펄쩍펄쩍 뛰는 것이 보였다. 은설의 목소리도 들려왔다. 과수원에서 무얼 하기에는 너무 늦은 밤이었다. 지오는 궁금해져 텃밭과 과수원이 시작되는 산비탈 사이로 난 길을 따라 걸어갔다. 길섶의 풀들이 발목을 휘감을 때마다 섬뜩했다.

"레시, 가만히 못 있나?"

원두막에서 들려오는 은설의 목소리가 아니었으면 무서움을 이기지 못하고 돌아갔을 것이다. 레시가 밭에서 컹컹 짖으며 경중거리고 있었다.

"레시, 그만하라 캐도. 어? 지오 오빠네."

지오가 다가가자 은설이 옆으로 비켜 앉으며 자리를 내주었다.

"잠 안 자고 여기서 뭐 해?"

"잠이 안 와서요. 석주 오빠는 자요?"

말을 놓기로 한 것 같은데 은설은 다시 존댓말을 썼다.

"뻗었어. 오늘 고생 많이 했거든. 안 무서워?"

지오는 양손으로 바닥을 짚으며 은설 옆에 앉았다. 달빛이 스며든 개울 건너 산에서 신비로운 기운이 덩굴처럼 뻗어 나와 주위를 휘감는 것 같았다.

"여서 태어나서 여지껏 살았는데 뭐가 무서워요. 오빠는 와 안 자고 나왔어예?"

은설의 목소리에 웃음이 배어 있었다.

"화장실 갔다가 잠이 깨서. 근데 레시는 왜 저러는 거야?"

지오가 레시를 가리켰다.

"두더지 보고 저라는 기라예."

그때 다시 마음을 불편하게 하는 새소리가 들렸다.

"저 소리, 무슨 새야?"

지오가 물었다. 잠시 귀를 기울이던 은설이 말했다.

“소쩍새 말하는 거예요?”

“소쩍새? 이상한 이름이네.”

“소쩍새 전설 몰라예?”

그러면서 은설은 옛날 너무 가난해 늘 자기 밥은 없었던 며느리가 굶어 죽어서 소쩍새가 됐노라고, 그래서 솥이 적다고 소쩍소쩍 우는 거라는 이야기를 들려주었다. 둘은 잠시 소쩍새 우는 소리를 들었다. 어떤 상상력 많은 인간이 새소리를 듣고 그럴싸하게 지어낸 이야기에 세월의 이끼가 덮여 전설이 된 모양이었다. 그렇게 생각하면서도 지오는 영원히 가질 수 없는 것들에 대한 허기가 몰려오는 것을 느꼈다. 그 생각을 떨쳐 내기 위해 지오는 입을 열었다.

“은설이는 여기, 늘 자연 속에서 사니까 좋겠네.”

지오가 하고 싶었던 말은, ‘여기 사는 거 답답하지 않아?’였다. 지오는 자연으로 둘러싸인 학교가 답답하고 지겨웠다. 그런데 시골에 사는 은설에게 그렇게 묻는 건 예의가 아닌 것 같았다.

“좋을 때도 있고 싫을 때도 있지예. 아이들하고 시내 나가면 없는 기 없는 도시가 좋았다가 명절 때 대구 큰집에 가믄 아파트가 답답한 기 여기가 좋았다 그래예. 오빠는 내랑 반대겠네요. 시골 학교에 있으니까 집이 막 그립지요?”

지오는 아빠가 있는 집을 떠올렸다.

“뭐 별로. 실은 나도 너처럼 아빠랑 둘이만 살아. 집에 가도 남자들끼리라 할 말도 없고 뻘쭘하고 그래.”

“남자끼리도 그렇구나. 내는 가끔씩 내가 아들이었으면 아빠나 내나 더 편하고 좋을 텐데 생각하거든요."

"아빠랑 사이 좋아 보이던데?"

"사이 좋지요. 우리 아빠처럼 좋은 아빠는 세상에 없을 기라예. 그캐도 크면서 어쨌든 아빠도 남자니까 불편하고, 답답하고 외로운 기 생기더라고예. 뭐 그거는 아빠도 마찬가지겠지만요."

지오는 그 기분을 이해할 수 있었다. 캐나다에서 지오는 처음 몽정도 하고 털도 났다. 아빠와 살았어도 그런 이야기를 편하게 하지는 못했겠지만 자신에게 일어나는 변화를 밝히기 쑥스러운 여자들하고만 사는 게 문득문득 외롭곤 했었다.

"와 아빠랑 둘이 사는지 물어봐도 돼요?"

"부모님이 이혼하셨어."

다른 때와 달리 지오는 솔직하게 말했다. 둘 사이에 있는 어둠과 내일이면 헤어져 다시 볼 일 없을 거란 생각이 그렇게 만들었다.

"엄마는 자주 봐요?"

"작년 봄에 보고 못 봤어. 동생하고 캐나다에서 살거든."

캐나다를 떠나온 지 어느새 1년이 됐다. 엄마에 대한 그리움이 왈칵 몰려왔다. 지오는 엄마가 아예 기억나지 않는다는 은설이 안된 생각이 들었다.

"그동안 엄마가 돌아가셔가 못 보는 거보다는 이혼한 게 천배 만 배 낫다고 생각했었는데, 살아 있는데 못 만나는 기 어쩌면 더 힘들 수도 있겠네예."

그리고 은설은 덧붙여 말했다. 지오가 쾌활한 모습으로 너스레를 떨어도 어딘가 쓸쓸해 보였다고. 지오는 은설에게 속내를 털어놓은 게 후회됐고 자신의 그늘을 꿰뚫어 본 은설이 불편해졌다. 지오는 자기와 같은 부류의 사람들이 싫었다. 차라리 석주같이 세상이 환하고 따뜻한 줄만 아는 아이가 대하기 편했다. 그러면서도 한편으로는 빛과 온기 밖의 세상에 무지한 석주한테 질투와 심술이 동시에 일었다. 석주가 은설한테 관심 있어 하던 게 생각났다. 석주에게 말한 대로 지오는 은설에게 아무 감정이 없었다. 달빛 아래 단둘이 있는 데도 여동생처럼 여겨질 뿐이었다. 하지만 은설은 그렇지 않을 것이다.

지오 머릿속에 노래가 떠올랐다.

"노래 불러 줄까? 내가 처음 만들었던 노래야."

은설은 열여섯 살 여자애로 돌아가 좋아했다. 캐나다 학교에서 문학 선생한테 칭찬 들었던 노래였다. 지오는 한국으로 돌아온 작년 음악 수행 평가 때 가사를 번역해서 불렀다. 지오는 기타가 없는 것을 아쉬워하며 노래 부르기 시작했다.

'어릴 때 엄마가 말해 줬었네. 날마다 저 태양이 떠오르는 건 네가 얼마나 예쁜지 비춰 주기 위해서란다. 날마다 저 달이 떠오르는 건 네게 밤마다 예쁜 꿈 펼쳐 주기 위해서란다. 밤마다 저 별이 떠오르는 건 네가 혼자가 아니란 걸 알려 주기 위해서란다.'라는 가사였다. 세상 떠난 엄마와 소녀가 주고받는 내용으로 이루어진 시이니 은설에게 잘 맞았다.

지오는 은설의 눈이 자신에게 붙박힌 채 떨어지지 않는 것을 느끼며 그녀가 자기에게 푹 빠졌음을 자신했다.

　1학기가 끝나고 여름 방학이 됐다. 열흘간의 짧은 방학을 보낸 아이들은 다시 학교로 돌아왔다. 기숙사는 1학기 말 성적순으로 방 배치를 마쳤다. 205호 아이들은 각기 흩어졌다. 전교 1등은 물론 반 1등도 내준 석주가 30명 중 18등을 한 지오, 20등대인 한결과 근석보다 더 굳은 얼굴이었다.

　교실에는 평행선 같은 두 개의 서열이 존재했다. 성적과 힘의 서열이었다. 성적 서열이 혼전을 거듭하는 사이, 1학기가 끝나기 전 고착된 힘의 서열은 이제 세력을 과시할 표적을 찾고 있었다. 지오의 도서관 출입은 곤충이나 동물이 보호색을 이용하는 것과 비슷한 행위였다. 책을 그다지 좋아하지 않으면서도 도서관이 학교에서 자신에게 시비 걸 만한 아이들하고 가장 거리가 먼 공간임을 직감적으로 알아차린 것이다.

　하지만 도서관을 편히 이용하려면 책을 얼만큼 좋아하는지 증명해야만 했다. 대단한 장서량에도 불구하고 학생들의 도서관 이용률이 저조한 데는 책에 경도된 사서 교사의 책임도 컸다. 사서 교사는 자신의 성스러운 왕국이, 도서관을 학습실이나 휴게실로 여기는 아이들 때문에 흐트러지는 걸 못 견뎌 했다. 가벼운 마음으로 발을 들여놓았던 아이들은 독서에 흥미를 붙이기도 전에 사서 교사의 책에 대한 존경과 찬양에 질려 도서관을 떠나 버렸다. 하지만 지오에게는 도서관이라는 은신처가 반드시 필요했으며, 사서 교사의 까다로운 검열이 더더군다나 안전을 보장했으므로 열심히 책을 좋아하는 척했다. 남 일에 관심 없는 도서관의 책벌레들도 지오 구미에 맞았다. 하지만 그는 속으로 책벌레들을 '찐따'라고 경멸했다.

캐나다에서 영어 수준에 걸맞은 책밖에 읽지 못했던 그는 어렸을 때 동화책이나 만화책을 본 이후 처음으로 독서 세계에 입문했다. 독서 수준에 비해 열의가 높아 보이는 지오에게 사서 교사는 흥미로운 소설들을 권했다. 한 권 읽기도 벅차 하던 지오는 곧 짧은 분량의 소설보다는 여러 권으로 된 장편이나 대하소설을 읽기 시작했다. 사서 교사는 제자의 괄목할 만한 성장에 흐뭇해 했지만 지오로서는 한 권을 독파할 때마다 선생님과 나눠야 하는 토론을 줄이려는 속셈이었다.

지오는 비루함과 비열함, 비정함 같은 인간의 속성을 낱낱이 까발리는 소설들이 좋아 현대 문학에서부터 고전까지 섭렵했다. 지오는 그런 작품의 인물을 통해 남들 또한 자기와 다르지 않음을 보며 위안 받았다. 지오가 장편 소설이나 대하소설을 읽게 된 건 앞서 말한 속셈 때문이기도 했지만, 그보다는 소설이 등장인물들의 파란만장한 삶을 통해 인생에는 여러 번의 계기와 기회가 있음을 역설하는 게 좋아서였다. 『호밀밭의 파수꾼』에서 홀든은 좋은 책을 '그 책을 읽고 나서 작가에게 전화하고 싶게 만드는 책'이라고 했다. 지오가 생각하는 좋은 책은 다음 이야기가 궁금해 책장을 넘기려는 마음과 문장의 의미가 깊어 그 장에 머무르고 싶은 마음이 강하게 충돌해, 다 읽기도 전에 한 번 더 읽고 싶다는 생각을 하게 만드는 책이었다. 그런 책을 만나면 지오는 미지의 세계로 들어선 듯 가슴이 뛰었다.

지오가 틈만 나면 도서관에 파묻혀 있는 동안 교실에서는 진원지가 불분명한 판치기가 유행하기 시작했다. 두꺼운 교과서 표지 위에 동전을 늘어놓은 뒤 차례대로 책을 쳐서 동전 모두가 똑같은 면이 되게 만든 사람이 돈을 다 갖는 게임이었다. 500 원짜리 동전이었으므로 작은 판이 아니었다. 많게는 하루에 만 원 넘게 잃는 아이도 있었다.

시비의 여지가 있는 무리에는 끼지 않는 것을 원칙으로 삼고 있는 지오도 가끔씩 구경은 했다. 판치기 게임에는 변수도 있고 술수도 있기 때문에 제법 긴장감이 넘쳤다. 판치기에 열성적으로 참여하는 아이들 중 가장 의외의 인물이 석주였다. 컴퓨터 게임도 하지 않는 아이가 판치기라니. 게다가 석주는 발군의 실력을 가지고 있었다. 석주는 공부할 때처럼 판치기를 할 때도 승부욕에 불타올랐다. 신중하게 동전 위치와 판의 둥글기, 책의 각도 등을 계산하는 석주의 태도는 모의고사 문제라도 푸는 것처럼 진지하고 신중했다. 그는 우수리까지 알뜰하게 챙겼고, 끝까지 돈을 받아 냈으며, 여느 아이들처럼 구경꾼들에게 개평을 주지도 않았다.

집에 가는 주말, 지오는 읍내 피시방에서 게임을 하다 저녁이 돼서야 역으로 갔다. 영동은 까맣게 익은 포도의 계절이었다. 퇴사 시간이 한참 지나서인지 태명고 아이들은 보이지 않았다. 지오는 표를 사러 대합실로 갔다. 입석으로 가다 대전에서 자리가 나는 표가 있었다. 표를 사고 돌아서던 지오는 의자에 앉아 있는 석주를 보았다. 표정이 심상치 않아 보였다. 혹시 지난번처럼 집에 안 가려는 생각일까? 이번엔 누구와 어쩔 수 없이 여기까지 왔을까?

지오 머릿속으로 자전거 여행 장면들이 떠올랐다. 학교생활 중 가장 자유롭고 편안했던 시간이었다. 또 다시 그런 시간을 보낼 수 있다면 집으로 가는 표를 환불할 용의도 있었다. 하지만 이내 자전거 여행에서 돌아온 뒤의 석주가 생각났다. 함께 특별한 시간을 보낸 만큼 지오는 석주가 다가오면 받아 주겠다고 마음먹었다. 딱히 맞는 타입은 아니었지만 비밀을 공유한 친구 하나쯤 있는 것도 괜찮을 것 같았다. 그런데 학교로 돌아온 석주는 지오를 멀리하려는 기색이 역력했다. 지오가 혹시라도 자전거 여행에 대해 발설할까 봐 걱정하는 눈치였다. 지오는 여행을 아예 없었던 일로 치고 싶어 하는 듯한 석주에게 관심을 거두었다.

화장실을 다녀온 지오는 석주를 못 본 체하고 지나쳤다. 그런데 석주가 불렀다. 그쪽으로 돌아서며 지오는 기대감에 가슴이 뛰었다. 석주는 지오의 시선을 피한 채 지갑을 잃어버렸다고 했다. 돈뿐 아니라 학생증, 코레일 멤버십 카드, 체크카드 등이 모두 들어 있는 지갑이었다. 그럼 꽤 긴 시간을 역에 있었던 셈이다. 누구한테 돈 꿀 주변머리도 없이 노심초사했을 걸 생각하면 안됐다가, 그러면서도 부탁하지 않는 녀석이 재수 없어 지오는 그가 사정할 때까지 기다리고 싶어졌다.

"그럼 여기까진 어떻게 왔어?"

"주머니에 있던 걸로."

그동안 겨우 참고 있었다는 듯이 석주는 울상이 됐다. 지오는 녀석이 울기라도 할까 봐 걱정됐다. 운 걸 보여 준 것 때문에 나중에 지오에게 적개심을 품을지도 몰랐다. 인간이란 자기 약점을 보인 사람에게 호감보다 적개심을 품기 마련이다. 지오는 누구에게라도 그런 대상이 되고 싶지 않았다.

“오늘은 엄마 안 오셔?”

“형도 휴가 나오는 날이라 내가 그냥 혼자 간다고 했어.”

“따라와.”

지오는 더 이상 말하지 않고 매표창구로 갔다. 돈이 넉넉하다면 차비를 주고 가는 게 속 편했지만 통장에 그만큼 있을 것 같지 않았다. 체크카드로 계산하고 모자라는 돈을 현금으로 보탤 생각이었다. 지오가 예매한 시간의 기차는 이제 천안에 가야 자리가 있었고, 영동에서부터 앉아 갈 수 있는 차는 한 시간 뒤에나 있었다. 석주는 그 표를 원했다. 통장에는 다행히 차비만큼의 돈이 들어 있었다. 직원에게 받은 표를 석주에게 건네주고 돌아서 걷던 지오는 다시 석주에게로 가 지갑에 있는 5천 원 중에서 3천 원을 주었다.

석주는 말없이 돈을 받았다. 지오 머릿속으로 석주와 같은 시간의 표로 바꿀까 하는 생각이 얼핏 스쳐갔다. 하지만 석주가 자기와 다른 시간 기차표를 원하는 게 꼭 앉아 가기 위해서만은 아닌 듯했다. 녀석 나름의 자존심일 수도 있다. 지오는 석주가 지나치게 고마워하거나 비굴하게 구는 것보다는 차라리 낫다고 생각하며 그와 헤어져 플랫폼으로 갔다.

월요일에 석주는 지오에게 돈을 내밀었다. 돌려받을 생각으로 차표를 끊어 준 게 아니었던 지오는 머쓱했지만 굳이 거부하는 것도 우스워 잠자코 받았다. 석주는 고맙다는 말도 없이 돌아서 가 버렸다. 그가 주고 간 돈은 차푯값 1만 3천 6백 원에 3천 원을 더한 1만 6천 6백 원이었다.

14. 그 모든 것 이전으로

석주가 섬에 있는 기숙 학원을 나온 건 수능을 본 다음 날이었다. 9개월 만이었다. 학원 방침대로 주민등록을 옮겨 놓아 석주는 근처 학교에서 시험을 치렀다. 한 달에 한 번씩 외출이 허용됐지만 석주는 의무 외출이라 어쩔 수 없었던 추석 때를 제외하곤 한 번도 학원을 벗어나지 않았다. 그 사이 엄마만 두세 번 찾아왔을 뿐이었다.

석주는 엄마가 자기 짐들을 트렁크에 싣는데도 남 일인 양 주머니에 손을 넣은 채 멍하니 서 있었다. 룸메이트의 전기 이발기로 밀면서 버텼던 머리가 밤송이 같았다. 석주는 아직 시험이 끝났다는 실감이 나질 않았다. 엄마와 면회를 마치고 다시 강의실로 돌아가야 할 것 같았다. 이곳에서 석주는 잠자는 시간과 밥 먹는 시간 외에는 기계처럼 오로지 수능을 위해 공부했다. 시험을 본 뒤 학원으로 돌아와 가채점을 했고 밤이 되자 뉴

스들이 예상 등급컷 점수를 보도했다. 노력은 헛되지 않아 석주
는 아는 문제는 틀리지 않았다.

"아들, 타."

엄마가 운전석 문을 열며 말했다. 전날의 통화로 석주의 가
채점 점수를 알고 있는 엄마는 고생한 아들을 한참 동안 꼭 껴
안아 주었다. 마음껏 기뻐하는 건 결과가 나온 뒤 하자며 엄마
는 감정 표현을 아꼈다. 점수가 좋아도 합격까지는 아직 많은
변수들이 남아 있어 전략을 잘 짜야 했다. 그 일은 엄마가 알아
서 해 줄 것이다.

석주는 마지막으로 학원을 둘러보았다. 처음 올 때는 콘도
나 리조트처럼 보였던 건물들이 이제는 억울하게 갇혀 있던 감
옥이나 정신 병원처럼 여겨졌다. 함께 공부했던 원생들이 여기
저기서 헤어지고 있는 것에도 석주는 별다른 감흥이 일지 않았
다. 석주의 눈이 아이들이 아닌 농구 코트 옆에 서 있는 나무에
게 머물렀다. 처음 들어올 때는 죽은 것처럼 빈 가지로 서 있던
나무에 물이 돌고 잎과 꽃이 피어나고 가지 사이로 바람이 불고
우듬지 위로 노을이 번지고 별이 떴었다. 그리고 지금은 들어오
던 때처럼 다시 잎을 떨구고 침묵에 잠길 준비를 하고 있었다.
석주는 끝내 나무 이름을 알지 못한 채-궁금해 하지도 않은
채- 학원을 떠났다. 나중에 혹시라도 재수 시절을 생각한다면,
스무 살을 생각한다면 이름을 알지 못하는 나무가 떠오를 것이
다. 그리고 은설…….

엄마는 석주가 쉴 수 있도록 조용한 클래식 음악을 틀었다.
석주는 의자를 젖히고 몸을 뉘였지만 마음은 편해지지 않았다.

나무가 계절에 따라 날씨에 따라 달라 보였던 것처럼 은설에 대한 석주 마음 또한 시시각각으로 바뀌었다. 하지만 그것이 어떤 감정이든 마지막은 모멸감으로 끝났다.

이별 여행이라 명명했던 그날, 그들은 일출을 보기 위해 모텔을 나왔다. 석주는 방에 좀 더 머물며 방금 전 일이 그저 충동적인 행위가 아니었음을 은설에게 알려 주고 싶었다. 일출은 창문 너머로 보아도 충분했다. 그런데 은설이 빨리 나가자고 재촉했다. 화가 난 것 같았다. 덜덜 떨며, 구름 사이로 몸을 감춘 채 붉은 빛으로만 자기 존재를 알리는 일출을 본 뒤 그들은 근처 식당에서 국밥을 먹었다. 석주는 뜨거운 물을 따라 주고 숟가락을 놓아 주고 소금을 건네주며 은설을 챙겼지만 그녀는 눈도 제대로 맞추려 하지 않았다.

석주는 둘에게 의미 있는 장소가 된 정동진에서 좀 더 머물다 열 시 기차를 타고 싶었으나 은설이 여덟 시 차를 타자고 고집을 피워 시간이 촉박했다. 허둥지둥 밥을 먹고 그들은 역으로 갔다. 석주는 애초 계획과 달리 제천에서 내려 은설을 영동까지 데려다 주겠다고 마음먹었다. 그런데 표를 끊을 때 은설이 먼저 청량리 한 장과 제천 한 장이라고 말해 버렸다. 석주가 번복하려고 하자 그녀는 단호하게 거부했다.

석주는 그동안 주위들은 여자들의 반응과 많이 다른 은설의 행동이 당황스러웠다. 이제는 은설이 약자가 될 차례였는데도 그녀는 사랑을 확인하거나 맹세를 요구하지 않았다. 그러기는 커녕 싸운 사람처럼 냉랭하게 굴었다. 듣기로는 여자와 자고 나면 남자들 마음이 식는다는데 석주는 반대였다. 오히려 은설이 더 사랑스러웠고 자신도 놀랄 만큼 그녀가 가깝게 여겨졌다. 엄마조차 은설에 비하면 먼 사람인 것 같았고, 은설을 위해서라면 무엇을 잃어도 아깝지 않을 것 같았다. 은설에 대한 사랑과 책임감이 불기둥처럼 타올랐다. 석주는 그런 마음을 표현할 틈조차 주지 않는 은설의 눈치를 살피다 지쳤다.

은설은 계속 화가 나 있었다. 석주는 기차에 탄 뒤 찬찬히 되짚어 보았지만 분명히 강제적인 행위는 아니었다. 은설은 키스할 때도 안을 때도 거부하지 않았다. 아니, 바닥에 있겠다는 걸 침대 위로 불러 올린 게 그녀였다. 그래서 석주는 그녀를 안을 수 있었다. 그런데 뭐가 문제인 거지? 좋아하지도 않는 나랑 해서 화가 난 걸까? 아니면 아팠나? 좋아하는 건 줄 알았는데 아픈 거였나? 아니면 내가 제대로 못하고 너무 빨리 끝내서 실망한 걸까? 아무리 은설이 순진하다고 해도 보고 들은 게 있을 것이다. 그래서 환상 같은 걸 품고 있었을 수도 있다. 나한테 너무 실망해서 쳐다보기도 싫은 걸까? 그 모든 게 아니면 끝까지 자제했어야 했을까? 자기를 지켜 주지 못한 내가 이제 아는 오빠로도 여겨지지 않는 걸까?

제천역까지 가는 내내 머리가 빠개지도록 고민했지만 석주는 은설이 도대체 왜 그러는지 알 수 없었다. 대화로 풀고 싶어도 은설은 피곤하다며 외투를 뒤집어쓴 채 말할 기회를 주지 않았다. 기진맥진해진 석주는 점점 불쾌해졌다.

그 일이 은설에게 그렇게 기분 나쁜 일이었나? 아니면 내가 그렇게 아무것도 아닌 존재였나? 그럼 분명히 거절했어야 했다. 석주 역시 자기를 좋아하지도 않는 여자한테 동정을 주고 싶은 마음은 없었다. 석주는 자기가 오히려 농락당한 기분이었다.

　제천역에 기차가 섰을 때 석주는 은설의 마음이 바뀌었기를 간절히 바라며 잠자는 척했다. 석주 옆에서 잠시 어른거리던 은설은 그를 깨우지 않고 그냥 내려 버렸다. 기차가 출발해서야 눈을 뜬 석주는 분해서 눈물이 나려고 했다. 은설에게 욕이라도 해 줄걸. 나쁜 년, 너 따위, 내게도 아무것 아닌 존재였다고 말해 버릴걸. 그동안 시간 쓰고 돈 쓴 게 아까워서 한 번 따먹었을 뿐이라고, 그러자고 만났던 거라고 해 줄걸. 이대로 끝나도 손해 본 게 없다는 마음이다가도 은설이 앞으로 다른 놈과도 잘 거라고 생각하면 불방망이 같은 걸로 가슴을 지지는 것 같았다.

　석주는 서울에 도착하자마자 휴대폰을 해지하기 위해 대리점을 찾아갔다. 혹시라도 자기가 속없이 전화할까 봐 걱정됐고, 만약 은설이 연락해 온다면 그 애에게 상실감과 후회를 안겨 주고 싶었다. 그런데 엄마 명의로 돼 있어 해지할 수 없었다. 석주는 집에 도착하자마자 휴대폰을 집어 던지며 엄마에게 전화를 없애라고 했다. 엄마는 아들이 졸업식 뒤풀이에서 상처 받았다고 오해했다. 그리고 그게 석주의 학습열을 부채질하는 동력이 될 거라고 말해 주었다.

　엄마 말대로 석주는 다음 날 학원으로 들어갔다. 이젠 소용없어. 늦었어. 난 애초에 너 같은 촌년이 넘볼 상대가 아니었다고. 은설이 뒤늦게 후회하며 자신에게 매달릴 때 냉정하게 돌아서는 것. 그 광경을 상상하는 게 석주가 은설에게 할 수 있는 유일한 복수였다. 그 생각은 석주를 감옥 같은 학원에서 버티게 해 주었다. 서울로 들어선 차가 강변을 달리기 시작했다. 석주는 그제야 시험이 끝났으며 일상으로 돌아가고 있다는 게 실감됐다. 멀리 다리 위로 기차가 지나가는 게 보였다. 기차를 보자 그동안 품었던 독기가 무색하게, 그저 공부하느라 만남을 유예했던 사이인 것처럼 은설이 그리워졌다. 지금 당장이라도 은설에게 달려가고 싶었다. 정동진에서처럼 그녀를 안고 싶었다. 9개월 전 일이 방금 전인 것처럼 생생하게 느껴졌다. 은설의 눈빛, 은설의 향기, 은설의 감촉이 실제인 것처럼 떠올랐고 못 견디게 그녀가 보고 싶어졌다. 문득 은설이 그랬던 건 무서워서였을지도 모른다는 생각이 들었다. 은설 역시 처음이 아니었나. 여자니까 석주보다 더 겁나고 당황스러웠을 게 분명하다. 어떻게 해야 할지 몰라 그렇게 행동했던 거다. 그 생각을 못하다니. 석주가 벌떡 몸을 일으키자 엄마가 '왜? 어디 불편해?' 하고 물었다.

"너무 더워."

석주는 시트의 전열 버튼을 끈 다음 창문을 열었다. 싸늘한 바람이 밀려들어 왔다. 그 바람이 석주 마음을 식혔다. 은설의 태도를 애써 좋은 쪽으로 해석하고 있는 자신이 한심했다. 그렇게 생각하기엔 그날의 은설은 너무 냉랭했다. 조금도 누그러지지 않은 모멸감에 얼굴이 뜨거워졌다. 집에 도착한 석주는 새 휴대폰을 만들고 미용실에 가서 머리를 다듬었다.

학원과 평가원 등에서 분석한 올해의 수능 난이도와 예상 등급컷을 놓고 볼 때 큰 이변이 없는 한 운도 석주를 따라 줄 것 같았다. 엄마는 지원 전략을 짜기 시작했다. 석주는 대학 입시 준비를 고등학생 때부터가 아니라 태어나면서부터 한 기분이었다. 그 길고 긴 과정을 비로소 끝냈음에도 불구하고 석주는 밤마다 시험 시간에 늦고, 답안지를 잘못 쓰고, 엉뚱한 고사장에 앉아 있고, 이름을 안 쓰는 악몽에 시달리느라 잠을 설쳤다. 분명히 시험은 끝났는데도 뭔가 아직 끝내지 못한 기분인 건 은설 때문이었다. 복수심이든 그리움이든 아직 은설과 끝난 게 아니었다.

석주는 다음 날 오후, 은설과 편하게 통화할 수 있는 시간을 재고 재며 지난 9개월보다 더 긴 것 같은 몇 시간을 보낸 뒤 마침내 은설의 전화번호를 눌렀다. 바위에 새겨진 글씨처럼 잊혀지지 않던 숫자였다. '시험 잘 봤어?' 그 문장을 얼마나 여러 가지 버전으로 연습했던가. 번호를 누르는 동안에도 손이 떨리고 침이 말랐다. 하지만 없는 번호라는 음성 안내가 은설의 목소리를 대신했다. 가슴속에 컴컴한 동굴 하나가 들어앉는 기분이었다. 은설은 어땠을까? 내게 혹시라도 전화했다면, 그런데 결번이었다면 은설도 지금 나와 같았을까? 그렇게 복수하려 했던 그때와 달리 석주는 애가 달았다.

석주는 은설이 지내고 있는 형조 아저씨네 집으로 전화할까 하다가 포기했다. 전화기가 마루에 있어 편하게 통화하기 힘들었던 게 생각나서였다. 그리고 오래간만이라 전화로 말하는 게 더 어렵고 어색해 차라리 직접 만나는 게 나을 것 같았다. 석주는 다음 날 은설에게 가기로 했다. 시간이 많이 흐른 만큼 이번에는 은설의 진심을 알 수 있을 것이다. 만일 이번에도 은설의 반응이 그날과 같으면 깨끗이 잊을 생각이었다. 한편으로는 그것도 나쁘지 않을 것 같았다. 이제 그의 앞에는 환한 미래만이 기다리고 있었다. 고3 때 급훈처럼 성적에 어울리는 미모를 가진 여자애들과 만날 수 있을 것이다. 여자 친구가 생기면 은설도, 은설과 있었던 일도 다 잊게 될 것이다. 그 생각을 하자 홀가분해졌다.

전에 알았던 은설의 성적으로는 지방 교대에 붙으면 성공이라 할 수 있었다. 학벌로나 집안으로나 외모까지도 레벨이 맞지 않는 사이였다. 그런 은설한테 이렇게까지 하는 건 그녀에 대한 사랑이나 집착이 아니라 찜찜함이나 죄책감 때문인지도 몰랐다. 하긴 그것조차도 지나치게 순진하거나 바보 같은 생각일 수 있다. 석주도 친구들이 떠벌리는 원나잇 스탠드라는 게 뭔지 알고 있었다. 나이트클럽이나 사창가 같은 곳에서 자기 동정을 거추장스럽다는 듯이 떼어 버리는 아이들도 많았다. 그런 아이들이 보면 석주는 덜떨어진 바보일 게 뻔했다.

다음 날 석주는 집을 나섰다. 재학생들은 수능 뒤에도 학교를 다니니 영동으로 가면 될 것이다. 석주는 기차를 타기 전 백화점에 들러 향수와 립글로스를 샀다.

"남친한테 이렇게 선물도 받고 여자 친구는 좋겠네요."

물건을 골라 준 점원은 정성스레 포장해 주었다. 내용에 비해 부피가 컸지만 그 덕에 더 고급스러워 보였다. 석주는 카드에 무어라 쓸까 고민하다 수능 치르느라 수고했다는 말만 적은 뒤 함께 넣었다. 쇼핑백을 백팩에 넣으려던 석주는 구겨질 것 같아 도로 꺼냈다.

영동역에서 내린 석주는 화장실 거울에 자신의 모습을 비춰

보았다. 고등학생 때보다 조금은 성숙해진 얼굴에 설렘과 불안이 교차하고 있었다. 졸업식을 한 뒤 처음으로 왔는데도 찾아가고 싶은 선생님이나 만나고 싶은 영동 아이는 한 명도 떠오르지 않았다. 하나도 달라지지 않은 풍경 때문에 시간의 흐름이 느껴지지 않았고, 잠시 뒤에 만날 은설도 변함없이 석주를 반겨 줄 것만 같았다.

석주는 역 앞에서 택시를 타고 은설네 학교로 갔다. 도롯가의 감나무들이 붉은 감을 등처럼 주렁주렁 매달고 있었다. 석주는 교문이 마주 보이는 분식집에 들어가 앉았다. 석주 예상대로 점심때쯤 되자 3학년들이 무더기로 쏟아져 나왔다. 분식집으로 들어오는 학생들도 있었다. 은설은 보이지 않았다. 아무리 많은 아이들 틈에 섞여 있어도 단번에 은설을 찾을 수 있을 줄 알았는데 아니었다. 분식집에 들어온 아이들을 붙잡고 은설의 행방을 묻기에는 용기가 나지 않았다. 교문을 나오는 학생들이 더 이상 보이지 않게 됐을 때 석주는 밖으로 나와 형조 아저씨네 집으로 전화를 했다. 아저씨의 어머니인 듯한 할머니가 전화를 받았다. 치매기가 보이기 시작해 식구들이 걱정한다는 이야기를 들었던 기억이 났다.

"여보시우."

"안녕하세요? 저, 은설이 있으면 좀 바꿔 주세요."

석주는 자신을 무어라 소개해야 할지 몰라 곧바로 용건을 말했다.

"우리 아들 지금 없는디."

"그게 아니구요. 은설이요, 한은설. 그 집에서 하숙하는 학생이요.”

그때 분식집 주인이 쫓아 나와 석주에게 은설의 선물이 든 쇼핑백을 건네주었다.

“아아, 진구 딸내미.”

맞다. 은설이 가끔씩 장난스레 자기 아빠를 ‘우리 진구 씨’라고 불러서 알고 있었다.

“네. 집에 있으면 좀 바꿔 주세요.”

할머니는 다행히 온전한 정신인 것 같았다.

“읎어.”

“학교에서 아직 안 왔어요?”

“은월 갔어.”

“네? 언제요?”

평일인데 이상했다.

“버얼써, 몇 달 됐어.”

“네? 몇 달이요? 왜요?”

석주는 혹시 아저씨가 아픈가 싶었다.

“왜는. 애 나러 갔지.”

“예?”

“애기 낳으러 갔다구.”

애 낳으러 갔다니. 멀쩡하다가 순간적으로 치매기를 보인다더니 이런 건가 보았다. 석주가 대화를 포기하고 전화를 끊으려는 순간 할머니가 말했다.

“진구 딸내미가 애를 뱄잖어. 벌써 낳았는지도 모르지.”

“네? 그게 무슨…….”

석주는 무엇인가 머릿속을 도려낸 것처럼 아무 생각도 나질 않았다. 세상 전체에 음소거를 한 것처럼 아무 소리도 들리지 않았고 다음 순간엔 검은 천이 덮인 것처럼 눈앞이 캄캄해졌다.

"처녀가 애를 뱄다구. 그래서 핵교두 짤리고."

갑자기 '엄니, 누구한테 무슨 얘길 하고 있는 거예요?' 하는 소리와 함께 전화기를 뺏은 남자 목소리가 들려왔다.

"여보세요?"

석주는 자기도 모르게 전화를 끊고 말았다. 손에서 휴대폰이 미끄러져 보도블록 위로 떨어졌다. 휴대폰을 주워 드는 손이 덜덜 떨렸다. 석주는 다리가 풀려 가로수에 기대섰다. 써늘한 기운이 등을 타고 전해져 왔다.

은설에게 무슨 일이 있었던 걸까? 석주는 할머니 말을 암호 해독하듯 다시 떠올렸다. 할머니가 말했다. 애 낳으러 은월에 갔다고. 진구 딸내미가 애를 뱄다고. 애를 배서 학교를 잘렸다 고. 은설이 임신해서 학교를 잘리고 애 낳으러 은월 집에 갔다 는 것이다, 지금. 그렇게 정리하기까지 시간이 얼마나 지났는지 몰랐다.

겨우 용기 내 은월 농원으로 전화했던 석주는 아저씨가 받자 얼른 끊었다. 은설보다 아저씨가 더 무서웠다. 갖은 망상으로 머릿속이 들끓다가 텅 비기를 반복해 제대로 생각이란 걸 할 수 없었다. 간신히 내린 결론은 은설을 만나 보자, 만나서 확인하 자였다.

석주는 인터넷에서 은월 농원을 검색했다. 몇 번의 오타 끝 에 주소를 알아냈다. 석주는 은설이 집을 오가던 방법을 기억해 내려 애쓰다 단념하고 택시 정류장으로 갔다. 역 앞에서 시외버스를 탄 다음 중간에 내려 마을로 들어가는 버스를 타야 한다고 했던 것 같은데 그걸 알아볼 마음의 여유가 없었다. 석주는 택시를 탄 뒤 기사에게 은월 농원 주소를 댔다.

"거기는 왕복 요금을 줘야 하는데."

석주가 알았다고 고개를 끄덕였다. 서울에서 버스 타기 전 돈을 넉넉하게 찾았었다. 기사는 룸미러로 석주를 살피더니 시동을 걸었다. 차가 달리기 시작하자 석주는 휴대폰으로 임신에 관한 내용을 검색해 보았다. 임신 기간은 40주라고 나왔다. 석주는 속으로 은설과 함께했던 날과 그 뒤의 기간을 계산했다. 40주는 다음 주나 다다음 주 정도였다. 석주는 중학교 땐가 보았던 이종사촌 누나의 배부른 모습을 떠올렸다. 큰이모네 집에서 보고 왔는데 며칠 뒤 아기를 낳았다고 했었다. 누나는 서른 살이 넘은 나이였다. 석주는 이제 열아홉 살밖에 되지 않은 임산부를 본 적이 없어 은설의 모습을 상상할 수 없었다. 아니 괴물처럼 흉측할 것 같아 상상하기 두려웠다.

석주는 길이 갈라지는 도로에서 택시를 세웠다. 과수원이 가까워질수록 두려움이 커져 도저히 앞까지 택시로 갈 수가 없었다. 차에서 내려 몇 발자국 걸었을 때 기사가 경적을 울렸다. 깜짝 놀라 돌아다보니 은설에게 줄 쇼핑백을 두고 내렸다. 선물을 살 때 이런 상황이 기다리고 있을 거라곤 먼지만큼도 생각하지 못했었다. 석주는 차로 가 쇼핑백을 집어 들었다. 기사가 필요하면 연락하라며 명함을 건네주었다. 석주는 택시를 타고 되돌아가고 싶었다. 형조 아저씨네 집에 전화하기 전으로. 은설을 만나러 오기 전으로. 아니 은설을 알기 전으로.

　혼자 남겨진 석주는 주위를 둘러보았다. 분명히 아저씨 트럭을 타고 지나간 길이었을 텐데 잘 기억나지 않았다. 산 중턱 과수원에서는 감탄하며 보았던 걸로 기억되는 풍경들이 한없이 황량해 보였다. 석주가 곧 맞닥뜨리게 될 현실도 그럴 것만 같았다.

　구불구불한 오르막길을 올라가자 낯익은 풍경이 나타났다. 다행히 트럭이 보이지 않았다. 석주는 창고와 화장실, 세면장 등이 있는 건물 옆에 몸을 감추고 앞을 바라보았다. 그 위치에서는 텃밭과 원두막, 그 옆의 산이 보일 뿐이었다. 석주는 몸을 드러내거나 고개를 내밀어 집을 바라볼 용기가 나지 않았다. 텃밭에서는 배추와 파가 푸르게 자라고 있었다. 고3이 임신해서 학교를 그만두었다는데 그 집 마당에서 푸성귀가 저토록 싱싱하게 자라고 있는 광경이 이해되지 않았다. 석주는 모든 게 할머니의 노망에서 비롯된 거짓이기를 빌었다. 개가 인기척을 느끼고 크르렁거렸다. 늙어서 행동이 느려졌다는 은설 말대로 경계심도 위력도 사그라든 형식뿐인 소리였다. 석주에게는 다행스러운 일이었다.

　숨바꼭질하는 아이처럼 조심스레 고갤 내밀어 집 쪽을 훔쳐본 석주 얼굴이 하얘졌다. 마당 빨랫줄에 아기 옷들이 가득 널려 있었다. 석주는 그 자리에 주저앉을 것 같은 몸을 간신히 세면장으로 숨겼다. 먼지 낀 세면장 창으로 집과 마당이 보였다. 분명히 아기 옷이었다. 여성의 임신 기간은 분명히 40주라고 나와 있었다. 그런데 벌써 아기 옷이 널려 있는 걸 보면 석주 애가 아닐 수도 있었다. 석주는 자기도 8개월 만에 태어났으면서 옷 주인이 자기 아이가 아니길 바랐다. 하지만 자기 아이가 아니라는 사실 또한 조금도 달갑지 않았다. 석주는 혼란스러움을 이기지 못하고 세면장 바닥에 주저앉았다. 그 바람에 세숫대야와 작은 의자 같은 게 부딪히며 소리를 냈다. 다시 레시가 크르렁거리다 잠잠해졌다.

벌써 아기를 낳은 거라면 그때 은설은 처음이 아니었던 거다. 그래서 석주와의 일에 큰 의미를 두지 않았던 거다. 석주는 그런 줄도 모르고 온갖 감정에 휘둘렸던 게 분했다. 그따위 애한테 동정을 준 게 화났다. 여기까지 두려움에 떨며 찾아온 게 약 올랐다. 석주는 벌떡 일어섰다. 그때 은설의 목소리가 들려왔다.

"레시, 시끄럽게 와 자꾸 짖노? 누가 왔나?"

작은 창으로 소리 나는 쪽을 바라보았던 석주는 굳은 듯 움직일 수 없었다. 금방이라도 터질 것처럼 부푼 배를 한 은설이 서 있었다.

"니 요새 너무 맘대로다."

레시가 곁에 가서 몸을 비벼 대자 은설이 다리로 개를 밀어냈다.

"저리 가라. 애기 옷에 털 묻는다."

은설은 동요를 흥얼거리며 아기 옷을 걷었다. 아빠 없는 아이를 낳아야 하는 여자애 같지 않았다. 자신은 암담함과 절망감에 발밑이 꺼지는 것 같은데 은설은 어떻게 저리 아무렇지도 않을 수 있는지 이해되지 않았다. 은설은 한 손으로 아기 옷을 안

고 다른 쪽 손으로는 허리를 받친 채 느릿느릿 집 안으로 들어
갔다. 석주는 자신이 방금 헛것을 본 것 같았다.

석주는 문이 닫힌 뒤 허둥지둥 은월 농원을 도망쳐 나왔다.
그러고는 명함을 꺼내 택시를 불렀다. 석주는 은월 농원과 조
금이라도 더 빨리 멀어지기 위해 달리기 시작했다. 그대로 떠
나 다시는 돌아보는 일 없이 모른 척하며 살고 싶었다. 은설은
이미 그렇게 살고 있었다. 토할 것처럼 숨이 찰 때쯤 택시가 왔
다. 다행히 멀리 가지 않은 모양이었다. 석주는 무너지듯 택시
에 몸을 실었다.

"일이 일찍 끝났나 보네. 어디, 다시 영동역까지 갈텨?"

기사가 석주의 표정을 살피며 물었다. 석주는 헐떡거리며 고
개를 끄덕였다. 은월 농원이 멀어졌지만 조금 전에 보았던 아기
옷이 가득 널렸던 마당과 늙은 개와 만삭의 은설은 눈앞에 있는
듯 선명했다. 영원히 떼어 낼 수 없는 액자 속 그림 같았다.

석주는 영동역 광장에 서서 엄마에게 전화를 했다.

"엄마, 어떻게 해."

석주는 가슴이 뻐근하도록 참고 참았던 울음을 터뜨렸다.

15. 양지의 그늘

지오에게 태명 고등학교를 제안한 사람은 고모였다. 부자 간의 불화를 지켜보던 고모가 학부모인 친구들한테 정보를 얻어 알려 준 것이다. 아빠는 지오가 캐나다에서 4년이나 있다 왔으니 외국어 고등학교에 갈 수 있으리라 기대했다. 하지만 지오 성적으로는 특별 전형도 어림없었다. 짬을 내 태명고 입학 설명회에 다녀온 아빠는 그 학교가 지오 성적으로 갈 수 있는 최상의 레벨임을 깨달았다. 그것도 3년 이상 영어권 나라 거주자에게 주어지는 전형 덕분이었다. 지오는 아빠랑 따로 살 수만 있다면 어디든 상관없었다. 그토록 빨리 그런 생각을 하게 될 줄은 몰랐다.

캐나다에 가 있는 4년 동안 지오는 아빠를 네 번 만났다. 모두 캐나다에서였다. 첫 번째 만남은 1년쯤 지난 크리스마스 방학 때였다. 그동안 화상 전화 등을 통해서만 보았던 아빠는 열흘이나 휴가를 내서 왔다. 오래간만에 가족이 다 같이 모여 지내는 시간은 날마다 축제 같았다. 아빠는 엄마에게 다정했고 지오와 지윤에게도 친절했다. 지오는 아빠가 오자 마음이 놓이고 든든해졌다. 엄마, 지윤과 지내는 삶에서 지오는 (비록 아무도 요구하지는 않았지만) 5분 먼저 태어난 장남으로서의 책임감 때문에 은근히 스트레스를 받고 있었다. 아빠는 지오가 훌쩍 큰 것을 기특해 하며 태권도 동작을 알려 주고, 농구를 하고, 함께 목욕도 했다. 블루마운틴으로 스키를 타러 갔을 때도 지오는 엄마와 지윤하고만 노는 것보다 훨씬 재미있었다. 아마 부자 간의 사이가 가장 좋았던 시기였을 것이다.

두 번째 만남 역시 1년 뒤였다. 아빠는 혼자 지내는 외로움과 불편함에 지쳐 있었고, 자신의 희생에 비해 아이들의 발전이 더디다고 생각했다. 특히 지윤보다 뒤처지는 지오를 못마땅해 했다. 불똥은 엄마에게로 떨어져, 요리 학교는 부수적인 것이며 아이들 때문에 캐나다에 왔음을 똑똑히 알고 있으라고, 아르바이트할 시간에 지오를 돌보라고 화를 냈다. 엄마는 주눅 드는 대신, 아르바이트를 하지 않으면 당신에게 더 부담을 주게 될 것이며 아이들은 여기서 스스로 하는 법을 깨우쳐 나가고 있다고 대꾸했다. 엄마의 당당한 태도에 아빠는 충격을 받았다. 아무튼 아빠는 지오와 지윤을 캐나다로 보낸 목적을 다시 한번 주지시켰다. 한시적인 만남이 모두에게 인내심과 배려심을 주었기 때문에, 그리고 명문 대학은 물론 고등학교도 코앞에 닥친 일은 아니어서 아슬아슬하긴 했지만 얼굴 붉히는 일 없이 지나갔다.

세 번째 만남은 엄마의 공부가 끝났을 때였다. 아빠는 지오와 지윤이 지낼 곳을 마련해 준 뒤 엄마와 함께 돌아갈 생각으로 캐나다에 왔다. 화목한 시간은 아빠가 온 첫날뿐이었다. 엄마는 귀국이 아닌 취직을 택했고 아빠 퇴직 때까지 계속 기러기 가족으로 지내다 차라리 아빠더러 캐나다로 오라고 했다. 국경을 넘는 싸움은 그때부터 시작됐던 것 같다. 뜻대로 하지 못한 채 돌아간 아빠는 계속 엄마의 귀국을 강요하다 이혼 요구를 받았다. 아빠와 엄마는 날마다 전화로 싸웠다.

지오는 엄마가 이혼을 요구하는 게 앤디 때문이라고 생각했다. 엄마가 계속 버티자 아빠가 날아왔다. 하지만 반가운 상봉과 행복한 식사 같은 건 없었다. 날마다 싸움의 연속이었다. 무슨 일인지 경찰이 온 적도 있었다. 아빠는 지오와 지윤을 한국으로 데려가겠다고 했다. 엄마는 아이들 의견을 물어봐야 한다며 맞섰다. 지윤은 가지 않겠다는 의사를 분명히 했고, 지오는 잘 모르겠다고 대답했다. 지오는 정말 어떻게 해야 할지 알 수 없었다. 모든 경제적 원조를 끊겠다는 아빠의 협박도 통하지 않았다. 엄마는 오히려 캐나다 영주권을 취득할 자신이 키우는 게 아이들을 위해서도 경제적으로도 더 나을 거라고 큰소리쳤다. 결국 아빠는 아무런 소득 없이 혼자 돌아갔다. 지오가 한국행을 결정한 이유는 바로 아빠의 쓸쓸한 뒷모습 때문이었다.

자기 때문에 돌아온 건데도 아빠는 지오가 퇴학당해 쫓겨 오기라도 한 듯 한심해 했다. 그리고 영어를 잊지 않게 하려고, 국어가 부족한 애를 영어 학원에 보냈다. 지오는 아빠와 마주할 때마다 벽을 대하는 느낌이었다. 스며들 수도 없고 뛰어넘을 수도 없는. 아빠는 자신이 직접 겪지 않은 것은 믿지 못하는 사람이었다. 상상력도 보고 들어 아는 것의 범위를 벗어나지 못했다. 명령과 복종으로도 관계가 유지되던 어릴 때와 달리 열일곱 살은 소통을 필요로 하는 나이였다. 그게 되지 않으면 어떤 식으로든 분출하고자 하는 혈기로 충만한 때라는 걸 아빠는 인정하지 않았다.

조카들 중에서도 지오를 특히 예뻐하던 고모는 아빠 혼자 있을 때보다 집에 자주 들렀다. 고모가 아니었으면 아빠와 단둘이 지내는 게 훨씬 더 힘들었을 것이다. 엄마는 자기 오빠와 똑같은 사람이라며 고모를 그다지 좋아하지 않았다. 아니, 싫어했다. 지오는 그런 엄마에게 반발심이 생겼다. 지금 내 곁에 있는 사람은 고모야. 엄마는 날 포기했잖아. 엄마에게 대놓고 말한 적도 있었다.

입학식인 데도 아빠는 시간을 내지 못했다. 고모마저 중요한 일이 있어 참석할 수 없었다. 지오는 혼자인 게 차라리 나았다. 아빠가 지켜보고 있으면 그가 원하는 걸 하고 싶지 않아 딴짓을 하게 될지도 몰랐다. 튀는 것도 지오가 바라는 바는 아니었다.

입학식 날 지오는 숙지한 대로 역에 내려 대기 중인 택시를 탔다. 학교는 아무것도 없는 들판 한가운데 놓여 있었다. 죄인을 귀양 보냈다는 사극 드라마 속의 유배지 같았다. 아빠가 왜 자신을 이곳으로 보내려 애썼는지 알 것 같았다. 엄마 대신 자신을 이 시골구석에 처박아 둠으로써 엄마에게 복수하려는 것이다. 지오는 냉소 지었다. 그렇다면 나는 이곳을 벗어나려 애쓰지도 않고, 괴로워하지도 않고 이곳에 최적화된 인간으로 아무것도 안 하면서 3년을 흘려 보내리라.

지오는 집으로 보내온 입학 안내 통지문에 따라 1학년 기숙사를 찾아갔다. 입학식은 두 시부터라 아직 50분이나 남아 있었다. 기숙사 안은 시끌벅적했다. 벌써들 친해졌는지 장난치는 소리들도 들려왔다. 방 배치표대로 205호를 찾아가는 동안 활짝 열린 방 안 모습이 복도 양옆으로 보였다. 2층 침대 두 개와 사물함만 있는 방은 무슨 수용소 같았다.

205호는 닫혀 있었다. 문을 여는 지오는 약간 긴장이 됐다. 비로소 입학식만 마치고 돌아가는 게 아니라 계속 이곳에서 생활한다는 실감이 났다. 가방들은 있었지만 사람은 보이지 않았다. 지오는 당장 다른 아이들과 맞닥뜨리지 않아도 되는 게 좋았다. 한 학기 내내 함께 생활할 아이들이니 늦게 본다고 해서 아쉬울 것도 없었다. 지오는 룸메이트들과의 상면을 최대한 늦추기 위해 가방만 들여놓고는 얼른 기숙사를 빠져나왔다.

지오는 입학식 시간까지 학교를 둘러보기로 했다. 입학 설명회 때 아빠와 함께 긴 시간을 보내는 게 싫어 오지 않았던 터라 학교 구조를 알지 못했다. 기숙사에서 나온 지오는 가장 먼저 옆 건물 앞에 있는 개한테로 갔다. 아직까지는 학교에서 유일하게 아무 생각 없이 손을 내밀 수 있는 존재였다. 하지만 개는 지오가 부르는데도 성의 없이 꼬리만 두어 번 내저었을 뿐 널브러진 자세를 바꾸지 않았다. 지오는 몇 번 더 어르다가 포기하고 그 앞에서 물러났다. 이제 보니 개도 만만치 않았다.

학교 건물이야 내일부터 지겹게 드나들 테니 미리 볼 것도 없었다. 지오는 식당과 매점, 휴게실 등이 있다는 건물로 다가

가다 사람들이 몰려 있는 것을 보고 방향을 바꾸었다. 건물들 뒤편으로 가자 비닐하우스와 화분, 원예 도구 같은 것들이 보였다. 학교 조경을 관리하는 장소인 모양이었다. 비닐하우스 안을 구경하려던 지오는 담벼락에 있는 쪽문을 보았다. 슬쩍 밀자 힘없이 열렸다. 문 사이로 보이는 그리 넓지 않은 밭은 산자락과 이어져 있었다. 산기슭에 용도를 알 수 없는 작은 조립식 건물이 있었다.

지오는 나중에 혼자 있을 만한 장소를 봐 두는 것도 좋겠다 싶어 쪽문을 나갔다. 밭둑을 지나자 둥치 굵은 활엽수와 잡목에서 떨어진 잎들로 바닥이 푹신푹신했다. 아직 황량했지만 여름엔 무성한 잎들이 시원한 그늘을 만들어 줄 것 같았다. 지오는 학교 안에서 보았던 건물 쪽으로 다가갔다. 산하고 관련된 건물인 모양이었다. 산지기 집일지도 몰랐다. 지오는 마음대로 내부를 상상하며 걸음을 옮겼다.

가까이 가자 건물 뒤쪽에서 말소리가 들려왔다. 욕설이 대부분인 말과 함께 폭력을 행사하는 소리가 들려왔다. 지오는 나무 뒤로 얼른 몸을 숨겼다. 잘못했습니다! 괜찮습니다! 신음이나 비명 대신 복창하는 소리가 이어졌다. 모두 대여섯 명은 되는 것 같았다. 일사불란한 복창에 훈련 나온 군인들인가 싶었다. 그렇게 생각하자 안도감이 느껴졌다.

자리를 뜨려는 순간 그중 한 명이 넘어져 뒹굴다 벌떡 일어나 건물 뒤로 모습을 감추었다. 긴장과 두려움 때문에 굴욕감을 느끼지도 못하는 얼굴이었다. 자신과 같은 교복에 지오는 가슴이 철렁 내려앉았다. 제자리로 돌아가는 게 급했던 아이는 다행히 지오를 보지 못했다. 처음엔 푹신하게 받쳐 주는 것 같던 나뭇잎 더미가 늪인 것처럼 지오를 끌어당겼다. 허겁지겁 산기슭을 벗어난 지오는 멀게만 느껴지는 밭두렁을 달려 학교 안으로 들어섰다. 숨이 차고 가슴이 뛰었다.

학교 안은 신입생과 부모들이 만들어 낸 풋풋하고 정감 어린 분위기로 가득했다. 그들은 지금 담 너머에서 어떤 일이 일어나고 있는지 꿈에도 모를 것이다. 지오 역시 예상치 못했던 일이었다. 학교 소개 카탈로그는 태명 고등학교에는 절대 없는 세 가지, 즉 3무(無)를 대대적으로 자랑하고 있었다. 그 첫 번째가 '폭력'이었다. 배려와 존중으로 가득한 우정 넘치는 학교임을 학생들 인터뷰를 통해 알렸다.

두 번째는 '사교육'이었다. 실력 있는 교사들과 교우 간의 학습 멘토제를 통해 사교육 없이 명문대를 비롯한 서울 소재 학교에 합격시키고 있음을 성과로 증명하고 있었다. 세 번째는 좀 추상적이면서도 포괄적인 '포기'였다. 3무라는 아귀를 맞추고 싶은데 딱히 할 게 없어서 내세운 건 아닌지 의심스러웠다. 아무튼 1학년의 극기 훈련과 2학년의 정신 수련 등의 행사를 제시하며 요즘 청소년들의 병폐인 나약함을 포기하지 않는 근성으로 바꿀 것을 장담하고 있었다.

솔직히 아빠, 그리고 중학교 아이들을 만나지 않아도 되는 곳이라면 어디든 좋다고 생각했지만 카탈로그의 첫 번째 '무'에 마음이 동했던 것도 사실이다. 24시간 같은 공간에서 생활하는 10대 후반 소년들에게 가장 두려운 건 바로 '폭력'이었다. 한 살 많은 지오는 그래서 더 신경이 쓰였다. 학교가 이렇게 당당하게 내세우고 있으니 신빙성이 있는 거라고 여겼다. 그런데 입학 첫 날 폭력이 벌어지는 현장을 목격하다니. 지오는 자기 눈앞에 펼 쳐지고 있는 학교 안의 평온한 풍경들도 믿을 수 없었다.

멍하니 서 있던 지오는 아직 중학생 티를 벗지 못한 아이가 차에서 부모와 함께 내리는 것을 보았다. 그들에게선 의심이나 불안의 기색을 전혀 찾아볼 수 없었다. 담 너머의 일을 이야기 하면 저들은 어떤 얼굴이 될까. 지오는 모두에게 자신이 방금 보고 온 것에 대해 외치고 싶은 충동을 느꼈다. 입학식과 함께 학교를 떠나고 싶다면 그래도 좋겠지. 하지만 그런 다음 갈 곳 이 집이라고 생각하니 참을 수 있었다.

그때 또 한 대의 차가 서며 할머니와 중년 여자가 내렸다. 아 이는 중년 여자를 작은엄마라고 불렀다. 아빠로 보이는 남자가 트렁크에서 큰 캐리어 두 개를 꺼냈다. 엄마와 아들이 배낭을 서로 들겠다고 실랑이를 벌였고 할머니는 흐뭇한 표정으로 손 주를 바라보았다. 지오는 그들에게서―작은엄마는 좀 모호했지 만― 하나같이 비슷한 표정을 포착했다. 자랑스러움이었다. 공 부 좀 하는 아이들이 온다고는 했지만 친척까지 출동할 만큼 자 부심을 가질 만한 학교는 아닌 것 같은데. 유난 떤다고 지오는 생각했다.

그 가족은 혼자 온 게 아무렇지도 않았던 지오에게 약간의 서러움과 쓸쓸함을 안겨 주었다. 무엇보다 지오에겐 방금 전 목 격한 일에서 받은 충격과 두려움을 나눌 사람이 없었다. 지윤은 이미 지난 9월 토론토의 명문 사립 고등학교에 입학했다. 지오 도 웬만한 대학보다 더 넓고 멋진 캠퍼스를 지닌 그 학교 호숫

가로 피크닉을 간 적이 있었다. 일찌감치 그 학교를 목표로 삼은 지윤은 기숙사비가 비싸 집에서 다녀야 하는 걸 속상해 했다.

엄마는 지오가 기숙 학교에 간다고 하자 지윤의 아쉬움을 대신 달래려는 듯 좋아했다. 엄마는 자신이 영화나 소설에서 본 기숙 학교들의 낭만적인 모습만 떼어 내, 지오가 보낼 시간들을 상상했다. 그런 엄마에게 좀 전에 본 광경을 말한다고 해도, 엄마는 사내애들끼리의 우정이라고 생각할지 몰랐다(엄마가 그렇게 낭만파인 줄 한국에서는 몰랐었다.).

아빠는 자는 시간 외에는 공부로 점철된 학교생활과 만족할 만한 성과를 기대할 것이다. 산에서 본 일을 알린들, 겁먹은 아들의 태도를 더 못마땅해 할 것이다. 그들은 지오가 느낄 불안함이나 견뎌야 하는 외로움이나 겪어야 할 어려움 같은 건 안중에도 없었다. 지오가 낭만 넘치는 학교에서 좋은 성적을 내 유명 대학에 합격하기나 바랄 것이다.

지오는 바닥이 드러난 연못가 벤치에 걸터앉았다. 냉기가 온몸을 타고 흘렀다. 지오는 주머니에 손을 넣은 채 다리를 떨었다. 그럼 선생님에게 달려가 말하는 것은 가능할까? 산에서 본 아이들이 누군지도 모르면서? 아마도 선생님은 지오 말을 믿으려 하지 않을 것이다. 담장 바로 너머에서 그런 일이 벌어진다는 걸 인정하기 싫을 테니까. 대신 지오만 원치 않는 주목을 받을 게 분명했다. 입학과 동시에 고자질쟁이라는 이름을 단 채. 그 뒤에 일어날지도 모르는 일들은 상상만으로도 끔찍했다. 그는 미리 잘 보았다고 생각하기로 했다. 카탈로그에 나온 학교 소개나 가족한테 둘러싸인 중딩 같은 애만 보고 순진하게 경계심을 풀 뻔했다. 세상 어디에도 무풍지대는 없었다.

입학식을 위해 강당으로 모이라는 안내 방송이 교정에 울려 퍼졌다. 벤치에서 일어서던 지오는 좀 전의 아이가 개 옆에 있는 것을 보았다. 자기한테는 누운 채 꼬리만 흔들던 개가 펄쩍펄쩍 뛰고 있었다.

"그만 주고 이따 밤에 너 먹어."

녀석의 엄마가 말했다. 먹을 것을 준 모양이었다. 지오는 쓴 웃음을 지었다. 개가 바라는 건 언제 바뀔지 모르는 변덕스러운 관심이 아니라 먹을 것인지도 몰랐다.

지오는 학생들과 학부모들 틈에 끼어 강당으로 갔다. 체육관 겸용인 강당 스탠드에는 학부모들이 앉았고 학생들 자리는 바닥에 줄지어 선 의자였다. 반별로 두 줄씩 서른 개의 의자가 놓여 있었다. 번호 상관없이 앞에서부터 앉으라는 방송에도 불구하고 지오는 어슬렁거리며 맨 뒤쪽으로 갔다. 가까이 간 지오가 멈칫 섰다. 산기슭에서 맞고 뒹굴던 아이가 앉아 있었다. 신입생일 줄은 몰랐다. 얼핏 본 터라 잘못 기억하는 걸 수도 있다고 생각했지만 아이 팔에는 나뭇잎 부스러기가 붙어 있었다. 숲속에 융단처럼 깔려 있던 잎들이었다. 그 애 얼굴에선 조금 전 당한 폭행의 흔적을 찾을 수 없었다. 다른 아이들처럼 새 교복을 입은 신입생일 뿐이었다. 입학식 날부터 맞는다는 건 중학교 때부터 이어진 관계라는 뜻이다.

교복 상의에 새겨진 양근석이라는 이름이 눈에 들어왔다. 지오는 가슴이 서늘해졌다. 205호실 명단에서 본 이름 같았다.

지오는 근석으로부터 최대한 떨어진 앞줄로 갔다. 자리에 앉자마자 지오는 주머니에서 학급 명단표를 꺼내 다시 보았다. 기억이 맞았다. 양근석은 룸메이트였다. 앞에 앉아 있던 아이가 기척에 돌아다보더니 반색했다.

"어? 윤지오! 반갑다잉. 우리 한방 써야."

뚱한 얼굴로 바라보는 지오에게 아이가 자기 이름표를 가리켰다. 오한결이었다. 서글서글해 뵈는 한결의 환대를 받으면서도 지오의 굳어진 마음은 풀리지 않았다.

잠시 뒤 지오는 나머지 한 명인 석주도 보았다. 석주는 단상 위에서 학생 대표로 입학 선서를 했다. 주차장에서 본 아이였다.

16. 탯줄을 끊고

12월 초, 석주는 대학 수시 합격자 명단에서 자기 이름을 발견했다. 드디어 석주는 아빠와 형의 자랑스러운 동문이 됐다. 20년을 살면서 가장 길고 크게 꾸었던 꿈이었다. 엄마가 눈물을 글썽이며 석주를 안았다. 그리고 등을 토닥거리며 말했다.

"축하해. 그동안 수고 많았어. 다 니가 열심히 한 덕분이야. 앞으로 좋은 일만 있을 거야."

하지만 석주는 꿈이 이루어졌음을 마냥 기뻐할 수 없었다. 예전 같았으면 엄마 말을 믿었을 것이다. 그러나 이젠 아니었다. 그의 앞엔 언제 터질지 모르는 지뢰밭이 놓여 있었다.

은설의 임신 사실을 안 엄마는 절망하고 괴로워했다. 석주는 엄마를 똑바로 바라볼 수 없었다. 며칠을 고민하던 엄마는 석주한테 모두에게 좋은 방향으로 해결할 테니 믿고 따라오라고 했다. 아빠 역시 사람은 누구나 실수하는 법이며 극복하고 만회하는 게 더 중요하다고 석주를 다독였다. 석주는 자신이 엄마, 아빠 같은 부모의 자식이라는 게 고맙고 행복했다. 석주는 엄마를 믿고 수시를 지원한 대학들에 가서 논술 시험과 면접을 보았다.

그사이 은설은 딸을 낳았다. 엄마는 아들의 아이를 낳고 누워 있는 열아홉 살짜리 여자애를 찾아가 교양 있게 말했다. 유전자 검사를 해서 석주 아이가 맞다면 우리가 책임질게요. 위자료도 줄 테니 아기를 포기하고 새롭게 시작해요. 어릴 때 엄마를 잃고 아빠랑만 살아온 아이. 아기를 지키느라 자기의 꿈을 접은 아이한테 그 아기를 내놓고 새로 시작하라고 했다. 은설이 원하는 일이라면 석주도 받아들일 수밖에 없었다. 그런데 엄마는 아기를 석주 자식으로서가 아니라 미혼모가 포기해 입양하는 형식으로 데려올 계획을 세웠다. 그러기 위해 엄마는 온갖 인맥과 법의 허술함을 이용했다.

그러니까 집으로 데려오더라도 아기는 석주 딸이 아니었다. 석주는 스무 살의 나이에 애 아빠가 되는 것도 무서웠지만 그 아이를 입양한 동생으로 대할 일은 더더욱 두려웠다. 석주는 아무렇지도 않은 얼굴로 그 일을 계획하고 진행하는 엄마 또한 낯설고 무서워지기 시작했다.

은설과 아저씨가 엄마 제안을 거절했다는 이야기를 들었을 때 석주는 오히려 안도의 숨을 내쉬었다. 그제야 석주는 엄마 휴대폰에서 번호를 알아낸 뒤 용기를 짜내 은설에게 전화를 했다. 여보세요, 하며 전화를 받았던 은설은 석주임을 알자 침묵했다.

소식 들었어. 너 지금 무슨 짓을 한 거야. 아기 낳느라 수고 했어. 내가 너한테 무슨 잘못을 했다고 이런 짓을 하는 거야. 미안해. 왜 니 맘대로 애를 낳았어. 나한테 왜 이래. 날 좋아하지도 않으면서 애는 왜 낳은 거야. 부호를 어떤 걸로 붙여야 좋을지 모를, 신음 같고 비명 같은 문장들이 속에서 두서없이 소용돌이쳤다. 하지만 한 마디도 말이 되어 밖으로 나오지 못했다. 침묵을 깬 건 은설이었다.

"전화했으면 말을 해."

석주는 어딘지 사나워진 듯한 은설도 엄마 못지않게 무서웠다. 아기를 낳은 은설은 예전에 영동에서 만나거나 정동진에 함께 갔던 그 아이가 아닌 것 같았다. 가계도를 그린다면 은설은 자신보다 한 세대 위를 차지하는 영역의 사람 같았다.

"할 말 있어가 전화한 거 아니야?"

우리 엄마한테 나랑 같이 애기 키우고 싶다고 말해 줘. 나도 우리 엄마한테 사정할게. 나 시험 잘 봐서 들어줄지도 몰라. 날 사랑하지 않더라도 내가 아이 아빠니까 같이 키우자. 내가 더 잘할게. 그렇게 말하고 싶었지만 그게 진심인지 자신할 수 없어 석주는 아무 말도 하지 못했다.

"등신."

은설이 낮게 읊조렸다. 등신이라니. 석주는 그 말에 기분이 확 나빠졌다. 화낼 새도 없이 은설이 말을 이어나갔다.

"할 말 없으면 내 말 잘 들어. 우리 수아, 니 애 아니다. 그카니까 느그 엄마더러 꺼지라고 해."

은설은 전화를 먼저 끊었다. '나야, 석주.' 외에 단 한 마디도 하지 못한 석주는 한참이나 휴대폰을 귀에서 떼어 내지 못했다.

유전자 검사 결과는 이미 나와 있었다. 그런데도, 그래서, 석주는 은설의 '니 애 아니야.'에 상처 받았다. 그리고 꺼지라고 해, 가 꺼져, 로 가슴에 남았다.

석주는 은설이 원하는 대로 애를 제 엄마에게 맡긴 채 자기가 한 아이의 아빠라는 사실을 잊고 싶었다. 석주는 엄마에게 그렇게 하자고 했다.

"나중에 무슨 일을 당하려고 그래. 애 엄마가 애 앞세워 무슨 짓을 할 줄 알아. 너 그딴 애한테 발목 잡히고 싶어?"

엄마가 석주를 답답해 했다.

"엄마 지금 드라마 써?"

석주 말에 그동안 이 문제로는 큰 소리 한 번 내지 않았던 엄마가 발끈했다.

"그럼 지금 이게 드라마지, 현실에서 일어날 수 있는 일이야? 드라마도 막장 드라마야."

은설인 그런 애가 아니야. 은설이 석주에게 네 애니까 자기한테 오라고 한다면 석주는 현재의 두려움과 미래의 후회를 생각하지 않은 채 달려갈 것이다. 하지만 은설은 석주에게 아무것도 원하지, 아니, 꺼질 것을 원하고 있다. 석주는 엄마 말에 반박할 수 없었다.

"우리가 애를 버리겠다는 게 아니잖아. 니들한테 해 준 것처럼 남부럽지 않게 키워 주겠다고. 그게 애한테도 미혼모나 미혼부 자식으로 크는 것보다 백배 천배 나아."

엄마는 단호했다.

"나랑 은설이랑 같이 키우는 방법도 있잖아."

석주는 은설로부터 상처 받은 자존심을 누른 채 엄마 눈치를 보며 말했다. 어른들(은설은 아직 법적 성년이 아니었지만) 사이에서 벌어지는 모든 감정과는 별개로 태어나자마자 골칫덩어리 취급을 받는 아이가 불쌍했다. 석주는 아기에게 아빠로서가 아니라―아무리 애써도 그 사실은 받아들여지지 않았다.― 한 인간으로서 미안했다. 석주에겐 아기에 대한 은설과 같은 본능적인 애정이 없었다. 다만 한 생명이 이런 대접을 받아서는 안 된다는 생각이 들었다. 그런 대접을 하는 이가 다른 사람도 아닌, 목숨과 맞바꿀 결심까지 하며 자신을 세상에 내놓은 엄마라는 사실이 믿기지 않았다. 만일 좀 더 일찍 은설의 임신 사실을 알았다면 엄마는 진짜 막장 드라마처럼 무슨 수를 써서라도 뱃속의 아이를 없앴을 것 같았다. 아들의 앞날을 위하여(위한다는 명분으로.).

"너희들이 부모로서 뭘 할 수 있는데."

엄마가 코웃음을 치며 석주를 바라보았다. 석주가 하는 일이라면 늘 지지하고 격려해 주던 엄마였다. 그 힘을 받아 여기까지 올 수 있었다. 그런 엄마의 냉소적인 눈빛에 석주는 놀라고 당황했다.

"나, 나는 아무것도 한 게 없지만 은설이는 아기를 낳았잖아. 자기 인생을 포기하고 아기를 지켰잖아."

석주가 허둥거리며 말했다.

"그게 대단한 건 줄 알아? 열아홉 살짜리가 덜컥 애 배고 겁도 없이 낳은 게? 그렇게 무모하고 지혜롭지 못한 아이는 니 앞길에 조금도 도움이 되지 못해. 엄마가 걸림돌은 다 치워 줄 테니까 너는 아무 일도 없었던 것처럼 니 길을 가. 애랑 한집에 사는 게 불편하면 오피스텔 얻어 줄 테니까 나가 살고. 대학 졸업하고 유학 가서 안 돌아와도 좋아.”

엄마는 뱀대가리 작전을 위해 석주를 기숙 고등학교로 떼어 보냈던 것처럼 이번에도 새로운 전략을 세웠다. 엄마의 전략에 의해 집을 떠나 산 게 4년이었다. 고등학교 3년, 재수 1년. 이제 간신히 돌아왔는데 엄마는 또 자신을 내보내려 하고 있었다. 자기 잘못 때문이라 할지라도 석주는 엄마가 자신을 사랑하기는 하는 건지, 엄마가 자기한테 진짜 원하는 게 뭔지 알 수 없어졌다. 엄마는 늘 석주의 행복을 바라며 그것을 위해 전략을 세워 주었다. 하지만 진짜 행복했던 적은 별로 없었던 것 같았다. 석주는 처음으로 엄마의 전략대로 살아온 자기 삶에 의구심을 가졌다.

“엄마가 나한테 진짜 바라는 게 뭐야?”

석주가 물었다.

“그야 니가 잘되는 거지. 그래서 엄마가 지금 이러는 거야. 너 은설인가 하는 애랑 애 키우고 살면 좋을 거 같아? 분윳값은, 기저귓값은, 애 교육비는 어떻게 할 건데? 그래, 우리하고 같이 산다고 치자. 그럼 스무 살에 애 아빠 돼서, 그 또래 애들이 하는 거 하나도 못해 보고 남들 눈총 받으면서 같이 살면 행복할 거 같냐고!”

엄마가 냉정한 목소리로 말했다. 맞는 말이었다. 같이 산다고 해도 마냥 행복하지는 않을 것이다. 두고두고 후회할지도 몰랐다. 그렇더라도 동생이 된 자기 아이를 볼 때마다 들 죄책감의 무게보다는 가벼울 것이다.

엄마와 의견 차가 생길 때면 보다 객관적인 입장에서 합리적인 판단을 내려 주던 아빠도 이번에는 엄마와 같은 생각이었다.

"엄마나 아빠가 속물 같고 냉정해 보일 수 있겠지만 인간은 사회적 동물이야. 남들 시선에서 자유로울 수가 없는 거야. 성공이 노력에 대한 보상인 것 같지? 아니야. 성공은 능력에 대한 보상이야. 네가 스무 살에 애 아빠가 됐다는 게 알려지는 순간 사람들은 널 색안경 쓰고 볼 테고 넌 능력을 증명해 보이기도 전에 부정적인 평가를 받게 될 거야. 그 때문에 많은 기회들을 놓칠 수도 있고. 그걸 뻔히 알면서 부모로서 어떻게 가만히 있을 수 있겠냐. 이번 일은 엄마 말대로 해."

석주는 유학 가 있는 형에게 털어놓고 싶었지만 엄마가 비밀로 하라고 했다. 엄마는 형이 사귀고 있는 여자 친구네한테 석주 일이 알려질까 봐 겁내고 있었다. 석주는 은설이 낳은 아기처럼 자신도 집안의 골칫덩어리, 천덕꾸러기가 된 기분이었다.

석주 아이가 태어났다는 사실은 무덤까지 가져가야 할 비밀이었지만 대학 합격 소식은 친척 일가는 물론 삽시간에 지구 반대편의 형에게까지 전해졌다. 석주는 형은 물론 할머니, 외할머니, 고모, 이모, 큰아빠, 외삼촌, 사촌들한테 축하 인사를 받는 순간에도 수능도 못 보고 애 엄마가 된 은설이 때문에 온전히 기뻐할 수 없었다.

그날 저녁, 아빠도 일찍 들어왔다. 엄마는 화보에 나올 것 같은 근사한 저녁 식탁을 차렸다. 중간중간 엄마는 세상에서 가장 행복한 표정과 목소리로 축하 전화를 받았다. 석주는 그 일이 남 일인 양 엄마를 바라보았다. 엄마 얼굴 어디에서도 은설에 대한 연민이나 근심은 보이지 않았다. 엄마의 타인을 위한 교양 넘치는 배려와 연민은 가족의 행복이나 안위가 침해당하지 않는 선에서만 가능한 일이었다. 석주는 혼란스러웠다. 자신이 알고 있는 세계, 살고 있는 세계가 모두 가짜처럼 여겨졌다. 그 안에서 펼쳐질 앞으로의 삶도 모두 거짓일 것 같았다.

"석주야, 축하한다!"

"고생했어, 아들."

아빠와 엄마가 와인잔을 들어 올렸다. 석주도 자기 잔을 들어 가볍게 부딪혔다. 챙 하는 소리가 가슴을 두드렸다.

"이제 됐지?"

석주가 혼잣말처럼 중얼거렸다.

다음 날 새벽 석주는 작은 배낭을 꾸렸다. 충동적인 것 같았지만 무의식 속에서 준비해 오던 일이기도 했다. 석주는 휴대폰과 신용 카드를 책상 위에 꺼내 놓았다. 두 개의 물건은 마치 태아가 뱃속에서 엄마로부터 영양을 공급 받는 탯줄 같은 것이기도 했다. 석주는 지난밤 물을 세게 틀어 놓은 채 설거지하며 울던 엄마를 떠올렸다. 석주에게 들킨 것을 알자 엄마는 고무장갑 낀 손으로 눈물을 닦으며 기뻐서라고 했다. 석주는 엄마와 함께 기뻐할 수 없었다. 메모라도 남겨 놓을까 고민하던 석주는 포기하고 당장 입을 옷가지가 든 배낭을 한쪽 어깨에 들쳐 멨다.

석주는 마지막으로 자기 방을 둘러보았다. 엄마의 취향대로 고급스러운 가구와 깔끔한 인테리어로 꾸며진 안락한 방이었다. 이 방에서 진정으로 편했던 게 언제였는지 기억이 가물가물했다. 석주는 불을 끄고 방을 나갔다. 거실의 크리스마스트리가 어둠 속에서 반짝거렸다.

엄마는 이 와중에도 여느 해처럼 크리스마스트리를 장식했다. 석주의 합격 같은 행복한 일 외에는 아무 일 없음을 주지시키려는 듯. 석주는 엄마, 아빠가 자고 있을 안방 문을 바라보았다. 크리스마스에도 연말연시에도 자신은 이 집에 없을 것이다. 석주는 엄마와 아빠에게 마음속으로라도 남길 말이 아무것도 떠오르지 않았다.

석주는 신을 신고 집을 나섰다. 문을 닫자 번호 키가 소리를 내며 잠금장치를 작동시켰다. 마지막 음이 울리기 전에 석주는 도로 문을 열고 따뜻한 집 안으로 돌아가고 싶은 유혹을 느꼈다. 망설이는 사이 문은 잠겼다. 다시는 열릴 것 같지 않은 문을 뒤로 한 채 석주는 출발하기도 전에 갈 곳을 잃은 기분이 됐다. 이제 집은 자신이 버린 곳이었고 은설이 있는 은월 농원은 자신을 거부하는 곳이었다.

지갑엔 며칠 전 집에 왔던 할머니와 고모로부터 받은 30만 원이 들어 있었다. 석주는 그 돈이 세상에서 얼마 만한 가치가 있는지 그것으로 며칠을 버틸 수 있는지 알지 못했다. 석주는 어디로든 떠나기 위해 버스 터미널과 기차역을 두고 고민하다 기차역을 택했다. 버스를 타기 위해 필요한 단 한 곳의 목적지가 석주에겐 아직 없었다. 석주는 고등학교를 오갈 때 이용하던 서울역이 아닌 용산역으로 갔다. 혹시라도 영동역에서 내릴까 봐 두려웠다. 자신을 필요로 하지 않는, 거부하는 은설에게는 가고 싶지 않았다.

역에 도착한 석주는 호남선 종착역인 목포행 표를 끊기로 했
다. 중간에 서는 많은 역들 중 어느 곳이 목적지가 될지 아직 몰
랐다. 석주는 운임이 가장 저렴한 무궁화호를 선택했다. 예전과
달리 현재의 석주에겐 시간보다 돈이 더 부족했고 그만큼 더 중
요했다. 석주는 표를 들고 아직 컴컴한 플랫폼으로 내려갔다.
인식하지 못했지만 그는 기숙 학원 룸메이트 형에게 들은 이야
기를 길잡이로 하고 있었다. 군대를 다녀와서도 대학이 마음에
들지 않아 2년을 방황하다 다시 공부를 시작한 형이었는데 틈
만 나면 방황기의 모험담을 펼쳐 놓았다. 그의 말대로 하려면
20년은 걸릴 것 같은 허풍 섞인 경험담 중에는 포구 이야기도
있었다. 그곳에서 배 타는 알바를 하며 돈을 꽤 벌었다던가. 그
때는 다른 나라 이야기처럼 낯설게 여겨졌고 공부할 시간에 허
튼 짓을 하고 다녔던 형이 한심했었다.

그런데 지금 석주는 자신이 그동안 살아온 곳과 전혀 다른
세상으로 가고 싶었다. 그런 곳에 가서 뒹굴다 보면 어떤 답이
든 나올 것이다. 석주는 문제를 보기도 전에 답 낼 궁리부터 하
고 있는 자신에게 조소를 보냈다. 문제를 풀 생각도 하지 않을
것이다. 그저 살 것이다. 용돈 주는 사람도 밥 주는 사람도 없
으니 스스로 살아 내야 할 것이다. 아니, 엄마와 은설이 후회하
고 고통 받도록 자신을 망가뜨리고 싶었다.

기차에 탄 석주는 그런 생각을 다 하기도 전에 곯아떨어져
다른 승객이 깨울 때까지 일어나지 않았다. 그동안의 불면을 모
두 벌충한 덕분에 석주는 무엇이라도 할 수 있을 것 같았다. 가

출에 대한 새벽의 감정이 자학과 도피에 가까웠다면 현재는 항거와 도전 정신으로 충천해 있었다. 그 기분 때문에 기차에서 내리면 푸른 바다와 그물 속에서 펄떡거리는 생선으로 가득한 배가 기다리고 있을 것 같았지만, 역 주변은 여느 도시와 다를 바 없이 고층 건물 숲이었다. 익숙한 풍경이 반가우면서도 당황스러웠다.

석주는 주춤해진 항거와 도전 정신을 다시 일깨우며 역 안에 있는 관광 안내소에 놓인 관광 지도를 집어 들었다. 안내원에게 물어보고 싶었지만 무슨 질문을 어떻게 해야 할지 알 수 없었다. 대신 설명을 읽다 보니 북항이란 곳이 눈에 들어왔다. 일단 항구로 가야 할 일이 있을 것 같았다. 석주가 마치 관광객인 양 북항 가는 법을 묻자 안내원이 버스를 알려 주었다.

역을 나서자 찬바람이 몰아닥쳤다. 남쪽이라 따뜻할 줄 알았는데 서울이나 다를 바 없었다. 아니 체감으로는 더 차가운 것 같았다. 찻길을 건너고 모퉁이를 돈 뒤 다시 찻길을 건너자 안내원이 알려 준 버스 정류장이 나왔다. 표지판에 쓰여 있는 '북항'이란 행선지를 보자 석주는 마치 전부터 알고 있던 곳인듯 마음이 놓였다. 석주는 목포에서 유일하게 알고 있는 그곳으로 떠나기 전 정류장 앞에 있는 김밥집으로 들어갔다. 그리고 대충 끼니를 때운 뒤 버스를 탔다.

목포역 주변이 번화가인 듯 조금 벗어나자 건물들이 낮아졌다. 석주는 안내 방송에 귀를 기울이고 있다 북항에서 내렸다. 그런데 그곳은 석주가 상상하던 포구가 아니라 섬을 오가는 여객선이 서는 선착장과 횟집들이 있는 곳이었다. 정박해 있는 배들도 있었지만 보트처럼 작아 일거리가 있을 것 같지 않았다. 실망한 석주는 어쩔 줄 몰라 하며 주변을 어슬렁거렸다. 누군가에게 묻고 싶었지만 추워서인지 사람도 보이지 않았고 간혹 있더라도 바쁘게 지나쳐 가 말을 걸 수 없었다. 석주는 갈 곳이 확실한 듯 발걸음을 옮기는 그 사람들이 부러웠고 주인을 따라가는 강아지마저 부러웠다.

한참 뒤에야 석주는 배를 손보러 온 노인에게 궁금한 것을 물어볼 수 있었다. 그것도 노인이 먼저 말을 걸어온 덕분이었다. 석주가 원하던 포구는 다른 곳에 있었다. 석주는 마음이 급해져 택시를 탔다. 택시는 다시 목포역 쪽으로 갔다. 역을 지나쳐 조금 더 가자 큰 어선들이 정박해 있는 게 보였다. 석주는 5천 원 가까이 나온 요금을 아까운 마음으로 낸 뒤 택시에서 내렸다. 드디어 원하던 포구에 다다른 석주는 일단 섬들이 산처럼 둘러싸여 있어 바다가 호수 같아 보이는 게 마음에 들었다. 끝없이 펼쳐진 채 파도가 몰아치던 정동진 바다에 비하면 아늑하기까지 했다. 석주는 상처뿐인 기억과 집어삼킬 듯 으르렁대는 파도가 있는 동해 포구로는 갈 생각을 하지 않았다.

마음이 조금 놓인 석주는 일단 근처를 돌아다녀 보기로 했다. 큰 수산 시장이 있었고 도롯가엔 배나 낚시와 관련된 각종 물건들을 파는 상점, 그리고 직업소개소들이 눈에 띄었다. 근처엔 제법 큰 국제 여객선 터미널도 있었다. 눈앞의 풍경은 가족 여행 갔을 때 회를 먹으러 들렀던 포구들과는 많이 달랐다. 싱싱한 활어들이 시각과 미각을 만족시켜 주던 곳. 푸른 바다와 흰 파도가 햇살 아래 빛나던 곳. 그 모든 것엔 가족의 행복한 웃음이 뒤섞여 있었다. 하지만 석주가 당도한 포구엔 비린내가 진동하고 남의 고기를 노리는 하이에나처럼 갈매기들이 뱃전을 기웃거리며 맴돌고 있었다. 하늘이 흐리고 바람이 불어서인지 황량하고 을씨년스러웠다. 석주는 자신이 와 있는 곳이 기억 속 포구보다 학원 형이 말하던 포구와 더 비슷한 것에 만족했다. 상상 속에서 석주는 이미 거친 비바람과 파도에 온몸을 내던진 뱃사람이었다.

상상 속의 고난은 달콤하기까지 했지만 바람과 함께 파고드는 추위는 견디기 힘들었다. 한낮인데도 저녁 같은 날씨에 석주는 슬그머니 불안해졌다. 그는 우선 잘 곳부터 정해 놓기로 했다. 잘하면 그곳에서 일거리에 대한 정보를 얻을 수 있을지도 몰랐다. 할 줄 아는 게 없어 직업소개소로 가기에는 겁났다. 뒤편 골목에는 모텔, 여관, 여인숙 같은 숙박 시설들과 구멍가게, 술집, 노래방, 다방들이 뒤섞여 있었다. 예전에 지오로부터 여인숙이 모텔이나 여관보다 요금이 저렴하다는 이야기를 들은 기억이 났다. 딱 보기에도 여인숙은 모텔에 비해 많이 허름해 보였다.

우연찮게 떠오른 지오라는 존재는 자전거 여행과 함께 눈부신 햇살 아래 펼쳐진 과수원과 그곳에서 먹었던 점심과 산양처럼 뛰어다니던 은설까지 생각나게 했다. 석주에겐 그 기억이 마치 영화나 드라마에서 본 장면처럼 멀게 느껴졌다. 그런데도 날카로운 칼이 스윽 베고 지나간 듯 가슴 한구석이 아파 왔다.

최대한 돈을 아껴야 하는 석주는 그런 곳에서 잘 자신도 없으면서 여인숙을 찾아 기웃거렸다. 선뜻 들어가지 못하고 주위만 배회하던 석주는 골목 끝자락의 2층짜리 여인숙 유리문 앞에 '달방 18만 원'이라는 종이가 붙어 있는 것을 보았다. 여인숙 옆 작은 화단엔 가지뿐인 나무가 서 있었고 그 나무에는 이름 모를 생선이 열매처럼 주렁주렁 매달린 채 바람과 햇볕에 말라 가고 있었다. 장미 여인숙이란 이름답게 주인이 화초를 좋아하는지 담 밑에는 화분으로 둔갑한 온갖 모양의 통들이 늘어서 있어 고물상처럼 지저분해 보였다. '달방 18만 원'이란 소리는 한 달에 18만 원이라는 모양이었다. 석주는 자기처럼 오래 묵을 싼 곳을 찾는 사람들이 또 있다는 사실에 위안 받았다. 일단 한 달 동안 잘 곳을 마련해 놓으면 좀 더 편한 마음으로 일을 찾을 수 있을 것 같았다.

떨리는 마음으로 여인숙 문을 열고 들어갔지만 입구의 작은 방은 비어 있었다. 휴대폰이 없는 석주는 여인숙 옆에 있는 목포 슈퍼의 바깥벽에 붙어 있는 공중전화로 갔다. 장미 여인숙이라 쓰인 간판에 적힌 번호로 전화를 걸었지만 아무도 받지 않았다. 계속 밖에 있던 몸이 떨렸다. 석주는 슈퍼 앞에 놓인 호빵 통을 보고 안으로 들어갔다. 빵을 먹는다는 핑계로 따뜻한 곳에 있고 싶었다. 가게에 딸린 방의 미닫이문이 열리며 초등학생으로 보이는 남자아이가 고개를 내밀었다. 석주는 어른이 아닌 것을 다행으로 여기며 호빵과 따뜻한 두유를 달라고 했다. 아이가 방에서 나왔다.

"뭔 맛으로 드려라?"

석주가 어리둥절한 얼굴로 바라보자 아이가 말했다.

"야채, 단팥, 피자, 요렇게 맛이 세 가진 게라."

아이의 사투리에 석주는 1학년 때 룸메이트였던 한결이 떠올랐다. 한결보다 더 어린아이가 말하는데도 석주는 그때처럼 웃을 수 없었다.

"단팥으로 줘."

남자아이가 밖으로 나가 호빵을 가지고 들어왔다. 석주는 온 장고에서 꺼낸 두유까지 받아든 다음 계산을 했다.

"가게 안에서 먹어도 되지?"

"야. 그짝에 앉아 드시시요."

방 앞에 달린 쪽마루를 가리키곤 다시 방으로 들어간 아이는 석주가 있어서인지 문을 다 닫지는 않았다. 석주는 쪽마루에 앉아 두유와 함께 호빵을 먹었다. 달짝지근하고 따뜻한 게 들어가자 기분이 나아졌다. 아이에게 옆에 있는 여인숙에 대해 물어보려고 하는데 방문이 드르륵 열렸다. 그리고 아이가 고개를 내밀더니 물었다.

"쩌기, 수학 문제 풀 줄 알어라?"

"수학? 뭔데?"

궁상맞은 모습이 아이에게 창피했던 석주는 어깨를 펴며 대꾸했다. 남자아이가 문제집을 내밀었다. 수리 영역 1등급인 데다 고등학교 반 아이들의 수학 멘토를 했던 경력까지 있는 석주에겐 식은 두유 마시기였다. 석주는 비록 아이라 할지라도 낯선 곳에서 말 걸어 주는 사람과 할 일이 있다는 게 고마워 열의를 다해 설명해 주었다. 4학년이라는 아이는 제법 똘똘했다. 세 문제 정도를 더 풀어 주자 아이 얼굴에 깨우친 사람의 기쁜 표정이 떠올랐다.

“아따, 수학 잘하네요잉.”

“인마, 나 수능 수학 1등급 맞았어.”

“진짜요? 우리 사춘형은 6등급 맞았다는디 참말 대단하네요 잉. 그란디 형은 여기 워치케 왔다요?”

아이가 석주를 존경스러운 눈초리로 올려다보았다.

“저기, 형 서울에서 여기로 아르바이트하러 왔는데 이 동네 일할 만한 데 없냐?”

석주는 아이가 만만해져 쉽게 말이 나왔다. 그때 가게 문이 열리며 할머니 두 사람이 들어왔다. 한 사람은 가게 주인이자 아이의 할머니였다. 석주는 어른 없는 데서 아이에게 나쁜 짓이 라도 하다 들킨 사람처럼 민망한 낯으로 일어났다.

“할매, 이 형이 나 공부 갈쳐 줬어라.”

아이가 할머니한테 말했다.

“아이고 시상에. 고마워서 워쩌까잉.”

아이의 할머니가 비타민 음료를 하나 꺼내 괜찮다는 석주 손 에 억지로 들려 주었다.

“총각은 워디서 왔는가?”

주름진 얼굴에 숯검댕이처럼 새까맣게 눈썹 문신을 한 다른 할머니가 석주를 훑어보았다.

“서울서 왔는디 아르바이트 찾는답디여.”

석주는 냉큼 대답해 주는 아이가 고마웠다.

“잘 디는 안 찾고?”

그 할머니는 장미 여인숙 주인이었다.

석주는 할머니를 따라 비린내와 퀴퀴한 냄새가 뒤섞여 나는 여인숙 안으로 들어갔다. 할머니는 작은 방에서 열쇠를 꺼내 들고 2층으로 올라가 가장 안쪽에 있는 방의 문을 열었다. 205호실이었다. 낯익은 숫자라고 생각했던 석주는 고등학교 첫 기숙사 방의 호수임을 떠올렸다. 그때의 자신으로부터 얼마나 멀리 와 있는지 잴 수조차 없는 거리에 석주는 오히려 무덤덤해졌다. 작은 창이 있는 방엔 이부자리 한 채와 비닐로 만들어진 옷장-비키니 옷장이라고 불린다는 걸 나중에 알았다.-이 전부였다.

"올갈에 새로 도배해서 깨끗혀. 변소하고 세면장은 저짝에 있고 부루스타 사용은 금지니께 그런 줄 알어. 그라고 늦게까지 술 처먹고 소란 피우면 당장 쫓아낼 텡게 조심허고."

할머니는 주의 사항을 이르고서도 나가지 않았다. 석주가 그만 나가 달라는 표정을 짓자 할머니가 말했다.

"방값은 선불이여."

석주가 허둥지둥 지갑에서 돈을 꺼내 주었다. 가벼워진 지갑 몇 배로 마음이 무거워졌다. 돈을 다시 세어 본 할머니가 물었다.

"학생이람서 뭐 할라고 여서 달방을 얻는가? 혹시 골치 아픈 일 생기는 건 아니제?"

석주는 기회다 싶어 얼른 말했다.

"저, 방학 동안 아르바이트하려고 온 거예요. 어디 일할 데 없을까요?"

할머니가 새삼스레 석주를 훑어보았다.

"이런 디서 일해 본 경험은 있고?"

"아, 아뇨. 그치만 시켜 주시면 열심히 할 수 있어요."

"열심히는 소용없고 잘해야제. 내일 배 들어오면 허드렛일이 있을 텐디 아무 일이라도 해 볼랑가? 아는 배에 소개시켜 줄 수는 있는디."

일을 가릴 처지가 아니었다. 석주는 그러겠다고 했다.

할머니가 나간 뒤 석주는 창문을 열었다. 쇠창살 너머로 보이는 건 후줄근함이 비린내처럼 배어 있는 골목 풍경이었다. 월 18만 원짜리 여인숙에서 전망을 기대하다니. 석주는 쓴웃음을 지으며 그래도 일이 순조롭게 풀려가고 있는 것에 안심했다. 일하면 얼마 벌지는 몰라도 끼니를 때우고 다음 달치 숙박비는 낼 수 있을 것이다.

첫날 밤을 복잡한 심경과 주위에서 들려오는 소음 속에서 설친 석주는 다음 날 오후, 먼 바다에서 돌아온 배를 청소하고 있었다. 배들이 들어오자 썰렁하던 포구에 활기가 돌았다. 시장과 거리는 물론 술집과 노래방들이 있는 뒷골목까지도 흥청거렸다. 먼 바다로 나가는 배는 한 번에 열흘에서 보름 정도 조업을 하는데 석주 같은 신출내기는 잘 태워 주지 않을 뿐더러 탄다 해도 견디기 힘들 거라고 했다. 포구에는 피부색이 다른 이주 노동자들도 많았다. 석주는 그들 틈에 끼어 배 청소와 그물 정리를 하거나 생선 분류 작업을 하고 생선 박스를 날랐다.

일을 하는 동안은 악물고 견뎠지만 물때가 돼 배들이 출항하고 나면 석주는 앓아누웠다. 손목의 장미 문신 때문인지, 아니면 여인숙 이름 때문인지 장미 할매라고 불리는 주인 할머니가 슬그머니 먹을 것을 들여놓아 주곤 했다.

육체적 고통과 더불어 그를 괴롭히는 것은 뇌리에 딱 달라붙은 채 한순간도 잊히지 않는 은설과 아기의 존재였다. 어떤 날은 자기 인생을 헝클어 놓은 그들 따위, 없었던 것처럼 잊고 자신에게 어울리는 삶을 살아야 한다는 생각이 들었다. 또 어떤 날은 은월 농원까지 기어가 은설과 아기 앞에 피 흘리며 용서를 구해야 할 것 같았다. 거리에서 아기를 업은 사람만 봐도 가슴이 내려앉고 유심히 봐 졌다. 석주가 본 어떤 엄마도 은설처럼 어려 보이지는 않았다.

매순간마다 택시를 불러 타고 집으로 돌아가고 싶은 마음과 싸우던 석주에게 뜻밖의 아르바이트가 생겼다. 과외가 들어온 것이다. 그것도 초등학생과 중학생 두 팀이었다. 목포 슈퍼 찬일의 공부를 몇 번 더 봐 준 덕이었다. 찬일이 석주의 족집게 문제 풀이로 수학 경시대회에서 100점을 맞자 소문이 난 것이었다.

장미 할매는 석주에 대해 입소문 내는 일과 그의 신원 보증을 동시에 해 주었다. 할머니 입을 통해 석주는 가난한 명문대생이 됐다. 석주는 뒤통수가 근지러운 느낌이었지만 틀린 말은 아니었다. 명문대에 합격했으니 명문대생인 것도 맞았고 당장 끼니 걱정을 해야 할 만큼 가난한 깃도 진짜였다.

그 뒤로도 한 팀이 더 들어왔다. 과외비가 싼 탓이 컸을 것이다. 그래도 포구에서 잡일을 하는 것보다는 수입이 많았고, 무엇보다 편했다. 힘들게 일하지 않아도 방값과 식비를 해결할 수 있었다. 예기치 않은 행운에 얼떨떨하면서도 석주는 과외 하는 집에서 푸짐하게 차려 주는 밥상이 좋았다.

인생이 꼬이지 않았다면 석주는 지금쯤 수능 성적표와 명문대 합격증을 내세워 과외를 하고 있을 것이다. 포구에서와는 비교도 안 될 만큼 비싸게 받은 돈을 모아 자동차 살 날을 기다리며 운전 학원에 다니고 있을지도 몰랐다. 석주는 노동 대신 과외를 하며 상반된 두 가지 감정에 시달렸다. 하나는 집을 떠나서도-엄마를 벗어나서도- 살 수 있다는 자신감이었고, 또 다른 하나는 탯줄을 스스로 잘라 내는 각오로 집을 뛰쳐나왔건만 결국은 엄마로부터 공급 받아온 영양분으로 살 수밖에 없는 현실에 대한 자괴감이었다.

감정의 파고는 풍랑처럼 기복이 심해 어떤 날은 과외로 떼돈을 벌어 그 돈을 엄마와 은설 앞에 휴지 조각인 양 집어 던지고 싶었고, 그 다음 날은 뱃사람이 돼 자신에게 추파를 던지는 동백 다방 미스 고와 살림을 차려도 살아질 것 같았다. 그리고 석주는 진심으로, 바닷물에 퉁퉁 불고 물고기에 눈알을 파 먹힌 시체로 엄마와 은설에게 발견되고 싶었다.

그곳에서 석주는 12월을 보내고 스물한 살을 맞이했다.

17. 터널

술 취해 잠든 옆의 아저씨가 자꾸 지오 쪽으로 쓰러졌다. 앞에 앉았던 중년 여자들이 대전에서 내리자 지오는 얼른 그 자리로 갔다. 그런데 앉자마자 지오 또래 커플이 타서는 자기들 자리라고 했다. 이상해서 애초 자기 좌석이었던 곳을 바라보니 비어 있었다. 중년 부부가 내린 모양이었다. 지오는 비로소 원래 자기 자리로 갔다. 기타를 선반에 올려놓고 자리에 앉아 시계를 보니 두 시였다. 옆자리에는 아무도 앉지 않았다. 출발한 지 두 시간이 지났으니 이제 한 시간 남짓이면 추풍령역에 도착할 것이다.

조치원을 지나면서부터 기차는 자주 터널을 통과했다. 터널로 들어서면 차창에 또 하나의 세상인 것처럼 기차 안 풍경이 비쳤다. 지오는 그곳에 앉아 있는 자기 모습에 흠칫흠칫 놀랐다. 무심코 걷다 길모퉁이에서 자신의 도플갱어와 맞닥뜨리는 기분이었다. 어둠 속에 환히 떠오른 그 모습은 거울과는 다른 느낌으로 지오의 내부 어딘가를 건드렸다. 지오는 머리를 등받이에 누인 채 지난밤의 숙취와 설친 잠을 핑계로 잠을 청했다. 하지만 눈을 감자 머릿속이 더 환해져 덮어 두고 싶은 기억까지 고스란히 드러났다. 지오는 도망치듯 눈을 떴다. 그 순간 기차가 또 터널 안으로 들어섰다. 슬쩍 훔쳐본 자신의 얼굴은 지금보다 어렸다. 놀라 다시 보는 사이 기차는 터널을 벗어났다. 멀리 또 가까이 우뚝 솟은 산들이 지나쳐 갔다. 산 그림자가 지오 얼굴에 드리워졌다.

지오는 차창에 비친 그 얼굴을 본 적이 있었다. 한국으로 돌아오는 비행기 창에 비쳤던 열일곱 살 때 모습이었다. 그 사실을 깨닫는 순간 먼지를 걷어 낸 유적 발굴지의 오래된 문서처럼 기억이 선명하게 떠올랐다. 그러자 그때처럼 심장이 높이 뛰기 시작했다.

지오는 아빠를 선택함으로써 남자끼리의 의리를 지켰다고 자신했다. 그는 엄마가 아빠 덕에 캐나다에 와서 공부해 놓고 이혼을 요구하는 건 반칙이라고 생각했다. 그리고 그게 앤디 때문이라면 아빠뿐 아니라 아들인 자기까지 배신한 거라고 여겼다. 그 생각을 엄마나 지윤에게 말한 적은 없었다. 꺼내 놓는 순간 그대로 기정사실이 될까 봐 두려워서였다.

지오는 한국으로 돌아오며 엄마와 다시 만나는 일은 영원히 없을 거라고 다짐했다. 엄마의 극렬한 반대와 눈물 어린 호소를 물리치고 떠나왔으면서도 지오는 자신이 엄마로부터 버림 받았다는 생각을 지울 수 없었다. 이제 그에겐 아빠밖에 없었다. 지오는 외로웠을 아빠와 친구처럼-엄마와 지윤처럼- 지낼 수 있을 거라고 기대했다. 그래서 가슴이 뛰는 거라고 생각했다.

공항으로 마중 나온 아빠 얼굴은 얼마 전 캐나다에서 봤을 때보다 더 초췌하고 굳어 있었다. 지오는 아빠가 얼마나 힘든지 알 수 있었다. 지오는 캐나다에서 한국인 유학생 여자애를 좋아한 적이 있었다. 그 여자애도 지오에게 호감이 있는 것 같았는데 캐나다 아이가 들이대자 그쪽으로 가 버렸다. 무엇을 시작한 사이가 아닌데도 지오는 상처 받았고 배신감이 느껴져 학교까지 싫어졌다. 그런데 아빠는 아내에게 배신당한 것이다. 지오는 그런 아빠에게 이제 아들이 돌아왔으니 덜 힘들고 덜 외로울 거라고 말해 주고 싶었다. 그런데 아빠는 어떻게 대해야 할지 모르겠다는 얼굴로 지오의 시선을 피하며 짤막하게 말했다.

"고생했다."

아빠는 지오가 뭐라 대꾸할 틈도 주지 않고 짐이 실린 캐리어 손잡이를 밀며 주차장으로 향했다. 부자지간의 뜨거운 포옹이나 남자끼리의 당당한 악수를 상상했던 지오는 머쓱해져 등에 멘 기타를 추스르며 아빠 뒤를 따랐다. 오래간만의 귀국으로 인한 감회와 아빠와의 상봉에 대한 감상은 펼쳐 놓을 대상을 잃은 채 당황스러움으로 바뀌었다.

입국장을 빠져나가자 안개 같은 부슬비가 내리고 있었다. 우산을 준비하지 않은 아빠는 비오는 걸 모른다는 듯이 횡단보도를 건넜다. 따라가는 지오 얼굴에 스프레이로 뿌리는 것 같은 물의 입자가 차갑게 달라붙었다. 4년 만에 돌아온 한국과의 첫 대면이었다. 부자는 건너편 야외 주차장으로 갔다. 아빠가 몰고 온 차는 예전 그대로였지만 세월만큼 낡아 보였다. 그 차를 타고 여행을 가거나 친가와 외가에 갔던 기억들이 빨리감기 화면처럼 휘리릭 지나갔다. 화내고, 명령하고, 소리 지르고, 무섭고, 주눅 들고, 울다 혼나고……. 갑자기 지오의 심장이 터질듯 뛰어 댔다. 비행기에서 뛰던 것과는 비교도 안 될 정도였다. 짐을 트렁크에 실은 아빠가 지오의 기타를 힐끗 바라보았다.

“기, 기타는 안에다 실을게요.”

지오는 자기도 모르게 더듬으며 말했다. 아빠는 트렁크 문을 소리 나게 닫고 운전석으로 갔다. 지오는 얼른 기타를 내려 뒷좌석에 눕혀 놓고 앞자리에 탔다. 지오는 아빠 몰래 숨을 가다듬으며 기억들을 덮어 버렸다. 아빠가 그랬던 건 무언가로 늘 아빠를 속 터지게 한 엄마 때문이었지 자기 때문이 아니었다. 그러니 겁먹을 필요 없다고, 지오는 스스로에게 말했다.

차가 출발했다. 차 안 공기는 숨소리조차 신경 쓰일 만큼 어색했다. 음악이라도 듣고 싶었지만 지오는 모르는 아저씨 차를 얻어 탄 것처럼 아무것도 만질 수 없었다. 다시는 찾지 않겠다던 다짐이 무색하게 지오는 벌써 엄마가 보고 싶었다. 토론토 공항에서 자신이 출국장으로 들어설 때까지도 울음을 멈추지 않았던 엄마가 떠올랐다. 목소리라도 듣고 싶었다. 엄마는 지오 등에 대고 도착하는 대로 전화하라고 소리쳤다. 하지만 아빠 휴대폰밖에 없었다.

“토론토에 전화해.”

뜻밖에 아빠가 휴대폰 단축번호를 눌러 주었다. 엄마가 전화를 받자 지오는 잘 도착했다는 말밖에 할 말이 없었다. 아빠가 옆에 있어서이기도 했고 엄마를 두고 다짐했던 것들 때문이기도 했다. 엄마는 지오의 상황과 심경을 아는지 모르는지, 가는 동안 힘들지 않았어? 짐은 금방 찾았어? 아빠랑 금방 만났어? 한국 비 온다며. 같은 쓸데없는 말들을 해 댔다. 엄마에 대한 그리움과 원망이 동시에 몰아닥쳤다. 지금 한국에, 아빠와 단둘이 있는 게 모두 엄마 탓인 것만 같았다.

지오가 전화를 끊으려고 하자 엄마는 다급한 목소리로 휴대폰 만들면 번호를 꼭 알려 달라고 했다. 전화를 끊자 한국과 캐나다 시간이 동시에 나와 있는 휴대폰 액정 화면이 보였다. 캐나다는 지금 새벽 2시 40분이었다. 바뀐 밤낮 만큼 멀어진 엄마와의 거리가 실감났다. 이제 아빠와 단둘이 살아야 한다는 사실이 실감났다는 게 더 맞을 것이다.

도로 옆으로 펼쳐진 바다는 안개비와 뒤섞여 물인지 갯벌인지 불분명해 보였다. 안개비는 계절조차 흐릿하게 만들었다. 4월이면 봄일 텐데 기온은 썰렁했고 만개했을 꽃들조차 안개 속으로 숨어 버렸다.

집이 가까워지자 아빠는 지오에게 저녁을 해결하고 들어가자며 뭐가 먹고 싶은지 물었다.

"고모가 하필이면 오늘 바빠서……."

아빠가 외식에 대한 변명인 듯 말했으나 지오는 사 먹는 게 더 좋았다. 지오는 중국 음식을 말했고 부자는 아파트 단지 상가에 있는 중국집에서 짜장면과 탕수육을 먹었다. 저녁을 먹기에는 이른 시간이어서 식당은 한산했다.

아빠는 비빈 짜장면을 말없이 지오 앞에 밀어 주고 탕수육에 소스를 부었다. 지오는 아빠의 행동 하나 말 한마디에 잘 지낼 수 있을 것 같았다가, 온 게 후회스러웠다가, 마음이 오락가락했다. 불안한 마음과 상관없이 짜장면과 탕수육은 입에서 살살 녹게 맛있었다. 지오는 음식을 꾸역꾸역 먹으며 엄마와 지윤이 평소에 어떻게 지내는지 떠올렸다. 엄마와 지윤은 낮에 있었던 일에 대해 미주알고주알 떠들기를 좋아했고 함께 쇼핑 다니는 것도 좋아했다. 그럴 때 대부분 자기 방에서 게임을 하거나 개랑 놀았던 지오로서는 아빠와 단둘이 무엇을 해야 할지 막막했다. 수다스러워 성가셨던 지윤이 그리울 지경이었다.

이사한 집도 아파트였다. 캐나다로 가기 전에 살던 집은 계단식이었는데 새 집은 복도식이었다. 211동 703호. 지오는 앞으로 자신이 살게 될 집의 주소를 외웠다. 아빠가 번호 키의 비밀번호를 알려 주었다. 뜻밖에도 엄마의 캐나다 핸드폰 뒷자리였다. 지오에게 번호를 알려 주다 그 사실을 깨달은 듯 아빠는 벌레 씹은 표정이 됐다.

집은 전에 살던 집보다 좁았다. 남자 혼자 사는 집치고는 정리 정돈이 잘돼 있었지만 어딘지 횡해 보였다. 혼자 이 집에서 지내는 모습을 상상하자 아빠가 걸핏하면 말했던 투자, 희생, 보상 같은 것들이 무엇을 말하는 건지 피부에 와 닿았다. 지오는 자신의 귀국이 아빠에게 조금이라도 위안이나 보상이 됐으면 좋겠다고 생각했다.

다정하지는 않았지만 이웃집 아이 대하듯 아들에게 최소한의 예의를 차리던 아빠 태도는 지오의 캐나다 학교 성적증명서를 보는 순간 바뀌었다. 성적이 좋지 않은 데다 결석마저 잦은 성적표에 잔뜩 구겨진 종이 뭉치 같은 표정이던 아빠는 때마침 걸려 온 엄마 전화에 폭발하고 말았다.

"애 이런 꼴 만들라고 내가 니 학비 대 준 줄 알아? 애 관리를 이따위로 해 놓고 뻔뻔하게 입에서 이혼 소리가 나와? 니가 인간이면 위자료 받을 생각은 꿈에도 하지 마."

아빠의 폭언과 고함이 이어졌다. 아빠 목소리는 지오가 방으로 들어와 문을 닫았는데도 따라왔다. 소리 지르는 목소리만 바뀌었을 뿐 캐나다나 한국이나 같았다. 하지만 아빠 고함소리가 훨씬 위협적이고 공포스러웠다.

중학교 3학년에 편입한 지오는 학교에 잘 적응해서 자신을 못마땅해 하는 아빠 마음을 풀어 주고 싶었다. 하지만 4년은 생각보다 훨씬 긴 시간이었다. 추억도 친구도 남아 있지 않은 한국의 학교생활은 캐나다보다 결코 편하거나 쉽지 않았다. 한국 말로 하는 수업은 영어로 듣던 수업이나 다를 바 없이 어려워 예체능 과목을 빼놓고는 따라잡기 힘들었다. 4년 동안 지지리도 늘지 않았던 영어는 한국에 와서도 지오를 괴롭혔다. 아빠와 영어 선생님에게는 실망을 안겨 주었고, 아이들에게는 조롱의 대상이 됐다. 자꾸 영어 단어가 튀어나왔고 적절한 한국어 단어가 떠오르지 않았고 발음은 꼬였다. 그때마다 아이들은 웃음거리로 삼았다.

캐나다에서도 한 살 어린 아이들과 동급생으로 지냈기 때문에 괜찮을 줄 알았는데 한국에서는 기분이 달랐다. 친구였던 아이들은 이미 고등학생이라는 사실을 직접 보고 들어서인지도 몰랐다. 지오는 자신이 급우들보다 한 살 많다는 걸 의식하지 않을 수 없었고 한 살 어린 그 아이들을 어떻게 대해야 할지 알수 없었다. 집은 집대로 엄마, 아빠의 이혼 공방이 절정을 향해 치닫고 있어서 분위기가 최악이었다.

캐나다에서 엄마는 아빠와의 일로 인한 감정을 지오나 지윤에게 투사하지 않았다. 지오는 이혼을 요구하는 쪽인 엄마에게 불만이 있었기 때문에 부모의 싸움을 모르는 척하거나 짜증을 부리면 됐다. 결석이나 나쁜 성적도 그 탓으로 할 수 있었다. 그리고 엄마와 지오 사이에는 지윤이 있었다. 하지만 한국에서는 아빠와 단둘뿐이었다. 지오가 가장 괴로운 건 아빠가 엄마에 대해 캐물을 때였다.

"니 엄마 평소에 몇 시에 들어오냐?"

"식당 끝나면 곧바로요."

아니다. 친구들과 어울려 술 마시고 늦게 올 때도 있다.

"혹시 외박한 적은 없어?"

"어, 없어요."

에이미 아줌마 남편이 사고 당했을 때 함께 병원에서 있어주느라 외박한 적이 있다. 에이미 아줌마가 나중에 고맙다며 케이크까지 사다 줬었는데도 아빠에게 말하면 안 될 것 같았다. 아니 어쩌면 엄마가 우리에게 거짓말한 게 아닐까? 병원엔 잠깐 들러 알리바이를 만들어 놓고 앤디와 시간을 보냈을 수도 있다. 그런 생각을 하면 지오도 화가 치밀었지만 아빠 앞이라 내색할 수도 없었다.

"그때 차 접촉 사고 났을 때 누가 도와줬다고 했지?"

"자, 잘 몰라요."

식당 쉬는 날 쇼핑 갔다 접촉 사고가 났을 때 엄마는 앤디에게 전화했고 달려온 아저씨가 당황한 엄마 대신 사고를 수습해 주었다. 앤디는 엄마가 놀라서 운전하기 힘들 거라며 자기 차로 데려다 주었다. 그때 앤디는 집에 들어와서 차까지 마셨다.

"니가 보기에 니 엄마 달라진 거 없어?"

"별로 없는데요."

아니다. 엄마는 많이 변했다. 한국에 있을 때보다 목소리도 커졌고, 말도 많이 하고, 잘 웃는다. 한국에서 살 때보다 훨씬 행복해 보인다.

아빠가 추궁할 때마다 지오는 볼모나 죄인이 된 기분으로 진땀 흘려가며 말했지만 어떤 대답도 아빠 기분을 누그러뜨리지는 못했다. 지오는 아빠가 엄마 욕하는 게 듣기 괴로우면서도 엄마가 치러야 할 일을 자신이 대신 겪는 것 같아 억울했다.

그 모든 상황들 때문에 교실 뒷자리에 조용히, 우울한 얼굴로 앉아 있었을 뿐인데 여자애들이 지오에게 관심을 보여 왔다. 음악 수행 평가 시간에 할 줄 아는 게 그것밖에 없어 기타를 치며 캐나다에서 만들었던 노래를 불렀는데 여자애들이 폭발적인 반응을 보였다. 몇몇 애들은 노골적으로 관심을 표했다. 난생처음 받아 보는 여자아이들의 관심에 지오는 어리둥절하면서도 기분 좋았다. 엄마, 아빠 문제에 대한 고민이 사라지는 것 같았고 마지못해 다니던 학교도 가고 싶은 곳이 됐다. 지오는 민서와 사귀기 시작했다. 많은 여자애들 중 민서를 택한 건 그애가 가장 예뻤기 때문이다. 민서와 공식적으로 사귀자 여자애들이 호감을 거두었다. 지오는 왠지 아쉬운 기분이 들었다.

정욱이 접근해 온 것도 비슷한 시기였다. 여자 친구만큼이나 동성 친구도 필요했던 지오는 덩치도 크고 남자다워 보이는 정욱이 마음에 들었다. 어쩌면 반의 모든 남자애들이 정욱의 영향권 아래서 움직인다는 사실이 매력적이었는지도 몰랐다. 민서는 정욱이 양아치라며 어울리지 말라고 했다. 계속 정욱 무리와 어울린다면 헤어지겠다고 했다. 지금이라면 있을 수 없는 일이겠지만 열일곱 살의 지오는 민서 대신 정욱을 택했다. 민서가 사사건건 간섭하는 게 귀찮아진 탓도 있었다.

지오는 정욱 무리와 있으면 주류의 세계로 들어선 기분이 됐다. 여자애들에게 인기 있는 것보다 더 뿌듯했다. 그리고 그들과 어울려 어른들이 정해 놓은 금기를 깨는 일이 잘못이라는 생각보다 엄마, 아빠에 대한 정당한 반항으로 여겨졌다. 지오는 담배와 술을 배우고 오토바이를 탔다. 여름 방학 때는 그들과 어울려 며칠씩 가출하기도 했다.

다른 무리와의 시비가 경찰서행으로까지 번졌을 때 지오를 데리러 온 아빠는 정욱 무리를 대놓고 쓰레기 취급하며 다시는 그들과 어울리지 말 것을 명령했다. 모욕을 당했는데도 정욱 무리는 지오를 내치지 않았다. 그들의 의리에 감동한 지오는 아빠를 속이며 계속 그들과 어울렸다.

정욱 무리가 속칭 삥 뜯는 일을 시키지 않았으면 지오는 고민도 의심도 없이 그들과의 관계를 진정한 우정이라고 생각하며 그 무리에 속해 있었을 것이다. 정욱이 지오에게 지나가는 아이에게서 돈을 빼앗아 오라고 시켰을 때 지오는 망설임 없이 거부했다. 자기보다 어리고 약한 아이들을 위협하거나 폭행하고 주머니를 터는 짓은 할 수 없었다.

"못해. 아니, 안 해. 그건 너무 쓰레기 같은 짓이잖아."

"뭐? 이 새끼, 지 꼰대랑 같은 소리하네. 쓰레기 같은 짓? 그럼 그동안 딴 애들이 삥쳐 온 돈은 왜 쓴 건데."

"내, 내가 언제, 나는 내 돈으로……."

"담배랑 술도 니 돈으로 샀냐? 피시방비랑 컵라면값도 삥 뜯은 돈이야. 우리가 쓰레기면 너도 쓰레기야, 새끼야."

지오는 친구라고 생각했던 그들에게 맞았다. 자기가 무력에 그렇게 쉽게 굴복할 줄은 몰랐던 지오는 자괴감을 느끼며 캐나다에서 올 때 엄마가 준 돈은 물론 용돈을, 참고서 값을, 거짓으로 타 낸 돈을 그들에게 갖다 바쳤다. 하지만 그들은 만족하지 않았다. 정욱이 요구하는 기타만은 줄 수 없었던 지오는 고민 끝에 담임에게 알렸다. 그동안 속인 것 때문에 아빠에게는 말할 수 없었다. 선생님의 조심성 없는 훈계는 오히려 지오를 한 살 어린 애들이 겁나 선생에게 쪼르르 일러바친 고자질쟁이, 찐따로 만들었다. 그것으로는 부족했는지 정욱 무리는 어느 날 밤, 학원 차에서 내린 지오를 가로막았다. 작정하고 기다린 모양이었다.

"나 빨리 집에 가야 돼. 할 이야기 있으면 내일 학교에서 해."

지오는 떨리는 걸 감추기 위해 주먹을 부르쥔 채 말했다.

"뭐? 내일 이야기해? 이 새끼가 그동안 봐줬더니 겁대가리를 상실했네."

정욱이 눈짓하자 두 명이 지오 양옆에 붙어 섰다. 지오는 버티며 주위를 둘러보았다. 행인들이 있었지만 달려와 줄지 의문이었다.

"죽고 싶지 않으면 조용히 해, 새끼야."

그들에게서 벗어나려면 결국 자신이 대가를 치러야 함을 깨닫자 버티던 다리 힘이 풀렸다. 지오는 골목길로 끌려가 흠씬 두들겨 맞았다. 그러는 동안에도 지오를 도와주러 오는 사람은 하나도 없었다. 지오는 죽을 만큼 공포스러웠고 외로웠다.

"기어, 새끼야."

정욱과 패거리들이 골목을 막고 섰다. 지오는 그곳을 걸어서 빠져나갈 수 없었다. 담배를 피우며 낄낄거리는 그들이 벌리고 선 다리 사이가 날카로운 이빨을 가진 괴물 아가리 같았다. 지오가 버티자 한 놈이 담뱃불을 들이밀었다. 무리의 돈을 삥땅쳤던 애 팔뚝에서 나던 살 타는 냄새가 코끝에 느껴졌다. 저절로 진저리가 쳐졌다. 지오는 놈들 앞에서 울지 않으려 이를 악물고 그들의 가랑이 사이를 기었다.

그날 밤 아버지는 지오의 상처에 대해 묻는 대신 기타를 부쉈다. 그리고 다음엔 지오 차례가 될 것임을 경고했다. 지오는 가랑이 사이를 기던 자기 모습을 본 놈들을 하나하나 찾아가 죽이는 꿈과 아빠가 기타처럼 자신을 부숴 버리는 꿈을 번갈아 꾸다 소스라쳐 깨곤 했다.

캐나다에서 올 때보다 얼굴이 해쓱해졌다고 걱정하는 고모에게 지오는 용기 내 자신이 아빠에게 느끼는 공포심에 대해 말했다. 그래 봤자 은근히 비치는 정도였다. 고모라고 해도 남에게 아빠 흉을 보는 건 내키지 않는 일이었다. 그런데 고모는 말했다.

"니가 아빠를 좀 이해해 줘. 너도 알잖아. 갑자기 그런 일을 당하고, 얼마나 힘들고 속상하겠어. 그래도 아빠가 널 때리거나 하는 건 아니잖아. 세상에는 나쁜 아빠들도 정말 많거든."

지오는 엄마가 고모를 왜 싫어하는지 이해가 됐다. 그리고 엄마가 캐나다에서 왜 그렇게 필사적이었는지도 알 것 같았다.

캐나다에 가면서부터 엄마는 마법이라도 부린 것처럼 다른 사람으로 변했다. 놀랐지만 나쁘지는 않았다. 한국에서의 엄마는 할 줄 아는 게 없는 사람이었다. 아빠는 엄마가 다른 집 아내들처럼 재테크나 아이들 교육, 외조를 제대로 할 줄 모른다며 못마땅해 했다. 부부 동반 외출을 하고 온 날이면 아빠는 엄마를 다른 아줌마들과 비교하며 화를 냈고 안 되는 일은 모두 엄마 탓을 했다. 여행 중에 일어나는 불화도 대개는 같은 이유였다. 아빠가 화내는 게 무섭고 싫었던 지오는 엄마가 아빠 마음에 들게 잘했으면 좋겠다고 생각했다.

캐나다에 도착한 엄마는 그물에 걸렸다가 다시 강물에 놓인 물고기처럼 활기차게 움직이기 시작했다. 엄마는 지오와 지윤을 잘 돌봐 주라는 아빠의 명령 대신 자기 공부를 했다. 지오와 지윤보다 영어 습득이 빠를 만큼 열심이었다. 엄마의 시험 때면 지오와 지윤은 한국에서는 한 번도 한 적 없는 청소를 하고 아파트 지하에 있는 코인 세탁기에 가서 빨래도 해 왔다.

아이를 따라온 엄마들이 자기네끼리 모여 골프를 치거나 쇼핑을 하고, 수다 떨며 놀 때 엄마는 밤을 새고 코피 쏟아가며 공부했다. 지오는 그 덕분에 자유로운 건 괜찮았으나 좋아진 아빠와의 관계를 망치는 건 못마땅했다. 지오는 자신의 자유가 줄어

들더라도 엄마가 아빠 말대로 하길 바랐다. 한편으로는 엄마가 자신을 돌봐 주면 더 잘할 수 있을 것 같기도 했다. 반면 지윤은 엄마의 적극적인 지지자였다. 자기 일을 야무지게 하는 한편, 지오를 닦달해 엄마 대신 집안일을 척척 해냈고 엄마와 함께 밤을 새며 공부하곤 했다. 그동안 지오는 혼자 방에서 게임하며 엄마와 지윤이 자매이고 자신은 남의 집 아이 같은 느낌을 받곤 했다.

요리 학교를 마친 뒤 엄마는 아르바이트하던 식당에 정식으로 취직했다. 엄마가 원한 건 캐나다 영주권이었다. 지오는 아빠와 대립하고 가정의 평화를 해치면서까지 남의 나라 영주권을 얻으려는 엄마가 이해되지 않았다. 그 당시엔 앤디 때문이라고만 생각했는데 그게 아님을 이제 알 것 같았다. 엄마가 원한 건 아빠로부터의 탈출이었던 것이다. 한국에 돌아와 아빠를 직접 경험하지 않았으면 지오는 영원히 엄마를 보지 않겠다는 다짐을 지켰을 것이다.

기차가 옥천역에 머물렀다 출발했다. 어느덧 영동역이 가까워지고 있었다. 내려야 할 곳이 추풍령역이 아니라 영동역인 것만 같았다. 그곳에 내리면 그때의 모습으로 피시방과 문구점과 패스트푸드점에 있는 아이들을 만날 수 있을 것 같았다. 지오는 왈칵 밀려드는 그리움에 당황했다. 그는 태명고를 다닐 때도, 그만둔 뒤에도 학교를 좋아하거나 그리워한 적이 없었다. 이 감정은 지나간 시간에 대한 회한이지 그리움은 아닐 것이다. 어떤 힘든 시간이었다고 해도 지나고 나면 조금쯤은 아련해지는 법이다.

기차가 다시 터널로 들어섰다. 지오는 무엇이 비칠지 두려워 유리창을 볼 수 없었다. 기차는 금방 터널을 빠져나왔다. 과수원이 펼쳐져 있었고 세상은 꽃 천지였다. 환한 햇살이 반가웠다. 하지만 기차는 또 터널로 들어섰다. 이번엔 짧지 않았다. 지오는 어둠 속에서, 멍 자국들을 필사적으로 숨기던 엄마의 모습을 떠올리고야 말았다. 음지의 식물처럼 파리하게 주눅 들어 있던 모습이기도 했다. 어린 지오는 엄마가 숨기려고 하는 일이니 모르는 척해야 한다고 생각했던 것 같다.

그리고…… 지오는 지금 이 순간까지도 엄마의 멍 자국들을 없던 일로 치고 있었다. 지오의 얼굴이 고통 속에 죽은 사람의 데스마스크처럼 서서히 굳어졌다. 지오는 그동안 모르는 척해야 했던 어린 시절의 공포와 잊은 척 있던 청소년기의 자괴감을 모두 엄마 탓으로 돌린 뒤 그 일을 없었던 일 취급하며 살아왔다. 지오는 모든 걸 깨달은 이 순간에도 여전히 그 일을 모르는 척하고 싶어 하는 자신에게 참을 수 없는 분노가 느껴졌다. 지오는 벌떡 일어섰다, 다시 앉았다, 통로로 나갔다를 반복했다. 마음을 가라앉히는 데 실패한 지오는 다시 자리에 앉아 눈을 감았다. 엄마는 지오를 버린 게 아니었다. 엄마는 인간으로 사는 삶을 선택한 것이다. 그러기 위해 엄마가 죽을힘을 다했다는 걸 지오는 인정해야만 했다.

기차가 영동역에 도착했다. 자신이 또 다시 도망친 곳. 지오는 아는 얼굴들이 떼 지어 있을 것 같아 밖을 내다볼 수 없었다. 기차가 출발한 뒤에야 지오는 마치 내려야 할 곳을 놓친 듯 창밖으로 플랫폼이 멀어지는 것을 바라보았다.

18. 땅 멀미

어느덧 3월이 돼 가고 있었다. 장미 여인숙의 화분에서 붉은 동백꽃이 피어나기 시작했고 바람 속 냉기는 진즉에 흔적도 없이 사라져 버렸다. 입학 때가 다가오자 석주는 처음 왔을 때보다 더 마음이 복잡해졌다. 이만큼 했으면 된 것 같은, 늦기 전에 제자리로 돌아가야 한다는 마음이 간신히 고개를 들면 어김없이 뒤이어 떠오르는 생각이 그 마음을 짓밟아 버렸다. 석주는 '아이 아빠'란 주홍글씨를 새긴 채 제자리로 돌아갈 자신이 없었다. 은설이 원하는 대로 되든, 엄마가 계획하는 대로 되든 자신이 한 아이 아빠인 사실은 변하지 않았다. 석주는 주홍글씨를 드러내 놓을 자신도 없었고 감출 만큼 뻔뻔하지도 못했다. 그리고 아이 아빠라고 생각하면 어떤 게 진정한 자기 자리인지도 혼란스러웠다.

얼떨결에 과외를 하게 됐을 때, 처음에는 편하게 돈을 벌 수 있는 게 좋기만 했다. 하지만 얼마 지나지 않아 막노동을 하는 것보다 훨씬 더 불편해지기 시작했다. 무엇보다 과외 받는 아이들이 학교에 대해 물어오는 게 난감했다. 합격생일 뿐 학교에 다닌 적이 없음을 밝힐 기회를 놓치는 바람에 거짓말을 할 수밖에 없었다. 형에게 들었던 이야기들을 각색해서 대충 대답할 때마다 양심이 찔렸다. 그리고 아이들은 석주가 왜, 여기에 있는지 궁금해 했다. 학비를 벌기 위해서라는 말은 제대로 된 대답이 되지 못했다. 과외로 학비를 벌기에는 서울이 훨씬 좋은 곳이었다. 인생 경험, 운운으로 적당히 둘러대며 석주는 자기에게도 같은 질문을 했다. 거듭된 질문 끝에 석주는 자신이 은월 농원에 찾아가 은설의 모습을 보았을 때처럼 또 도망친 것임을 시인하지 않을 수 없었다. 이번엔 더 멀리 도망쳐서 엄마가 은설과 아기 문제를 어떤 식으로든 해결하고 자신을 데리러 오기를 기다리고 있는 건지도 몰랐다. 그때 할 만큼 했다고 자신에게 면죄부를 주기 위해 이러고 있는 거였다.

석 달 가까운 시간이 지났지만 해결된 건 아무것도 없었다. 처음보다 더 심한 자괴감에 시달리던 석주는 과외를 그만두고 배를 타기로 했다. 먼 바다로 열흘 동안 조업 나가는 배였다. 돌아가고 싶은 마음이 클수록 석주는 뭍으로부터 멀리 떠나고 싶었다. 정박해 있는 배에 올라가 청소하는 일을 한 적은 있어도 출어하는 배는 처음이었다. 배에서의 작업이 얼마나 힘든 일인지 그동안 듣고 봐 왔기 때문에 석주는 잔뜩 졸아 있었다.

장미 할매가 선장 다음으로 실세라는 광태 형을 미리 소개시켜 주었다. 할머니의 장미 문신은 애교로 보일 만큼 요란한 문신을 팔뚝 가득 새긴 광태 형은 인상도 험상궂었다. 석주는 광태 형을 보자 어린아이처럼 주눅이 들었다. 광태 형은 오후에 출항이니 점심이나 먹자며 석주를 데리고 국밥집으로 갔다. 광태형은 국밥 두 그릇과 수육 한 접시, 그리고 소주 한 병을 시켰다.

"배 타면 비린 건 물리게 먹을 텐게 실컷 먹어 둬."

광태 형이 소주를 따라 주었다. 석주는 찔끔 입만 댔다. 광태 형은 호기나 허세를 부릴 만한 적수가 아니었다. 장미 할매에게 무슨 말을 들었는지, 아니면 궁금한 게 하나도 없는지 광태 형은 석주에게 아무것도 묻지 않았다. 그저 국밥을 퍼먹고, 소주를 마시고 새우젓을 듬뿍 찍은 수육을 우적우적 먹었다. 석주는 어색하기도 하고 곧 배를 탄다는 긴장감에 밥을 많이 먹을 수 없었다. 대신 상 위에 놓인 형의 휴대폰에 자꾸 눈이 갔다. 배 타기 전 은설에게든 엄마에게든 전화 걸어, 그만 돌아오라고 애원하는 소리를 듣고 싶었다.

"전화 걸 디 있으면 혀."

석주 마음을 눈치챘는지 광태형이 말했다. 석주는 당황해서 아니라고 손사래를 쳤다.

배는 오후 네 시에 출항했다. 배에 탄 사람들은 모두 열한 명이었다. 그중 네 명은 이주 노동자였다. 경험도 없고 나이도 가장 어린 석주의 포지션은 당연히 허드레 일꾼이었다. 포구를 벗어나자 호수 같았던 바다가 제 모습을 드러냈다. 석주는 눈앞에 보이는 것만으로 바다를 호수처럼 아늑하게 여겼던 자신이 어이없었다. 바다는 광막함과 거친 파도를 가지고 있어서 바다인 것이다. 그동안 전부라고 알고 있던 세상 너머에 무엇이 있는지 직접 체험하는 기분이었다. 석주는 과외 대신 배 타기를 잘했다는 생각이 들었고 비로소 포구에 온 값을 하는 것 같아 흐뭇하기까지 했다.

하지만 그 생각은 아주 잠시 뿐이었다. 뱃일은 바다로 뛰어들고 싶을 만큼 힘들었다. 장미 할매가 광태 형을 미리 인사까지 시켜 줬지만 누가 누구를 봐주고 챙겨 줄 새도 없을 만큼 바삐 돌아갔다. 사면이 바다인 곳에서 일출과 일몰을 보았지만 감상에 잠길 여유조차 없었다. 감상은커녕 그동안 자기에게 있었던 일에 대해 생각할 틈도 없었다. 흔들리는 갑판 위에서 쓴물까지 토하면서 일하다 두세 시간 쓰러져 자고 또 일어나 먹은 것보다 더 많이 게워 내며 손바닥이 벗겨지도록 그물을 끌어올리고 고기를 분류했다. 그 외에도 석주는 틈틈이 라면을 끓이고 커피도 타고 정신없이 바쁜 선원들 담뱃불까지 붙여 주어야 했다.

죽어라 하는데도 석주는 모든 일에 서툴러 뒤통수를 맞고 정강이를 채이고 욕설 세례를 받았다. 난생처음 받는 대우에 석주의 기분은 무서웠다, 화났다, 자존심 상했다 하며 요동을 쳤다. 배 밖이 땅이었으면 벌써 도망쳤을 것이다. 기숙 학원에서 열 몇 시간씩 공부할 때 힘들었던 건 아무것도 아니었다. 바다 위의 배에 비하면 포구의 여인숙은 따스한 난로 곁의 요람이나 다를 바 없었다. 석주는 바다가 자신에게 엄살 좀 그만 피우라고 으름장을 놓는 것 같았다. 악머구리가 들끓는 것처럼 복잡하고 시끄럽던 머릿속이 비어 갔다.

드디어 열 달 같은 열흘이 지나고 배가 포구에 닿았다. 배는 고기를 내려놓고 이틀 정박한 다음 또 다시 출항할 터였다. 석주는 대단한 일을 해낸 듯 뿌듯해졌다. 열흘 동안 당하면서 원수처럼 여겼던 선원들에게도 동료애가 느껴졌다. 석주는 총각 딱지도 못 뗐을 거라고 자기를 놀려 대던 그들과 선술집으로 몰려가 자신이 남자임을 보여 주리라 다짐했다. 별별 놀림을 당하면서도 은설과 아이 이야기는 끝내 할 수 없었다.

생선 분류와 하선 작업을 마치고 배에서 내려 땅을 딛는 순간 석주는 자신의 느낌을 의심했다. 땅이 바다처럼 출렁거렸기 때문이다. 배를 탄 것처럼 속이 또 메슥거리기 시작했다. 이 상태로는 남자란 걸 보여 주기도 전에 여자 옷자락에 오물을 쏟아 놓을 것 같았다. 석주는 술집으로 몰려가는 선원들과 헤어져 휘청휘청 걸었다. 얼른 여인숙 방에 가 눕고 싶었다.

장미 할매가 슈퍼 앞 평상에 앉아 잔 생선을 손질하고 있었다. 석주는 고개 숙여 인사하다 그대로 고꾸라질 뻔했다.

"밥은 지대로 묵었당가? 꼴이 말이 아니여."

장미 할매가 혀를 찼다. 석주는 더 걷지 못하고 옷가지가 든 비닐가방을 팽개치듯 놓으며 평상 끄트머리에 걸터앉았다.

"우째쓰까나. 땅 멀미 하는구마이. 찬물 쪼깨 마셔 봐라잉."

장미 할매가 혀를 차며 물병을 건네주었다. 석주는 물을 마셨다. 물이 턱을 타고 흘렀다.

"땅에서 왜 멀미를 하는 거예요?"

물을 털어 내며 석주가 물었다.

"그란께 인간이 간사하다 안 한가. 을매나 됐다고 고새 몸땡이가 바다에 질들어 부린 거제."

그때 배달 다녀오던 미스 고가 석주를 발견하곤 반색하며 오

〈푸른책들〉〈보물창고〉 청소년문학 100

국내 최초로 청소년문학 100권 출간!

아동청소년문학 출판사 〈푸른책들〉과 임프린트 〈보물창고〉는
국내 작가들이 창작한 작품들로만 구성되어
한국 청소년문학의 새 지평을 연 〈푸른도서관〉 시리즈와
세계 각국의 권위 있는 청소년문학상을 받은 작품들을
공들여 번역한 〈청소년문학 보물창고〉 시리즈를 꾸준히 펴내
척박했던 한국 청소년문학 분야를 풍요롭게 가꿔 왔습니다.
그리고 이제 〈푸른도서관〉 시리즈(전 68권)와 더불어
〈청소년문학 보물창고〉 시리즈(전 32권)가
국내 최초로 청소년문학 100권 출간을 달성하게 되었습니다.
뛰어난 작품성과 대중성으로 많은 독자들의 사랑을 받고 있는
〈푸른책들〉과 〈보물창고〉의 청소년문학을
모두 만나 보세요!

(주)푸른책들　보물창고　02-581-0334~5 / prooni@prooni.com

2003_

뢰제의 나라

• 푸른책들의 청소년문학 시리즈 〈푸른도서관〉 제1권, 강숙인 장편소설 『뢰제의 나라』 출간. 우리나라 대표 아동청소년문학상인 윤석중문학상 제1회 수상작으로 선정되었다.
• 한편 〈푸른도서관〉 제7권인 『토끼의 눈』은 제38회 세종아동문학상을 수상하여 뛰어난 문학성을 인정받았다.

2004_

• 이금이 작가의 본격적인 첫 청소년소설 『유진과 유진』 출간. 이 책은 청소년들에게 좋은 책을 권장하는 **책따세**(책으로 따뜻한 세상 만드는 교사들 모임) 추천도서로 선정되었으며, 국내 청소년소설 중 가장 강력한 스테디셀러로 자리 잡아 25만 명 이상의 독자를 확보하며 많은 사랑을 받고 있다.
• 이 밖에도 매년 여러 책들이 책따세 추천도서로 선정되었다.

유진과 유진

책따세 추천도서

- 까망머리 주디 손연자
- 너도 하늘말나리야 이금이
- 악어에게 물린 날 이장근
- 길 위의 책 강미
- 발끝으로 서다 임정진
- 리남행 비행기 김현화
- 지귀, 선덕 여왕을 꿈꾸다 강숙인
- 에네껜 아이들 문영숙
- 내가 사랑한 야곱 캐서린 패터슨
- 마르셀로의 특별한 세계 프란시스코 X. 스토크

2005_

길 위의 책

• 푸른문학상 장편 청소년소설 부문의 첫 수상작 강미의 『길 위의 책』 출간.
• 강숙인 역사소설 『화랑 바도루』와 『아, 호동 왕자』 개정판 출간. 이를 전후로 동화와 청소년소설의 경계에 어중간하게 놓여 있던 『까망머리 주디』, 『네가 하늘이다』 등의 작품들을 청소년문학의 범위로 적극적으로 편입시켰다.

토바이를 세웠다. 석주는 자신에게 노골적으로 들이대는 미스 고가 싫지 않았다.

"오빠, 커피 남았는데 좀 줄까?"

석주는 자기도 모르게 훤히 드러난 여자의 허벅지로 가는 제 눈길에 당황해 대꾸할 타이밍을 놓쳤다.

"오매, 저 쓸개 빠진 년 보소. 막내 동상뻘 되는 아그한테 오빠는 무신. 커피 남았시믄 나나 한 잔 주랑게."

석주가 대답할 새도 없이 장미 할매가 말했다.

"장미 할매, 내가 화장 때문에 그렇지 디게 어려. 민증 까 보까?"

"아따 고년, 디게 어리믄, 그 나이에 커피 배달 다니는 게 자랑이여."

오토바이에서 내린 미스 고는 장미 할매와 석주 사이에 끼어 앉았다. 석주는 뭉클, 팔에 와 닿는 감촉에 깜짝 놀라 슬쩍 비켜났다. 석주는 어리숙해 뵈는 자신의 행동이 마음에 들지 않았다. 미스 고가 그만큼 더 다가앉았다. 이번에는 석주도 비키지 않았다.

"미스 고야, 정 주지 마라. 순정이라곤 없는 놈한티 정 줬다가 너만 다친다."

할머니가 옆통수에 눈이 달렸는지 돌아보지도 않고 말했다.

"제가 왜 순정이 없어요? 내 별명이 순정판데."

석주는 건들거리는 투로 말했다. 거친 풍랑을 헤치고 온 배에서 갓 내린 남자임을 미스 고에게 보여 주고 싶었다. 배에서 구르던 걸 생각하면 무슨 짓이라도 할 수 있을 것 같았다.

"정말, 오빠?"

미스 고가 석주의 팔짱을 꼈다.

"지, 지금 지저분한데."

그 말을 해 놓고 석주는 얼굴이 빨개졌다. 미스 고가 뭘 하자고 한 것도 아닌데 그렇게 말한 게 부끄러웠다. 미스 고는 상관없다는 듯 석주 팔을 더 꼭 끌어안았다. 여자의 몰캉한 감촉과 향긋한 냄새에 석주는 정신이 혼미해졌다. 장미 할매가 방해하자고 작정을 했는지 끼어들었다.

"미스 고야, 내가 오만 잡놈 다 만나 봤는디 머리에 똥만 든 놈보다 악질이 머리에 먹물 든 놈이랑게. 그놈들은 만사를 저울에 달고 자로 재 뿌려야. 그 저울질에 미스 고 니 근수가 맞을 중 아냐? 집 나간 막내 아그 같아서 하는 말인께 새겨들어야."

"넘 걱정 말고 장미 할매 앞가림이나 하세요."

미스 고가 흥 하고 콧방귀를 뀌며 말했다. 석주는 그런 미스 고가 고마웠다.

"할머니가 날 몰라도 너무 모르시네. 미스 고, 오늘 밤에 시간 있어요?"

석주가 호기롭게 물었다. 배에서 받은 돈이 있어 주머니가 두둑했다. 뿐만 아니라 방엔 과외해서 번 돈도 있었다. 그 돈을 다 쓰면 또 다시 배를 타고 바다로 나갈 것이다. 방구석에 쭈그리고 앉아 코흘리개들이나 가르치는 짓은 더 이상 하지 않으리라.

"티켓 끊는 거 아니고요?"

미스 고가 되물었다.

돈을 내고 티켓이라는 걸 끊으면 지금이라도 미스 고와 시간을 보낼 수 있다는 걸 석주도 알았다. 하지만 금방 순정파라고 큰소리쳐 놓고 돈으로 여자를 사는 일이 쑥스러웠다. 석주는 당장 미스 고와 여인숙 방으로 가고 싶은 것을 누르며 말했다.

"난 그냥 미스 고 일 끝난 다음 만나고 싶은데. 근사한 데 가서 정식으로 데이트하고 싶어요."

석주는 티켓비가 아까워서 그러는 게 아님을 분명히 밝혔다. 미스 고가 신 나서 일 마친 다음 여인숙으로 전화하겠다고 했다. 미스 고는 휴대폰부터 만들라며 귀여운 투정을 부린 뒤 오토바이를 타고 떠났다. 평상에서 일어서는 석주에게 장미 할매가 말했다.

"어리광이든 생지랄이든 이자 떨 만큼 떨었응게 그만 느그 자리로 돌아가. 너무 길어지믄 돌아가도 멀미나서 못 산께로. 배 쪼까 탔다고 땅 멀미 하는 거 봐."

"할머니, 저 안 돌아가요. 장미 여인숙에서 미스 고랑 살림 차릴까요?"

석주가 웃으며 말했다.

"저승에서 온 것 맹키로 죽을상이던 아가리에서 흰소리 나오는 거 보니 참말 갈 때가 됐구마이. 이것도 인연인께 갈 때 기별은 하고 가더라고."

"안 간다니까요. 여기서 살다 할매 장례 치러 줄게요."

석주가 일어서며 큰소리쳤다. 장미 할매가 슈퍼 할머니와 술을 마시며 죽어도 장사 치러 줄 피붙이 하나 없다고 푸념하던 게 생각나서 한 말이었다.

석주는 여인숙으로 들어갔다. 계속 발 딛는 곳이 출렁거려 벽을 짚고 2층으로 올라갔다. 석주는 방으로 가는 대신 복도 입구에 있는 욕실로 들어가 빨랫감을 던져 놓고 소금기와 비린내에 찌든 옷들을 벗었다. 내버려 두었던 수염 때문에 조금은 거칠어 보이는 얼굴이 거울에 비쳤다. 열흘 일했다고 몸에 근육도 좀 붙은 것 같았다. 석주는 자기 모습이 만족스러워 면도를 하지 않았다. 덜덜 떨며 은설을 안았던 어린애는 이제 없었다.

석주는 곧 만날 여자 생각에 마음이 들떴다. 다음 배를 타서는 자신을 젖비린내 나는 아이 취급하던 사람들에게 들려줄 이야기가 있을 것이다. 물론 오늘 밤 만들어질 이야기다. 석주는 성급하고도 힘찬 동작으로 머리를 감았다. 이젠 정말 마음대로 살 거야. 석주는 생각했다.

그동안 석주는 한순간의 욕망이―사랑이라고 믿었건, 착각했건― 제 운명을 어떻게 바꿔 놓았는지 뼈아프게 겪고 있으면서도 여자 생각이 나거나 지나가는 여자들에게 눈길이 갈 때면 스스로가 한심해 견딜 수 없었다. 그는 끊임없이 솟구치는 욕망을 끔찍해 하며 억눌러 왔다. 하지만 바보 같은 짓이었다. 생선 내장 더미를 뒤지는 집 없는 개처럼 사는 주제에 고고한 척이라니. 그런다고 은설이 알아줄 것 같아. 은설은 내가 어떻게 살고 있는지 궁금하기나 할까. 석주가 집을 나온 뒤 엄마는 분명 은설에게 먼저 연락했을 테고 그녀도 당연히 석주가 가출한 사실을 알고 있을 것이다. 방법이 없다는 걸 알면서도 석주는 자기를 찾지 않는 은설이 괘씸했고 깊이 상처 받았다.

샤워를 마친 석주는 벗어 놓은 옷 주머니에서 돈 봉투와 열쇠만 꺼낸 뒤 수건으로 몸을 대강 가린 채 욕실을 나갔다. 아직은 방들이 모두 비어 있을 시간이라 마음 놓고 걷던 석주는 갑자기 203호 방문이 벌컥 열려 깜짝 놀랐다. 그 방 주인인 송씨 할아버지는 석주처럼 장기 투숙객이었다. 배 들어오는 날이면 포구에 나가 허드렛일을 해서 먹고사는 할아버지는 볼 때마다 술에 절어 있었다. 할아버지는 일을 안 나갔는지 벌써 만취한 채 석주를 불렀다. 멋모르고 붙들렸다 몇 시간 곤욕을 치른 적이 있는 석주는 무시하고 자기 방으로 갔다. 송씨 할아버지가 고래고래 소리를 질렀다. 젊은 시절 남도 민요인가를 했었다는 할아버지는 목청이 젊은 사람 못지않았다.

첫날 석주에게, 술 마시고 소란 피우면 쫓아낸다고 으름장을 놓았던 장미 할매는 송씨 할아버지를 내버려 두었다. 어쩔 때는 술까지 사 주며 노래를 청해 듣곤 했다. 석주는 할머니에게, 걸핏하면 주사 부리며 소란 피우는 송씨 할아버지에 대해 불평한 적이 있었다.

"송씨 할아버지한테는 왜 나가라고 안 하세요?"

"사람 쫓는 것도 도망갈 구녕을 보고 해야제잉. 여기가 끝인 사람을 내몰면 죽어뻔지라는 소린 것이여."

석주는 저런 사람을 봐주는 걸 보면 장미 할매가 송씨 할아버지를 좋아하는 게 분명하다고 생각하며 옷을 찾았다. 그런데 데이트를 위해 입고 나갈 만한 옷이 없었다. 가지고 나온 얼마 안 되는 옷들은 철이 지난 데다 그나마도 함부로 굴려 후줄근했다. 석주는 시내로 나가 요즘 입을 만한 옷을 사고 머리도 깎기로 했다. 은설 따위 잊어버리고 자신을 좋아하는 여자와 즐거운 시간을 보내리라. 사실 석주를 좋다고 따라다닌 여자는 미스 고가 처음이었다.

석주는 배에서 받은 돈 중 일부를 지갑에 넣고 나머지는 비키니 옷장의 가방 안에 넣어 놓았다. 그 안에는 과외 해서 받은 돈도 들어 있었다. 석주는 휴대폰이나 통장을 만들지 않았다. 어떻게 만드는지도 몰랐고 자기 이름으로 그런 걸 만들면 엄마가 알고 당장 쫓아올 것 같았다. 석주는 그러기를 원하면서 또 진심으로 원치 않았다.

방을 나온 석주는 방문을 잘 잠갔다. 그러곤 옷자락을 잡으려 뻗치는 송씨 할아버지 손길을 피하며 복도를 지나쳤다. 밖으로 나오니 장미 할매는 어디로 갔는지 평상이 비어 있었다.

택시를 타고 번화가로 나간 석주는 이발소부터 갔다. 머리를 맡긴 채 잠깐 졸았던 것 같다. 다 됐다는 소리에 눈을 뜨니 머리는 고등학생처럼 바짝 깎여 있었고 야성미를 풍기던 거뭇거뭇한 수염은 깨끗하게 사라져 있었다. 미스 고와 같이 있으면 정말 막내 동생뻘로 보일 법한 제 모습을 석주는 물끄러미 바라보았다. 아쉬웠지만 수염을 도로 붙일 수도 없는 노릇이라 잠자코 이발소를 나왔다.

석주는 옷 가게에 들러 체크무늬 셔츠와 청바지, 그리고 봄 점퍼를 하나 샀다. 자기 손으로, 더구나 스스로 번 돈으로 옷을 사는 건 처음이었다. 옷을 입고 거울 앞에 선 석주는 이발소에서처럼 제 모습을 응시했다. 낯익으면서 동시에 낯설었다. 석주는 벗어 놓은 옷을 가게 쓰레기통에 버린 뒤 밖으로 나왔다. 새 옷으로 바꿔 입고 나니 한 번도 빨지 않은 운동화가 걸렸다. 비린내가 가장 많이 날 곳은 신발이었다. 석주는 신발 가게를 찾아가 운동화도 사 신었다. 전에 신던 신도 쓰레기통에 버렸다.

신발 가게 옆에는 화장품 가게가 있었다. 석주는 가게 문을 열고 들어갔다. 장미 할매에게 무슨 보답인가 하고 싶었다. 낯선 곳에서 이만큼 버텨 낼 수 있었던 건 장미 할매가 알게 모르게 살펴 준 덕분이었다. 무얼 살까 고민하다 크림이나 로션 대신 손목의 장미 문신처럼 붉은 립스틱을 샀다. 선물을 받고 장미 할매가 내뱉을 욕설 섞인 대사를 떠올리자 저절로 웃음이 나왔다. 점원이 손바닥보다 작은 가방에 립스틱을 넣어 주었다. 기분 좋은 표정으로 계산을 마치고 돌아서던 석주는 우뚝 멈춰섰다. 어둠 속 환영처럼 떠오르는 물건 때문이었다.

은설에게 주려고 산 향수와 립글로스가 든 쇼핑백을 어쨌는지 기억나지 않았다. 그 뒤 너무 많은 일들이 일어나 물건의 향방은커녕 그걸 산 사실조차 잊고 있었다. 석주는 기억을 짜내듯이 그날을 떠올렸다. 택시에 놓고 내렸다 기사가 일러 줘서 되찾은 것까지 분명히 생각났다. 그러면 은월 농원까지 들고 간 건 확실했다. 그 뒤부터 생각나지 않는 걸 보면 세면장이든 마당이든 은월 농원 어딘가에 떨군 게 분명했다. 가슴이 꺼지는 것 같았다. 은설이 발견했다면 그게 왜 그곳에 있는지 알아차렸을 것이다. 안에 카드까지 있으니 자기 게 아니라고 잡아뗄 수도 없었다.

가라앉은 것 같던 속이 다시 울렁거리기 시작했다. 석주는 멀미를 잊기 위해 무엇이든 해야 했다. 그는 당장 미스 고와 함께 있고 싶었다. 그런데 예상보다 많이 써 돈이 얼마 없었다. 여인숙에 가 돈을 가져온 다음 동백 다방 미스 고를 불러내리라. 자기 애를 낳은 여자한테서도 도망친 주제에 순정파 노릇은 가당치 않았다. 석주는 택시를 탔다.

큰길에서 내린 석주는 여인숙 골목 어귀를 가득 메운 사람들 때문에 어리둥절했다. 사람들뿐 아니라 구급차와 경찰차도 있었다. 이유 없이 가슴이 철렁 내려앉은 석주는 멀찌감치 떨어져서 상황을 살폈다. 사람들의 화제는 단 한가지였으므로 무슨 일이 일어났는지 금방 알 수 있었다. 송씨 할아버지가 죽은 것이다. 내려앉았던 석주의 심장이 벌렁거렸다.

"그란디 워치케 죽었당가? 자살이여?"

"목매달었다니께 자살 아니겄소. 장미 여인숙은 인자 망한 것이나 한가지여. 누가 사람 죽어 나간 방에 들라고 하겄어."

"나가 송씨 영감탱이 그럴 중 알았당게요. 그동안 죽는다는 말을 입에 달고 다녔는게라."

지나가는 자기를 향해 손을 내뻗던 송씨 할아버지 모습이 떠올라 석주는 몸을 떨었다. 마치 물에 빠져 살려달라고 허우적거리는 사람을 모른 척해서 죽게 만든 것 같은 심정이었다.

"해필 장미 할매도 없을 때 벌어진 일이라 경찰이 목격자를 찾는다는디, 목매다는 걸 봤으면 말렸제 누가 목격만 하고 있었겄어."

석주는 다리 힘이 풀려 그 자리에 쭈그리고 앉았다. 몸이 오한 든 것처럼 떨렸다. 자신 역시 목격자였다. 같은 장기 투숙객이라 강도 높은 조사를 받아야 할지도 몰랐다. 그러다 보면 신원을 밝혀야 할 테고 당연히 집으로 연락이 갈 것이다. 이런 꼴로 가족에게 인계될 수는 없었다. 벌떡 일어난 석주는 뒷걸음질 치기 시작했다.

19. 해후

　추풍령역은 영동역과 황간역을 지나서 있었다. 안내 방송이 나오자마자 서둘러 승강구 쪽으로 나간 지오는 오는 내내 악몽을 꾼 것처럼 지쳐 있었다. 지오는 이런 시간을 갖게 만든 석주를 원망하며 기차에서 내렸다. 기차에서 내린 사람은 지오를 포함해 너댓 명뿐이었다. 타는 사람도 두어 명 정도였다.

　추풍령역은 영동역보다도 훨씬 조촐했다. 플랫폼에는 여름처럼 따가운 한낮의 햇살이 쏟아지고 있었다. 문득 석주가 안 나왔으면 어쩌나 생각하면서 지오는 담배부터 피워 물었다. 시끄럽던 마음이 가라앉는 게 담배 연기 때문인지 맑고 조용한 주변 풍경 때문인지 알 수 없었다.

　지오는 철길 건너편에 서 있는 석주를 처음엔 알아보지 못했다. 기차에서 내린 사람들이 다 사라졌는데도 남아 있는 걸 보고서야 석주임을 알아차렸다. 지오는 무엇이 석주를 몰라보게 했는지 궁금해 하며 철길을 건넜다. 지오가 앞에 서자 석주가 웃으며 말했다.

"왔네."

수줍은 미소와 함께 안경테를 추어올리는 모습을 보자 비로소 석주라는 실감이 났다.

"니가 오랬잖아, 씨발아. 너 도대체 이 시골구석에서 뭐 하는 거야?"

지오는 만들어 낸 활달한 목소리로 말하며 석주에게 손을 내밀었다. 악수를 하던 지오는 석주 손바닥 가득 굳은살이 박혀 있는 것에 깜짝 놀랐다. 지오는 어딘지 모르게 단단해진 듯한 석주에게서 눈을 떼지 못했다. 그는 공부에 찌든 4수생이 아니라 햇볕에 그을린 공사장 인부 같았다. 지오는 오는 동안 생각해 낸 석주에 대한 자기 기억이 제대로인 건지 의심스러워졌다.

"내 메일 받고 황당했지? 그래도 올 줄 알았다."

지오는 석주에게서, 행색이나 정황으로 보아서는 도무지 이해되지 않는 안정감과 의젓함을 느꼈다.

"사수생 꼬락서니가 어떤가 구경하러 왔는데, 너 어디서 벽돌 나르다 왔냐?"

예전의 석주라면 어린애처럼 샐쭉해지거나 발끈했을 것이다. 하지만 석주는 웃으며 지오를 툭 치곤 역 안으로 들어갔다. 고등학교 때 지오는 석주가 한 살이 아니라 두세 살쯤 차이 나는 동생처럼 여겨졌었다. 그런데 지금은 여전히 자신보다 키도 작은데 형 같은 느낌마저 났다. 둘은 자그마한 대합실을 거쳐 밖으로 나갔다. 단층짜리 건물들이 주르르 늘어서 있는 역 주변은 한적했다.

"배고프지? 일단 가면서 이야기하자."

석주가 지오를 데려간 곳은 주차장이었다.

"타."

지오는 작은 화물칸이 달린 자주색 코란도 스포츠 앞에서 또 한 번 놀랐다. 폼 나기는 했지만 석주와는 어울리지 않는 차였다. 차체엔 은월 농원이라는 문구가 새겨져 있었다. 어디서 본 이름이라고 생각하던 지오 머릿속에 사과나무 언덕이 떠올랐다. 기차에서의 회상이 없었다면 기억도 나지 않았을 것이다.

"뭐야, 이 새끼, 너 지금 뭐야?"

지오는 차에 타는 대신 소리쳤다. 석주가 그럴 줄 알았다는 듯 씩 웃었다.

"그렇게 됐어."

석주는 대수롭지 않게 말하며 운전석에 올라 시동을 걸었다. 엄마가 운전하는 차나 타야 어울릴 법한 녀석이 사륜 구동차를 몰다니. 지오는 놀란 얼굴인 채 차 문을 열고 탔다.

"그 과수원 맞아? 거기 차야? 근데 왜 니가 이 차를 타고 있어?"

지오의 질문이 쏟아졌다.

"탈 만하니까 타고 있지."

지오는 석주가 뭔가 으스댄다는 느낌이 들자 슬그머니 기분 나빠졌다. 안달하며 궁금해 하는 게 갑자기 자존심 상해진 지오는 한껏 몸을 눕힌 자세로 앉아 심드렁한 표정을 지었다. 하지만 자기도 모르게, 능숙하게 핸들을 잡아 돌리는 석주의 단단한 팔뚝을 훔쳐보았다. 석주는 팔뚝만 단단해진 게 아니었다. 해사함이 사라진 얼굴은 각진 턱선으로 남자다워졌고 어깨는 헬스장에서 만든 것과는 다른 느낌으로 벌어져 있었다. 아무도 예전엔 그가 범생이, 마마보이였다는 걸 믿지 않을 것 같았다. 석주는 가볍게 후진으로 차를 빼내 도로로 들어섰다.

차 안은 한동안 차가 내는 소음 외에는 아무 소리도 들리지 않았다.

"아 씨발, 차 세워!"

지오가 갑자기 소리쳤다. 석주가 브레이크를 밟았다. 앞으로 쏠렸다 바로 앉은 지오가 안전벨트를 풀었다.

"뭔지 다 얘기해. 얘기 안 하면 나도 안 가."

지오가 떼쓰듯 말했다. 순간 둘 사이에 있던 미묘한 긴장감과 거리감이 무너져 버렸다. 그러자 학교 다닐 때도 느끼지 못했던 농도 짙은 친밀감이 그 사이를 메웠다. 석주가 차를 길 한옆에 댔다.

"어디 들어갈까?"

석주가 눈앞에 보이는 다방을 턱짓으로 가리켰다. 2층 건물이 가장 높은 이 거리를 빠져나가고 나면 아무것도 없었다.

"노땅같이 다방은, 그냥 여기서 얘기해."

지오가 차창을 열곤 담배를 피워 물었다. 석주가 말없이 차에서 내리더니 도롯가 가게로 들어갔다. 잠시 후 모습을 드러낸 석주는 길에서 만난 초로의 남자와 웃는 얼굴로 잠깐 이야기를 나누었다. 안부를 주고받는 것 같았다. 지오는 아무리 상상력을 발동시켜 보아도 5년 전 우연히 하룻밤 묵었던 은월 농원과 추풍령역과 범생이 석주와의 상관관계를 유추해 낼 수 없었다.

"너 옛날에 이거 좋아하지 않았냐?"

지오 쪽으로 온 석주가 열린 창 안으로 이온 음료를 들이밀었다. 비닐봉지 안에는 과자와 캔 커피도 있었다.

"이제 안 좋아해, 씨발아."

지오는 심통 부리는 것처럼 이온 음료를 밀어내고 캔 커피를 집어 들었다. 그리고 물인 양 벌컥벌컥 들이킨 다음 우그러뜨린 빈 캔을 밖으로 휙 집어 던졌다. 지오는 석주가 그쪽으로 가 캔을 주워 드는 것을 바라보았다. 석주는 가져온 캔을 운전석 아래 던져 놓고는 자리에 올라앉았다. 그러곤 입을 열었다.

"나 결혼했어."

지오 머릿속에 퍼뜩 은설이 떠올랐다.

"뭐? 결혼? 혹시 과수원 꼬맹이랑?"

석주가 고개를 끄덕였다. 지오는 백 톤급 해머가 머리를 연달아 내리친 것 같았다. 결혼도, 결혼 상대도 다 놀라웠다.

"식은 안 올렸지만 같이 살고 있어."

마치 지오를 놀라게 하는 게 목적이었다는 듯 석주 눈에 성취감이 엿보였다. 그런 석주에게 장단 맞추고 싶지 않았지만 지오는 충격을 감출 수 없었다. 은설에 대한 석주의 관심이 기억났다. 일시적인 감정인 줄 알았더니 살림까지 차렸다니. 도대체 그동안 무슨 일이 있었던 걸까. 지오는 의젓해 보이던 석주가 한순간에 철부지로 여겨졌다. 그리고 어떻게 해서든 정신 차리게 해야겠다는 의지가 불타올랐다.

"장석주, 무슨 사연인지는 모르겠지만 이건 아니다. 다시 생

각해. 스물세, 아니 넌 스물두 살이지. 그 나이에 무슨 결혼이
야. 너 혹시 사고 쳐서 할 수 없이 사는 거냐? 아저씨가 안 살
면 죽인대? 아니면 아저씨가 이 차 사 주고 꼬셨어? 맞지? 그
런 거지? 석주야, 나랑 도망치자. 세 시쯤에 서울 가는 기차 있
더라. 아니 그냥 이 차 끌고 가자. 나중에 돌려보내면 되잖아.”

지오는 근래 들어 가장 열정적인 태도로 말했다. 그걸 바라
고 석주가 자신에게 메일을 보낸 건지도 몰랐다. 자신은 도망
전문이니까.

“도망은 벌써 쳤었지.”

석주가 자조 섞인 웃음을 지었다. 그때 휴대폰 벨이 울렸다.
멀쩡하게 전화가 있으면서 메일에 번호도 안 적다니. 전화번호
를 알았으면 마치 오지 않았을 것처럼 지오는 휴대폰을 켜는 석
주를 노려보았다. 하지만 한편으로는 번호를 알리지 않은 석주
의 마음도 이해가 갔다. 전화로 이 소식을 전하기에는 엄두가
나지 않았을 것이다.

석주가 전화를 받았다. 은설인 모양이었다.

“응, 지금 만나서 가는 중이야. 그래 바꿔 줘. 수아야, 아빠
야. 아빠가 까까 사 가지고 금방 갈게. 응, 이십 분 내로 갈 거
야.”

아빠? 지오는 입을 다물지 못했다. 전화기를 통해 은설과 떼
떼거리는 어린애 목소리가 번갈아 들려왔다. 지오는 천연덕스
레 아빠 노릇을 하는 석주를 넋나간 표정으로 바라보았다. 석주
가 지오를 힐끗 돌아다보더니 웃으며 말했다.

“기절 일보 직전이야. 그래, 좀 이따 보자.”

석주는 휴대폰을 끊고 차의 시동을 걸었다.

"이제 가면서 얘기하자. 얼른 가서 점심 먹어야지."

"애도 있는 거야?"

지오가 더 이상은 놀랄 일이 없겠지, 하는 얼굴로 물었다. 스물두 살에 결혼했다는 사실이 도저히 이해되지 않았는데 아이가 있다는 걸 알게 되자 조금은 납득이 갔다. 다만 범생이, 마마보이가 어떻게 그런 사고를 쳤는지 신기할 따름이었다.

"응, 세 살. 17개월이야."

석주는 빙그레 웃었다.

"뭐? 세 살? 가만있어 봐. 그럼 꼬맹이가 고딩 때 애를 낳았다는 거야?"

지오가 의자에 기댔던 몸을 벌떡 일으키며 외쳤다. 지오가 놀라는 강도가 셀수록 석주는 흡족해 하는 것 같았다. 어떤 일도 할 수 있는 게 인간이라고 하더니 그 말이 맞았다. 연타 당한 권투 선수처럼 그로기 상태가 된 지오 머릿속에 잊고 있던, 석주가 자신을 왜 불렀는지에 대한 의문이 떠올랐다. 4수생이 아닌 석주의 호출은 더 궁금했다.

"근데 나한테 왜 갑자기 연락했냐? 우리가 언제 그렇게 친했다고."

지오는 가뜩이나 심란하던 인생이 석주의 등장으로 더 복잡해진 것 같아 툴툴거렸다.

"오늘이 무슨 날인 줄 알아? 우리 처음 은월 농원에 갔던 날이야."

석주가 앞을 본 채 웃는 얼굴로 말했다.

“뭐? 씨발, 우리가 사귀는 사이냐? 그딴 날 챙기게. 가만, 그럼 꼬맹이랑 너랑 처음 만난 날인 거잖아. 그럼 니들끼리 이벤트 할 일이지 바쁜 형님은 왜 부르고 난리야?”

지오는 어이가 없었다. 기념일이라면 해수랑 사귀는 동안 챙긴 것만으로도 물렸다. 은월 농원에 처음 간 날 따위, 석주에게는 의미 있을지 몰라도 지오와는 상관없는 일이었다.

“니가 중매쟁이잖아. 너 아니었으면 내가 무슨 수로 지금 여기 이러고 있겠냐?”

석주가 능글거렸다. 지오 때문에 은월 농원에 간 건 사실이다. 하지만 그렇다고 다 석주처럼 되지는 않는다.

“선택은 새끼야, 지가 해 놓고 뭘 내 핑계야.”

지오는 석주에게 한 그 말이 자기 심장 어딘가를 푹 찌르는 것 같아 허둥지둥 말을 이었다.

“근데 은월 농원은 경상도라고 하지 않았냐? 추풍령은 충북이던데.”

“맞아. 행정구역은 경북인데 김천역보다 추풍령역이 훨씬 더 가까워. 나도 여기 와서 살면서 알았어. 근데 전혀 짐작 못 했냐? 우리 자전거 여행할 때 여기 지나갔었는데.”

“몰라. 5년 전 일을 어떻게 기억해?”

“하긴 니 머리가 그렇게 좋은 편은 아니었지.”

“머리 좋은 놈 꼴좋다. 나는 니가 이 근처 어디 기숙 학원이나 절 같은 데서 4수하는 줄 알았어. 애들 사이에는 유학 갔다고 소문났다던데.”

“엄마가 그랬겠지.”

응달로 들어선 것처럼 석주 얼굴에 그늘이 졌다.

"니네 엄마, 너 이 꼴에 안 쓰러지셨냐?"

지오는 불현듯 자신이 『데미안』을 읽을 때 싱클레어 부인이 나올 때마다 석주 엄마가 생각났던 일이 떠올랐다. 전혀 다른 이미지인데 왜 그런 생각을 했는지 스스로도 이상했다.

"왜 안 그랬겠냐. 은설이하고 수아, 받아 준다고 했는데도 안 갔더니 버린 자식 취급이야. 여기 사는 동안은 안 보겠대."

석주가 씁쓸한 표정으로 말했다. 그동안 어떤 일들이 있었을지 듣거나 보지 않아도 짐작이 갔다.

"왜 안 간 건데? 여기서 학교 다녀?"

정말 궁금하고 이상했다.

"아니, 사과 농사 지어."

20. 손가락 한 개의 힘

어른이 된다는 건 살면서 '어떻게 그럴 수 있어 목록'보다 '그럴 수도 있지 목록'이 더 늘어나는 일일지도 모른다. "어떻게 그런 일이!"를 외치며 수아의 용수철 인형처럼 벌떡벌떡 튀어 오르던 지오가 잠잠해졌다. 어지간히 놀란 모양이었다. 석주는 그런 지오의 반응에 만족감을 느꼈다. 지오를 만나기 전까지만 해도 자신의 경험과 변화를 보여 주고 싶었을 뿐이지 과시하고 싶은 마음은 없었다.

석주가 지오를 부른 데는 자전거 여행의 추억이 가장 큰 이유가 돼 주었다. 하지만 지오가 남들과 같은 사고방식을 가진 아이였다면 연락하지 않았을 것이다. 일반적인 잣대로 재자면 대학도 다니지 않고 애 아빠가 돼 시골 과수원에서 농사 짓고 있는 자신은 루저거나 가십거리의 대상일 게 뻔했다. 하지만 지오는 스스로 제도권의 레일에서 내려선 아이였다. 석주는 그런 지오에게 자기 삶을 보여 주고 평가 받고, 아니 지지 받고 싶었는지 몰랐다.

석주는 지오를 첫눈에 알아보았다. 기차에서 내린 사람 중 청년은 지오 하나뿐이기도 했지만 그의 모습은 석주의 상상과 크게 다르지 않았다. 지오는 고등학교 때보다 키도 더 크고 기타까지 메고 있어 더 멋있어 보였다. 이유 모를 그늘로 분위기 있어 보이던 얼굴은 세월만큼 성숙해진 매력을 풍기고 있었다. 은설이 지오를 보고 설레어 하면 어쩌나 걱정될 정도였다.

석주는 그 또래 청년다운 지오를 보는 순간 마음이 아렸다. 아릿함에서 느껴지는 아픔은 지오를 만나기 전 걱정했던 것보다 훨씬 컸다. 시내에 나갔다 또래 대학생들을 보는 것과는 또 다른 느낌이었다. 무심한 성격이던 지오가 놀라 벌떡벌떡 일어날 만큼 풍파를 겪은 자기는 '그럴 수도 있지 목록'이 더 많아진 애늙은이가 된 것 같았다. 스스로 버린 길에 대한 후회와 미련, 안타까움이 쇠스랑처럼 묵직하고 날카로운 느낌으로 심장에 자국을 냈다. 석주의 무의식적인 과시는 그걸 감추기 위해서였다.

포구를 도망쳐 나온 석주는 당장 갈 데는 물론 돈도 얼마 없었다. 비키니 옷장 속의 돈이 아까웠지만 찾으러 갈 용기가 나지 않았다. 여인숙에 가는 즉시 경찰에게 붙잡혀 집으로 돌려보내질 것 같았다. 그런 식으로 돌아갈 수는 없었다. 하지만 또 다른 곳으로 가 지금까지 한 일을 다시 시작할 엄두도 나지 않았다.

시내 밤거리를 배회하는 동안 석주 마음속에서 계속 이런 식으로 살 수는 없다는 생각이 고개를 들기 시작했다. 모르는 척 외면하던 석주는 결국 언제까지 도망만 다닐 수 없음을 시인했다. 이제는 결단을 내릴 때가 된 것이다. 송씨 할아버지나 장미 할매에게는 미안한 생각이지만 자신을 더 이상 도망치지 못하게 하기 위해 그런 일이 일어난 것만 같았다.

석주는 이미 답을 알고 있었다. 가장 먼저 은설을 만나야 했다. 집으로 돌아가더라도 그게 순서였다. 석주가 그동안 한 일이라곤 은월 농원까지 갔다 도망친 것과 아무 말도 못한 통화가 전부였다. 석주는 돈이 모자라면 무임승차라도 할 각오로 기차역을 향해 걸어갔다. 3개월 전 처음 내렸던 곳이기도 했다. 석주는 그때는 두렵다고 생각했는데 돌이켜 보니 사실은 꽤 자신만만했었음을 깨달았다. 그는 삶 앞에 놓인 문제도 수능 문제처럼 정답을 낼 수 있을 거라 여겼다. 하지만 다시 빈손으로 같은 자리에 선 석주는 어렴풋하게나마 삶은 불확실한 연속성 위에 놓여 있는 것이고 그 삶이 다 끝날 때까지는 누구도 답을 낼 수 없음을 느끼고 있었다.

역 광장을 걸어가는데 누군가 석주에게 인사했다. 깜짝 놀라 바라보니 과외 했던 여중생 아이였다. 흔적 없이 떠나고 싶었던 석주는 아는 사람을 만난 게 당혹스러웠다.

"한밤중에 어디 가셔요?"

아이가 사투리를 조심하며 물었다.

"아, 집에……."

석주는 당황한 기색으로 우물거렸다.

"아주 가는 거예요?"

석주가 고개를 끄덕이자 아이 얼굴에 서운한 표정이 스쳐 갔다. 문득 주머니 속의 립스틱이 떠올랐다. 립스틱이 담긴 작은 백을 꺼낸 석주는 그 안에 여인숙 방 열쇠를 넣었다. 선물을 살 때까지만 해도 이렇게 떠날 줄은 몰랐었다. 은설의 선물을 살 때도 그렇더니. 석주는 마치 데자뷰를 겪는 것 같았다.

"이거 장미 여인숙 할머니한테 좀 갖다드릴래? 그동안 고마웠다고 건강하시라는 말도 전해 줘."

자기에게 주는 줄 알았었는지 아이 얼굴에 실망이 번졌다. 석주는 그제야 밸렌타인데이 때 그 아이로부터 초콜릿을 받았던 게 생각났다.

"공부 열심히 하고, 잘 지내."

석주가 아이에게 해 줄 수 있는 거라곤 그 말뿐이었다.

아이와 헤어진 석주는 역 안으로 들어가 영동 가는 방법을 찾아보았다. 목포에서 영동까지 직접 가는 노선이 없어 대전에서 갈아타야 했다. 무궁화호로만 타면 다행히 기차표 살 돈은 됐다.

그날의 마지막 기차가 목포역을 출발하자 캄캄한 차창에 포구와 그곳에서 만났던 사람들 얼굴이 떠오르기 시작했다. 살아온 세월이 만만치 않았음을 외양에서도 알 수 있는 장미 할매, 그리고 주검이 된 송씨 할아버지, 두 아들을 바다에서 잃은 목포 슈퍼 할머니와 엄마마저 재혼한 찬일, 제각각인 사연을 가지고 있던 과외 학생들. 월급날이면 알콜 중독 아버지가 와서 돈을 받아간다는 미스 고. 포구와 배에서 만났던 이주 노동자들……. 석주는 그동안 자신이 남들의 삶을 바라볼 여유가 없었음을 깨달았다. 자기 안에 자학의 우물을 판 뒤 얼굴을 처박고 그 안만 들여다보고 있었다.

석주에게 떠날 때가 됐다면서 기별하고 가라던 장미 할매는 예지력이 있는 모양이었다. 그렇다면 송씨 할아버지의 죽음도 예견하지 않았을까. 그래서 충격이나 상처를 조금이라도 덜 받기를 석주는 바랐다. 할머니에게 선물을 전할 수 있어 다행이었다. 석주는 빨간 립스틱과 옷장 속의 돈이 할머니에게 조금이나마 위로가 됐으면 좋겠다고 생각했다.

새벽 두 시가 조금 넘은 시간에 서대전역에 도착한 석주는 대전역으로 옮겨가 두 시간 반 정도를 기다렸다. 기차 안에서도 역 대합실에서도 석주는 잠을 자지 못했다. 남은 거리가 줄어들수록, 시간이 흐를수록 석주는 은설과 아이를 대면할 일이 점점 더 두려워졌다. 또다시 거부당한다면 어떻게 해야 할지, 생각만으로도 가슴이 옥죄었다.

석주가 영동역에 내린 시간은 다음 날 새벽 다섯 시 반이었다. 그때는 추풍령역이 더 가깝다는 걸 알기 전이었고, 알았다고 해도 시간이 맞지 않았을 것이다. 기차에서 내린 사람은 석주 혼자였다. 석주는 은월 농원으로 갈 일이 막막했다. 택시로 가는 방법밖에 모르는데 주머니엔 천 원짜리 두 장과 동전 몇 개만이 남았을 뿐이었다. 또 다시 여인숙에 두고 온 돈이 떠올랐지만 아깝다는 생각은 들지 않았다. 이발하고 새 옷과 새 신발 차림으로 은설에게 갈 수 있는 것만으로도 고마웠다.

석주는 버스가 다닐 때까지 기다리고 있느니 걷다가 타기로 했다. 석주는 지오와 함께 자전거를 타고 떠났던 여행을 떠올렸다. 그때는 목적지도 정하지 않았던 데다 지리를 몰라 헤매고 돌아다녔지만 이제는 확실한 주소가 있으니 이정표를 따라 찾아갈 수 있었다.

역 밖으로 나오자 새벽의 찬 공기가 얇은 옷 속으로 사정없이 파고들었다. 포구에는 봄이 왔지만 영동은 아직 추웠다. 석주는 개학하고서도 늘 한 달 정도는 추웠던 기억을 떠올렸다. 보름에 가까워진 달이 지지 않고 비춰 주는 길을 석주는 성큼성큼 걸었다. 마치 은설을 처음 알았던 때로 거슬러 가는 것 같았다.

석주는 지오와 함께 자전거를 타고 달리는 자신의 뒤를 따라 걸었다. 그러고 보면 이 모든 게 지오에게서 비롯됐다. 지오가 아니었으면 그날 사감에게 들키지 않은 채 기숙사에 남았을 수도 있고, 들켜서 기숙사를 나왔다 하더라도 피시방이나 찜질방에서 밤을 보냈을 것이다. 아니면 그냥 집으로 갔을지도 몰랐다. 지오가 없었으면 자전거 여행 같은 건 엄두도 내지 못했을 테고 엉뚱한 곳에서 길을 잃지도 않았을 테고 은월 농원에 갈 일도 없었을 것이다. 그리고 은설을 만나는 일도 없었겠지. 지금 이렇게 달이 지지 않은 새벽길을 걸을 일도 없을 테고.

그랬다면 좋았을까. 자전거 여행을 안 했더라면 더 좋았을까. 은설을 알기 전으로 돌아가 엄마의 착하고 자랑스러운 아들로 살고 있으면 더 행복할까. 석주는 대답할 수 없었다. 살아 보지 않은 삶에 대해 그 누구도 자신 있게 말할 수는 없으리라. 석주는 한 여자를 그리워하며 그녀를 향해 가고 있는 지금도 나쁘지만은 않은 것 같았다.

중간에 길을 잃었던 석주가 은월 농원에 도착한 시간은 오전 아홉 시가 넘어서였다. 4년 전처럼 석주는 지치고 굶주린 몰골로 마당에 들어섰다. 아직 일어나지 않았는지 아니면 모두 외출한 건지 빈집처럼 조용했다. 트럭이 있는데 이 시간에 아저씨까지 기척이 없는 건 이상했다. 석주는 쓰러지듯 쭈그리고 앉아, 낮게 으르렁거릴 뿐 그대로 엎드려 있는 레시를 어루만졌다. 손질해 주지 않은 털이 지저분했다. 목욕시키고 빗질도 해 줘야지, 석주가 생각하고 있을 때 안에서 소리가 들렸다. 석주는 벌떡 일어섰다.

삐걱거리며 미닫이문이 열리고 은설이 나타났다. 무릎이 나온 트레이닝 바지에 스웨터를 걸친 은설은 전보다 말라 보였다. 은설은 앞에 있는 석주가 헛것이 아닌지 의심하는 듯 눈을 깜빡였다. 석주는 은설이 가라고 하면 어떻게 해야 할지 모르는 채, 판결을 기다리는 죄수처럼 서 있었다. 한참을 바라보고 서 있던 은설이 물었다.

"아주 온 기가?"

석주는 은설의 말에 사형인 줄 알았다가 무기형을 선고 받은 기분이 됐다. 석주는 질문의 의미를 깊이 생각해 볼 새도 없이 고개를 끄덕였다.

"그래 고갯짓하지 말고 오빠, 니 입으로 말해라. 아주 온 기가?"

은설은 석주가 아주 오기를 원하고 있는 것이다. 은설이 원하는 대로 해야 한다고 석주는 생각했다.

"그래. 아주 온 거야."

잠긴 목에서 힘들게 목소리가 나왔다. 비로소 은설이 길을 내주었다. 석주는 온기 없는 난로가 한가운데 놓인 마루 위로 올라섰다. 마루 천장을 가로질러 맨 빨랫줄에 아기 옷이 가득 널려 있었다.

은설은 석주를 살피듯이 보고는 주방으로 들어갔다. 석주는 자석에 이끌리듯 따라 들어갔다. 예전의 그 식탁이 더 낡은 채 놓여 있었다. 석주는 그날처럼 의자에 앉았다. 은설이 말없이 밥을 차렸다. 반찬은 배추김치와 무장아찌 두 가지뿐이었다. 초라한 식탁을 보자 왠지 코끝이 찡했다. 그동안 은설의 식탁도 이랬을 것이다.

"계란도 없네."

냉장고를 열고 선 채 혼잣말로 중얼거리던 은설은 뜨거운 보리차가 담긴 컵을 놓아 주었다. 석주는 밥에 그 물을 부어 꾸역꾸역 먹었다. 금방이라도 쓰러질 것처럼 허기졌었는데 막상 숟가락을 들자 밥이 잘 넘어가지 않았다. 싱크대에 기대 서 있는 은설의 시선이 정수리에 쏟아지는 것을 느꼈지만 석주는 마주 볼 수 없었다. 은설이 혼자 모든 고통을 겪어 내는 동안 도망만 치다가는 들이닥쳐 밥을 먹고 있는 꼬락서니라니. 은설이 지금 얼마나 기막히고 실망스러울지 알 것 같았다. 앞으로도 은설이 마음 놓고 기댈 수 있는 남자가 될 자신이 없었다. 그러면서 아주 온 게 잘한 짓일까. 은설 앞에 서자 석주는 다시 혼란스러워졌다.

방에서 아기 우는 소리가 들려왔다. 그제야 아이의 존재를 안 것처럼 석주는 흠칫 놀랐다. 은설이 후다닥 주방을 뛰어나갔다. 석주는 혼자 앉아 은설이 퍼 준 밥을 다 먹은 다음 빈 그릇과 수저를 개수대에 넣었다. 어제 것인지, 아침 것인지 모를 빈 공기 한 개와 수저 한 벌이 들어 있었다. 반찬들을 넣기 위해 연 냉장고에는 우유만 두 병 있을 뿐 속이 텅 비어 있었다. 냉장고를 닫은 다음 석주는 주방을 둘러보았다. 전에 왔을 때도 따사로운 살림살이라는 느낌은 들지 않았었지만 지금처럼 휑한 느낌은 아니었다. 이 집에 무슨 일이 있는 걸까? 아저씨는 왜 보이지 않는 거지? 석주는 불안한 마음을 달래며 개수대에 있는 그릇들을 씻어 건조대 위에 엎어 놓았다.

주방을 나간 석주는 아저씨 방, 그리고 지오와 함께 잤던 방을 바라보았다. 두 방 다 문이 굳게 닫힌 채 조용했다. 석주는 은설과 아기가 있는 방으로 천천히 걸어갔다. 잠겨 있으면 어떡하나 걱정하며 손잡이를 돌렸는데 그냥 열렸다. 방에서 들큼한 냄새가 훅 끼쳐 나왔다. 아기 냄새인 모양이었다. 은설이 아기 기저귀를 갈고 있었다. 석주는 들어가도 되는지 망설여졌다.

"찬바람 들어온다. 문 닫그라."

은설이 말했다. 방으로 들어가자 안경에 김이 서려 시야가 뿌예졌다. 석주는 안경 닦을 생각도 하지 못하고 우두커니 선 채 은설의 뒷모습을 내려다보았다. 은설이 힐끗 쳐다보더니 티슈를 한 장 뽑아 건네주었다. 석주는 벽에 기대앉아 안경을 닦았다. 능숙하게 아기를 다루는 은설을 보자 그녀가 엄마라는 사실이 실감됐다. 하지만 자신이 아빠라는 사실은 여전히 받아들여지지 않았다. 아기를 보자 여기까지 고생하며 온 게 무색하게 다시 도망치고 싶어졌다.

“애기 안 볼 끼가?”

은설의 말이 고삐인 양 석주는 아기에게로 다가갔다. 모빌의 흔들림을 좇아 눈을 두릿거리던 아기는 새로운 움직임에 관심을 보였다. 아기의 토실토실한 얼굴은 은설의 얼굴보다 더 크고 환해 보였다. 아직 어려 아무것도 모를 거라고 생각하면서도 석주는 자기에게 눈을 맞추는 아기를 보자 부끄럽고 미안해졌다.

“이름은 수아고 며칠 전 백일 지났어.”

석주는 여전히 아무 말도 하지 못하고 수아를 바라보았다. 수아는 주먹 쥔 양손과 두 발을 바동거리며 석주에게 호기심을 보였다. 석주는 조심스레 검지를 아기 손 가까이 가져갔다. 그 순간 수아는 놀라운 힘으로 석주 손가락을 움켜잡았다. 깜짝 놀란 석주는 그 손을 떼어 내고 싶었다. 엉겁결에 아주 온 거라고 했지만 석주는 아이 아빠가 돼 산골 과수원에 파묻혀 살 자신이 없었다. 그건 포구에서의 삶과 크게 다르지 않았다. 수아가 속내를 읽기라도 한 듯 석주를 잡은 손에 힘을 주었다. 수아는 아직 어려 아무것도 모르는 아기가 아니었다. 석주와 은설이 알지 못했던 그들의 운명을 여기까지 이끌고 온 존재였다. 전율이 손가락을 통해 석주의 온몸을 훑고 지나갔다.

“너 같은 놈이 어떻게 애까지 만들었냐?”

지오가 아무리 생각해도 믿어지지 않는다는 듯 말했다.

“그러게. 가끔씩 나도 신기해.”

석주가 웃으며 남 일처럼 말했다.

“아저씨는? 아저씨한테 안 뚜드려 맞았냐?”

"때릴 힘도 없으셨어. 내가 왔을 때 암 수술 받고 병원에 입원해 계셨거든."

병원으로 찾아간 석주에게 아저씨는 은설과 아기를 데리고 석주 집으로 가라고 했다. 그 사이 석주 예상대로 엄마가 찾아왔었다. 엄마는 모두 받아 줄 테니 개강하기 전에 석주를 돌아오게 하라고 은설에게 애원했다.

"집에 와서 석주는 대학 다니고 너는 검정고시 준비해서 수능 봐. 스스로 살 능력 생길 때까지 도와줄게."

그 뒤에도 엄마는 아빠와 함께 한 번, 혼자 한 번 더 찾아왔지만 은설은 아저씨의 암 발견과 수술 때문에 정신이 없었다.

은설은 석주가 깨끗한 옷차림과 빈손인 것을 보고 그가 모든 것을 아는 상태에서 자신과 아기를 선택한 것으로 오해했다. 그게 아님을 알게 된 은설이 말했다.

"집에 가고 싶으면 가. 내는 아빠하고 과수원 놔두고 못 간다. 아빠는 내더러 걱정 말고 가라 하지만 나는 알아. 나 없으면 우리 아빠 오래 못살아. 그리고 뭣보담도 내는 오빠네 부모님 무섭다. 수아 델꼬 오빠 집에 가면 기죽어가 살 기 뻔한데 내사 싫다. 검정고시든 수능이든 여기서 내 힘으로 할 거야. 내는 여기서 수아하고 아빠하고 살 테니까 나중에 오빠 니 힘으로 우리랑 살 수 있을 때 그때 와라."

은설이 차분한 표정과 담담한 목소리로 말했다. 석주는 솔깃해졌다. '나중'과 '오빠 힘'이 그를 유혹했다. 당장 석주가 은설과 아기를 위해 할 수 있는 일은 없었다. 지금은 부모님 도움 속에서 공부해야 할 때였다. 그래야 은설과 아기를 돌볼 힘이 생길 것이다. 석주를 바라보던 은설이 덧붙였다.

"그라고 영영 안 오더라도 원망 안 할 기다."

앞의 말을 할 때와 달리 단호해진 은설의 표정에 석주 얼굴이 일그러졌다. 속내를 들킨 듯한 무안함과 또 다시 거부당했다는 참담함이 합쳐져 석주는 폭발했다. 아기를 데리고 아버지 병수발을 들어야 하는 어려운 상황에서도 아이 아빠인 자신을 붙잡지 않는 은설이 석주는 괘씸하고 미웠다. 석주는 그녀의 어깨를 거칠게 움켜잡았다.

"씨발, 너는 어떻게 한 번도 나를 안 잡아? 정동진에서도 그렇고, 지난번에 전화했을 때도 그렇고, 넌 왜 날 밀어내기만 하는 건데. 내가 너한테 그렇게 아무것도 아니야? 안 봐도 그만밖에 안 되냐구. 그러면서 애는 왜 낳았어? 너 나 엿 먹이려고 그런 거지?"

말하는 동안 분노가 점점 더 커졌다. 잡아 흔드는 대로 흔들리며 석주를 바라보던 은설이 말했다.

"내는 절대로 오빠 안 잡아. 앞으로도 그럴 기다. 오빠 인생 망친 사람 되는 거 싫어. 내랑 수아랑 오빠 방해물 되기 싫단 말이다."

"구라치지 마. 넌 내가 그만큼 좋지가 않은 거야. 붙잡을 만큼 좋아하지 않는다고 솔직하게 말해."

석주 눈이 열패감과 분노로 들끓었다. 허탈한 표정이던 은설의 뺨 위로 눈물이 주르륵 흘러내렸다. 은설의 눈물을 처음 보는 석주는 당황한 기색으로 바라보았다.

"오빠, 니는 그래 내 맘 모르겠나? 내가 언제부터 오빠 좋아한 줄 아나? 처음부터다. 오빠들 여기 처음 왔던 날부터 순수하고 다정스런 오빠가 얼마나 좋았는지 모른다. 영동으로 간 것도 오빠 니 때문이었어. 그런데 영동서 첨 만났을 때 오빠 어땠는지 아나? 나 만난 게 귀찮고 싫은데 착해서 거절도 못 하고 앉아 있었잖아. 얼마나 표시가 나든지 아는 척한 게 다 미안했다 아이가. 거다 대고 내가 무슨 말을 하노?”

은설의 말에 심장이 툭 하고 깊이 모를 바닥으로 떨어졌다. 영동에서 은설을 보았을 때 자기 마음이 어땠는지, 그녀를 어떻게 대했는지 석주는 뚜렷하게 기억났다. 은설은 그 마음을 다 읽고 있었던 것이다.

“지오, 지오 좋아한 거 아니었어?”

석주는 자기도 모르게 묻고 말았다. 어이없다는 얼굴로 석주를 바라본 은설이 눈물을 쓱 닦아 내더니 말했다.

“여태 그래 알고 있었드나? 내가 지오 오빠를 좋아한다꼬?”

석주는 민망해서 고개를 끄덕일 수도 없었다. 은설이 흥분한 듯 빠르게 말을 쏟아 놓았다.

“세상에 어떤 가시나가 안 좋아하는 남자랑 만나고 여행 가고 하노? 내는 오빠가 날 동생으로밖에 안 본다고 생각했는 기라. 그래서, 정동진에서도 내 땜에 일어난 일이라고 생각했다. 그런데 오빠가 나한테 절절맴서 잘하니까, 처음엔 그저 책임감 때문에 그러는 것 같아 기분 나빴어. 그래도 계속 잘해 주니까 나중엔 맘이 약해질라 카드라. 오빠 재수해야 하는데 부담 주기 싫었어. 말은 안 했어도 나 땜에 시험 망친 거 같아서 미안했거든. 며칠 뒤에 나한테 신경 쓰지 말고 맘 편하게 공부하라고 말할라꼬 전화했었는데 결번으로 나오데. 그기 오빠 맘이라고 생각했다. 그래서 수아 가진 거 알았을 때도 연락할 수 없었다. 내는 오빠 처음 만났을 때부터 안 좋아한 적 한순간도 없었다."

은설은 말을 마치고 나서도 씩씩거렸다.

석주 역시 은설을 안 뒤로 그녀를 생각하지 않았던 순간은 없었다. 사랑이든 미움이든 실망이든 증오든 원망이든 욕망이든, 은설을 가슴에서 내보낸 적은 단 한 순간도 없었다. 석주는 자신이 그 사실을 한 번도 은설에게 말한 적이 없음을 깨달았다. 그 때문에 모든 게 어긋나고 꼬였던 것이다. 장미 할매 말이 맞았다. 은설이 한마음으로 자신을 사랑하는 동안 석주는 자로 재고 저울질하느라 그녀 마음은 물론 자기 마음도 제대로 보지 못했던 것이다.

석주는 은설 곁에 남았다. 엄마가 안타까워 하는 공부의 때보다 은설과 아기를 선택할 수 있는 때가 석주에겐 더 중요했다. 아저씨의 수술 경과는 좋았지만 완치 판정을 받을 때까지는 안심할 수 없었다. 석주는 아저씨에게 배우며 과수원 일을 시작했고 두 번째 봄을 맞았다.

21. 얼음이 빛나는 순간

차에서 내린 지오는 앞으로 나란히 자세로 뒤뚱뒤뚱 걸어오
는 아기와 아기가 넘어질까 봐 뒤쫓아 오는 은설과 어슬렁어슬
렁 뒤따라 오는 개를 한꺼번에 보았다. 지오는 순간 그들을 어
떻게 대해야 할지 당황스러웠다. 아기는 물론 친구의 와이프가
된 은설을 대하기는 더 어색했다. 은설은 아기를 낳아서인지 제
법 성숙해 보였다.

"오빠, 안녕하셨습니꺼? 더 멋있어졌네예."

은설이 활짝 웃으며 반겼다.

"어? 어. 너, 아니 은설이도."

지오는 버벅거렸다.

"니는 서방님 친구한테 오빠가 뭐꼬?"

석주가 아빠빠, 하며 달려드는 아기를 안아 올리며 말했다.
제 부모의 아쉽게 생긴 데만 골라 닮은 것 같은 아기가 석주 목

을 끌어안고 뽀뽀를 해 댔다.

"그라믄, 지오 씨라고 하까? 지오 씨 오셨습니꺼?"

은설이 석주의 허리를 안으며 장난스레 말했다. 석주가 은설 이마에 꿀밤을 먹였다. 지오는 그들이 부부라기보다는 소꿉놀이하는 애들 같아 보였다.

아기는 낯선 사람에 대한 호기심과 경계, 적의까지 고스란히 드러낸 얼굴로 지오를 빤히 바라보았다. 지오가 손을 내밀자 아기는 쌩하니 몸을 돌려 석주 목을 끌어안았다. 석주는 만족스러운 웃음을 지었다.

"은월 농원 여자들은 남자 보는 눈이 없네. 석주 땜에 여자한테 까이기는 처음이다."

지오가 너스레를 떨며 레시 목덜미를 어루만졌다. 레시는 건성으로 냄새 맡는 시늉을 했다.

"아버지한테 인사해야지. 아버지, 지오 왔어요."

석주 말에야 지오는 아저씨가 집 앞 뜰에 놓인 의자에 앉아 있는 것을 발견했다. 예전에도 살집이 있었던 건 아니지만 강골이었던 느낌에 비해 아저씨는 많이 수척해져 있었다. 놀랄 만한 사건들에도 세월이 흘렀다는 걸 느끼지 못했던 지오는 아저씨를 보자 단번에 그 흐름이 실감났다. 물리적인 5년보다 더 길고 깊은 시간이었다. 지오는 허리 숙여 인사했다.

"어서 와라."

아저씨가 지오 손을 잡으며 반겼다. 손가락도 뼈와 가죽만 남은 것 같았다.

"아저씨는 여전하시네요."

건강 때문에 외양은 변했지만 정이 넘치는 마음은 5년 전과 같았다.

"여전하기는. 위를 반이나 잘라 냈다 안 카나. 내사 인자 술도 못 마시고 다 됐부렸다."

아저씨는 그게 못내 아쉬운 얼굴이었다. 차에서 시장 본 것들을 은설에게 건네주며 석주가 말했다.

"설아, 우리 점심 원두막에서 먹을까? 지오 너는 어때?"

은설이 좋다고 했고 지오는 아무래도 상관없었다.

은설이 석주와 음식을 날라 온다며 지오에게 수아를 보라고 했다. 지오는 해수가 고양이와 놀아 주라고 했을 때처럼 난감했다. 지오는 그냥 주방에서 먹는다고 할걸 하고 후회했다.

"우리 수아, 노래해 주는 거 좋아해."

석주 말에 지오가 기타 치며 동요를 불러 주었더니 수아는 찰싹 붙어 떨어질 줄 몰랐다.

"삼촌캉 노는 기 좋은가 보네. 삼촌 노래 잘하니까 많이 불러 달라 캐라."

은설은 제 애가 남을 귀찮게 하는데도 나무라기는커녕 부추겼다. 졸지에 삼촌이 된 지오는 아는 동요가 떨어져 즉흥으로 노래를 지어서 불러 주었다.

"그때 오빠가 불러 줬던 노래 한번 해 보이소."

상을 차리며 은설이 말했지만 중학생 때 만든 노래를 부르기는 내키지 않았다.

석주가 한옆에서 삼겹살을 굽기 시작했다. 많이 해 본 듯 능숙했다. 지오 노래가 성의 없어진 걸 기막히게 알아차린 수아는 이제 자기가 기타를 치겠다고 떼썼다. 지오는 수아가 온갖 것을 만져 꼬질꼬질해진 손으로 기타를 주무르는 게 싫었다. 지오는 개념 없는 자식을 부모가 말려 주길 바랐다.

"수아야, 기타 지지야, 지지. 기타 만지면 아야 해."

이과 우등생이었던 석주가 놀랄 만큼 비이성적이며 비논리적인 말로 수아에게 말했다.

지오는 수아를 보는 게 버거워져 차라리 삼겹살을 굽고 싶었으나 석주는 양보하지 않았다. 지오는 석주와 은설이 실은 아기를 좋아하지 않는 거라고 생각했다. 자기라도 이 나이에 부모로 만들어 주저앉혀 놓은 아이가 예쁠 것 같지 않았다. 자신에게 석주 같은 일이 일어났다면 지오는 지구 밖으로 달아났을 것이다.

아저씨까지 와서 앉은 다음 식사가 시작됐다. 수아 한 명만 늘었을 뿐 5년 전과 같았다. 은월 농원 사람들은 그 사실을 상기하며 기분을 냈다. 그들 말을 듣고 있노라니 그때 풍경이 떠올라 지오는 잠깐 감회에 젖었다. 하지만 식탁은 그때처럼 즐겁지도 맛있지도 않았다. 제가 먹겠다고 고집 피우며 계속 밥상을 헤집는 수아 때문에 정신없어서인지 잡곡밥은 깔끄러웠고 나물들은 썼다. 게다기 진닐도 삼겹살을 먹은 터라 고기가 입안에서 맴돌았다. 잠깐 소홀한 틈에 수아가 원두막 아래로 떨어졌다. 지상에서 높이 뜬 원두막이 아닌 데다 떨어진 곳이 풀섶이라 다행이었다. 수아는 매미 수백 마리가 한꺼번에 소리 내는 것 같은 목청으로 울어 젖혔고, 석주와 은설은 아이가 중상이라도 당한 것처럼 난리를 쳤다.

“피 난다, 피!”

“우짜노, 흉 지면!”

“그러게 애 안 보고 뭐 하는 거야?”

“내가 놀고 있었드나? 오빠 니가 수아랑 더 가까운 데 있었
다 아이가.”

“빨리 119 불러.”

“그기 몇 번이드라?”

지오는 자기 때문에 원두막에서 점심을 먹다 수아가 다친 것
같아 미안하면서도 석주와 은설이 아이 이마에 상처 조금 난 걸
가지고 호들갑 떠는 게 우스웠다.

“그만들 해라. 얼라는 넘어지고 구르면서 크는 기다.”

보다 못한 아저씨가 끼어들고서야 석주와 은설은 조용해졌
고 다시 식사가 시작됐다.

지오는 자신을 불러들인 석주가 또 다시 원망스러워졌다. 중
매쟁이라 부른 거라더니 설마 이 꼴을 자랑하고 싶었던 걸까?
이게 행복이라고 여기는 걸까? 아니 그 반대일지도 모른다. 머
리 좋은 녀석이니 자신의 불행을 적나라하게 보여 주어 지오로
하여금 자책하게 하려는 고도의 전략인지도 몰랐다. 지오는 원
두막 그늘에 앉아 기타 치며 술이나 마시고 싶었지만 대작할 아
저씨는 아직 재발 위험이 있는 환자였다.

“그 뭐지? 꽃가루 묻히던 거. 그거 이제는 안 하냐? 온 김에
또 중매쟁이 노릇이나 하고 가게.”

점심 먹은 뒤 지오는 할 일도 없는 데다 또 수아를 보라고 할
까 봐 얼른 말했다. 하지만 꽃가루 수분은 벌통을 놓아 해결했

다고 했다. 석주는 지오와 놀기 위해 날을 비워 놓았는데 밤부
터 비가 온다는 예보가 있어 같은 작목반인지 뭔지 하는 과수원
으로 일을 도와주러 가야 한다고 했다. 서너 시간 걸린다고 했
다.

"씨발, 그러고 나면 저녁이잖아. 그럴 걸 난 왜 불렀어, 새끼
야."

지오는 아저씨나 은설이 듣지 못하게 작은 소리로 툴툴거렸
다.

"대신 내일 비 오면 늦잠 자도 돼. 오늘 밤 실컷 마시자."

그 말을 하는 석주는 선생님으로부터 시험 미룬다는 이야기
를 들은 아이처럼 기쁜 얼굴이었다. 지오는 석주를 따라나가 서
울로 돌아가고 싶은 것을 겨우 참았다.

지오는 석주가 은설과 사는 것까지는 납득이 갔지만 왜, 여
기서 이러고 있는지는 여전히 이해되지 않았다. 지오 생각에 석
주는 이곳과 어울리지 않는 아이였다. 그는 강의실에서 공부하
고 있는 게 어울렸다. 지오는 유부남에 아이 아빠, 농부로 사는
석주의 세계와 교감할 수 있는 부분이 아무것도 없었다. 고등학
교 때도 교집합을 이루는 부분이 적더니 지금은 더했다.

지오는 낮잠이나 자려고 원두막에 누웠다. 잠들지 못하고 뒤
척이기만 한 것 같았는데 눈을 떠 보니 아저씨가 한옆에 앉아
열무를 다듬고 있었다. 지오는 벌떡 일어나 앉았다.

"내가 깨웠는갑네."

아저씨가 미안한 얼굴을 했다.

"아니에요. 아저씨 오신 것도 모르고 잤네요."

지오는 머리를 긁적였다.

"친구 만나러 왔는데 심심해서 우짜노. 니가 이해해라. 과수원 일이란 게 고마 시기를 놓치면 안 된다 카이."

"바쁠 때 와서 방해하는 거나 아닌지 모르겠어요."

옆에서 구경만 하기가 마음에 걸린 지오는 망설이다 열무를 한 줄기 집어 들었다. 텃밭에서 갓 뽑아 온 열무는 손에 녹색 물이 묻어날 것만 같이 싱싱했다.

"아이다. 묻히지 마라. 그냥 거 앉아서 이야기나 해라."

아저씨가 지오 손에서 열무를 빼앗았다. 못이기는 척 물러앉아 한동안 아저씨의 능숙한 손놀림을 보던 지오가 말했다.

"신기해요. 이렇게 아저씨를 다시 만날 줄은 몰랐어요. 석주가 아저씨 사위가 될 줄은 더더욱 몰랐고요."

"그카제. 그래 인연이 무서븐 기라. 그때 느그들을 밤길에 만난 기 다 인연이 될라꼬 그캤던 기제."

"석주 자식 안 미우세요?"

지오가 불쑥 물었다. 자기가 그런 일을 저질렀다면 아마 여자 쪽 부모보다 아버지에게 먼저 죽었을 것이다. 지오는 아저씨와 석주 사이가 장인과 사위라기보다는 부자 같아 보이는 게 놀라웠다.

"손뼉도 마주쳐야 소리가 난다꼬 그기 어디 석주 잘못이라고만 할 수 있겄나. 따지고 보믄 내 잘못이 젤 크제."

지오는 아저씨가 밤길에서 만난 자기들을 집으로 데려간 걸 후회하는 거라고 여겼다.

"그럼 저도 죄인이네요. 자전거 여행, 저 때문이거든요."

"그런 말 아이다. 내사 에미 없이 혼자 키우다 보니까네 모르는 기 많아 설이를 외롭게 했던 기라. 무뚝뚝한 아부지캉 살다가 석주같이 따숩고 잔정 많은 놈을 만났으니 우찌 안 좋았겄노. 그래 하는 말이다."

아저씨 말에 지오는 문득 자기도 아버지로부터 모든 게 자신 탓이라는 고백을 한 번만이라도 들어봤으면 좋겠다는 생각이 들었다. 문득 든 생각치고는 너무 강렬해 지오는 잠시 아무 말도 할 수 없었다.

"니는 휴학했다꼬? 우찌 지내노?"

아저씨가 화제를 바꿨다. 오는 내내 자기 삶을 더듬어 봤으므로 길게 생각하지 않아도 됐다.

"지리멸렬이죠, 뭐. 스무 살 넘으면 빛나는 인생이 기다리고 있을 줄 알았는데 그런 것도 아니네요."

지오는 자조 섞인 웃음과 함께 대답했다. '지리멸렬'이란 단어만큼 자신의 현재와 딱 들어맞는 말도 없는 것 같았다.

"어디 제절로 나는 빛이 있드나. 지오 니 이른 봄 얼음 녹을 때 냇가에 가 본 적 있나?"

아저씨의 물음에 지오는 고개를 저었다. 지오 머릿속에 영화나 소설 등에서 본 이미지들이 조합돼 이른 봄 얼음 녹을 때의 냇가가 펼쳐졌다.

"물가에 있어 보마 깨진 얼음장이 흘러가다 반짝 하고 빛나는 순간이 있제. 돌에 걸리거나 수면이 갑자기 낮아져가 얼음장이 곧추설 땐 기라. 그때 햇빛이 반사돼가 빛나는 긴데 그 빛이 을매나 이쁜지 모린다. 얼음장이 그런 빛을 낼라 카믄 일단 깨져야 하고 돌부리나 굴곡진 길을 두려워하지 않아야 하는 기라. 사람 사는 일도 마찬가지지 싶다. 인생은 우연으로 시작해서 선택으로 이루어지는 것 아니겄나. 사는 기 평탄할 때는 그 사람이 어떤 사람인지 잘 몰라. 고난이 닥쳤을 때 그 사람이 어떤 선택을 하는지를 보마 그제사 진면목을 알 수 있는 기다.”

말을 마친 아저씨는 열무 줄기에서 연두색 벌레를 잡아 원두막 밖으로 던졌다. 벌써 몇 마리째였다. 열무 잎에는 벌레가 갉아먹은 자국인 듯 작은 구멍들이 나 있었다.

정욱 패거리들이 쫓아왔다. 도망치다 보니 그 아이들은 근석 패거리로 바뀌어 있었다. 금방 뒷덜미가 잡힐 것 같은데 다리에 쇳덩이가 매달린 듯 무거웠다. 결국 아버지 손아귀에 잡히려는 순간 지오는 소스라쳐 깼다. 진짜로 달린 양 헐떡이며 낯선 주위를 둘러보던 지오는 예전에 석주와 함께 잤던 그 방에 있음을 깨달았다. 지오는 잠을 깨게 만든 다리 위의 중압감을 떨쳐내며 일어나 앉았다. 지오 다리를 베개 삼아 자던 석주는 머리가 바닥으로 떨어졌는데도 깨지 않고 돌아누웠다. 기숙사 방에서 아이들 코 고는 소리에 잠 못 들고 일어나 앉아 있던 녀석 맞나 싶었다.

방은 서재로 바뀌어 책상 위엔 노트북과 농사와 관련된 책들이 잔뜩 쌓여 있었고 책장에는 다양한 책들이 뒤섞여 꽂혀 있었다. 창고 같았던 때에 비해 환골탈태한 방이었다. 리모델링한 듯 방뿐 아니라 집 안 전체가 산뜻했는데 잠든 석주만이 벗어놓은 옷 뭉치처럼 후줄근해 보였다. 지오는 자신 또한 조금 전까지 그런 몰골로 쓰러져 있었을 거라 생각하자 묘한 연민이 일었다. 석주 옆에 놓인 술상 주위엔 빈 소주병들이 뒹굴고 있었다.

밤 열 시가 넘어서야 지오는 석주와 술상을 놓고 마주 앉을 수 있었다. 5년 만에 만났으니 왠지 서로에게 깊은 속내까지 까 보여야 할 것 같은 초조함에 급하게 술을 마셨고 속을 보이기도 전에 누가 먼저랄 것 없이 뻗었던 것 같다. 지오는 술상을 한옆으로 밀어놓고 빈 소주병들을 거두어 세워 놓았다. 따 놓기만 하고 마시지 못한 상 위의 술병을 빼면 빈 병은 네 개였다. 둘이서 네 병에 이렇게 인사불성이 된 걸 보면 석주와 공평하게 나눠 마신 것 같지 않았다. 석주가 한 잔 마실 때 자신은 아마 두세 잔씩 마셨을 것이다. 지오는 속내도 공평치 않게 자신이 더 많이 드러낸 건 아닌가 걱정됐다. 무슨 말을 했든지 기억할 것 같지 않은 석주 상태에 그나마 마음이 놓였.

지오는 한옆에 놓여 있던 이부자리를 편 뒤 석주를 궁굴려 눕혔다. 이맛살을 찌푸리며 잠꼬대 하던 석주가 모로 누워 새우처럼 몸을 웅크렸다. 취하기 전 보였던 자신감이나 확고함과는 거리가 있는 모습이었다.

"그전에 난 힝싱 민 비래반 숭요하게 생각하며 살았던 것 같아. 근데 여기선 그럴 수가 없어. 나무들은 필요한 걸 제때에 해 주지 않으면 안 되거든. 수아랑 비슷하다. 수아는 어른들이 어떤 상황이든 저 하고 싶은 걸 해야 돼. 그러지 않으면, 너도 떼쓰는 거 봤지? 휴, 걔 아무도 못 당한다. 처음엔 너무 버릇없는 거 같아서 걱정되는 거야. 그런데 가만히 보니까 그때그때

저한테 필요한 걸 원하는 거더라구. 나무가 자라려면 필요한 게 있듯이 그 애도 자기가 잘 자라기 위해서 필요한 게 뭔지 본능적으로 알고 있는 것 같아. 나무가 수아 같다고 생각하니까 일하는 게 나름 재밌어."

힘들지 않느냐는 지오의 물음에 대한 대답이었던 것 같다. 성공 수기 같은 말이 어쩐지 비위에 거슬리던 기억이 났다. 궁극적으로는 원예학을 전공해 국산 품종을 개발하고 싶다는 석주 말에 지오는 판치기에 열성이던 그를 떠올리며 말했다.

"성공해라. 너 승부욕 끝내주는 놈이잖아."

야유가 담겨 있는 줄도 모르고 석주가 쿡쿡 웃었다.

"너 곽태호 기억 나냐?"

석주가 불쑥 물었다. 지오는 잘 모르는 이름이었다.

"아, 그럼 양근석은 알지? 맨 처음에 같은 방 썼잖아."

근석을 모를 리가 없었다. 석주 생일빵이 있던 날 지오 곁을 지나치며 각오하라고 내뱉던 녀석의 목소리가 지금도 생생했다. 지오를 학교로부터 도망치게 한 놈이었다. 지오는 자기도 모르게 어금니를 꽉 물었다.

"그 패거리에서 짱 먹었던 놈이야."

석주가 덧붙였다. 생각났다. 지오는 그 패거리가 보이면 시비라도 붙을까 봐 멀리 돌아다녔었다.

"곽태호는 왜?"

"너, 그때 자퇴했을 땐가? 안 했어도 층이 달라서 모를 수 있겠다. 암튼 나 그놈들한테 생일빵 당했거든."

지오는 그 광경을 보았다는 말도 하지 못했고 석주를 똑바로 바라보지도 못했다. 지오는 잔을 비운 뒤 석주가 따라줄 새도 없이 자기 손으로 빈 잔을 채웠다.

"사실 남들 생일빵 당하는 거 보면서도 내가 당할 줄은 몰랐어. 그때는 어려서 남한테 일어나는 일은 나한테도 다 일어날 수 있단 걸 알지 못했거든. 암튼 내가 안 당했으면 남 일이려니 하고 넘어갔겠지. 공부하기도 바빴으니까. 그런데 당하고 나니까 공부가 안 될 정도로 분해 죽겠는 거야. 사과라도 받아야지 못 참겠더라. 그래서 짱구를 굴렸지."

지오는 자기도 모르게 몸을 석주 쪽으로 기울인 채 다음 이야기를 기다렸다.

석주는 곽태호 패거리들이 벼르고 있는 대상 중 한 명인 방송반 현식에게 생일빵 장면을 몰래 찍자고 말했다. 지오는 방송반인 게 벼슬인 양 활개치고 다니던 녀석을 떠올렸다. 현식은 주저했지만 아직 지나지 않은 자신의 생일 때문에 용기를 냈다. 그리고 그는 생일빵이 벌어지는 앞방에 숨어 환기창으로 촬영에 성공했다.

"동영상 갖고 쫄 새끼들이 아닌데."

"애들이 아니라 사감하고 딜 했지. 사감이 일진 선배였던 거 알지? 사과하면 그걸로 끝내겠지만 아니면 일 크게 벌린다고 공갈쳤어. 우리 아빠 운영 위원이었잖아. 애들이 우리 죽인다고 설쳤는데 사감이 누르는 거 같았어. 사감 앞에서 사과 받고 그 뒤로 다른 건 몰라도 생일빵은 없어졌어."

지오는 허탈한 기분이 들었다. 물론 현장에서 들키지 않고 동영상을 찍는 것도, 사과를 요구하는 일도 대단한 용기를 필요로 하는 일이었지만 그들이 그렇게 쉽게 굴복할 줄은 몰랐다. 지오는 싸구려 물건을 비싸게 샀다는 걸 뒤늦게 알았을 때처럼 억울해졌다.

"마마보이가 어디서 그런 용기가 났냐? 동영상 찍는 거 걸렸으면 개박살 났을 텐데."

지오는 졸렬한 짓인 줄 알면서도 석주 약점을 앞세워 궁금한 것을 물었다. 석주는 학교 때와는 달리 조금도 불쾌해 하지 않았다. 마마보이란 별명은 더 이상 그에게 약점이 아니었다.

"사실 쫌 겁나기는 했어. 걸려서 터질 각오도 했지. 근데 그 새끼들이 생일도 아닌 우리를 때리면 명백한 폭력이 되는 거잖아. 그럼 일 진짜 커질 거고. 우리 학교가 자랑하는 태명 3무 일 빠가 뭔지 너도 알지? 폭력이잖아."

석주가 말하며 지오를 슬쩍 봤다. 지오는 뭔가 다 들킨 기분이 돼 눈길을 피했다. 석주가 씩 웃더니 말했다.

"사실 이거 처음 말하는 건데 나 그때 너한테 영향 받아서 그런 용기 낸 거다."

석주 말에 지오는 영문을 몰라 바라보았다.

"씨발, 너 학교 그만둔 거 알고 내가 얼마나 기분 드러웠는지 아냐? 솔직히 나도 자퇴하고 싶었는데 용기가 안 나서 못했거든. 너 학교 관둔 거 생각하면 생일빵 당한 거라도 해결해야지 안 그러면 나한테 못 참을 것 같았어."

지오는 석주가 잘못 알고 있는 진실에 쓴웃음이 나왔다. 술이 들어가자 쓴웃음은 헛웃음으로 바뀌었다. 지오는 급격하게 오르는 취기를 느끼며 석주와 술잔을 부딪쳤다.

"그런데 걔들이 왜 그렇게 서울 애들 싫어했는지 이젠 좀 알 것 같아. 너는 어땠는지 모르겠지만 나는 속으로 걔들 쓰레기라고 생각했었거든. 그게 어떻게든 표현됐겠지. 공부 좀 한다고 자기네 촌놈 취급하고 무시하니까 얼마나 빡쳤겠냐. 내가 시골에서 살아 보니까 쫌 이해되더라. 그런 거 보면 사람은 무슨 일이든 자기가 겪기 전엔 제대로 알 수 없는 것 같아."

지오는 무시한 게 아니라 무서워한 거였다. 그걸 들키는 게 죽기보다 싫었던 거였다.

지오는 석주가 그런 용기를 낼 수 있었던 진짜 이유는 뒤에 부모가 있어서라고 생각했다. 석주 부모는 아들이 이 나이에 애 아빠가 되는 대형 사고를 쳤어도 받아 주겠다는 사람들이다. 그런데도 뭘 잘했다고 여기서 버티고 있는지. 석주는 그때나 지금이나 여전히 부모 믿고 까부는 마마보이인 것이다. 그뿐인가, 아저씨마저 자기 딸 인생을 망쳐 놓은 녀석을 얼음이 어쩌구, 빛이 저쩌구 하며 괜찮은 놈인 양 추켜세우고 있다. 석주 자식, 그 덕에 이 꼴로 살면서도 당당하게 지오를 부를 수 있었던 것이다.

"그래서, 촌구석에서 이러고 사는 거 후회 안 해?"

지오는 자기의 이기죽거리는 질문에 대한 석주 대답이 뭐였는지는 생각나지 않았다. 그 뒤의 폭음은 어쩌면 석주로부터 후회한다는 고백을 끌어내기 위한 것이었는지도 모른다. 아니, 자기 자신을 잊기 위해서였다는 게 맞을 것이다.

지오는 벽에 기대앉아 잔뜩 웅크린 채 잠든 석주를 내려다보았다. 생뚱맞게 '행복한 가정은 모두 비슷비슷하지만 불행한 가정은 제각각 다른 모습으로 불행하다.'란『안나 카레니나』의 첫 구절이 떠올랐다. 불행한 가정들을 집대성해서 그려 놓은 듯한 그 책은 한창 가정사 때문에 괴롭던 지오의 마음을 달래 주던 책이었다. 지금은 석주의 잠든 모습이 지오에게 위안을 주었다. 지오 질문에 아까는 뭐라고 말했는지 모르지만 지금 이 모습이야말로 진정한 대답인 것 같았다. 지오는 불안하고 외로워 보이는 석주에게 이불을 덮어 주었다. 그런데도 열패감은 사라지지 않았다.

지오는 나가서 담배를 피울까 하다 술은 물론 잠까지 완전히 깰 것 같아 참았다. 맑은 정신이 되고 싶지 않았다. 정신이 돌아오면 다시는 잠들지 못할 것 같았다. 지오는 숙면을 위해 청바지를 벗었다. 옷을 의자에 걸쳐 놓는데 주머니에서 휴대폰이 떨어졌다. 낮에 기차에서 꺼 둔 뒤 시간이 꽤 흘렀다. 휴대폰을 집어 든 지오는 잠시 망설이다 전원을 켰다.

부팅이 되자 시간이 보였다. 새벽 서너 시쯤 된 줄 알았는데 이제 겨우 한 시를 넘기고 있었다. 암호를 입력하고 휴대폰을 열자 부재중 전화 일곱 통과 문자 열한 통이 와 있다고 떴다. 해수에게서 온 연락은 없었다. 서운하거나 기분 나쁠 줄 알았는데 이상하게 홀가분했다. 지오는 어렴풋하게나마 그 이유를 알 것 같았다. 해수와 네오처럼 자신과 해수도 서로에 대한 역할을 다한 것이다. 결말의 모양새가 어떻든 지오는 누군가에게 자신의 역할을 다했다는 사실이 만족스러웠다.

부재중 전화는 아버지로부터 다섯 통, 고모와 한결에게서 한 통씩이었다. 지오는 한결의 문자부터 열었다. 예상대로 클럽에 가자고 졸라 대는 내용이었다.

　-정말 안가?
　-가자
　-내가 다 쏜다니까
　-야
　-왜 대답 안 해
　-씨발 나도 안 가

그리고 뜸하다 두어 시간 전쯤 보내온 문자는 석주에 관한 것이었다.

　-대박! 장석주 여자랑 산대
　-집에서 반대해서 시골로 도망가서 산다는데

흥분한 한결의 목소리가 들려오는 것 같아 지오는 피식 웃었다. 석주의 결혼을 소문으로 들었다면 지오 역시 전교 꼴찌가 명문대 갔다는 얘기보다 믿지 못했을 것이다.

지오는 스팸 문자를 지나친 뒤 고모 문자를 열었다. 이틀씩 집에 안 들어가고 뭐 하냐며 아버지가 걱정하니까 전화 좀 하라는 내용이었다. 전날 안 들어간 건 모르는 줄 알았는데 알고 있었던 모양이다. 지난밤에 가지 않은 건 사실 기타 때문이었다. 이미 두 개의 기타를 부순 아버지는 지오가 세 번째 기타를 산 건 모르고 있었다. 지오는 아버지가 또 기타를 부술까 봐 겁났다.

걱정한다고? 남들에겐 걱정하는 척할지 몰라도 아버지가 전화 받은 지오에게 했을 말이라곤 명령이거나 채근이거나 힐난이었을 것이다. 생각만 해도 아버지 목소리가 실제로 들리는 듯해 가슴이 답답해졌다.

문득 텔레비전 불빛만이 흘러나오는 어두운 빈집에서 아들에게 전화를 걸고 있는 아버지 모습이 떠올랐다. 지오 얼굴에 냉소가 스쳤다. 꼴좋다. 아버지는 혼자 남겨져도 싸다. 아내를 잃고, 딸을 잃은 줄도 모르고, 이제는 아들마저 잃을 게 분명하다. 그런데도 자기 잘못이 무엇인 줄도 모르고 인정도 하지 않을 사람. 아집과 권위로 쌓은 성 안에 들어앉아 독재자의 말로처럼 외롭고 비참하게 늙어가라지.

지오의 생각을 듣기라도 한 듯 휴대폰 진동음이 울렸다. 아버지였다. 지오는 흠칫 놀라 자기도 모르게 전화기를 이불 위로 떨어뜨렸다. 고함치듯 몸체를 떨고 있는 휴대폰을 바라보는 동안 지오의 표정이 서서히 두려움에서 분노로 바뀌었다. 대상은 아버지인 것도, 자신인 것도 같았다. 그때 석주가 바로 누우며 한쪽 다리로 이불을 걷어찼다. 서슬에 휴대폰이 방바닥으로 굴러떨어졌다. 마치 놀라서 그런 것처럼 진동음이 끊긴 휴대폰은 숨죽인 채 엎드려 있었다. 그 모습을 바라보는 지오의 한쪽 입꼬리가 슬며시 올라갔다.

그때 또 다시 전화가 오기 시작했다. 지오는 천천히 손을 뻗어 휴대폰을 집어 들었다. 그리고 눈을 감고 심호흡한 다음 자신을 이른 봄 얼음이 깨질 때의 냇가로 데려다 놓았다.

자기 앞의 생

사람들은 종종 인생을 등산이나 바둑, 야구, 여행 등에 비유하곤 한다. 전체 과정이나 게임의 룰 등이 인생의 속성과 닮았기 때문일 것이다. 한 편의 작품을 쓰는 과정 또한 인생과 다를 바 없어서 완성하기까지 갖은 우여곡절이 있다.

『얼음이 빛나는 순간』은 후반부에 이르기까지, 어떤 고비나 좌절 없이 순탄하게 살아온 사람의 삶처럼 술술 풀렸다. 컴퓨터 앞에 앉기만 하면 누가 말하는 걸 받아 적는 것처럼 자판 위의 손이 숨차게 움직여졌다. 원주 토지문화관에 기거하고 있었으므로 인터넷이 안 되는 방과 남이 해 주는 밥의 위력이라 믿으며 흐뭇해 했다. 그런데 노년에 이르러 자신이 잘 살아 온 건지, 지난 삶에 대한 회의에 빠진 사람처럼 뒤늦게 소설에 대한 불안함과 의구심이 생기기 시작했다. 여러 고민 가운데 누구나 아는 이야기를 잔소리처럼 펼쳐 놓고 있는 건 아닌가 하는 걱정이 가장 컸다. 이제껏 달려온 길을 깡그리 부정할 수도, 모르는 체하고 앞으로 나아갈 수도 없는 심정이 된 나는 쓰기를 멈춘 채 소설 속에서는 이미 목적지에 가까워지고 있는 지오의 동선을 따라 기차에 올랐다. 소설 속 주인공들의 주된 이동 수단은 기차다. 하지만 작품을 쓰기 전 굳이 취재를 위해 기차를 타 볼 필요는 없다고 생각했다. 지방 강연 때 많이 이용해 봐서 머릿속에 있는 기억만 가지고도 충분히 기차 안을 그릴 수 있었다. 그리고 기차라는 실제적인 공간보다는 그곳에서 벌어지고 있는 인물들의 심리에 대한 천착과 묘사가 더 중요하다고 여겼기 때문이다.

그런데도 기차를 탄 건 그곳에서 지오가 끊임없이 자신과 마주친 것처럼 나도 객관적인 시선으로 내 소설과 마주하게 되기를 바라서였다. 고즈넉한 분위기에서 오롯이 생각에 잠길 수 있기를 기대했지만 입석 승객까지 있는 기차 안은 너무 붐볐고, 내 옆인 창가 자리는 거의 역마다 사람이 바뀌어 어수선했다. 천안을 지나서야 기차 안은 조금 한산해졌고 옆자리는 빈 채였다. 그제야 내가 그리던 시간을 가질 수 있게 된 것이다.

하지만 자리를 찾아온 초로의 여성이 앉자마자 '아줌마' 특유의 붙임성으로 말을 걸어왔고, 나는 마지못해 대꾸하면서도 짜증이 났다. 그런데 몇 마디 나누지 않아 연륜에서 오는 지혜와 활달한 유머를 겸비하고 있는 옆자리 승객이 유쾌해졌다. 나는 잠시 소설은 잊고 아주머니와 즐겁고 편안한 마음으로 이런저런 대화를 나누었다. 무슨 이야기 끝엔가 그분이 말했다.

"육십 평생 살면서 얻은 결론인데 인생은 결국 자기 선택으로 이루어지는 거야."

그 말을 듣는 순간 나는 깜짝 놀랐다. 쓰고 있는 소설에서 내가 말하고자 하는 바였기 때문이다. 작품에 대한 고민 때문에 탄 기차에서 우연히 만난 사람으로부터 쓰고 있는 소설의 주제문을 듣게 되다니. 잘하고 있으니 걱정 말고 돌아가 소설을 끝마치라는 계시 같아 가슴이 뛰었다. 하지만 흥분은 잠시, 아주머니가 내리고 혼자가 되자 누구나 할 수 있고, 한 줄로 요약되는 이야기를 그리 길게 늘어놓고 있었나 싶은 게 맥이 풀렸다. 기차를 타게 했던 애초의 걱정과도 맞닿아 있는 문제여서 우울하기까지 했다. 비로소 나는 지오가 자신과 마주한 것처럼 내 소설과 마주할 수 있었다.

의식적이든 무의식적이든 우리는 매순간 자기 앞에 놓인 삶을 선택해야만 한다. 그 과정에서 인간은 누구나 실수를 저지르고 시행착오를 겪는다. 자기 선택으로 얻게 된 결과가 한없이 후회스럽고 지리멸렬하게 느껴질 때도 있을 것이다. 그렇더라도 다음엔 보다 나은 선택을 할 수 있기를 희망하며 자신에게 주어진 삶을 살아 내는 게 우리에게 주어진 책무이고 운명일 것

이다. 그런 생각을 많은 선택 앞에서 갈등하고, 도망치고, 결과
에 아파하고 후회하면서 자기 앞의 생과 마주하는 지오와 석주
를 통해 보여 주고 싶었던 것이다. 자연스레 결론이 나왔다. 그
러니 내 소설도 끝을 내야 했다. 비록 미흡할지라도 내가 할 수
있는 최선을 다해!

　동화나 청소년소설을 쓰는 작가라서 좋은 점은 독자들의 성
장을 지켜볼 수 있다는 것이다. 어린이였던 독자가 청소년으로
이십 대로 성장하는 걸 보는 일은, 내 아이들이 청년과 아가씨
가 된 모습을 볼 때처럼 설레고 눈부시다. 이번 작품을 통해 어
릴 때부터 내 책을 읽고 자란 이십 대 독자들과도 만날 수 있다
면 좋겠다. 지오 같고 석주 같을 그들에게 누구에게나, 언젠가
는 빛나는 순간이 있으며 그 시간은 자신이 만드는 것임을 말해
주고 싶다.

　전망 좋고 따뜻한 방을 제공해 준 토지문화관과 한국문화예
술위원회에 감사드린다. 또한 작품 속에 스며들어 영감을 준 모
든 이들에게도 고마움을 전하며…….

2013년 아직 이른 봄

이금이

푸른책들이 펴낸 〈이금이 작가〉의 성장소설

너도 하늘말나리야 (푸른도서관 5)

유진과 유진 (푸른도서관 9)

주머니 속의 고래 (푸른도서관 17)

벼랑 (푸른도서관 24)

첫사랑 (미래의 고전 1)

우리 반 인터넷 소설가 (푸른도서관 36)

소희의 방 (푸른도서관 41)

사료를 드립니다 (미래의 고전 27)

신기루 (푸른도서관 50)

얼음이 빛나는 순간 (푸른도서관 60)

숨은 길 찾기 (푸른도서관 68)

이금이

'이 시대 최고의 아동청소년문학 작가'로 꼽히는 이금이는 1984년 '새벗문학상'에 동화가 당선되어 문단에 데뷔한 이후, 30여 년 동안 진한 휴머니티가 담긴 감동적인 작품을 꾸준히 발표해 왔다. 제39회 '소천아동문학상'을 받았으며, 초등학교와 중학교 〈국어〉 교과서에 「배우가 된 수아」, 「생 레미에서, 희수」, 「햄, 뭐라나 하는 쥐」, 「너도 하늘말나리야」, 「주머니 속의 고래」 등 여러 편의 작품이 실리기도 한 그는 아이로부터 어른에 이르기까지 나이를 초월하여 폭넓은 독자층을 가지고 있는 보기 드문 작가이다. 대표적인 작품으로 동화 「너도 하늘말나리야」, 「밤티 마을 큰돌이네 집」, 「밤티 마을 영미네 집」, 「밤티 마을 봄이네 집」, 「나와 조금 다를 뿐이야」, 「영구랑 흑구랑」, 「금단현상」, 「사료를 드립니다」 등이 있고, 청소년소설 「유진과 유진」, 「주머니 속의 고래」, 「벼랑」, 「우리 반 인터넷 소설가」, 「소희의 방」, 「신기루」, 「얼음이 빛나는 순간」과 동화창작이론서 「동화창작교실」이 있다.

홈페이지_ http://leegeumyi.com

1. 뢰제의 나라 강숙인 지음

교통사고로 가사 상태에 빠진 열두 살 소년이 저승사자의 손에 이끌려 저승인 '뢰제의 나라'를 여행하면서 벌어지는 모험담을 담은 판타지소설.

★ 윤석중문학상 수상작   ★ 동화읽는가족 추천도서

2. 아버지가 없는 나라로 가고 싶다 이규희 지음

아픈 결핍의 가족사를 벗어던지고 마침내 더 너른 세상을 향해 나아가는 소녀를 통해 성장의 의미를 곰곰이 곱씹게 해 주는 가슴 뭉클한 성장소설.

★ 세종아동문학상 수상작가

3. 까망머리 주디 손연자 지음

좋아하는 남학생에게 외모에 대한 조롱 섞인 말을 듣고, 입양아인 자신이 미국 사회의 이방인이라는 사실을 깨닫는 사춘기 소녀 주디가 정체성을 찾아가는 이야기.

★ 책따세 추천도서   ★ 경기도학교도서관사서협의회 추천도서   ★ 부산광역시교육청 독서인증제 권장도서

4. 이삐 언니 강정님 지음

일제 강점기 말과 해방 공간을 시간적 배경으로 밤나무정 마을에 사는 '복이'라는 여자아이의 삶의 비밀을 하나하나 알아가는 과정을 그린 아름다운 연작소설집.

★ 서울시교육청 교과별 권장도서   ★ 한우리독서토론논술 필독도서   ★ 한국아동문예상 수상작

5. 너도 하늘말나리야 이금이 지음

미르와 소희, 바우는 각자의 상처를 속으로 감추고 괴로워하다 서로를 알아본다. 서로의 상처를 보듬어 주는 순간, 상처에는 새살이 돋고 아이들은 비로소 성장하게 된다.

★ 중학교 〈국어〉 교과서 수록   ★ 책따세 추천도서   ★ 〈중앙일보〉 좋은책 100선 선정도서

6. 내 이름엔 별이 있다 박윤규 지음

1970년대라는 한국 사회의 정치적·사회적 격동기를 배경으로 성장해 나가는 사춘기 소년의 삶을 통해 2000년대의 우리가 잊고 지냈던 '꿈'과 '희망'을 다시 한 번 환기시켜 준다.

★ 서울시립어린이도서관 추천도서

7. 토끼의 눈 강정규 지음

한국 전쟁을 배경으로 한 세 편의 이야기를 엮은 소설집. 작품 속에 총소리나 죽음은 등장하지 않지만, 천진한 아이들의 눈으로 바라본 전쟁이 숨이 막힐 듯 가깝게 다가온다.

★ 세종아동문학상 수상작   ★ 아침독서 청소년 추천도서

8. 화랑 바도루 강숙인 지음

부모님을 일찍 여읜 바도루가 김충현 장군 밑에서 생활하며 그의 자제인 경천과 함께 피나는 노력과 뜨거운 우정을 나누며 꿈에 그리던 화랑이 되는 이야기를 그린 본격 역사소설.

★ 동화읽는가족 추천도서

9. 유진과 유진 이금이 지음

어린 시절 함께 성추행을 당한 동명이인 '유진과 유진'의 각각 다른 성장 과정을 통해 청소년의 심리를 아주 세밀하게 보여 주는 이금이 작가의 청소년소설.

★ 책따세 추천도서   ★ 어린이도서연구회 청소년 권장도서   ★ 학교도서관저널 선정 성장소설 50선

10. 마사코의 질문 손연자 지음

일본인 소녀의 입으로 일본인의 죄를 묻는 이야기. 일제 강점기에 우리 민족이 겪은 온갖 수난을 생생하고 절실하게 그려 낸 9편의 작품이 실려 있다.

★ 세종아동문학상 수상작　★ SBS 어린이미디어대상 수상작　★ 한우리독서토론논술 필독도서

11. 아, 호동 왕자 강숙인 지음

비극적 사랑의 대명사 호동 왕자와 낙랑 공주, 그들이 정말 사랑하는 사이였는가에 대한 의문으로 시작된 역사소설. 우리가 알고 있던 이야기를 뒤집어 전혀 새로운 시각을 제시한다.

★ 한우리독서토론논술 필독도서　★ 서울독서교육연구회 추천도서　★ 책읽는교육사회실천협의회 추천도서

12. 길 위의 책 강 미 지음

‘책’을 통해 자연스럽게 자신의 고민과 방황을 해결하고 상처를 치유해 나가는 여고생들의 이야기를 잔잔하게 그렸다. 청소년들을 위한 성장소설들이 ‘책 속의 책’으로 가득 담겨 있다.

★ 제3회 푸른문학상 수상작　★ 책따세 추천도서　★ 문화체육관광부 우수교양도서

13. 느티는 아프다 이용포 지음

‘지금 여기’의 ‘가장 낮은 곳’을 이야기하는 성장소설. 독자들에게 이웃을 바라보는 시선을 바꾸고 존재의 소중함을 돌아볼 수 있는 시간을 마련해 준다.

★ 한국문화예술위원회 우수문학도서　★ 평화박물관 선정 청소년 평화책

14. 발끝으로 서다 임정진 지음

베스트셀러『행복은 성적순이 아니잖아요』의 임정진 작가가 펴낸 청소년소설. 낯선 땅으로 홀로 유학을 떠난 주인공을 통해 조기 유학생활의 어려움과 외로움을 절절하게 그렸다.

★ 책따세 추천도서

15. 마지막 왕자 강숙인 지음

역사의 그늘에 가려져 있던 인물이자 신라의 마지막 왕인 경순왕의 아들 마의태자를 주인공으로 한 역사소설로, 그의 새로운 영웅적 면모를 보여 준다.

★ 〈중앙일보〉 좋은책 100선 선정도서　★ 어린이도서연구회 청소년 권장도서

16. 초원의 별 강숙인 지음

마의태자를 주인공으로 한『마지막 왕자』의 후속작. 사라져 버린 나라를 그리워하던 주인공 새부가 광활한 만주 대륙에서 아버지의 꿈을 이루는 과정을 흥미진진하게 그리고 있다.

★ 동화읽는가족 추천도서

17. 주머니 속의 고래 이금이 지음

가슴속에 품고 있는 꿈을 찾기 위해 노력하는 열다섯 살 아이들에 대한 이야기이다. 저마다 꿈을 좇는 과정에서 실패와 좌절을 겪지만 다시 씩씩하게 일어나는 모습을 보여 준다.

★ 중학교 〈국어〉 교과서 수록　★ 아침독서 청소년 추천도서　★ 대한출판문화협회 올해의 청소년도서

18. 쥐를 잡자 임태희 지음

원치 않는 임신을 한 여고생의 이야기로 성에 대해 여전히 취약한 우리 청소년의 현실을 돌아보고 위험성을 인식하게 만든다. 동시에 대책 마련이 시급하다는 사실을 새삼 일깨운다.

★ 제4회 푸른문학상 수상작　★ 아침독서 청소년 추천도서　★ 어린이도서연구회 청소년 권장도서

19. 바람의 아이 한석청 지음

우리나라 아동청소년문학 최초로 발해를 소재로 한 장편역사소설. 고구려 멸망 뒤 옛 고구려 지역에 살던 이들의 비참한 삶과 나라를 되찾고자 하는 투쟁을 생생하게 그려 냈다.

★ 한우리독서토론논술 필독도서   ★ 책읽는교육사회실천협의회 추천도서

20. 베스트 프렌드 이경혜 외 지음

사춘기를 지나 성숙한 남녀로 성장하는 과정에 놓인 청소년들의 심리 변화를 섬세하게 그린 표제작을 비롯해 현실적인 청소년들의 한계와 모순을 그린 5편의 단편소설을 엮었다.

★ 어린이도서연구회 청소년 권장도서

21. 리남행 비행기 김현화 지음

봉수네 가족이 북한을 탈출해 리남행 비행기에 오르기까지의 여정이 긴장감 있게 그려져 있다. 온갖 역경 속에서도 인간애와 가족애를 잃지 않는 모습이 진한 감동을 선사한다.

★ 제5회 푸른문학상 수상작   ★ 책따세 추천도서   ★ 한국문화예술위원회 우수문학도서

22. 겨울, 블로그 강 미 지음

자신만의 길을 찾아가는 청소년들이 종횡무진 활동하는 네 편의 작품을 담았다. 청소년들의 일상을 정확하고 섬세하게 묘사하여 그들이 나아갈 수 있는 길을 오롯이 보여 준다.

★ 문화체육관광부 우수교양도서   ★ 아침독서 청소년 추천도서   ★ 한국출판인회의 선정 이달의 책

23. 네가 하늘이다 이윤희 지음

1894년 동학 농민 운동을 배경으로 새로운 세상을 꿈꾸었지만 결국 이름조차 남기지 못하고 스러져 간 농민군의 이야기를 감동적으로 그려 낸 대하역사소설.

★ 아침독서 청소년 추천도서   ★ 한국어린이문화대상 수상작

24. 벼랑 이금이 지음

원조 교제, 첫 키스, 협박, 폭력……. 거친 현실의 이면에 감춰진 청소년들의 내면을 섬세하게 다루고 있는 이금이 작가의 연작청소년소설.

★ 한국문화예술위원회 우수문학도서   ★ 아침독서 청소년 추천도서   ★ 네이버 북리펀드 선정도서

25. 뚜깐뎐 이용포 지음

서기 2044년, 한국에서 영어 공용화 법안이 통과된 뒤 영어가 일상어로 자리를 잡은 때와 한글이 박해를 받던 연산군 시절을 오가며 현대인들에게 진지한 성찰의 기회를 제공한다.

★ 아침독서 청소년 추천도서   ★ 대한출판문화협회 올해의 청소년도서   ★ 〈중앙일보〉 선정 이달의 책

26. 천년별곡 박윤규 지음

천 년의 시간을 애증과 그리움으로 버틴 주목나무의 이야기를 절제된 감성으로 그린 작품. 시 형식을 차용한 소설인 '시소설'이란 신선한 장르에 애절한 정서를 잘 녹여 냈다.

★ 한우리가 선정한 좋은 책

27. 지귀, 선덕 여왕을 꿈꾸다 강숙인 지음

지귀 설화 속에 숨어 있는 선덕 여왕 이야기를 담은 역사소설. 지귀와 선덕 여왕, 김춘추와 김유신 등 시대의 격랑에 휘말린 이들의 삶과 사랑이 독자들의 가슴속에 파고든다.

★ 책따세 추천도서   ★ 네이버 북리펀드 선정도서   ★ 아침독서 청소년 추천도서

28. 청아 청아 예쁜 청아 강숙인 지음

〈심청전〉을 현대적으로 재해석한 소설. 새로운 시각의 심청과 서해 용왕 그리고 그의 아들을 등장시켜 '보이지 않는 사랑 이야기'를 통해 참다운 사랑의 의미를 되새기게 한다.

★ 한국출판인회의 선정 이달의 책   ★ 중앙독서교육 선정도서

29. 살리에르, 웃다 문부일 외 지음

'엄친아'와의 비교에 시달리며 자신을 '살리에르'라 믿는 청소년들에게 건네는 '꿈'에 관한 다섯 가지 이야기. 꿈을 향한 청소년들의 힘차고도 아름다운 몸부림이 담겼다.

★ 제6회 푸른문학상 수상작   ★ 아침독서 청소년 추천도서   ★ 경기도학교도서관사서협의회 추천도서

30. 사라지지 않는 노래 배봉기 지음

세계적 미스터리의 하나인 이스터 섬 모아이 석상의 비밀을 소재로 인간의 파괴적 욕망과 그것을 극복했을 때 찾을 수 있는 평화를 보여 준다.

★ 문화체육관광부 우수교양도서   ★ 네이버 북리펀드 선정도서   ★ 국립어린이청소년도서관 추천도서

31. 김홍도, 조선을 그리다 박지숙 지음

김홍도의 그림을 통해 그의 삶을 다룬 연작으로, 작가 특유의 상상력과 깊이 있는 통찰력으로 '인간 김홍도'의 삶을 생생하게 되살려낸 본격 역사소설이다.

★ 문화체육관광부 우수교양도서   ★ 〈소년조선일보〉 추천도서   ★ 아침독서 청소년 추천도서

32. 새가 날아든다 강정규 지음

한국 전쟁을 직접 경험한 세대가 전쟁과 분단과 이산이라는 문제를 다른 시각에서 조명한 작품. 역사의 굴곡을 넘어 당대의 사람들이 더불어 살아가는 이야기를 일곱 편의 소설에 담았다.

★ 아침독서 청소년 추천도서

33. 에네껜 아이들 문영숙 지음

구한말 멕시코의 낯선 농장으로 이주한 조선 사람들이 노예처럼 일하며 온갖 고난과 수모를 당하지만 불굴의 의지로 희망의 새로운 터전을 마련한 내용을 담은 역사소설.

★ 책따세 추천도서   ★ 대한출판문화협회 올해의 청소년도서   ★ 아침독서 청소년 추천도서

34. 밤나무정의 기판이 강정님 지음

1950년대를 배경으로 소년 기판이의 각별하고도 애틋한 성장과 모험과 죽음을 다룬 이야기. 작가 특유의 입담과 사투리에 실린 당시의 일상과 풍속이 눈앞에 생생하게 되살아난다.

★ 한국문화예술위원회 우수문학도서   ★ 대한출판문화협회 올해의 청소년도서   ★ 아침독서 청소년 추천도서

35. 스쿠터 걸 이은 지음

질풍노도의 시기인 청소년기의 한복판에 서 있는 열다섯 살 중학생들을 본격적으로 등장시킴으로써 중학생들의 삶을 밀도 있게 그려 낸 청소년소설집.

★ 한국간행물윤리위원회 우수청소년저작 당선작   ★ 학교도서관저널 추천도서

36. 우리 반 인터넷 소설가 이금이 지음

거짓이 휘두르는 보이지 않는 폭력에 '진실'이 어떻게 왜곡되고 유배되는지를 청소년들의 생생한 세태 묘사와 치밀한 구성을 바탕으로 보여 준다.

★ 네이버 북리펀드 선정도서   ★ 학교도서관저널 추천도서   ★ 국립어린이청소년도서관 추천도서

37. 열네 살, 비밀과 거짓말 김진영 지음

습관적인 도둑질에 빠져들면서 비밀과 거짓말이 늘어나게 된 평범한 열네 살 소녀 하리가 다시 삶의 진실을 찾아가는 성장소설.

★ 한국간행물윤리위원회 청소년 권장도서   ★ 문화체육관광부 우수교양도서

38. 허황옥, 가야를 품다 김정 지음

먼 바다를 건너 가야로 온 인도 아유타국 공주 허황옥의 삶을 조명하면서, 철을 바탕으로 국제 무역의 중심지로 자리했던 가야의 역사를 생생히 전하는 역사소설이다.

★ 학교도서관저널 추천도서   ★ 대한출판문화협회 올해의 청소년도서

39. 외톨이 김인해 외 지음

요즘 청소년들의 왜곡된 삶과 고민을 가감 없이 보여 주며, 그들의 정서적 긴장감과 내면적 따뜻함을 동시에 그리고 있는 세 편의 단편소설이 실려 있다.

★ 제8회 푸른문학상 수상작   ★ 국립어린이청소년도서관 사서 추천도서   ★ 아침독서 청소년 추천도서

40. 그래도 괜찮아 안오일 지음

현실의 부정과 좌절에 길항하는 청소년들의 고민을 진정성 있게 담아낸 청소년시집. 청소년들이 지닌 '생기'를 유감없이 보여 주며 긍정과 희망의 메시지를 전한다.

★ 한국간행물윤리위원회 우수청소년저작 당선작   ★ 한국문화예술위원회 우수문학도서

41. 소희의 방 이금이 지음

이금이 작가의 대표작 『너도 하늘말나리야』의 후속작. 달밭마을을 떠나 재혼한 친엄마와 재회해 새 가족의 일원이 된 열다섯 소희의 욕망과 아픔을 다룬 성장소설이다.

★ 한국문화예술위원회 우수문학도서   ★ 한겨레·예스24 선정 청소년책 30선

42. 조생의 사랑 김현화 지음

조선시대를 배경으로 청년 '조생'이 청나라에 파견되는 연행사로 길을 떠나 사랑과 우정, 정의, 신념 등 삶의 진리를 깨달아가는 과정을 그린 청소년 역사소설.

★ 서울시교육청 남산도서관 사서 추천도서   ★ 〈아침햇살〉 선정 좋은 청소년책

43. 아버지, 나의 아버지 최유정 지음

위탁가정에 맡겨진 열여섯 살 연수가 자신의 친아버지를 찾아 떠나는 여정을 통해 진정한 자아 정체성을 확립해 가는 과정을 밀도 있게 그렸다.

★ 한국문화예술위원회 우수문학도서   ★ 〈아침햇살〉 선정 좋은 청소년책

44. 타임 가디언 백은영 지음

타임 슬립이라는 장치를 통해 개인과 사회에서 일어나는 현실의 문제들을 조명하는 본격 청소년 SF소설. 시공간을 뛰어넘는 구성과 예측할 수 없는 독특한 상상력을 맛볼 수 있다.

★ 〈아침햇살〉 선정 좋은 청소년책

45. 분청, 꿈을 빚다 신현수 지음

고려 최고의 사기장의 아들인 강뫼가 왜구 침입과 왕조의 변혁 등 극한 시대 상황 속에서 분청사기를 만들기까지의 과정을 흡인력 있게 그린 역사소설.

★ 대한출판문화협회 올해의 청소년도서   ★ 아침독서 청소년 추천도서

46. 방울새는 울지 않는다 박윤규 지음

5·18이라는 역사적 사건을 배경으로 그려지는 명창 소녀 '방울'과 고수 '민혁'의 안타까운 사랑 이야기. 슬픈 현대사를 정면으로 바라보고 올바르게 판단할 수 있는 용기를 준다.

★ 학교도서관저널 추천도서　★ 한국문화예술위원회 우수문학도서

47. 악어에게 물린 날 이장근 지음

현직 중학교 교사인 시인이 청소년과 함께 호흡하면서 체험한 담백하고 직설적인 언어가 공감을 불러온다. 청소년들 질풍노도가 마음껏 활개 칠 수 있도록 기운을 북돋는 청소년시집.

★ 책따세 추천도서　★ 대한출판문화협회 올해의 청소년도서　★ 어린이도서연구회 청소년 권장도서

48. 찢어, Jean 문부일 지음

아르바이트, 집단 따돌림 등 청소년들이 공감할 수 있는 일곱 편의 이야기가 담겼다. 현실에 갇혀 사는 청소년들의 일탈을 유쾌하면서도 진정성 있게 담았다.

★ 아침독서 청소년 추천도서　★ 한국문화예술위원회 우수문학도서

49. 불량한 주스 가게 유하순 외 지음

실수와 시행착오를 반복하다가 돌연 성장의 분기점을 지나는 청소년들의 '오늘'을 포착했다. 좌절과 반성의 언어조차 싱그러운 청소년들을 응원하게 만드는 네 편의 단편소설 모음.

★ 제9회 푸른문학상 수상작　★ 아침독서 청소년 추천도서　★ 네이버 북리펀드 선정도서

50. 신기루 이금이 지음

엄마와 엄마 친구들과 함께 몽골 사막 여행을 떠난 열다섯 다인이가 보낸 6일간의 여정을 통해 또 다른 생명의 고리로 순환되는 모녀 관계에 대한 고찰을 여행기 형식으로 그렸다.

★ 네이버 북리펀드 선정도서　★ 서울시립어린이도서관 추천도서　★ 아침독서 청소년 추천도서

51. 우리들의 매미 같은 여름 한 결 지음

섭식장애를 앓고 있는 모녀, 성추행, 보이콧 등 청소년들이 겪는 지독하게 뜨겁고 아픈 이야기가 담겨 있다. 청소년들이 자신 그리고 세상과 화해하는 여정을 솔직담백하게 그렸다.

★ 한국문화예술위원회 우수문학도서　★ 네이버 북리펀드 선정도서

52. 모래시계가 된 위안부 할머니 이규희 지음

일본군 위안부로 끌려가 꽃다운 처녀 시절을 유린당한 황금주 할머니의 실제 이야기를 김은비라는 소녀의 이야기와 엮어 액자 형식으로 쓴 소설로, 일본어로도 번역 출간되었다.

★ 국제펜문학상 수상작　★ 학교도서관저널 추천도서　★ 경기도교육청 추천도서

53. 까레이스키, 끝없는 방랑 문영숙 지음

소련의 강제 이주 정책으로 시베리아 횡단 열차를 탔던 17만여 명의 까레이스키들의 고난과 역경, 도전과 설움을 절절하게 그린 역사소설이다.

★ 한국문화예술위원회 우수문학도서　★ 아침독서 청소년 추천도서　★ 한우리가 선정한 좋은 책

54. 나는 랄라랜드로 간다 김영리 지음

기면증을 앓는 소년과 그의 가족이 게스트하우스를 사수하기 위해 펼치는 소동을 재기 발랄하게 그렸다. 절망 속에서도 웃으며 싸울 줄 아는 청춘의 싱그러운 맨얼굴이 돋보인다.

★ 제10회 푸른문학상 수상작　★ 아침독서 청소년 추천도서　★ 한국문화예술위원회 우수문학도서

55. 열다섯, 비밀의 방 장미 외 지음

영혼의 도플갱어를 찾아 헤매는 외로운 청소년의 자화상이 네 편의 단편소설 속에 어우러져 있다. 청소년들의 내면의 목소리들이 조화롭게 어우러져 다양한 빛깔의 공명음을 들려준다.

★ 제10회 푸른문학상 수상작　★ 경기도학교도서관사서협의회 추천도서

56. 눈썹 천주하 지음

암에 걸려 1년 4개월 동안 치료를 받던 열일곱 살 소녀가 일상으로 돌아온 뒤의 이야기를 담고 있다. 가족과 친구, 일상이 얼마나 가치 있는 것인지를 새삼 깨우쳐 준다.

★ 국립어린이청소년도서관 사서 추천도서　★ 한국문화예술위원회 우수문학도서　★ 아침독서 추천도서

57. 나는 지금 꽃이다 이장근 지음

청소년들의 삶을 제대로 들여다보고 마음을 헤아리는 시 창작 과정을 통해 나온 본격적인 청소년을 위한 시로, 삶이 점점 피폐해지고 있는 청소년들의 마음을 어루만져 준다.

★ 문화체육관광부 우수교양도서　★ 어린이도서연구회 청소년 권장도서　★ 학교도서관저널 추천도서

58. 우리들의 사춘기 김인해 지음

겉으로 잘 드러나지 않는 소년들의 감성을 날카롭게 포착하여 진솔하고 강렬하게 그려낸 '소년들을 위한' 소설집. 표제작을 비롯한 여섯 편의 단편청소년소설을 담고 있다.

★ 국립어린이청소년도서관 사서 추천도서　★ 한국문화예술위원회 우수문학도서

59. 여우 소녀 미랑 김자환 지음

조선시대 임진왜란 발발 즈음의 여수 지방을 배경으로, 구미호에게 아버지를 잃은 묘남과 구미호의 딸 여우 소녀 미랑의 애틋한 사랑 이야기를 담고 있다.

★ 새벗문학상 수상작가

60. 얼음이 빛나는 순간 이금이 지음

아이와 어른의 경계에서 몸살을 앓던 두 소년이 5년 뒤 전혀 다른 풍경을 띠게 된 각자의 삶을 응시한다. 우연으로 시작해 선택으로 이루어지는 인생의 내밀한 진실을 담았다.

★ 윤석중문학상 수상작가　★ 학교도서관저널 추천도서

61. 택배 왔습니다 심은경 지음

질풍노도를 겪는 청소년과 그의 가족, 친구, 사회의 풍경을 그린 여섯 편의 단편청소년소설. 건강하게 자립하고 따뜻하게 소통할 줄 아는 인물들의 모습에서 희망을 엿볼 수 있다.

★ 한국문화예술위원회 우수문학도서　★ 학교도서관저널 추천도서　★ 아침독서 청소년 추천도서

62. 똥통에 살으리랏다 최영희 외 지음

팍팍한 사회 현실 속 청소년들의 고민을 각기 다른 개성으로 그린 네 편의 단편청소년소설을 묶었다. 부조리한 사회와 욕망을 관찰하고 풍자하는 이야기가 공감을 불러일으킨다.

★ 제11회 푸른문학상 수상작　★ 아침독서 청소년 추천도서　★ 국립어린이청소년도서관 사서 추천도서

63. 나에게 속삭여 봐 강숙인 지음

어느 날 갑자기 죽음을 맞이한 열일곱 살 소년 서준과 혼령의 기를 느끼는 소녀 아리 그리고 서준의 쌍둥이 여동생 유주가 각자의 방법으로 성장해 나가는 청소년 판타지소설.

★ 윤석중문학상 수상작가　★ 학교도서관저널 추천도서

64. 아버지의 알통 박형권 지음

촌스러운 아빠와 바닷가 마을에 살게 되면서 정직하게 일하는 사람들을 만나며 한층 성장해 가는 주인공의 이야기가 유쾌한 감동을 선사한다.

★한국안데르센상 수상작가

65. 나는 나다 안오일 지음

청소년들에게 자신의 꿈이 무엇인지 알게 해 주어 스스로 자신의 삶에 당당하게 맞서는 모습을 보고 싶다는 작가의 바람을 담은 청소년시 57편이 실려 있다.

★제8회 푸른문학상 수상작가

66. 순희네 집 유순희 지음

순희네 집에 얽힌 가슴 아프지만 따뜻한 이야기와 성장통을 겪는 순희의 모습을 작가 특유의 섬세한 문장 안에 담아낸 자전적 소설이다.

★제14회 MBC 창작동화대상 수상작 ★제8회 푸른문학상 수상작가

67. 첫 키스는 엘프와 최영희 지음

제11회 푸른문학상 수상작가의 첫 청소년소설집으로, 미래에 대한 압박감에 갇혀 십 대 시절을 보내는 오늘의 청소년들에게 부치는 편지 같은 소설 여섯 편을 묶었다.

★제11회 푸른문학상 수상작가

68. 숨은 길 찾기 이금이 지음

이금이 작가의 대표작 『너도 하늘말나리야』의 두 번째 후속작으로 소희의 욕망과 아픔을 다룬 『소희의 방』에 이어 달밭마을에 남은 미르와 바우의 사랑과 꿈을 섬세하게 그려 낸 성장소설이다.

★소천아동문학상 수상작가

69. 스키니진 길들이기 김정미 외 지음

아직 미완성인 '나'의 정체성을 찾기 위해 고군분투하는 청소년들의 모습을 그린 네 편의 단편청소년소설이 실려 있다. 청소년이라면 누구나 고민해 봤을 만한 이야기가 공감을 불러일으킨다.

★제12회 푸른문학상 수상작 ★한국출판문화산업진흥원 선정 이달의 책

＊〈푸른도서관〉 시리즈는 계속 나옵니다!